CW01635938

QUE NOTRE JOIE DEMEURE

DU MÊME AUTEUR

Tu aimeras ce que tu as tué
Le Nouvel Attila, 2021

Querelle
Le Nouvel Attila, 2019
et *« Points », n° P5297*

Les Sentiers de neige
Le Nouvel Attila, 2024

Kev Lambert

QUE NOTRE JOIE DEMEURE

Le Nouvel Attila

TEXTE INTÉGRAL

La citation de Joan Didion, page 111 est extraite de
Pour tout vous dire, traduit de l'anglais par Pierre Demarty,
Éditions Grasset & Fasquelle, 2022

ÉDITEUR ORIGINAL
© Héliotrope, 2022
Publication réalisée par l'intermédiaire
de Books And More Agency #BAM

ISBN 979-10-414-1565-6

© Le Seuil / Le Nouvel Attila, 2023, pour la présente édition

Le Code de la propriété intellectuelle interdit les copies ou reproductions destinées à une utilisation collective. Toute représentation ou reproduction intégrale ou partielle faite par quelque procédé que ce soit, sans le consentement de l'auteur ou de ses ayants cause, est illicite et constitue une contrefaçon sanctionnée par les articles L. 335-2 et suivants du Code de la propriété intellectuelle.

« deux autres jours, deux autres nuits, que continuent
les fêtes, deux autres jours, deux autres nuits, ce soir,
Mère verrait du pavillon d'un quai le héron blanc
et sa royale démarche dans les vagues, pendant que,
tout en étirant le cou, il poserait avec une lenteur avertie
une patte devant l'autre, dans ces reflets de la lune
sur l'eau assombrie, et Mère entendrait aussi les voix
de Samuel et Vénus déchirant la nuit,
lorsqu'ils chanteraient de leurs voix unies,
ô que ma joie demeure, ô que ma joie demeure. »

Marie-Claire Blais, *Soifs*

« Nous devons protéger les intérêts des minorités,
et les riches sont toujours moins nombreux que les pauvres. »

John A. Macdonald, *Conférence de Québec*, 1864

I.

Les conversations du trottoir tourbillonnent et gagnent l'escalier de secours, montent à l'étage puis au suivant et montent encore, dépassent les portes d'un ascenseur qui s'ouvrent sur un couple en robes froissées par le vent, les invitées se laissent porter par le courant d'air et réajustent leurs tenues, en sortant elles sont déjà dans le sublime appartement, plafonds hauts, moulures de bois, carrelage de marbre blanc, il faut habituellement posséder une clé pour enfoncer le bouton du dernier étage, mais ce soir, l'appartement est ouvert et balayé par les bourrasques qui se faufilent dans les corridors, se répercutent contre les portes closes de chambres et de bureaux décorés avec soin, des chapelles éteintes à la gloire de divinités qu'on ne prie plus où chuchotent des agneaux en attente du sacrifice sur les lits, les sofas, allongés sur le parquet parfois, ils se refont la courbure de la colonne vertébrale sur d'épais tapis en négociant une entente financière ou amoureuse, le regard, le sourire, le rire éclatant font figure d'offre ou de concession pour ces nouveaux adolescents qui, la cinquantaine avancée, boivent enlacés et complotent contre un monde qu'on aura tôt fait d'oublier en lisant le ton emporté d'un courriel écrit trop tard, vantant l'amour et l'espoir, ces puissances archaïques qui déplaceront toujours monts et mers, dit-on, en chuchotant ils gardent un œil sur le rayon jaune qui filtre sous la porte, j'ai peur qu'on nous entende, un rire étouffé d'enfant abusant de sa permission, mélodie d'une immortelle joie qui les dépasse et les rassemble dans ce berceau d'amour. Brillent près d'elles les lumières du corridor qui laissent siffler dans la pièce des fragments de plaisirs soudains et fugitifs. Plus loin, dans l'espace ouvert, l'air se déverse en cascades sur un vaste salon haché de courants contradictoires, de dépressions profondes et de fronts froids donnant naissance à de furtives tempêtes, le courant d'air lèche le plancher de pierre blanche avant d'agiter les épais rideaux qui encadrent des fenêtres plus grandes que les murs, d'immenses vitrines surplombant le mont Royal, vu d'ici il semble si près mais si loin à la fois, on dirait qu'on peut le toucher, on nie la dizaine de kilomètres qui nous sépare de lui, une montagne à portée de main, massif noir interrompant les constellations de rues étoilées, la bourrasque frappe l'intérieur de la fenêtre, plonge mais ne s'écrase pas, et repart aussitôt vers le salon à l'éclairage parfait, fait tinter les milliers de cristaux de l'immense lustre qui pend au plafond, le vent passe entre les groupements humains et coupe telle discussion, déplace les mots puants, empreints d'une odeur d'alcool et de viande, qui prennent la forme de hideux papillons portés par la brise, flottant un instant dans l'air lourd avant de tomber près d'elle.

Céline.

Est-elle au repos ou à l'agonie ? Des centaines de petites carcasses d'insectes vains, morts autour d'elle, ne l'atteignent pas, ne troublent aucunement ses paupières fumées jusqu'aux sourcils, partiellement closes. Céline s'endort sur un canapé désert, assommée par la fumée de cigarette qui pique les yeux et fait résonner la musique et les rires, une percussion désagréable bat le long de ses tempes sur lesquelles frisent de fins cheveux traversés par les branches de ses lunettes, sa main s'agrippe au divan, un élan de panique, ses yeux s'ouvrent : elle respire, comme si elle venait de rejoindre la surface après une longue plongée, regarde autour d'elle, personne m'a vue, j'espère. Je l'ai, la place pour dormir, faudrait que je m'en aille, si on me trouvait endormie qu'est-ce qu'on inventerait pas sur moi, se dit-elle en sortant de sa robe un mince étui d'argent, elle fume, elle aussi, elle grille sa cigarette pour échapper un tout petit peu à l'instant, à la série des propos qui se déroulent d'une prévisible bobine, engourdir un peu ce mal de tête, cette fatigue, elle tire sur la du Maurier, gonfle ses poumons en effleurant du doigt sa tempe gauche qui tambourine sauvagement. Elle masse ses tempes endolories et fume encore, l'odeur de ses doigts qui pincent la cigarette l'écœure, son parfum, *Poivre* de Caron dont elle ne porte que quelques gouttes sur les poignets, les bras, les épaules, est dissipé, éventé, souillé par les arômes de nourriture et de savon, elle aime que son corps embaume ce parfum singulier qui annonce son arrivée plusieurs secondes avant qu'on ne l'aperçoive, un parfum vieillot, démodé, remarquable entre tous. Le repas était composé d'innombrables petites bouchées délicates, promenées sur de grands plateaux de verre qui vous forcent à manger avec les doigts – Céline déteste ça, un homme inconnu qui partageait la conversation avait passé la soirée à les sucer, ses doigts, elle ne le regardait jamais dans les yeux tellement il lui levait le cœur –, entre chaque service elle trottinait vers la salle d'eau pour se laver les mains, elle prend une bouffée, le goût du tabac lui chatouille le palais, elle passe ses doigts sous son nez, ils sentent encore le thon rouge, le bison rôti, la tempura, le vinaigre, même l'âpre odeur du vernis bleu soir appliqué cet après-midi sur ses ongles cassés n'embaume plus ses mains fines, introuvable est l'odeur du girofle et du santal de son essence favorite, ses mains puent la bouffe et le savon. Un coup de vent frappe son visage, extrait quelques mèches de sa coiffure qu'elle replace avec des épingles de fin de soirée, on l'a complimentée maintes fois pendant la réception sur ses cheveux blancs, naturels, sa nouvelle coupe, de bon goût, classique mais à la mode, à la frange carrée, ailleurs longue et droite, « c'est Michel, moi je connais rien… rien d'autre que le meilleur coiffeur ! » répondait-elle en riant, replaçant la ligne de ses cheveux, les discussions peuvent être tellement épaisses dans une soirée comme celle-là, tout le monde a fait des études supérieures, on a tous et toutes vu les quatre coins du monde, la liste d'invités select est composée d'artistes, d'hommes et de femmes politiques, de dirigeants d'entreprise importants qui donnent des doubles pages d'entrevues aux journaux les plus sérieux de la planète, et on se retrouve ensemble à parler de cheveux, de beau temps ou du dernier spectacle du Cirque du Soleil, la force du nombre abrutit tout comme toujours, lorsqu'un invité se greffe à un groupuscule il doit nécessairement faire régresser la conversation, et ainsi régressent-elles toutes jusqu'au néant d'où elles viennent, puis on se ressert un verre de champagne, on se prépare une ligne de cocaïne, les substances rendent volage, Céline aime être déplacée par les drogues et les alcools, elle est alors incapable de suivre les propos les plus insipides sur la politique internationale lancés fort par quelque sieur en manque d'attention, et ça lui plaît, oui. À cette heure, les fixatifs ne tiennent plus, les fins cheveux de Céline ont perdu leur volume, désordonnés par l'étrange sahel d'intérieur qui l'a pourchassée toute la nuit en lui renvoyant au visage son souffle froid et inodore, un vent sec et constant, elle est étendue seule sur le long canapé occupant une plateforme légèrement surélevée, passé la piscine au fond de la grande pièce ouverte où se tient la fête qu'elle analyse sans plaisir, elle voit un ancien associé se détacher de la foule et se diriger vers elle, elle plonge les yeux dans son verre. Il bifurque, elle avale sa dernière gorgée de vin. Un serveur en lui tendant le grand verre de cristal lui a dit : « c'est un excellent pinot bordelais, madame, un vin rare », « introuvable », avait ajouté le bonhomme qui suçait ses doigts, une bonne cuvée, un bon millésime, elle fume pour en recouvrir les tanins râpeux, franchement trop râpeux pour un pinot noir, pourquoi ce sucre, ce cacao, ces tanins, un goût mal équilibré, le monde avale n'importe quoi pourvu qu'on leur vende dans une bouteille en cristal, l'alcool ne lui fait plus aucun effet de toute manière, elle tire plus fort sur la cigarette qui pend au bout de ses doigts tremblants et laisse un peu de rouge à lèvres sur le délicat cylindre blanc.

Non loin d'elle se défont des groupes populeux de convives, quelques-uns ont enlevé leurs souliers et laissent leurs pieds tremper dans le plan d'eau, toujours envoûtés par les discussions banales comme des insectes par une ampoule, les échanges de regards et de mauvaises blagues alimentent la grande marche des rapports mondains, les gens migrent parfois en jetant un coup d'œil rapide à leur téléphone vers la cuisine et son îlot longiligne pour attraper une nouvelle flûte de champagne, quatre personnes sont absorbées dans la contemplation d'une sculpture médiocre qui traîne proche de la piscine, le Bain, comme la nomme affectueusement Dina pour s'approprier un peu cet appartement dans lequel elle ne vit presque jamais, passant le plus clair de son temps entre Dubaï et Hong Kong à s'occuper de la vie sociale de son mari, à gérer les invitations à souper, les réceptions et les employés de maison ; au moins, c'est Cai qui s'est chargé d'organiser la fête de ce soir. Dina était une grande entrepreneure avant d'embrasser sans retenue la vie domestique qu'on réserve encore aux femmes riches et qui survit comme un douloureux anachronisme, ça fend le cœur de Céline qu'elle ait refusé le succès qui l'attendait, Dina était une de ces femmes qui auraient pu marquer son domaine, Céline, en y pensant, est légèrement révoltée ; à l'orée de la quarantaine, son amie a vendu son entreprise en informatique mondialement connue – sans doute l'une des premières fondées par une femme – pour partir vivre à Hong Kong, la compagnie il y a cinq ou six ans a été rachetée à gros prix par Apple ou Google ou Amazon, elle ne sait plus, mais se souvient que Dina, pour justifier sa mauvaise décision, avait avoué se sentir dépassée par les incessantes nouveautés technologiques, elle s'était à l'époque de la vente persuadée que son expertise était vouée à expirer et qu'il lui faudrait retourner sur les bancs d'école pour comprendre les nouveaux enjeux d'un avenir qui ne lui appartenait plus, le monde des technologies n'a rien à voir avec celui des arts ou de la mode, avait rétorqué Dina à la comparaison maladroite de Céline, dans *notre* monde, tout passe vite, et rien revient jamais, c'est comme ça. Toi, t'as bien choisi ton domaine. Sauf que l'avenir lui avait donné tort ; et à Céline, raison. Elles s'étaient brouillées pendant presque un an après une colère de Céline, qui avait engueulé son amie dans le but – c'était clair aujourd'hui, et elle le regrettait, avait honte de sa réaction émotive – de la faire souffrir, d'ébranler ses certitudes par la cruauté de mots tranchants comme des rasoirs, Céline accusait Cai de tous les torts et décrivait Dina comme une femme manipulée et soumise, elle remettait en question des décisions pourtant mûries, l'un des meilleurs esprits de sa génération détruit comme tant d'autres par l'amour et la soumission, oui, la *soumission* à un homme. Le Bain ne contient-il pas tout ça ? Un petit nom pour étouffer l'impression qu'a Dina d'habiter dans le plus impersonnel des hôtels…

Ce qui est réussi de l'intégration osée de ce bassin dans cette vaste salle aux plafonds ouvragés, ce qui plaît à Céline dans la scandaleuse présence de ce plan d'eau, ce qui fonctionne dans le design de cette partie de l'appartement, et du bassin plus précisément, c'est que rien ne semble avoir été conçu pour intégrer la piscine au décor, pour rendre plus organique, plus naturelle, plus cohérente avec le reste son existence atypique, au milieu du salon grand comme une cathédrale – et comme une cathédrale, doté d'une tribune, il faudrait que Céline monte sur cette mezzanine avant de partir. Le bassin ne s'excuse pas d'être là, rien autour ne se marie à ce grand prisme d'eau rectangulaire qui perce la mosaïque monochrome, laissant place, un peu plus loin, à de larges lattes de bois franc recouvertes d'épais tapis sans doute ramenés de Dubaï. L'environnement donne à l'eau calme et lumineuse du Bain, dans laquelle semblent flotter des pierres précieuses rouges et vertes et bleues, une apparence presque inquiétante : l'eau pourrait tout faire gonfler de sa violente humidité, le chlore ronger les murs, les boiseries de sa chimie toxique. L'eau, pense-t-elle, est la seule substance encore capable de ravager les plus sublimes constructions, nos sociétés anéanties depuis des siècles par des incendies meurtriers en sont venues à maîtriser, dans les villes du moins, cette dernière force de la nature que représentent les flammes vives, si elle le pouvait, c'est ce genre de conversation qu'elle aurait ce soir ; comme personne n'est en mesure de lui donner la réplique, Céline murmure sa tirade en grillant une autre cigarette, des villes entières disparaissaient encore, il y a moins d'un siècle, dans de violents brasiers qui bouffaient tout, les chaumières et les châteaux, les forêts et les hôtels, ces incendies tuaient des milliers de personnes torturées dans des fournaises qui rasaient des territoires entiers, mais la cité contemporaine n'a-t-elle pas réussi à contrôler l'action destructrice du feu ? C'est le fondement même des villes modernes, entièrement redessinées dans l'objectif de neutraliser la propagation et l'alimentation du feu, désormais l'eau seule a la capacité de tordre, de noyer et de faire gonfler et moisir nos matériaux ininflammables sans laisser de trace, sans alarmer les citadins par une immense colonne de boucane noire, on ne peut interrompre facilement le redoutable travail d'un écoulement ; l'eau que le Bain contient pourrait faire de sérieux dommages à cet appartement somptueux s'il advenait quoi que ce soit, Céline se met à calculer les centaines de milliers de dollars que coûterait ne serait-ce qu'un petit débordement en promenant ses yeux sur le salon, j'espère que Dina a une bonne assurance, son amie sait-elle que les vapeurs, cette humidité chlorée, rongent le béton de tous les établissements scolaires de la province, de toutes les piscines publiques ? Ici, rien n'est humide et l'air ne sent pas le chlore, c'est sec, atrocement sec, Céline tousse, c'est la fumée des cigarettes portée par le courant d'air qui ne cesse de caresser son visage et qui assèche sa respiration, une brise plus inquiétante encore que la possibilité d'un sinistre. D'où peut venir ce vent ? D'une fenêtre ouverte, peut-être, au soixante-troisième étage on sentirait l'air s'infiltrer dans le gratte-ciel.

Phyllis n'est pas venue, avec Phyllis elles auraient pu avoir ce genre de conversations, et se moquer gentiment des autres invités, elles ne se voient presque plus, son amie est âgée maintenant, on ne peut de toute manière pas aller à toutes les fêtes, elles ont formé un si beau trio avec Dina, trois femmes qui étaient très en vue dans les milieux d'affaires montréalais, Céline n'a pas encore réussi à parler à Dina depuis son arrivée, elle observe de loin son amie qui semble avoir été prise d'assaut, comme on l'est toujours pendant les événements organisés en son honneur, ses rires et ses réactions sont joués, Dina est en représentation, elle tente de saluer tout le monde, accordant à chacun et à chacune, même celles et ceux qu'elle n'aurait sans doute pas souhaité voir à son anniversaire, une salutation, un brin de conversation, l'attention nécessaire pour qu'ils et elles se sentent accueillis chaleureusement, Céline sait bien qu'elle ne réussira pas à avoir un moment avec Dina avant la fin de la nuit, elles se sont vues hier et se reverront dans les prochains jours quand Dina et Cai viendront passer du temps à sa maison en Estrie, Dina doit jouer son rôle de fêtée, faire d'incessantes tournées parmi la foule, se décomposer en d'innombrables petites miettes qu'elle éparpille aux convives affamés qui se battront pour la saluer, l'embrasser, prendre de ses nouvelles, dévorer leur petite part inutile, recevoir la bouchée qu'ils croient mériter, craignant qu'on ne les pense impolies, irrespectueuses si elles repartaient sans avoir eu leur petite discussion avec la fêtée. Céline s'est retrouvée seule après le départ de Christiane, avec qui elle a passé toute la première partie de la soirée à boire du vin rouge et à discuter passionnément, assise avec elle sur ce canapé un peu à l'écart, formant une bulle exclusive que personne n'était invité à pénétrer, pas même cet acteur connu qui rôdait aux alentours dans l'objectif de prendre part à leur discussion, non, c'était entre Céline et Christiane, cette femme est vive, comme toujours elle était entièrement vêtue de noir et portait, bien que la pièce fût sombre, des lunettes de soleil, qu'avait-elle à cacher s'était demandé Céline, présumant aussitôt que Christiane avait recours à la médecine esthétique – il arrive qu'on ne se ressemble pas dans les jours suivant une intervention – puis se corrigeant aussitôt, il devait plutôt s'agir d'une excentricité stylistique à la Anna Wintour, cela fonctionnait davantage avec les visions de cette femme élégante ; peut-être que l'animatrice est tout simplement photosensible, ce serait ironique pour cette femme de télévision, elle n'avait pas posé la question à Christiane qui souhaitait évidemment protéger quelque chose avec ses lunettes comme avec son armée de questions, elle n'abandonnait jamais complètement le rôle de l'intervieweuse qui l'avait si bien servie pendant toute sa carrière et voulait tout savoir sur le Complexe Webuy, comment réagissait Céline à la petite controverse des derniers jours, elle était passée poliment en sentant le malaise à des questions sur les tournages et ses autres projets en cours. Elles ne s'étaient pas revues depuis que Céline avait quitté le conseil d'administration du musée des Beaux-Arts à la fin des années 1990, Christiane l'avait reçue trois ou quatre fois à son émission, Céline avait toujours gardé une distance professionnelle avec l'animatrice dont elle se méfiait tout de même un peu, vous ne pouvez jamais savoir ce que vont sortir ces gens des médias lorsqu'ils vous reçoivent en direct dans leurs studios, sur leur territoire, Christiane possède un caractère imprévisible qui manque aujourd'hui, pense Céline, au paysage médiatique québécois, tellement pauvre intellectuellement, elle pouvait assaillir des zones personnelles de la vie privée de ses invités sans crier gare et cela, qu'on le veuille ou non, donnait d'excellents moments de télévision. Bien que Céline se fût méfiée de l'animatrice lors de leurs passages en ondes, elle avait trouvé une alliée en sa personne au musée des Beaux-Arts, elles n'avaient pas siégé très longtemps ensemble, mais rapidement elles s'étaient aperçues qu'elles partageaient les mêmes intérêts et les mêmes inquiétudes, Céline s'était mise à apprécier cette femme de télévision qui, on peut le dire avec le recul, a toujours su garder intacte une part d'ombre essentielle, la vie publique n'a pas avili la personnalité de Christiane, Céline a l'impression de mieux la comprendre depuis qu'elle aussi a fait de la télé.

Christiane conserve cette intensité, cette présence magnétique, cette capacité à s'impliquer sans retenue dans une conversation qu'elle ponctue de sa voix grave, elle a animé, pendant vingt ans, des émissions à la télévision, à la radio, recherchant toujours cette tension du direct, le risque de l'erreur désastreuse est toujours présent lorsque chacun de nos gestes, chacune de nos paroles est automatiquement capté, saisi, diffusé, Christiane s'est nourrie du caractère implacable du direct, a évolué dans un univers où il est impossible de recommencer une seconde fois – capter l'instant demeure pour elle préférable à tout déroulement planifié, répété, c'est pour Christiane, pense Céline, davantage qu'une méthode. C'est une philosophie, un engagement, il y a chez l'animatrice cette certitude existentielle, démontrée par l'expérience, que le trésor gît dans l'imprévu, au cœur de l'inattendu, le direct la forçant parfois à gérer d'embêtantes situations, lorsqu'elle renversait un verre d'eau sur un invité ou qu'un intervenant se mettait à en invectiver un autre, mais jamais ces anicroches n'avaient ébranlé la philosophie de Christiane, l'imprévu est une mine d'or, le danger la plus grande source de renouvellement, l'improvisation est la seule manière de faire exploser, à travers le lourd appareillage du téléviseur, les sensations vraies. Il fallait pour cela que l'animatrice sache flotter, qu'elle puisse parler de tout, des sujets les plus frivoles aux plus glauques, en passant par la philosophie, les arts, la politique internationale et la littérature, sa connaissance de l'actualité et des phénomènes de notre monde paraît infinie, cela impressionne Céline, qui admire son aisance à caresser la surface des choses, le paquebot de Christiane jamais ne prend l'eau, comme si la femme de télévision avait appris la juste dose, celle qui permet d'aborder les sujets les plus violents, les plus hautes choses de l'esprit tout en conservant une distance qui empêche de se laisser avaler, la discussion ne devient jamais déplaisante en sa présence, oui, Christiane a reçu ce don précieux de la frivolité qu'envie Céline, Christiane parvient à être profonde, à se laisser affecter par les propos des autres sans pourtant sombrer dans la négativité, l'engourdissement affectif, Céline admire cela, elle qui se laisse trop souvent emporter par les émotions lourdes, qui ne connaît aucune frivolité et qui peut se sentir envahie d'une vague d'anxiété la forçant à quitter une soirée si l'on parle de mauvais traitements envers les animaux, de la haine pour une figure publique qui lui est chère ou de la mort d'un enfant, sensibilité camouflée par une froideur extérieure lui ayant taillé une réputation de femme sans cœur, réputation outrageante qui l'a toujours mise hors d'elle – et blessée.

Le problème, c'est que cela peut se produire dans une conversation ordinaire, comme si chaque fois Céline remettait l'entièreté de sa subjectivité en jeu et n'acceptait aucune protection psychique ; il arrive qu'elle soit ravagée pendant plusieurs jours par une conversation à propos d'un assassinat, d'un attentat, comme si la folie meurtrière lui était familière et qu'elle parvenait à entrapercevoir la route – parfois un chemin cahoteux sinuant dans un bois touffu peuplé de créatures nocturnes, d'autres fois, la voie royale d'une autoroute neuve munie de voies de dépassement – qui mène un être à désirer la mort d'un autre, à accueillir le fantasme de destruction puis le passage à l'acte, cette pensée a rouvert en elle un gouffre au bord duquel elle s'est maintes fois tenue, attirée par ses profondeurs invisibles, la conversation avec Christiane au sujet d'un fait divers glauque, un affreux patricide, a été pendant un instant comme une lampe de poche qu'on aurait donnée à Céline pour éclairer le trou sombre de cette fosse impersonnelle, une lumière trop faible que le vide avalait aussitôt, la promesse d'éclaircissement offerte par la petite lampe étant risible face à ce gouffre trop profond et trop noir, une immense crevasse insondable, mais dont les alentours sont pourtant familiers, il semblait à Céline que cette crevasse se trouvait non loin du quartier où elle avait grandi, à Roxboro, que les gens du voisinage en parlaient et que les enfants qui jouaient dans le petit bois au bout de la rue finissaient souvent par tomber sur ce trou dans lequel ils pouvaient être engloutis, un trou que les nouveaux quartiers ont fini par combler, des vérités inavouées sur les êtres que nous sommes fourmillent au fond de ces trous que les développements immobiliers et l'aisance oratoire de Christiane s'empressent d'emplir de terre et de sable, Céline a tiré quelques leçons de la contemplation partielle de ce gouffre mais, étouffée par l'angoisse et distraite par la cigarette, le rouge, les petites bouchées qu'on leur présentait à la ronde, elle a ravalé avec une gorgée de vin ces idées informes qui possèdent en puissance, si on suit toutes leurs avenues sans garde-fou, si on déploie le potentiel qu'elles contiennent et qu'on laisse s'exprimer leur charge profondément disruptive pour l'ordre social, la capacité de faire sombrer n'importe qui dans le désarroi.

La cigarette fumée jusqu'au filtre, le vin bu jusqu'à la lie, elle écrase son mégot au fond du verre et se lève, marche vers la cuisine. Nombreuses sont les heures disparues depuis le premier toast porté en l'honneur de Dina, de son soixantième anniversaire, beaucoup de gens sont partis, l'ont saluée avant de sauter dans la voiture qui les attendait dans le garage au sous-sol, il ne semble rester qu'un noyau dur de fêtards et de fêtardes aggloméré autour de l'îlot, imposante pièce de marbre blanc traçant une fine ligne entre la cuisine et le salon, courbant jusqu'à la salle à manger, des hommes et des femmes qui profitent du caractère privé de l'événement pour se laisser aller un peu, ils en ont rarement l'occasion dans leurs dîners d'affaires, elles s'ennuient dans leurs conseils d'administration, leurs réunions de production, Céline se traîne vers le cœur de la tempête. Les habits que portent les amis de Dina esquissent une forêt de coupes splendides, Céline déambule dans cette manière de musée en tentant de reconnaître les styles et les griffes, certaines créations québécoises, quelques inévitables passe-partout insipides, du prêt-à-porter qui peut dépanner, c'est vrai, moins de la mode qu'un assortiment de tissus évoquant une idée de la mode, dans son versant le plus criard et le plus vulgaire, la « haute couture » du froufrou et du motif grossier, Céline connaît assez l'humain (et le vêtement) pour savoir que celles qui portent ces guenilles sont d'absolues désespérées, que ces messieurs seraient prêts à tout pour qu'on qualifie leur style d'osé ou d'original, les montures atroces de leurs lunettes en sont la preuve, un grave manque d'imagination les afflige. D'autres invités portent des morceaux qui valent la peine d'être détaillés, Céline reconnaît quelques maisons fameuses, dont la marque évoque un prestige et un luxe un peu faciles, des choix conservateurs, mais qui ont l'avantage de ne pas être hideux, Saint Laurent, quelques complets Paul Smith, un beau pantalon Alexander McQueen qu'elle s'est déjà retenue d'acheter à Paris, l'homme en Giorgio Armani est sans surprise d'une insurmontable vulgarité ; Céline n'aime pas cette maison. Qu'est-ce que Pierre-Moïse peut bien porter, il faut qu'elle pense à lui demander, peut-être du Haider Ackermann, non, ça ressemble plutôt à du Comme des garçons, designer qu'ils adorent, Pierre-Moïse est très beau, pourtant il ne l'a pas eue facile d'un point de vue vestimentaire quand Céline l'a engagé il y a longtemps, jeune diplômé sublime aux cheveux tressés (c'est toujours un très bel homme, qui se rase maintenant le crâne de près, à quarante-six ans il a l'air d'en avoir dix de moins), il s'habillait mal, si mal que Céline a dû lui en parler, il a ri sans être insulté, à deux ou trois reprises elle l'a amené dîner, puis faire des emplettes tout l'après-midi en lui enseignant les bases de la mode masculine : qu'est-ce qu'une chemise bien taillée, un complet bien ajusté, les couleurs, comment tu agences ça, toutes ces choses que personne ne nous apprend ; avec le temps, Pierre-Moïse s'est mis à s'intéresser aux vêtements et a développé son propre style. Céline reste admirative du fait qu'il s'est affranchi du complet-veston noir et de la chemise blanche dont les hommes sont prisonniers, cette convention sociale nuit grandement à la mode. Pierre-Moïse porte un hoodie perlé bleu nuit sur un pantalon de toile, coupe carotte, pli vertical, avec des bottes militaires brillantes. Elle, c'est un vieil ensemble Marie Saint-Pierre qui n'a pas pris un pli, une robe noire, longue, faite sur mesure, cintrée et ajustée par Marie elle-même sur le corps de Céline, Marie venait à l'époque d'emménager dans ses locaux rue de la Montagne et faisait fureur à Paris, une robe noire aux larges manches carrées avec un manteau blanc en laine bouillie orné de gros boutons, de la collection d'automne de Stella McCartney, manteau qu'elle a, en entrant dans l'appartement, laissé avec de généreux remerciements à la jeune fille responsable du vestiaire.

Pierre-Moïse est un peu à l'écart, Céline ne lui a pas reparlé depuis tout à l'heure, elle se faufile près de lui, ils échangent un regard complice, cet après-midi ils se téléphonaient encore, Céline était terrifiée à l'idée de se présenter à cette soirée d'anniversaire, on croiserait beaucoup de gens du milieu politique et des affaires, s'éveilleraient peut-être d'anciennes inimitiés, des rivalités aux origines troubles, s'exposer publiquement dans le contexte actuel lui paraissait risqué, dangereux, elle n'avait pas envie de jouer le rôle de l'ennemie publique, de l'infréquentable, que tout le monde l'évite comme si elle avait mauvaise haleine, son associé avait exactement les mêmes craintes depuis ce matin, Céline s'est sentie moins seule lorsqu'ils en ont parlé, s'imaginant des réponses à d'éventuels propos désobligeants, désamorcer le sujet avec humour, puis passer à autre chose, il est hors de question que Céline ait ce soir de grands débats sur l'urbanisme montréalais avec le premier venu, les avis sont divisés sur leur grand chantier, surtout pendant la tenue des consultations publiques, mais Céline a droit à sa vie privée, à un moment de repos pendant la fête de sa meilleure amie. « Jusqu'à présent, j'ai reçu onze félicitations et aucune critique », lui chuchote Pierre-Moïse à l'oreille. Céline sourit. On capotait pour rien.

Même Christiane l'a félicitée pour ce projet d'envergure qui fait la fierté des Montréalais et des Montréalaises, quelques esprits abrupts hurlent leur dissidence, c'est leur droit, mais le rêve concret enchante la plupart des gens présents à la fête ; cela rassure Céline, qui s'efforce depuis son arrivée de penser à autre chose, profitant de la soirée pour se réjouir et oublier le travail, à 5 heures du matin demain elle sera debout comme tous les jours, elle regardera le cours de la Bourse, puis les alertes Google pour les mentions de son nom dans les médias. Pensant cela, elle se retient pour ne pas courir vers la jeune femme des communications qui l'accompagne ce soir, lui demander s'il y a du neuf, Pauline est assise dans le hall, elle suit les nouvelles et l'avertit sur-le-champ si quelque chose les concerne, d'autres personnalités s'exprimeront peut-être pour soutenir ou critiquer le projet, la réaction des ministres est encore attendue. Céline et Pierre-Moïse ont développé avec le temps un langage secret, elle lui envoyait tout à l'heure de l'autre bout de la pièce un petit signe pour lui dire « rien de nouveau, tout va bien », qu'il déchiffrait aussitôt, Céline est émue quand elle envisage les vingt années de travail qu'ils partagent, Pierre-Moïse a connu un parcours fulgurant au sein de l'entreprise après son arrivée au siège social de Montréal, il est devenu l'assistant de Céline avant d'être promu associé, puis vice-président, Céline lui confiait dès son embauche un contrat épineux, une école dans le sud du Texas, on sous-estime souvent le rôle du climat dans l'architecture, c'est un défi quand on vient d'une ville nordique comme Montréal d'adapter sa manière de penser à un environnement différent, presque désertique, les chaleurs sèches et étouffantes, le soleil trop fort, le jeune architecte s'était rendu à plusieurs reprises sur le terrain, il n'avait jamais été attiré par le Texas et ne savait rien de cet État du Sud, les dossiers de recherche qu'avait préparés son équipe étaient impeccables, ils serviraient par la suite de lignes directrices pour d'autres projets menés dans des climats similaires, l'exigence de Céline était légendaire, on la disait difficile à impressionner, et le junior avait eu le sentiment désagréable de jouer sa carrière. Lorsqu'il lui avait présenté les plans, Céline s'était montrée émue par la John Tyler High School, par la générosité de cette esthétique qui répondait parfaitement aux demandes quasi carcérales des clients tout en donnant un véritable sentiment de liberté ; par un jeu d'ombre et de lumière, le toit à claire-voie, fait de plusieurs couches d'un treillage en polygones d'aluminium de différentes tailles, réduisait la chaleur dans certains espaces communs tout en laissant pénétrer des rayons qui projetaient une pluie mélancolique de retailles lumineuses, variant en formes et en couleurs selon l'heure du jour, le bâtiment gagnait cette année-là le prix de l'Institut royal d'architecture du Canada, catégorie « Relève » et paraissait dans un numéro spécial de *Metropolis* consacré au « New School Design » ; en y repensant, Pierre-Moïse arrive aujourd'hui à apprécier ce premier gros projet dont il a eu longtemps honte, lui trouvant toutes sortes de maladresses et d'imperfections, la fougue du trentenaire qu'il a été, son énergie audacieuse, virginale, l'attendrissent, s'il le pouvait il s'inoculerait un peu de cette naïveté en la dissolvant dans son verre de vin, il embrasserait ce garçon sur le front en lui donnant des conseils, des phrases vraies et honnêtes, semées de mots tels que « confiance », « jugements » et « doutes », que le jeune n'écouterait pas, détestant se faire dire quoi faire et trouvant que ça n'a aucun sens dans sa vision des choses. Ce jeune homme raffolait des architectes japonais, bégayait lorsqu'il était stressé et s'abonnait chaque année à tous les théâtres de la ville, Pierre-Moïse se reconnaît à moitié dans ce portrait, sa timidité était colossale à trente ans, il ne disait jamais un mot de trop et avait appris à ravaler ses colères comme ses envies de rire. Des collègues lui ont déjà raconté qu'ils mésinterprétaient sa réserve pour des reproches, Pierre-Moïse rendait ridicules par sa seule présence aux réunions les explications qu'on échafaudait pour justifier nos paresses et nos mauvaises idées ; après, on se demandait ce qu'il pouvait bien penser pendant qu'on s'empêtrait dans nos phrases creuses ébranlées par son silence attentif. Enfant, il avait découvert qu'il pouvait exprimer des souffrances jamais nommées dans les formes qu'on dessine. Il avait été charmé par le mystère de Céline, avait senti avant de la connaître qu'ils avaient en commun des choses qu'ils ignoraient encore.

Il l'invita un soir (un coup de tête, un billet en trop) à une mise en scène de *L'Éden Cinéma* à l'Usine C, le chauffeur de Céline les y conduisit, ils arrivèrent alors que le spectacle commençait, gagnèrent leurs places dans le noir en trébuchant sur les sacoches. Après le show, Céline paya la bouteille de sancerre. Elle fut soulagée d'apprendre que son jeune employé fréquentait un garçon, que son invitation ne recouvrait pas quelque manœuvre séductrice ; après vingt ans de mariage avec un autre architecte, elle se jurait de ne plus mêler l'amour et le travail. Céline aurait dû se douter de l'orientation sexuelle de son jeune premier, elle avait toujours ressenti une sorte de complicité naturelle, magnétique avec les homosexuels, très nombreux dans son entourage. Elle n'aurait pas cru que… il n'avait pas l'air de… en tout cas. Pierre-Moïse souligna gentiment la sottise de ses remarques. Céline rit avec lui, elle se moqua d'elle-même, mais se sentit coupable pendant une semaine. Ils commandèrent d'autres verres. Qu'est-ce qu'il peut bien me trouver ? Il devait avoir des amis beaucoup plus intéressants qu'elle. À son âge, elle sortait dans les bars ! Il allait probablement la fréquenter jusqu'à ce qu'il obtienne ce qu'il voulait, puis la jeter comme de la vieille pulpe. Pierre-Moïse avouait être d'un tempérament solitaire, il sortait les jeudis, s'intéressait au cinéma et à la musique électronique, faisait du jogging et coupait son propre bois de chauffage à son chalet dans les Laurentides ; il n'était pas aussi proche de sa famille qu'il l'aurait voulu, non, ses frères et ses sœurs avaient un régiment de bébés qui rendaient les rencontres bruyantes, cacophoniques, et ses parents ne s'intéressaient qu'aux enfants. Il était cependant très proche de sa sœur la plus jeune, Marielle. À leur troisième sortie, Céline s'extasia quand elle comprit que le père de Pierre-Moïse avait été son chirurgien, c'est lui qui avait opéré son genou, elle a adoré ce médecin, il faudrait manger ensemble tous les trois ; c'est normal qu'elle n'ait pas fait le lien, leur nom de famille était aussi commun en Haïti que « Tremblay » au Québec. Céline entendait régulièrement le père de Pierre-Moïse à la radio intervenir sur toutes sortes de sujets, son fils le décrivit comme un intellectuel à l'ancienne, un humaniste romantique, critique de la médecine actuelle, son cercle d'amis comptait plus de poètes, d'historiens, de romanciers que de scientifiques, il avait même publié quelques poèmes dans la revue *Dérives*. Ses parents s'étaient installés à Montréal au début des années 1960, ils avaient fui la violence de Duvalier alors que sa mère était enceinte de son frère aîné ; son oncle avait été un haut fonctionnaire proche du pouvoir avant d'être dévoyé, puis accusé de trahison de manière complètement arbitraire, ils s'étaient tous exilés dans l'urgence. Que faisait sa mère ? Elle n'avait jamais travaillé ; Céline répondit qu'élever cinq enfants, c'était un travail à temps plein. La sortie au théâtre devint un prétexte, puis une tradition, ils allaient à des soirées-bénéfice lorsque Céline se trouvait à Montréal, elle les faisait inviter aux générales et aux avant-premières, ils devinrent des fervents du travail de cette metteure en scène dont ils ne manquaient aucun spectacle, vouaient un culte à ses Koltès, à ses Müller, à ses Norén, tous les auteurs qu'ils préféraient. Cette artiste visionnaire n'avait rien à envier aux metteurs en scène des théâtres les plus prestigieux que Céline fréquentait quand elle était en Europe ou à New York, un jour, promit-elle à son jeune employé, ils iraient ensemble à la Schaubünhe ou au Stadsschouwburg. Au détour d'une conversation, Pierre-Moïse parla de leur « amitié » et Céline rougit.

Pierre-Moïse lui glisse « je reviens », puis disparaît dans la cuisine. Céline se retrouve seule à nouveau. Dina est assise à la table tout au fond, elle voudrait contourner la foule pour la rejoindre, mais son amie chuchote à l'oreille d'une femme qu'elle ne connaît pas, comme si elle ne voulait pas qu'on l'entende, Céline a peur de les déranger. Non loin, au cœur d'un attroupement qui fourmille dans la cuisine, Cai est engagé dans un débat drolatique avec quelque ancien Premier ministre en procès pour diffamation contre le gouvernement du Québec, qui a enquêté sur lui pour une affaire de corruption, d'autres hommes et femmes écoutent leurs échanges bruyants, Cai est un homme distingué et cultivé, contrairement au politicien avec lequel il s'entretient, son intelligence et sa sensibilité impressionnent, en faisant un effort Céline comprend, en un sens, que Dina puisse être tombée amoureuse de lui, elle se souvient qu'il lui a longuement expliqué toutes les couches de sens que revêt une sculpture monumentale d'Ai Weiwei exposée à Los Angeles, lui dévoilant patiemment comment chaque dimension de l'œuvre baroque parle à la conscience occidentale tout en comportant un réseau symbolique puisant à la culture chinoise traditionnelle, ce double discours ne pouvant s'adresser qu'aux dirigeants instruits du pays qui a tant de fois condamné le grand artiste, l'intelligence d'Ai Weiwei et celle de Cai qui lui en enseignait la mesure avaient ce jour-là époustouflé Céline, sauf que Cai aurait évidemment dû, après toutes ces années, apprendre le français, ça fait bien trente ans qu'il est avec Dina et il est toujours incapable d'avoir une vraie conversation dans la langue de sa femme, c'est déplorable, un tel manque de respect venant de cet homme qui parle un si bel anglais, meilleur que la plupart des Américains, se débrouille dans quatre ou cinq autres langues, mais le français, pas encore, ce genre de choses exaspère Céline. Son arrivée discrète dans la cuisine provoque un léger remous, quelques murmures, quelques regards jetés par-dessus l'épaule, on n'avait pas encore remarqué qu'elle était présente à la fête, un pétillement, d'abord léger, se ressent dans l'air et transmet un long frisson froid, Céline rôde autour du cercle des convives, Gabriela remarque tout de suite la subtile variation dans l'atmosphère, comme si le ciel s'était mis à dorer, que la lumière avait viré au rose sang, les yeux des gens avec qui elle discute se tournent involontairement vers Céline, on la scrute tout en conservant les apparences, il ne faut tout de même pas avoir l'air de la dévisager ou de lui accorder trop d'importance. Céline fait son entrée dans la cuisine, léger accroc dans les dentelles fabuleuses à travers lesquelles elle se déchire un chemin, c'est tout l'air qui change quand elle passe près de nous, portée par ce drôle de vent, ce vent qui souffle depuis la première minute de la fête et qui mourra probablement avec elle, la promenade de Céline, sans destination apparente, son sourire glacé qui ne réagit pas à ce qui se déroule autour d'elle, aux conversations qu'elle interrompt ou aux regards qu'elle attire a quelque chose d'envoûtant, de presque surnaturel, comme si elle renaissait de ses cendres à chaque pas, elle a une *présence*, on le dit souvent, un magnétisme qui rappelle celui des grandes actrices anglaises, il suffit de l'apercevoir dans un cocktail ou dans les loges d'un plateau de télé pour avoir l'impression nette que cette femme dépasse l'enveloppe humaine dans laquelle les dieux l'ont enfermée, on sait immédiatement, en la voyant pour la première fois en chair et en os, qu'elle est de la trempe de ces êtres supérieurs et que c'est vers eux qu'elle retournera quand l'heure viendra, si elle vient. « Regarde qui arrive », ceux qui la voient pour la première fois se taisent et entrent dans une extase imbibée d'alcool – Céline, enfin je la rencontre, c'est elle, la petite dame élancée en robe noire, aux cheveux d'un blanc impeccable, aux pommettes basses et aux yeux tristes, elle vient d'apparaître au bout du comptoir, on la reconnaît tout de suite même si on la croise pour la première fois, certaines tentent leur chance et la saluent discrètement en baissant les yeux, comment ne pas avoir l'air ridicule, elle me trouverait minable de douter, de manquer de confiance pour la saluer la tête haute, le sourire franc, on se demande ce qu'elle pense de nous, de notre travail, de notre entreprise – me connaît-elle seulement ? Jusqu'à ce que Céline s'approche. Qu'on relève les yeux, qu'elle nous saisisse l'épaule d'une main et étire le cou pour nous embrasser. Elle s'intéresse à nous. Bientôt, on se trouve ridicule d'avoir imaginé que c'était une sorte de robot froid et calculateur, elle nous pose des questions en nous regardant dans les yeux, elle s'émeut sincèrement des photos de bébé qu'on lui montre sur notre téléphone, elle fait des blagues déplacées sur des hommes qu'on pense intouchables et qui parlent fort, à quelques mètres de nous ; rapidement, tu lui confies tes projets, tes envies, tes bonheurs et tes peines, tout le monde se vante d'avoir Céline comme confidente, cite les conseils d'une justesse désarmante, légèrement blessante parfois, qu'elle distribue à son entourage le plus immédiat, elle possède une manière unique de pénétrer les esprits, de lire en nous, on te l'a déjà dit et tu le ressens toi aussi. Quelqu'un s'approche et lui tapote l'épaule pour lui dire quelque chose, elle s'éloigne et tu remarques avec honte que Céline n'a pas parlé d'elle une seule fois, que tu ne lui as posé aucune question, une montée de culpabilité te gagne devant l'égoïsme que tu lui prêtais et qui est venu de toi. Ses cheveux blancs sont remontés en un chignon dans lequel elle semble avoir planté à l'aveugle quelques épingles qui dépassent, à ses oreilles pendent deux perles de bois. Une entrepreneure dans la vingtaine tremble lorsque Céline balaie la salle du regard ; l'acteur connu qu'on peut voir à la télévision, qui joue tous les ans des rôles importants dans les théâtres les plus fréquentés de la métropole, se met à pleurer de rage et d'humiliation lorsqu'il lui envoie son plus charmant sourire et que Céline détourne le regard ; tous et toutes la haïssent, la craignent et la haïssent, mais toutes et tous s'arracheraient le cœur à mains nues pour le lui donner en sacrifice, le poser sur un autel à sa gloire, elle est bien davantage que ce visage, ce corps, ces os, c'est le sens de nos existences qui aurait pris chair, si on avait le choix entre Céline et la vie, on choisirait Céline pour laisser nos vies s'échouer dans le désespoir et la douleur qui sont leurs plus fidèles constantes, leurs traits les plus vifs et les seuls qui nous apparaîtront à l'heure de notre mort, nous les âmes sans valeur, les victimes de la pire tragédie, celle de n'exister qu'une fois, une seule ; Céline est de la trempe des éternelles, de celles à qui on voue des monuments, des chapelles et des cultes, il arrive qu'on la prétende surhumaine et on ne se trompe pas tout à fait, plusieurs ignorent ce qu'elle a fait *précisément* pour se rendre là où elle est, on connaît quelques-uns de ses faits d'armes fameux – les gratte-ciel à New York et à Tokyo, ses appartements luxueux à Montréal et ailleurs, l'émission qu'elle anime sur Netflix –, mais sa légende dépasse l'ennuyeuse connaissance factuelle. On sonde avec ferveur l'ampleur de notre ignorance, vaste comme un temple dans lequel chacun de ses inimaginables forfaits n'attend qu'une lumière adéquate pour se révéler dans toute sa fureur et sa beauté. Plus tard, on dira du mal d'elle dans son dos pour se défaire de cette fascination qui s'est emparée de nous. En attendant, quelques concepts-clés explosent dans nos têtes : Céline doyenne, Céline pionnière, Céline archipuissante, Céline qui propulse et qui démolit des carrières. Et elle viendrait d'ici, de Montréal. Une des femmes les plus influentes du monde… À cela quelqu'un répond que si elle ne l'a pas fait elle-même, le monde, alors c'est qu'elle n'a rien fait.

Tranquillement, la joie revient. Céline murmure « bonsoir ». Elle s'est arrêtée à l'entrée de la cuisine, devant une trentaine de têtes qui la fixent, et a chuchoté « bonsoir » pour briser le malaise, un sourire naissant au coin des lèvres auxquelles les convives sont pendus, prêts à obéir à n'importe quel ordre qui s'en échapperait, on ferait n'importe quoi pour qu'elle nous aime ne serait-ce qu'un peu, pour qu'elle nous remarque seulement. Sa voix se fait entendre à nouveau, déchire le silence avec le soin et la patience d'un infirmier crevant un abcès, cette voix qu'elle ne monte pas d'un ton pour commander un autre verre, du rouge, c'est ce qu'elle veut, pas du champagne, pas du scotch, du rouge : « Où est le rouge ? » demande-t-elle de son faux accent français, en serrant les lèvres sur le « ou » avant de se taire et de révéler ses dents blanches, un sourire mesuré, on saute sur la bouteille la plus proche. « Celui-là vous convient ? » Elle acquiesce cérémonieusement, puis lève son verre dans lequel scintillent trois gorgées de vin rubis en déclarant, minuscule addenda au déroulement de la nuit : « À Dina ! » Narquoise, elle fixe son amie du coin de l'œil, consciente de la déranger, d'interrompre la conversation dans laquelle elle était plongée, oui c'est à elle, Dina, que le sourire de Céline fait signe, ce sont de bonnes amies, à ce qu'on dit, comment devient-on l'amie d'une femme comme Céline, comment fait-on pour l'intéresser, la garder dans son entourage, comment se faire aimer d'une reine, d'une déesse, elle apparaît plus inaccessible encore que le paradis pour les invités qui se savent d'avance condamnés aux enfers, la plupart des riches croient que d'inconfortables petites chaises en bois les attendent dans le palais des tortures et rien ne nous dit qu'ils se trompent, c'est pourquoi elles jouissent pendant qu'elles sont parmi leurs semblables, c'est pourquoi ils ont de gros divans et des fauteuils bien rembourrés, une insatiable culpabilité rouille patiemment leurs carcasses, les nantis sont prêts à tout pour se distraire des supplices à venir, qui insistent à l'horizon de leurs pensées dès qu'ils relâchent l'impitoyable discipline qu'ils exercent sur eux-mêmes. La fête est relancée, « à Dina ! » chante-t-on en levant son verre. Céline le porte à ses lèvres et le vide d'un trait, elle verse ostensiblement le liquide dans sa bouche, n'en laisse pas une goutte, en la voyant faire une femme éclate de rire. Céline la regarde dans les yeux et lance : « Du vin ! » en levant son verre. Il n'en faut pas plus pour que jaillisse la joie, la folie légère de Céline introduit dans les cervelles un germe d'insouciance qui détend les nerfs et analgésie la pudeur, Céline s'amuse, qui sommes-nous pour lui refuser ce bonheur. Depuis qu'elle a commencé à travailler pour Céline, Gabriela s'est accommodée de l'effet que provoque sa patronne dans les lieux publics, dans un restaurant, une soirée, une conférence de presse, même dans ses propres bureaux où elle entre toujours par la grande porte alors qu'elle pourrait utiliser celle de côté, qui mène à l'escalier de secours, les employés du rez-de-chaussée sont chaque fois électrisés par son passage, ils font semblant de ne pas l'avoir vue pour ne pas se ridiculiser auprès de leurs collègues ; elles parlent avec plus d'animation, font des gestes théâtraux, miment ce qu'ils imaginent être une expression sérieuse et travaillante, teintée d'une légère exubérance qui pourrait laisser croire à une forme de génie ; si par pur hasard il advient qu'elles doivent se lever pour se prendre un café, qu'ils doivent sortir fumer et croisent son chemin dans l'escalier, on se permet de la regarder droit dans les yeux et de lui sourire, parfois un petit « bonjour » à la mémoire de la réunion qu'on a eue ensemble, du groupe de travail dans lequel elle avait apprécié une de nos idées, qui avait trouvé un coloris particulier sous l'effet de son imprévisible révélateur. Cette admiration qui a déjà transi Gabriela s'est engourdie avec le temps et la proximité, elles travaillent depuis trois ans au projet de siège social que Gabriela a la tâche – ardue, castrante, stimulante – de rendre conforme au code du bâtiment. Pendant toutes ses études en architecture, Gabriela a comme tout le monde été fascinée par la boîte de la créatrice montréalaise, c'était il y a plus de dix ans, Céline n'avait pas encore atteint le niveau de célébrité qu'elle a aujourd'hui bien qu'elle jouissait déjà d'un rayonnement radioactif dans le milieu de l'architecture internationale, qui irradiait évidemment Montréal et transperçait les murs de béton de tous les départements universitaires pour marquer les imaginations pleines d'espérances des jeunes étudiants et des jeunes étudiantes. Ce que l'on sait moins, aujourd'hui, c'est que longtemps Céline est demeurée méconnue du grand public, mais cela, c'était bien avant que son père texte Gabriela en français durant *Tout le monde en parle* pour savoir si elle connaissait l'architecte qui a le même nom que la chanteuse, l'émission avait fini par l'inviter après qu'elle eut décroché coup sur coup, en 2011 – année marquée par la mise en chantier d'une trentaine de projets majeurs –, trois de ses plus gros contrats en carrière, ayant mené à la construction de certains de ses immeubles les plus mythiques, la fameuse Decco Tower à New York, le Media Center des Jeux olympiques de Londres et le musée Guggenheim d'Abu Dhabi, qui vient tout juste d'être inauguré, oui papa je l'ai déjà rencontrée, c'est là que j'ai travaillé l'été passé, si tu la rencontres un jour promets-moi de ne jamais faire référence à la chanteuse :) et les parents de Gabriela, qui ne s'intéressaient pas à l'architecture, avaient été pour une fois impressionnés par les études abstraites de leur fille, qui lui avaient permis de rencontrer une dame qui passe à la télé. La mère de Gabriela parlerait, c'est sûr, des amitiés privilégiées de sa fille le lendemain matin avec ses collègues de bureau.

La conversation dans laquelle elle est plongée avec Pierre-Moïse, une animatrice radio, une jeune comédienne et une ancienne ministre fédérale bat de l'aile, l'apparition fugitive de Céline a déboussolé tout le monde, on remplit le vide, « ah oui » et « humm » pour faire croire qu'on s'écoute encore, mais Gabriela parle toute seule. Le jour de son entretien d'embauche aux Ateliers C/W, Gabriela était toujours sous l'emprise de cet envoûtement, elle aurait peut-être la chance de travailler, si tout se passait bien, pour l'une des plus importantes architectes au monde, elle était morte de peur avant l'entrevue et essayait de débloquer son cadenas de vélo sans se tacher les mains, elle n'était plus elle-même et ses mouvements paraissaient joués, calculés, elle sentait ses gestes surveillés par le regard de Céline qu'elle imaginait intransigeant et acerbe, Gabriela portait une chemise blanche qu'il aurait été inacceptable de salir avant l'entrevue, elle s'était trouvée conne de pas avoir mis plus de Jig-A-Loo, elle était stressée et elle est dure avec elle-même quand elle est stressée, elle sacrait contre la serrure et avait fini par barrer son fixie sur un des racks libres qui occupaient le trottoir, des supports pratiques dessinés par la firme, qu'on pouvait croiser presque partout en ville et qui condensaient ce que l'équipe de Céline faisait de mieux en termes de design urbain : une simplicité belle, un léger classicisme et une discrétion qui n'encombrait pas le champ de vision, un simple demi-cercle tenu par un rectangle, un support à vélo en métal noir qui évoquait la forme d'une lettre grecque pouvant accueillir deux bicyclettes qui s'attachaient facilement sans se toucher. Au moins, il ne faisait pas trop chaud en ce jour de juin, Gabriela passerait quand même aux toilettes du rez-de-chaussée avant de monter à l'étage pour l'entrevue, elle connaissait bien les lieux. Les Ateliers C/W occupent les locaux d'une ancienne manufacture de manteaux du quartier Petite-Patrie dont l'extérieur a été rénové avec beaucoup de respect pour l'aspect d'origine du bâtiment centenaire, en briques américaines aux couleurs brûlées, on peut encore déchiffrer le nom des premiers propriétaires de l'édifice sur la façade est, LA CIE. C. H. CATELLI ILLIMITÉ, les mêmes que les pâtes alimentaires, oui, racheté par Samuel Shiff en 1948, l'imposant édifice de quatre étages avait changé de fonction en passant de la fabrication de nouilles à celle de vêtements pour la SHIFF AND COMPANY INCORPORATED, le nom de la nouvelle usine avait recouvert le lettrage blanc de monsieur Catelli, produisant ce palimpseste que Céline a souhaité conserver, ce bandeau discret de lettres effacées qui se fondent les unes dans les autres. Comme la plupart des étudiants en design, des étudiantes en architecture de la métropole, Gabriela avait visité les Ateliers C/W pendant sa première année d'université. L'employé responsable des groupes scolaires leur avait donné le même tour guidé qu'à toutes les autres promotions, le même tour guidé qu'elle donnerait l'été suivant, elle ne se doutait pas encore pendant la visite qu'elle devrait bientôt apprendre par cœur le texte intéressant et ludique, piqué de « saviez-vous que… ? » et de fun facts que leur livrait ce grand blond aux yeux noirs et au sourire parfait, c'est lui qui expliquerait à Gabriela, l'été venu, toutes les étapes d'une visite du 305, rue de Bellechasse : un accueil chaleureux, puis une courte introduction (dehors s'il fait beau) qui brosse un historique rapide du quartier, de son urbanisation après la construction, à la fin du XIXe siècle, d'un tramway reliant Montréal à Ahuntsic ayant mené à l'industrialisation progressive des secteurs au nord de l'ancienne gare du Mile-End où les vagues d'immigration italienne s'étaient installées, près de l'actuel marché Jean-Talon. Ensuite Gabriela, comme le beau blond avant elle – elle apprendrait au cours de l'été son prénom, Philippe, et bien d'autres choses sur lui –, tenterait de mettre en récit les faits saillants de l'immeuble, construit en 1900 par Catelli pour accueillir son usine et revendu à Samuel Shiff pour le plus grand ennui du groupe d'élèves du secondaire qui s'emmerderait et le lui ferait savoir. Monsieur Shiff transforme l'immense Centre du macaroni (Gabriela avait tenté une blague, ratée) en manufacture. Saviez-vous que les manteaux qu'on cousait ici étaient entièrement conçus et produits à Montréal, dans les locaux qui sont devant vous ? C'étaient des vêtements très connus, très populaires partout au Canada et même aux États-Unis jusqu'à la fermeture de la compagnie dans les années 1990, au moment où la mondialisation s'impose et qu'on commence à produire en Chine ou au Bangladesh pour augmenter les marges de profit. Dites-vous que les manteaux Shiff, c'était avant qu'existe l'idée des *produits locaux*. Aujourd'hui, on trouve ça très important de réduire notre empreinte écologique en consommant mieux, mais à l'époque, c'était naturel de produire les choses dont on avait besoin près de chez nous. Et c'était vraiment de beaux manteaux, qui font très vintage aujourd'hui, on pouvait les voir dans la vitrine que Gabriela montrait toujours à son auditoire en leur disant, dans un dernier espoir de les intéresser, qu'on en trouvait encore dans les friperies, si on cherchait bien – les yeux de quelques curieuses s'étaient animés un instant. C'est en 1991, bien avant votre naissance, que Céline rachète le 305 Bellechasse. Tout le monde l'appelait familièrement Céline, on ne mentionnait presque jamais son nom complet, Gabriela ignorait pourquoi, même ses profs d'université parlaient généralement de « l'influence *de Céline* sur l'architecture contemporaine », très rarement de « tel bâtiment des Ateliers C/W », n'était-ce pas une familiarité qu'on se permettait trop souvent avec les femmes, s'est souvent demandé Gabriela, comme si toutes demeuraient toujours de vagues connaissances, même lorsqu'elles parvenaient à se hisser au sommet de leur discipline. À l'époque, Céline Wachowski est déjà en pleine ascension dans le milieu de l'architecture, on lui commande des bâtiments partout dans le monde et Mme Wachowski cherche un local plus grand pour ses ateliers qui étaient auparavant (c'est la prof accompagnatrice qui voulait savoir) dans le Vieux-Montréal. Céline rachète la bâtisse, puis entame des rénovations importantes, exécutées d'après des plans qu'elle dessine elle-même. Tout ce que vous verrez aujourd'hui sort de sa tête. D'autres travaux ont eu lieu au cours des dernières années, dont une isolation des murs et une restauration des façades en 2007 (immense désintérêt du groupe, sauf pour un père accompagnateur qui avait eu l'air de trouver ça extraordinaire, il travaillait peut-être dans le domaine de l'isolation, avait pensé Gabriela). Le 305 fête cet été ses quinze ans. On est au cœur de l'endroit où naissent, s'élaborent, se dessinent tous les édifices célèbres que je vous ai montrés dans le hall et que vous avez vus dans les films, à la télévision. Vous pouvez me suivre, on va monter à l'étage pour procéder au reste de la visite.

Le jour où elle est retournée pour la première fois au 305 Bellechasse pour passer son entrevue d'embauche, longtemps après ces étés mémorables à travailler comme guide pour les Ateliers C/W, étés peuplés d'amitiés naissantes, de soirées interminables, de lendemains de veille douloureux et d'une histoire d'amour qui s'était mal finie avec Philippe, le beau guide blond (Gabriela considérait avoir « vécu sa jeunesse » à cette période, mettant à distance et cristallisant à la fois par cette expression une séquence de ses vingt ans qu'elle avait dû vivre, qu'elle se sentait en déficit de ne pas avoir vécue et qu'il avait été impératif qu'elle vive selon une certaine progression, un ensemble de schémas narratifs offerts par la rumeur sociale et les histoires épicées de son entourage, lot de péripéties que ses amies partageaient avec enthousiasme autour d'une bière, minant sans le vouloir la confiance de Gabriela, qui désirait ardemment avoir comme elles, un jour, des souvenirs à raconter, elle avait longtemps craint de passer à côté de ces précieux moments, il fallait que Gabriela goûte à cette insouciance douce, à l'extrémisme mesuré dans la dépense de soi qui caractérise la véritable fin de l'enfance, celle qui tombe au beau milieu de la vingtaine), rien d'important ne semblait avoir changé dans le hall des Ateliers, mais pourtant tout lui paraissait légèrement différent, comme si on avait rasé, puis reconstruit à l'identique l'ensemble des bureaux. Gabriela avait beau essayer de trouver l'élément nouveau, celui qui motivait cette impression d'étrangeté, mais outre quelques meubles, les pothos et les grands ficus plus touffus qu'avant, elle ne réussissait pas à mettre le doigt sur ce qui, de la réalité ou du souvenir, s'était défait et refait en cinq ans, transformé suffisamment pour lui donner l'impression de redécouvrir comme en rêve le studio improbable qui surgissait devant elle à la manière d'un hologramme éveillant des sensations primitives et enfantines. L'architecture des Ateliers C/W suscitait le même plaisir que les espaces imaginaires et utopiques décrits dans les romans fantastiques mais illustrés de manière décevante que Gabriela lisait enfant, la représentation visuelle n'étant jamais à la hauteur de ces forteresses sublimes dans les arbres, de ces cités construites à flanc de montagne ou de ces vieux châteaux ornés d'une tourelle effrayante offrant une vue sur un royaume perdu où fourmillaient les cavernes, les bastions isolés, les cimetières secrets et les chaumières. « Gabriela Lopez-Lachance, j'ai une entrevue d'embauche », annonçait-elle à l'employé d'accueil, un fin-de-vingtaine atrocement beau, plutôt gentil, mais sans fausses manières, sûrement gai – les hétéros de son âge ne travaillent pas comme secrétaires – qui s'empressa de téléphoner et lui fit signe de s'asseoir où elle le voulait. Autour d'elle s'affairait une faune un peu cliché comme on en retrouve dans toutes les firmes d'architecture et de design du monde, espèce à laquelle Gabriela savait qu'elle appartenait : des gens beaux, bien habillés, mais pas trop chics, jeunes pour la plupart, rassemblés en groupes de trois ou quatre dans les espaces de travail disponibles un peu partout, sur de longs divans, autour de grandes tables en bois ou assis sur les bancs de l'îlot central qui accueillait un petit café. Gabriela aimait que le hall des Ateliers soit un espace public, que les gens du quartier puissent y travailler comme dans n'importe quel autre café du coin, elle venait elle-même souvent s'installer ici pendant sa maîtrise, c'est bien pour une entreprise d'être ouverte à la communauté, accessible, il y a quelque chose de stimulant, d'exotique, de cool pour le monde de La Petite-Patrie qui peut venir traîner parmi les techniciennes en architecture, les stagiaires et les apprentis – le reste du personnel a des espaces encore plus agréables (et privés) aux étages supérieurs. Aujourd'hui son bureau à elle, qui offre une vue magnifique sur le sud de la ville, est tout en haut, face à une mezzanine d'où elle peut observer le vide la séparant du rez-de-chaussée, aussi grouillant qu'une petite ville qu'on scruterait d'un hélicoptère. Les plafonds hauts, le toit en verre au centre de l'édifice libèrent la vue, aèrent l'esprit et élèvent les idées. Céline a fait un travail remarquable en dessinant ses bureaux, c'est peut-être parmi toutes ses créations celle que préfère Gabriela, certainement moins époustouflante – surtout de l'extérieur – que les grands projets iconiques de la firme, souvent jouissifs, mais parfois très clinquants, qui se trouvent quasiment tous à l'étranger, elle ne saurait pas l'expliquer, mais le 305 Bellechasse lui paraît plus honnête, on sent que la grandeur, la virtuosité sont mises au service de la fonction : celle d'offrir un espace de travail agréable et inspirant. La première fois qu'elle a visité les lieux avec sa classe de l'université, son meilleur ami du bac, Louis (qui vit à Berlin maintenant), lui avait fait remarquer le petit feeling *Jurassic Park* qu'on a en entrant ; il avait raison, c'est vrai que t'as un peu l'impression, s'était dit Gabriela en observant les cinq étages qui se dressaient au-dessus d'elle, de découvrir un portail mystérieux au fin fond d'une jungle perdue donnant sur les ruines d'un temple ancien dont le toit aurait été ravagé par le temps, une sorte de vaste cour intérieure encerclée de murs majestueux compliqués de balcons byzantins et d'escaliers flottant dans le vide. Le bâtiment est assez typique du style et de la démarche de Céline, que Gabriela a souvent expliqués aux différents groupes qu'elle guidait : une décoration et des aménagements qui possèdent un caractère presque baroque, plus orné que la majorité des créations actuelles, qui tendent plutôt vers le dépouillement ; le réinvestissement et la conservation d'un lieu avec une grande sensibilité pour son histoire sociale et matérielle ; des procédés de destruction minutieux ; une esthétique de l'effondrement mesuré, avec des murs partiellement cassés ; une

« architecture de réduction » comme la nomment les spécialistes, calquant cette expression sur la sculpture pour qualifier le procédé qui vise à donner un aspect inachevé, déconstruit à certains éléments ; de grands balcons aux formes irrégulières qui s'interrompent sur une paroi de béton fracassée, comme si on avait creusé l'espace du hall à la pelle mécanique directement dans l'édifice, en arrachant de grands pans de plancher ; un souci écologique et social, une implication dans la vie du quartier et beaucoup d'événements gratuits organisés pour éduquer à l'architecture. Il n'est pas impossible que Céline ait voulu créer pour ses Ateliers, comme à la Decco Tower ou au New Opera de San Francisco, ce « sentiment eschatologique » caractérisant sa production des années 1990 et 2000, comme l'écrit l'une des spécialistes de son travail, professeure à Princeton et auteure de *Building the End to Come: Postmodern Spaces at the End of Times*, en imaginant cette entrée cinématographique, qui permet une vue quasi panoptique sur les espaces de travail des mezzanines, le tout baigné d'un éclairage naturel offert par l'impressionnant toit en verre conçu par les mêmes artisans que la verrière du musée des Beaux-Arts à Ottawa, clin d'œil chaleureux à l'architecte Moshe Safdie. Huit immenses colonnes qui servaient à soutenir la structure d'origine ont été conservées à des fins décoratives et ornent le hall. Elles sont, comme vous pouvez le voir, partiellement démolies, chacune à une hauteur différente, et tapissées de plantes grimpantes. « Le genre de place, avait dit Louis, où tu serais pas surpris de voir des ptérodactyles se poser sur une colonne pis se mettre à grignoter la tête d'un comptable. » L'image avait écœuré Gabriela, qui avait ri pour dissimuler son malaise.

Par fidélité envers ses déceptions d'enfance, Gabriela

a souhaité devenir architecte, continuant de se traîner sur cette voie souffrante où l'imagination volante et libre rencontre la concrétude du dessin, les limites des matériaux et des capacités humaines. À chacun de ses projets scolaires, elle avait ressenti, diluée dans les volumes désormais plus importants de sa maturité, la même trahison de la réalité envers l'imagination que lorsqu'elle se plongeait, adolescente, dans des séries de romans enlevants se déroulant dans des mondes formidables. Son monde à elle était si ennuyeux, ses parents si pitoyables, les autres enfants si méchants, Gabriela n'avait vécu de dix à dix-huit ans que pour ces personnages qu'elle aimait plus que son entourage, découvrant avec mages et guerriers des contrées fabuleuses, des châteaux impossibles qu'elle se plaisait à visiter les yeux fermés et à dessiner avec les crayons de bois de qualité que lui avait offerts son cousin illustrateur. Il était difficile de coucher sur le papier ce qu'elle percevait si bien dans sa tête, les choses du visible ne correspondaient pas à celles de son cœur. Ce qu'elle garde aujourd'hui de ses lectures d'adolescence, plus que les entrelacements compliqués des intrigues, ce sont les lieux dans lesquels elle voyageait et qu'elle avait eu envie de rejoindre lorsqu'elle pleurait en refermant le dernier tome d'une série adorée, vivant le deuil difficile d'une aventure qui s'achevait, la guerre véritable des héros n'avait-elle pas comme ennemies la vie ordinaire, la bêtise des camarades à l'école, les tâches obligatoires, l'hésitation entre le français et l'espagnol, les discussions qu'il fallait avoir au souper avec ses parents qu'elle n'avait pas choisis, qui ne s'intéressaient pas à la lecture et qu'elle méprisait parfois ouvertement, en les insultant avant de s'enfermer dans sa chambre. Si Gabriela avait semblé forte le jour de son embauche, une jeune femme confiante, qui se tenait droite dans l'entrée des studios en essayant d'attacher son casque de vélo sur la ganse de son sac en cuir vegan, si elle avait paru en mesure de terrasser toutes les créatures dégoûtantes, revêtue qu'elle était de cette armure de lin européen issu à 50 % de cultures durables, si cette assurance effrayait parfois ses collègues quand pour la première fois une femme remettait en question l'idée paresseuse qu'ils pensaient géniale, c'est parce qu'à la manière des égorgeurs attachants qui peuplaient son imaginaire d'enfant elle s'est saisie à vingt ans d'un poignard pour tuer Gaby, cette jeune fille qu'elle avait été, se glissant dans la chambre de la petite aux lunettes sales et aux cheveux pleins de nœuds qui passait des heures sur son lit à dévorer des gros livres dans lesquels on trouvait presque toujours une carte géographique des contrées imaginaires où se déroulait l'histoire, pour lui poser la main sur l'épaule et lui planter la lame dans le cou, sans pitié, deux pleurs sobres lui déboulant sur les joues. Gabriela peut, elle l'a maintes fois prouvé, être aussi cruelle que les pires génies maléfiques des romans de Gaby, exorcisés d'un geste violent. Elle le montre en assassinant ses fantaisies d'enfance, elle le montre en obéissant à cette nécessité qu'il y a, selon elle, de nier ses espoirs et ses rêveries, et le montre encore par cette exigence parfois sadique qu'elle exerce envers elle-même, ne se satisfaisant jamais de petites victoires, ne se reposant jamais sur ses lauriers, n'acceptant jamais les compliments, ne pensant jamais que tout est gagné même si elle a de l'argent de côté pour sa retraite, un duplex à revenu qui prend de la valeur à chaque année, de bonnes expériences de travail et quelques précieux amis avec qui elle va manger au Vin mon lapin ou au Beaumont quand une bonne nouvelle doit être célébrée, quand Louis est de passage en ville et qu'ils ont du rattrapage à faire sur leurs vies respectives. Personne ne le voit mais Gabriela court, elle a une cadence à maintenir, une ligne inconnue à franchir, et ses adversaires sont nombreux. Dans la vie, il n'est pas naturel d'éliminer ses ennemis d'un grand coup d'épée, de se débarrasser de ceux qui nous nuisent, de celles qui nous retardent ; Gabriela garde son énergie pour pulvériser les obstacles qui lui appartiennent, ceux qui se sont fondus à ses comportements à force de mauvaises habitudes et de démissions quotidiennes. Sa purge, elle l'exerce contre elle-même, et elle essaie de rester zen dans tout ça.

Elle refuse le fromage qu'un jeune homme vient de brandir au milieu de leur petit attroupement, elle adore les comtés vieillis, les laits crus Sainte-Maure de Touraine AOP et autres burratas importées par avion privé directement des Pouilles, mais considère qu'elle a assez mangé et essaie de couper dans les produits laitiers ; elle va de toute manière prendre encore un verre de vin. Du blanc, merci. La conversation a repris son allure, la présence de Céline fait vibrer l'air d'une nervosité effervescente, elle ne parle pas fort et sa voix est enterrée par celle de l'ancienne ministre un peu saoule, partie dans un monologue qui ennuie tout le monde sauf Pierre-Moïse. Il l'écoute avec une attention et une patience que Gabriela n'a pas. Si elle ne le connaissait pas, elle pourrait presque croire que l'intérêt de Pierre-Moïse est authentique, mais c'est sûr, au fond, qu'il la trouve insupportable, il va y faire référence de manière ironique et subtile, plus tard, entre deux gorgées. Pierre-Moïse est du genre à laisser quelqu'un dire des bêtises seulement par gentillesse, peut-être par cruauté ; la manière qu'il a de laisser les gens s'enfoncer eux-mêmes dans leur merde, sans leur tendre la main, effraie Gabriela. Pierre-Moïse écoute moins le C.V.

que la dame déploie de manière impudique depuis dix minutes que cette charge de fierté et de nonchalance entrelacées qui octroie une forme de richesse à la plate énumération de son cursus ; il n'ose pas changer de sujet de peur de la brusquer, Gabriela pourrait bien venir à son secours et le libérer de cette sangsue, mais elle choisit plutôt de s'éloigner en observant le non-verbal de Pierre-Moïse, qui affecte un air sensible et intéressé, ça énerve Gabriela que son collègue veuille plaire et déteste à ce point déranger, ça ralentit les processus décisionnels tous les jours, au travail. Ce qui l'agace le plus, c'est qu'elle sait qu'elle a quelque chose à apprendre de lui, de sa manière d'approcher les situations les plus difficiles avec finesse, en présentant les décisions qu'il est chargé d'appliquer comme les évidences les plus naturelles et les plus raisonnables aux employés qu'il met à pied, lui qui parvient on ne sait par quelle magie à faire comprendre à son interlocuteur les raisons de son congédiement, à convaincre celle qui se fait mettre à la porte que c'est la meilleure décision pour tout le monde. Gabriela attrape une bouteille d'eau minérale sur le comptoir en scannant la salle des yeux. C'est la première fois qu'elle voit Luc Plamondon en personne, elle est légèrement impressionnée, il discute avec un couple de son âge. Elle ne connaît personne, retourne vers Pierre-Moïse avec l'espoir sincère de le sortir du fossé. En voyant approcher Gabriela, l'ex-ministre change brusquement de sujet, vous devez être stressés par les consultations publiques ? C'est la quatrième fois qu'on lui en parle ce soir, elle est un peu fatiguée de resservir toujours la même réponse neutre et mesurée, l'ex-ministre n'attend toutefois pas qu'elle prenne la parole et y va aussitôt de ses propres analyses – les critiques sont d'une bêtise, c'est digne de la maternelle, moi j'étais outrée quand j'ai vu ça, qu'on s'en prenait à l'une de nos plus grandes entrepreneures, à un projet exceptionnel… En tout cas, si vous voulez mon avis – pis j'en ai vécu des « controverses » (elle mime les guillemets tout en tenant son verre, un peu de rouge tombe sur le plancher) – c'est une tempête dans un verre d'eau, ça va durer quelques semaines. Quand le projet va être approuvé, après les consultations, tout va revenir à la normale. Les Québécois ont pas vraiment d'espace en eux pour ce genre de méchancetés, d'accusations fausses et… et… Elle perd ses mots et redemande, mais vous, comment vous vivez ça ? Gabriela laisse Pierre-Moïse répondre, elle a du mal à trouver les formules alambiquées pour ne pas dire ce qu'elle pense.

La fête, corps alchimique, en est à son moment de dispersion, d'évaporation, les particules s'écartent les unes des autres après les derniers services, passe entre les convives un courant d'air désagréable, une brise qui assèche les yeux, on essuie de petites larmes avec un mouchoir en soie, Cai tente d'éteindre la ventilation en appuyant sur toutes les touches du panneau de commande électronique, mais souffle toujours ce courant d'air qui nous agace, dispersés que nous sommes dans les salons, la salle à manger, sur la mezzanine, dans les bureaux et dans les chambres, autour de la piscine. Les vins, les digestifs sont encore offerts, « se tenir longtemps debout sur le marbre blanc use les genoux », raconte l'acteur qui s'est fait opérer en clinique privée il y a moins d'un an, il explique cela à un serveur qui n'ose pas lui répondre que lui, il se tient debout depuis 3 heures de l'après-midi. On se cherche une chaise, un sofa, on s'assoit par terre sur les épais tapis pour continuer les discussions et en entamer de nouvelles. L'ennui se présente perversement, sans frapper, à l'entrée de l'appartement, il s'installe, ce vieil ennui qui connaît toutes les fêtes, qui arrive souvent tard, mais dont on voit presque toujours poindre le profil tordu, vieillard qui traîne ses bottes sales sur les tapis crème et termine les fonds de bouteilles en toussant, on l'a vu rôder ailleurs, il se meut jusqu'au salon principal et s'affale sur un fauteuil à oreilles près d'une bibliothèque. Il attrape une grosse Pléiade neuve, se met à lire de vieux poèmes sans qualités. La musique a ralenti son tempo, les musiciens se font plus langoureux, leurs notes suaves laissent dans l'air plus d'espace et la parole circule mieux, les conversations, tantôt rompues, éparpillées, perdues, se régénèrent, adoptent des destins plus linéaires et, lorsqu'elles prennent de grands tournants, personne ne se sent éjecté de leur nacelle. Quelques-uns ribotent encore près des restes froids dans la cuisine déserte, même s'ils n'ont plus faim ils avalent d'immenses pavés de fromage à peine mâchés qui s'écrasent au fond de leurs estomacs acides. Demain, ils compteront leurs calories, elles appelleront leur entraîneur privé et feront ensemble des danses qui font transpirer. Quelque part, un homme dont la chemise est sortie des pantalons demande à une serveuse choquée de lui faire un massage, les hommes autour s'amusent de l'air offensé de la jeune femme et de l'impolitesse de leur collègue. Demain, ils feront des opérations abstraites dans leurs ordinateurs qui créeront des emplois et mettront du monde au chômage. Dans le salon, on parle de justice sociale, une conversation qui intéresse Pierre-Moïse. Un journaliste retraité, au parcours idéologique inhabituel, se dirigeant comme s'il marchait à l'encontre du mouvement général du centre droit de sa jeunesse vers une gauche presque extrême au terme de sa longue carrière et qui, à vrai dire, se sent coupable devant tout le faste agréable de l'anniversaire de ce soir, nomme au détour d'une réflexion le nom de Marx – visiblement, il l'a lu. Un homme âgé qui a grandi dans un régime communiste de l'Est avant d'immigrer au Canada dans la vingtaine pour faire fortune dans le domaine de l'aviation pousse un rire indigné en regardant ailleurs, n'ayant pas l'énergie de répondre à ce journaliste bête qui a fait beaucoup de radio et qui possède le net avantage de l'expression orale ; il fait signe à une serveuse et reprend un sirupeux bourbon.

Plus rien dans la fête n'amuse Céline. Elle flotte dans la salle à manger, où des groupes d'inconnus la toisent sans gêne, avant de passer dans le salon adjacent, où se trouve le Bain. Le canapé qu'elle occupait plus tôt est pris. Elle ne parvient pas à attraper Cai ou Dina, qui sont engagés dans des conversations, elle promène ses yeux sur la foule et regarde avec dédain les convives restants, elle n'a envie de parler à personne, il ne reste plus que d'anciens tisserands du pouvoir, de médiocres petits potentats économiques, une poignée de personnalités à peu près médiatiques, s'éveille en elle un archaïque mépris pour le Québec, ses récriminations contre la province sont nombreuses et le dossier de preuves dans le cas qu'elle prépare est rempli de pièces à conviction indiscutables, cette guerre secrète que Céline mène a des origines profondes, elle commence par une agression du Québec envers elle, le Québec qui l'a si longtemps ignorée, elle travaille à son premier projet d'envergure après plus de quarante ans de métier et les consultations publiques, sans surprise, sont houleuses. Évidemment le Québec ne pouvait pas l'accueillir sans partir une autre de ses minables controverses, après qu'elle a mené avec succès dans le monde des centaines de grands projets, sans compter les chantiers résidentiels, l'aménagement de locaux de travail et de commerces, la restauration de bâtiments historiques, les parcs et le plan d'urbanisme à Chicago, Los Angeles, Lyon et Berlin, les gratte-ciel à San Francisco, New York, Paris, Tokyo, Sydney, conceptualisés puis menés à bien par son équipe – sans compter les centaines de plans, d'idées, de projets qui ne verront jamais le jour, par manque de financement ou de courage esthétique, tant de fois elle a, même si les chantiers n'étaient pas les plus intéressants, participé à des concours qui ont couronné des architectes étrangers, des firmes techniciennes et généralistes médiocres, pire, des collègues locaux sans vision. Les contrats qu'on lui a refusés au cours de sa vie s'étant soldés par d'incroyables désastres sont innombrables, l'Orchestre symphonique, la Place-des-Arts, le musée d'Art contemporain, il doit y avoir des caisses et des caisses de projets portant sa signature aux archives nationales. Pour les réalisations les plus hideuses, les Ateliers C/W ont proposé sans succès les esquisses de bâtiments ingénieux et beaux, ne manquait-on pas de beauté dans cette province dégénérée et malade, pendant qu'on lui refusait d'exercer son art et son talent, obéissant aveuglément à cette loi du plus bas soumissionnaire, on se bousculait pour lui proposer de construire à Delhi, à Dubaï, à Abu Dhabi, à Londres, à Philadelphie, elle a édifié des immeubles devenus légendaires qu'on peut voir dans les films et dans les dépliants touristiques, Pauline, sa gestionnaire des communications, lui a montré un jour sur Twitter le *#DeccoTower*, le *#NewOperaSF*, le *#GuggenheimAbuDhabi*, les hommes et les femmes du monde entier rêvent de prendre un selfie avec ses créations, mais la minable province dans laquelle elle est née, peuplée d'illettrés qui ont voté « Non » deux fois à des référendums sur leur souveraineté, n'ont pas jugé son travail assez convaincant, assez conforme aux normes et aux attentes des banquiers et des médecins qui nous servent ici de leaders, les idées de Céline sont trop originales, trop « artistiques » lui avait-on dit un jour, « on ne veut pas déplaire aux contribuables », combien de fois elle l'a entendue, cette phrase, venant de députés et de ministres qui disaient parler au nom d'un peuple qu'ils étaient censés représenter, prétendant incarner la voix de la raison alors qu'ils utilisaient les fonds de leur ministère pour se payer des voyages et des prostituées, tout indiquait que la population québécoise était fervente du travail de son entreprise, mais au Québec, pensait Céline, c'est la quête d'un consensus fantasmatique et inatteignable que l'on poursuit toujours en tuant l'art dans l'œuf, en choisissant le projet le moins coûteux, le plus cheap, combien de talents d'artistes, et particulièrement de *femmes* artistes, ont été gâchés par la bêtise d'un comptable élu dans quelque circonscription barbare qui refuse de mettre la main à la poche. Que le Québec en remette une couche, ces jours-ci, avec ses petites crises contre le Complexe Webuy ne l'aide pas à apprécier davantage la soirée peuplée de gens qui lui opposent les mêmes refus depuis trente ans. Un vieil homme, dans un coin, lit un livre épais, un homme sans doute cultivé qui préfère la lecture à la discussion avec ses congénères. Céline en a assez de parler toute seule, peut-être ce monsieur comprendra-t-il ses récriminations avinées contre le monde. Elle marche en se traînant une chaise et s'assoit près du vieil ennui.

Le désintérêt de Céline pour ses semblables suscite leur amour pour elle. Dans le salon, son nom flotte encore, on se chuchote des renseignements à son propos, on lance des théories fumeuses sur ses occupations actuelles, ses fréquentations, sa vie, ses deuils et ses combats pendant qu'elle, elle devrait rentrer, elle a un vol demain, mais Céline a un mot à dire pendant l'hommage que Cai a préparé en l'honneur de Dina, à quelle heure il veut le faire, son hommage, il commence à être tard, Céline a envie de partir, heureusement qu'elle ne travaille pas ce week-end ; il y a tout juste dix ans, dire cela aurait relevé du miracle, elle ne prenait jamais congé, sauf quelques journées spéciales, la veille de Noël ou le jour de l'An, même pendant ses vacances elle devait passer son temps au téléphone, à surveiller ses courriels, le cours de ses actions, Céline avait eu une de ces vies sacrifiées au travail, une de ces existences passées à bosser soixante-dix heures par semaine, depuis quelques années elle prend ça plus mollo, ne travaillant plus le dimanche, tout le monde en est formellement averti, on ne la contacte le dimanche qu'en cas d'urgence majeure – et elle répond avec une formidable mauvaise humeur. S'est produit avec la croissance presque monstrueuse de ses entreprises un phénomène étrange ayant rendu son rôle presque inessentiel, ses subalternes n'ont plus besoin d'elle, à la jonction de chacune des branches de son empire se trouvent des têtes solides, soigneusement placées et beaucoup plus au courant qu'elle des enjeux immédiats, des contrats en cours, du stade de développement de chaque projet, il n'y a aucune raison d'exiger sa consultation, sauf pour les grandes orientations et les décisions importantes, Céline se déleste de responsabilités lourdes à porter, les délègue à celles et ceux qui en ont une soif véritable, avec les années, cette dimension autrefois centrale de sa carrière, ce plaisir qu'elle prenait à commander comme un général, à préparer la prochaine attaque et à déployer ses troupes sur le terrain en sachant qu'elle aura toujours le dernier mot et qu'elle pourra imposer sans trop d'entraves ses visions et ses volontés, s'est émoussé. Elle est entrée en

Bourse, a vendu des parts très importantes de ses entreprises. « Mes compagnies sont passées du despotisme éclairé à une démocratie d'idiots », raconte Céline en riant au petit attroupement auquel elle s'est finalement greffée. Dans le rapport à l'argent de Céline subsiste une vieille haine, un fond de cynisme social qui a emballé sa vingtaine, la philosophie n'a jamais été très pratiquée au Québec, on valorise ici un rapport direct au monde, sans médiation, mais les séminaires sur Kierkegaard ou *L'Être et le Néant*, à Paris et à Yale, lui ont permis de faire des rencontres précieuses et inattendues, de nouer des complicités fortes ; elle a parfois été insupportable, prétentieuse, méchante envers les étudiants de son programme qui ne s'intéressaient pas aux penseurs français à la mode, qui avaient à peine l'esquisse d'une idée de qui pouvaient être Jacques Lacan et Gilles Deleuze (l'internet n'existait pas, aujourd'hui tout le monde peut se faire une culture générale sans avoir lu l'auteur dans le texte), elle prenait un vilain plaisir à expliquer à qui voulait l'entendre et comme s'il s'agissait d'une évidence ce que Lukács voulait dire par « totalité sociale », ou racontait avec force détails les motivations véritables de la querelle entre Foucault et Derrida, les livres jaunis, aux couvertures austères, dont les pages étaient imprégnées de café et d'odeur de cigarette, ces livres soulignés et annotés de formules magiques, slogans sibyllins l'orientant dans la prose alambiquée, confuse et luxuriante des intellectuels, ces livres enluminés d'un trait élégant qui traçait des étoiles et des flèches, découpait des ensembles ou lançait dans les marges un point d'interrogation effronté s'étaient ensablés dans un coin de sa mémoire, elle gardait peu de souvenirs précis des théories, mais repensait avec nostalgie à l'émerveillement qu'elle avait ressenti, à la satisfaction de suivre les fils entremêlés de ces réflexions exigeantes et pas toujours très pédagogiques, qu'elle consommait comme d'autres lisaient des biographies de stars. Et puis parfois, au détour d'une discussion, pour marquer son différend avec des idées qui la choquent, un phrasé lui revient, un rythme et un arsenal dont elle se sert pour pimenter la conversation d'une formule sans doute lue quelque part, qu'elle n'explique jamais : « c'est un fantasme de persécution, on vient d'entrer chez Lacan », « mais le langage est toujours fasciste », « vous savez, certains discours fonctionnent non pas sur une recherche de la différence, mais sur son effacement », « les gens disent tout et n'importe quoi, sauf bien sûr ce qu'ils pensent », « le Capital épuise trois choses : la nature, la force de travail et mes nerfs ». Ces lectures ont été incorporées au vieux fond de casserole que l'on se prépare à vingt ans et que l'on réutilise dans toutes nos recettes, ses arômes sont difficilement reconnaissables, mais le bouillon structure encore ses sauces et ses marinades ; elle en tire une attitude, une manière de se tenir face aux événements du monde. Elle répond humblement lorsque des intervieweurs la questionnent sur sa fortune : « Ce sont des choses qui viennent d'elles-mêmes, mon truc, ç'a jamais été l'argent, le succès arrive quand t'es fidèle à ce que tu veux faire. J'ai développé contre vents et marées une perspective personnelle, j'ai fait preuve d'ouverture et d'écoute, le reste, c'est de la chance. J'ai pas beaucoup de mérite, beaucoup de gens pas mal plus doués que moi devraient être à ma place. » Dans son fameux portrait de Céline Wachowski paru en 2011 dans *Harper's Bazaar*, un article tout en demi-teintes, traversé d'une estime avouée et d'une douce condescendance, Joan Didion cite Céline : « Tu fais tes affaires, tu continues ta réflexion artistique, tu bosses, tu bosses, et puis un jour, tu te réveilles millionnaire. Malgré toi ! Elle rit. Ça arrive à peu près comme ça. C'est effrayant de passer d'étudiante endettée, originaire d'une famille plutôt pauvre, à personnalité publique multimillionnaire. Il y a des réflexes dont il faut se défaire. C'est un nouvel apprentissage et, oui, dans un sens, à un niveau strictement personnel, un fardeau. »

En réponse à une question d'un jeune homme d'affaires, Céline tente d'expliquer à son petit auditoire combien l'entrée d'actionnaires au conseil d'administration des Ateliers C/W a atténué l'influence de la reine-philosophe qu'elle a longtemps été, elle pâtit désormais des injonctions des financiers à cravates représentant tel ou tel trust et qui ne connaissent pas grand-chose à l'architecture. Les mots qu'elle emploie pour désigner ses activités n'ont plus autant de sens depuis que de nouvelles fonctions sont apparues dans son planning et ont transformé sa vie, la forçant à abandonner les dimensions les plus stressantes de la gestion d'entreprise – dès le début des années 1990, elle délaisse des tâches ennuyantes comme le développement de clientèles, les finances, les ressources humaines ; elle occupe aujourd'hui plus ou moins le poste d'une directrice artistique, croisée à une mascotte. C'est ainsi qu'elle décrit son rôle véritable, pour le vibrant enjouement des convives avec qui elle partage cette anecdote à la manière d'une déesse allouant négligemment un miracle au peuple zélé qui multipliait les sacrifices en son honneur. « *An artistic director crossed with a mascot.* » Elle fait rire ses interlocuteurs avec cette formule qui a tant de fois provoqué l'amusement dans d'autres soirées, son accent français, son accent français *québécois* n'est-il pas l'un des ingrédients incontournables de l'adoration qu'elle suscite partout dans le monde, n'est-ce pas cet accent torturant son anglais, parmi d'autres choses, qui a fait le succès de son émission sur Netflix, devenue culte dès sa sortie ? Les Américains continuent curieusement de voir dans l'accent français un signe de bon goût, Céline, qui passe trois mois par année à Paris, se l'explique mal. Netflix, la télévision, les médias, tout cela participe bien entendu du secteur « mascotte » de ses activités, un univers qui demeure beaucoup moins payant que la finance – le comédien, qui s'est greffé au petit caucus, acquiesce –, et dans lequel on vous exploite, vous et votre image, vos phrases, votre style, à tour de bras, c'est inimaginable, les apparitions à la télé, les entrevues de quelques minutes dans lesquelles il faut à la fois être légère et profonde, drôle et grave, et pour lesquelles on doit parfois apprendre des répliques écrites par les scripteurs de l'émission, sans parler des photos, partout, pour les magazines et les journaux, mais aussi au cinéma, sur les tapis rouges des Golden Globes ou du MET Gala, dans les soirées caritatives, dès que tu sors de chez toi – c'est pire lorsqu'elle est à L.A. ou à Paris, les gens connus (disant cela, elle exclut sciemment de cette catégorie ceux et celles à qui elle s'adresse, même le comédien qui a pourtant fait le *7 Jours* récemment) sont encore épargnés à Montréal – sans parler de ces parodies parfois méchantes à Saturday Night Life ou à d'autres émissions comiques françaises ou autrichiennes, de ces petites images humoristiques partagées sur les réseaux sociaux que Céline ne comprend pas toujours lorsque Pauline les lui montre en la rassurant : « On appelle ça des mèmes, c'est tendance, c'est bon pour nous, il faut oser l'autodérision et jouer sur le caractère ambigu des publications Instagram, personne ne sait si Dolly Parton comprenait vraiment le *#dollypartonchallenge*, mais tout le monde s'en fout parce que ça cartonne, quoi. Ça a multiplié ses cotes d'écoute chez des tranches d'âges qui ne savaient même pas qu'elle existait. »

Céline déteste aussi les t-shirts, ces horribles t-shirts non autorisés sur lesquels on imprime sans lui demander sa permission des phrases qu'elle ne se souvient pas d'avoir prononcées, accompagnées de versions dégénérées de son portrait, grossièrement esquissé au crayon, qui la schématisent en la réduisant à quelques traits, comme si elle n'était qu'une coupe de cheveux et des lunettes carrées – elle possède une trentaine de paires de lunettes et porte rarement les carrées – ; à de nombreuses reprises on lui a déconseillé d'amorcer des recours judiciaires contre ces entreprises qui parasitent son image publique en l'assurant qu'elle serait remboursée au centuple dans le parachèvement d'une transformation de simple icône d'un domaine somme toute anonyme à véritable déesse de la culture populaire et du home design, transformation d'abord portée par une petite troupe gaie fascinée par ses répliques mordantes et les mannequins puant le sexe, de trente ans ses cadets, avec qui elle apparaît sur les tapis rouges (parallèlement, on ne cesse de spéculer sur sa sexualité, de lui inventer des relations lesbiennes), et qui s'est complétée en janvier 2018 alors qu'elle présentait le Golden Globe Award for Best Actress et qu'elle a lancé cette pointe sarcastique et assassine, dans le contexte du mouvement *#MeToo*, dont elle avait entendu parler, contre les producteurs véreux qui agressent les jeunes actrices, faites de la place, elles vous remplaceront bientôt, la blague, qu'elle avait elle-même écrite et livrée avec détachement avait provoqué un fou rire dans la salle (on voit sur la séquence Robert Downey Jr. et Meryl Streep pleurer de rire, Lady Gaga poser sa main sur sa bouche et Quentin Tarantino glousser en regardant le tapis), le segment, tous les sites de show-business l'écrivent, a parachevé sa transformation populaire et lui a valu quelques millions d'abonnés de plus sur son compte Instagram. Une incroyable vague de repartages sur les réseaux sociaux a confirmé l'engouement du monde entier pour cette femme de soixante-sept ans à l'allure un peu punk – elle portait ce soir-là du Vivienne Westwood –, qui se fout des convenances et dit les choses directement, sans détour, nommant l'éléphant dans la pièce d'un air snob, intelligent et pince-sans-rire, mascarade qui cache une grande sensibilité que les téléspectateurs d'*Old House, New House* ont pu découvrir lors d'épisodes touchants où ses yeux se remplissent de larmes. Des influenceurs et influenceuses, dès le lendemain matin, en ont fait l'un des dix moments les plus emblématiques de la soirée des Golden Globes, une prise de position qui témoignait, dans le contexte, d'une solidarité intergénérationnelle, le mouvement ayant surtout été associé jusque-là à des personnalités plus jeunes ; on a imité sa formulation sur toutes les tribunes, la blague est devenue en l'espace de quelques jours une expression populaire, un hashtag, cette pointe s'était avérée plus hilarante, plus cruelle encore que toutes celles écrites par l'équipe d'ânes derrière les textes de l'animateur – « un homme ennuyant, incolore et macho », répète Céline, en faisant pour faire rire les gens qui l'écoutent deux fuck you de ses doigts fins.

C'est cette vie imprévue qui s'est emparée d'elle depuis quelques années, propulsant une carrière déjà fructueuse dans le monde de l'architecture vers les hautes sphères du divertissement et du vedettariat, parcours inouï, dont on trouve peu d'équivalents dans le star-system actuel, avant d'y entrer par la grande porte avec le succès retentissant d'*Old House, New House*,

Céline avait déjà noué contact avec plusieurs célébrités internationales qui ont soutenu en coulisse, par des témoignages d'admiration lors des soirées où se trouvaient des gens influents, son entrée à Hollywood, des comédiennes ou des producteurs dont elle avait dessiné les penthouses, les appartements et les demeures à Paris, New York, San Francisco, Los Angeles, les maisons de vacances dans les Hamptons ou sur la côte de Big Sur – chaque milieu a sa cartographie plus ou moins secrète, et celle du show-business n'a rien à voir avec celle des millionnaires de la finance ou des héritières et héritiers de grandes fortunes, il existe une géographie invisible pour le commun des mortels, une population alternative et fortunée fait vivre tout un commerce parallèle mondial de bijoux, d'œuvres d'art et d'artéfacts de contrebande, il est nécessaire de saisir les tendances esthétiques naturelles, et souvent inconscientes, des différents profils financiers, pense Céline, ne serait-ce que pour prendre nos distances avec leurs demandes clichés, leurs idées médiocres. L'architecte, elle le rappelle, n'est pas une exécutante, mais une créatrice à part entière, c'est son travail de radiographier l'inconscient planétaire de la circulation du capital, elle croit fermement à cette possibilité de saisir l'essence des gens et le désir d'espace de ses clients d'après leurs origines et leur histoire personnelle, en portant attention aux non-dits, aux contradictions qui témoignent de pulsions obscures, les aveux ne sont-ils pas toujours hypocrites, orientés, c'est son travail de les interpréter, de comprendre la véritable demande pliée, enfouie sous la poussière des discours que le vent frais de son esprit acéré balaie dans la cour des classes moyennes ; elle explique sa théorie dans de nombreux ouvrages qui ont eu un succès d'estime, *Le Désir d'espace*, un classique, son controversé *Le Désarroi esthétique de la modernité*, *L'Architecture et les Femmes*, ses entretiens avec Phyllis Lambert, cette architecte et philantrope qui l'inspire tant, sans compter les innombrables collectifs qu'elle a dirigés dans les années 1990, dont *L'Architecture latino-américaine de Los Angeles. Un héritage à préserver*, ou encore son *Montréal réel et imaginaire. Le Québec et son patrimoine bâti*, avant la sortie d'une monographie plus « pop », abordant dans un vocabulaire simplifié les stratégies qui ont été à l'origine des plus importantes décisions commerciales et esthétiques de sa carrière, dont plusieurs sont passées au rang de philosophies populaires grâce à ce véritable phénomène de librairie, *Vision of Style*, *New York Times Best Seller*, vendu à huit millions d'exemplaires dans quinze langues, un livre sérieux, mais moins que ses précédents, plus accessible, moins polémique, plus simple, pourtant beau et passionnant selon la plupart des critiques des grands journaux qui en ont parlé avec enthousiasme, Céline avait souhaité le faire paraître chez un éditeur *littéraire*, dont le catalogue accueille d'autres grands noms de la création artistique contemporaine – Gallimard pour la France, Knopf pour le monde anglo-saxon –, les Français en ont tiré un « beau livre » qui se vend cher en raison de la qualité d'impression des photographies, une réelle rétrospective de sa carrière comme on en trouve chez Taschen ou Phaidon, mais croisée d'une autobiographie et accompagnée d'une sublime préface de Philippe Starck (Céline souffre encore du refus cruel que Jean Nouvel lui a adressé dans un courriel expéditif et impersonnel, trahissant une jalousie qu'elle ne lui connaissait pas, devenait-elle depuis son succès télévisuel trop *populaire* pour l'autre grand nom de l'architecture, pas assez *sérieuse* pour cet homme qu'elle considère pourtant comme un ami, un égal, Céline garde des souvenirs précieux de leur collaboration sur les plans de l'Institut du monde arabe, Jean avait immédiatement reconnu son talent hors du commun et l'avait poussée à lancer sa propre boîte, « une tête comme la tienne ne travaille pas pour les autres », il admirait son impertinence et ses analyses toujours étonnantes, qu'elle exprimait avec facilité, il a de nombreuses fois, en entrevue, cité sans le dire des réflexions qu'il tenait d'elle, n'était-ce pas ce vieux conflit qui a refait surface autour de cette préface, Jean lui répétant sans cesse qu'il lui fallait se défaire de ce côté *américain* qu'elle avait, perdre cette vilaine culture acquise en grandissant au Québec, péril de la proximité). L'éditeur anglais a produit un livre beaucoup moins cher et beaucoup moins chic que l'édition française, avec des photos imprimées sur un papier ordinaire qui ne résistera pas au temps, les éditions Knopf l'avaient assurée qu'elles connaissaient bien leur marché et Céline leur avait accordé sa confiance d'un trait de stylo sur le contrat d'édition, elle ne s'était pas trompée : le livre figure toujours au palmarès des ventes d'Amazon, des passages piratés, ce qui la réjouit moins, circulent sur le web, où on peut trouver des images inspirantes portant quelques-unes des meilleures formules du livre, citées cependant hors contexte.

La musique s'arrête et un silence se répand dans l'appartement. Cai ajuste le micro à sa hauteur et prend la parole, il invite tout le monde à se rassembler devant lui, nous nous levons péniblement et traînons les pieds, essayons de marcher sur des talons trop hauts en gardant une direction à peu près droite, descendons de la mezzanine en agrippant la main courante. « First I would like to ask Dina to join me », quelques convives applaudissent, un homme lui prend le coude et la pousse vers l'avant, Dina se cache le visage d'une main et se rend au centre. Elle embrasse Cai sur la bouche. On chuchote qu'elle est ravissante, sa tenue royale, une robe longue aux manches moulantes et au col haut, autour duquel pend un collier de pierres, lui va à merveille. Cai a les mains moites, le front couvert de sueur, il est stressé, ça ne lui arrive pas souvent, il doit fréquemment parler en public, il sait le faire avec élégance, mais s'exprimer devant les amis de Dina, cet entourage qu'il apprend encore à connaître et qui la côtoie depuis trente, quarante, voire soixante ans dans le cas de Lucie, l'intimide, comme s'il avait toujours des preuves à faire après trente ans de mariage. Cai n'a rien dit tout à l'heure, mais il est encore furieux que Lucie soit partie si tôt, il tenait plus que tout au témoignage de l'amie d'enfance de sa femme. Lucie, en sachant très bien qu'elle laisserait un vide dans la planification de la soirée, a dit en français : « Je travaille demain. » Dina qui ignorait la surprise qu'on lui a préparée l'a poussée à rentrer, « c'est pas grave, on comprend, on peut pas toujours prendre congé », a-t-elle répondu en camouflant mal sa déception, Cai ne voulait rien gâcher et n'a pas protesté, il a cherché dans le regard de Lucie quelque chose pour la retenir mais elle a pris toutes les mesures nécessaires pour ne pas croiser le sien avant de s'éclipser. Lucie est une femme malheureuse qui a eu la vie dure, Dina a toujours souhaité la soutenir en l'invitant dans ses réceptions montréalaises, lui payant même le voyage lorsqu'elles partent toutes les deux à Hawaï, à Antigua, à Bora Bora, à l'île Moustique ou aux Maldives, Dina sait qu'elle fait plaisir à son amie en lui donnant accès à un monde qu'elles ont fantasmé adolescentes et que Dina a fini par gagner à force d'efforts, en fabriquant des puces électroniques, des connecteurs mémoriels et sa propre chance, à soixante ans n'est-elle pas la satisfaisante évocation de ces princesses qu'elles rêvaient de devenir, vivant cette vie d'or et de pashmina qui est cependant loin d'être aussi reposante, aussi rose qu'on le croit, brisant le pacte que Lucie et Dina s'étaient fait à treize ans dans la cabane en bois construite par le père de son amie, pacte par lequel elles s'étaient juré de ne jamais se lâcher. Dina avait fait promettre à Lucie, qui avait promis, et Dina aussi. Si elles partaient un jour vivre ailleurs, si elles gagnaient le million ou se trouvaient un riche époux, l'une emmènerait l'autre avec elle. Elles ne se lâcheraient jamais. Lucie n'a jamais brisé ce serment que Dina tente de réparer occasionnellement, jamais elle ne pourra rembourser cette dette, personne ne souhaite réaliser les promesses d'enfance, formulées innocemment, sans aucune idée de l'avenir qui nous attend, les choses changent en vieillissant, pourtant il arrive que Dina se sente coupable d'avoir trahi cette naïve entente. Lucie a pris un mauvais virage à l'adolescence, longtemps elle a attendu d'être sauvée par quelque force extérieure avant d'obtenir son poste à l'université, Dina est incapable de lui en vouloir, de formuler un reproche à son égard, mais jamais Lucie ne remercie Dina pour tout ce qu'elle lui paye, Cai lui a souvent conseillé d'éviter cette énergie négative, You're the average of the five people you spend the most time with, il répète cette formule d'achiever en espérant qu'elle inhibera un jour cette vilaine culpabilité propre aux cultures catholiques, Dina ne vient-elle pas d'une famille italienne très croyante qui lui a inculqué ces schémas psychologiques néfastes, minant sa confiance en elle, you're the average of the five people you spend the most time with, le mantra de Cai ne voile-t-il pas entre les lignes une menace, se demande Dina, Cai désirera-t-il toujours qu'elle fasse partie des five people he spends the most time with ? À le voir aussi nerveux amorcer l'hommage qu'il a préparé pour elle, démarrant pour cela un petit projecteur portatif qui fait apparaître un gros rectangle bleu sur le mur, Dina voit bien que Cai est fou d'elle, qu'il ne la quittera jamais, quelle preuve supplémentaire voudrait-elle, son amour est sans limites, n'a-t-il pas organisé toute cette soirée d'anniversaire sans qu'elle lui en fasse la demande, une nuit de surprises et d'amitié, une fête parfaite, il ne manque que ses parents, qui ne peuvent plus sortir, ils iront les voir cette semaine, Dina doit apprendre à accepter le positif, à se laisser porter par l'indestructible affection de Cai, c'est la mauvaise habitude de Dina de se faire des chimères et d'agir en fonction de ses craintes, de biais cognitifs souvent inexacts qui enflent à mesure qu'elle leur accorde de l'importance. Elle doit apprendre à *agir*, et non à *réagir*, elle sait tout cela, elle agira, parlera à Lucie demain ou après-demain ; cela l'attriste que Lucie soit partie si tôt, comme si elle était venue se nourrir avant de sacrer son camp, ce n'est pas la première fois que Lucie ne manifeste aucune reconnaissance, aucune sensibilité envers Dina, qui continue de dépenser pour elle même si Lucie arrive toujours les mains vides, Lucie s'intéresse si peu aux sentiments et aux passions de son amie, elle est centrée sur elle-même, il faut que Dina lui en parle, après-demain, ça sera le bon moment, Lucie va comprendre et elles vont retrouver cette complicité qu'elles ont toujours lorsqu'elles sont seules toutes les deux. Cai a préparé sur une clé USB un diaporama de photos de voyage pour accompagner son témoignage, we don't ask her to bring a four hundred dollars bottle, mais juste par politesse un petit vin à vingt, vingt-cinq dollars, elle boit deux bouteilles à elle toute seule, elle a quand même un bon travail à l'université, Lucie pourrait participer un peu, répète souvent Cai, il n'a pas complètement tort bien qu'il soit dur parfois, d'une fermeté s'étant adoucie avec les années. En comprenant que l'amitié de Dina ne fléchirait pas, Cai a adopté une attitude plus compréhensive à l'égard de l'amie de sa femme, qu'il apprend peu à peu à connaître et à apprécier, dans la mesure du possible. Dina lui a raconté l'adolescence mouvementée de Lucie, elle a eu un enfant très jeune et a dû poursuivre de douloureuses démarches judiciaires – financées par Dina – pour ne plus avoir à verser cette injuste pension alimentaire au père de l'enfant, qui ne sortait pas un sou de ses poches ; elle est passée d'un emploi à un autre avant d'obtenir à quarante ans un poste à l'université, elle n'avait jamais eu de revenus stables auparavant, mais elle a vu le monde, traversant la Russie en sac à dos, c'est une aventurière qui a enseigné le français en Afrique, Dina pense que c'est après ce voyage que Lucie a changé, elle avait voulu poursuivre son rêve humanitaire, donner de sa personne pour aider les gens, elle s'était installée au début de la trentaine à Abuja, au Nigeria, dans l'objectif de renouer avec la famille de sa mère qu'elle n'avait jamais connue. Elle était revenue triste, presque ternie, après un an seulement d'aide humanitaire. Lucie ne donne jamais beaucoup de détails sur ce qu'elle appelle en riant ses années nigérianes, mais Dina demeure convaincue que son amie était différente à son retour, Cai trouve cela ridicule, on ne change pas parce qu'on va une fois à Abuja, la pauvreté, on la voit partout, that's pure occidental romanticism, mais peut-il comprendre, lui qui n'est pas fils d'immigrants, qui est issu d'une famille riche, Dina n'aime pas parler de ces sujets avec son mari qui ridiculise les questionnements qui l'ont longtemps harassée avant qu'elle ne travaille sur elle-même – chose que Lucie n'a jamais faite –, il écoute ses confessions en lui flattant les cheveux avant de balayer tout cela du revers de la main pour changer de sujet, ne formons-nous pas tous et toutes un même grand peuple, rétorque Cai, ne vivons-nous pas tous sur la même planète, explique-t-il, pensant que l'humain est foncièrement nomade, Cai se méfie de toute forme d'attachement aux origines, lui qui vit à quelques kilomètres de la maison où il est né, lui qui a fait ses études en anglais et qui a voyagé dès son plus jeune âge, peut-il comprendre Dina, lui qui a évolué toute sa jeunesse dans des milieux où des enfants venus de partout partageaient les mêmes goûts, les mêmes expériences, possédaient les mêmes référents culturels, il se moque parfois de sa femme lorsqu'elle rêve dans un français greffé de mots italiens, il juge ridicules les dons qu'elle verse encore aux partis politiques qu'elle soutient, comment peut-il dénigrer les blessures, les hésitations, les sentiments que Dina, pour l'excuser de ne pas apporter de vin, prête à Lucie, n'est-il pas vrai que son amie d'enfance s'est laissé porter par la fatalité du sort avant d'obtenir son poste à l'université, en se plaignant du destin mais en n'agissant pas sur lui, Lucie était du genre à *réagir* plutôt qu'à *agir*, Dina lui parlera de tout ça demain. Lucie doit apprendre à être reconnaissante, you're the average of the five people you spend the most time with, elle lui en parlera demain, elle doit cesser d'instiller en Dina cette idée que sa réussite est l'indice de quelque crime ancien, Dina se demande quel est le sens de cette vie dans laquelle les êtres ne cessent jamais de se faire des reproches, chacun projetant ses peurs et ses échecs sur les êtres aimés, d'où vient cette attitude, nous prétendons savoir mieux que les autres ce qui est bon pour eux, franchissant d'un pas le fossé infini qui nous sépare du monde intérieur de celles et ceux avec qui nous passons nos vies sans les connaître vraiment, non, Dina n'a plus d'énergie pour ces querelles, elle souhaite profiter de la nuit, recevoir l'hommage qu'on lui a préparé, goûter enfin la sérénité de l'existence comme une horticultrice fatiguée qui, après des années de désherbage et d'ébranchage, déciderait de laisser pousser sans l'entretenir son grand jardin.

Qu'est-ce qu'une vie résumée à quelques images, à un discours biographique plein de mots compatissants qui font rire et qui émeuvent, qu'est-ce qu'un amour dont on témoigne en parlant dans un micro, Cai présente la vidéo touchante des parents de Dina dans leur appartement à la résidence pour personnes âgées, souhaitant à leur plus grande fierté une belle fête, leur vie ne faisait que commencer à l'âge de leur fille. Son père souhaite une bonne soirée à tout le monde en italien, ce qui suscite des exclamations attendries et des applaudissements de la foule. Vient ensuite le tour de Cai, qui dresse un portrait affectueux et drôle de sa femme, dans lequel tout le monde sauf Dina semble la reconnaître. La foule d'invités la fixe, attendant de la voir fondre en larmes, se réjouir de bonheurs terrestres, Dina laisse les autres se délecter de ce sourire qu'elle ne peut retenir, incapable de camoufler la petite joie d'avoir vécu. Des larmes lui montent aux yeux. Souvenez-vous toujours de moi ainsi, semble dire Dina dans sa position de tragédienne, essuyant ses grands yeux que souligne un trait de khôl égyptien, ses lèvres épaisses dont ont hérité sa fille et son fils, qui l'applaudissent. Françoise et Valérien gambadent sur des voies pavées d'étoiles, l'avenir de Valérien a été incertain avant que les choses se placent,

Françoise pense que sa gueule de mannequin a nui à son grand frère en lui laissant croire qu'il n'aurait à faire aucun effort dans la vie pour obtenir ce qu'il veut : il a perdu son temps dans un groupe de musique et dans les bars. Françoise vit à Hong Kong, elle travaille avec son père, apprend les ressorts compliqués de la gestion d'entreprise, gagne de l'assurance en négociation et affine son intuition pour les embauches, elle espère, quand il prendra sa retraite, le remplacer et donner un bon coup de volant à la direction de la multinationale. Que cette petite fille taciturne soit devenue une femme d'affaires féroce impressionne Céline. Valérien est revenu vivre à Montréal dans la vingtaine, ville où il s'est toujours senti à sa place, comme dans la langue française de sa mère qu'il parle beaucoup mieux que sa sœur, ainsi se sont divisées les choses chez eux, selon un schéma clair qui rassure tout le monde, Françoise a choisi l'Est, la voie de Cai, et Valérien le français, l'Italie de sa mère et l'hémisphère occidental, ils se rencontrent à mi-chemin deux fois par année et s'envoient pour leurs anniversaires des courriels pleins de XOXO. Françoise et Valérien sont enchantés par le discours de Céline, elle leur paraît plus adorable encore depuis qu'elle a atteint le statut improbable de vedette mondiale, peu importe à qui ils en parlent, collègues, amies, fréquentations, tous et toutes connaissent Céline Wachowski, marraine de Valérien dont elle pince les joues comme s'il avait encore quatre ans et demi en lui répétant qu'il est beau comme un cœur. Pendant que des serveurs passent de grandes flûtes de champagne, Céline annonce la prochaine surprise. « Te souviens-tu du concert qu'on a vu ensemble à l'Olympia au début des années 1980 ? » Elles avaient manqué le métro et étaient presque arrivées en retard, Dina acquiesce, évidemment qu'elle s'en souvient. C'était Diane Dufresne, sa chanteuse préférée. Diane Dufresne surgit au bout du couloir au même moment, elle s'avance en regardant le plancher, elle porte une fraise en dentelle et quelque chose comme un nid d'oiseau dans les cheveux, Diane attrape le micro pendant que le contrebassiste engage des notes graves et longues à l'archet, bientôt agrémentées d'accords jetés sur le piano. « Ce soir, on célèbre mon amie… Dina, annonce Diane Dufresne avec son air de crooner. C'est une chanson écrite par Luc », le parolier lève la main et se retourne pour saluer la foule. Diane s'installe les jambes écartées, enrobant de ses longues manches le micro dans lequel elle verse de drôles de vibratos. « *L'univers est un star system / La terre est une poussière d'étoiles* », les convives sont enchantés par cette performance musicale impromptue, certains jeunes incultes, certaines anglophones demandent trop fort *who's that lady singer*, on leur fait des gros yeux. La voix de la diva a gagné en profondeur et en retenue, pense Céline, elle émeut tout le monde, le ton grave de la chanson donne à la soirée une coloration mélancolique. « *Toi qui sais déjà la fin de mon histoire / Emmène-moi avec toi dans le ciel.* » Diane accepte de faire un rappel après les supplications exagérées des invités et enchaîne avec une chanson plus joyeuse, « une dernière », version jazzée d'*Alabama Song,* tout le monde la connaît celle-là, le comédien entame une danse en pliant les genoux et les coudes, « *Oh show us the way to the next pretty boy, oh don't ask why, oh don't ask why* ». Le guitariste épice le tout de solos assonants. « *I tell you, I tell you, I tell you we must die.* » À la fin on applaudit, le groupe poursuit avec une improvisation un peu fox-trot qui remet de l'ambiance tandis que Dina et Céline remercient Diane Dufresne. Quelle générosité, quelle joie, les bulles montent à la tête, mais la diva ne boit que de la tisane. Une petite piste de danse commence à apparaître devant le house band, les plus timides forment un cercle autour de celles et ceux qui ont envie de se dégourdir sur la musique joyeuse en levant les bras et en secouant les hanches, un jeune garçon grind son sugar-dad de manière impudique, quelques dames lancent des « wouhou ! » en riant, l'ancien Premier ministre amorce une gigue pour attirer l'attention et faire rire l'auditoire, qui s'en donne à cœur joie, l'encourage en tapant des mains et en filmant discrètement, il détache bientôt sa cravate et l'enroule autour de sa tête, déboutonne sa chemise pour laisser apparaître une bedaine velue. Sa femme, honteuse et fière, siffle en levant le poing bien haut. Cai parvient difficilement à calmer un violent fou rire devant la gigue du très honorable chaud comme un poêle, il glisse à l'oreille de l'homme d'affaires tchèque : « That's the perfect image of Québécois government. » L'homme et la femme qui se sont frenchés toute la nuit en cachette dans une des pièces vides de l'appartement pour préserver une certaine image d'eux-mêmes s'empoignent désormais sans gêne devant tout le monde, ils ne pensent plus au lendemain et agissent selon leurs envies les plus sincères, les plus immédiates. Des nouveaux invités semblent s'ajouter tardivement à la fête, une jeune comédienne célébrée qui ne sourit jamais et un jeune réalisateur très populaire que Céline a croisé à de nombreuses reprises en Californie, le garçon a connu un immense succès très tôt dans sa carrière, il la fait rire en parlant avec un accent québécois dans les soirées avec des gens du cinéma qui ne comprennent rien, Céline l'ignore en attendant qu'il vienne la saluer. Deux jeunes femmes sautent dans la piscine tout habillées en se tenant par la main, la robe de l'une se défait et couvre la surface de l'eau d'une marée de paillettes, elle ressort embarrassée et frustrée contre ce tissu de mauvaise qualité et cherchera toute la nuit la manière idéale de raconter l'accident à l'amie qui lui a prêté le vêtement. Des hommes absorbés par leur iPhone envoient des messages à des garçons dont ils se serviront pour se vider les couilles, de patients garçons qui vivent de l'argent de ces messieurs et dont on ne reconnaît pas le travail, l'œuvre essentielle qui consiste à soulager le patronat, participant ainsi à la circulation mondiale du sperme pompé dans les coulisses malpropres, tout à l'heure des voitures suivront un trajet inhabituel, partiront de Rosemont, du Mile-End, du Plateau pour descendre vers les rues pavées du Vieux-Montréal, cartographie alternative de la ville éclairée par les phares d'un vieux taxi. Les capitaux ruissellent par virements Interac vers les comptes bancaires de ces garçons qui correspondent encore, pour quelques années, à l'image qu'ont ces vieux banquiers, ces avocats célibataires ou mariés, non pas de leur idéal sexuel mais d'une forme de consolation par laquelle ils trouvent la soumission, le dévouement dont ils ont besoin et que les jeunes filles, qui physiquement leur plaisent davantage, semblent moins promptes à donner, il arrive que les garçons ne baisent pas, qu'ils viennent simplement passer du temps avec leur vieil ami, lui faire des massages, ils sont parfois maquillés et peuvent porter des bas résille si on leur demande. Quand ils écartent leur joli cul, c'est avec une abnégation hors du commun émouvant ces vieux messieurs qui se croyaient jusque-là indésirables, voués à une péremption imminente ; non, ce garçon fait ces courbettes juste pour moi. S'ils pouvaient partager avec le monde entier cet amour que leur démontre la jeune chose écartée sur le lit d'hôtel, ce vingtenaire qui a l'audace plaisante de supplier devant la queue, le monsieur le ferait sans hésiter tant le bouleverse le regard affamé de son boy. Les hommes riches se demandent parfois d'où sortent leurs amants merveilleux, poussent-ils dans des terreaux différents, dans un autre type de chou, qu'est-ce qui les a menés à devenir ces choses anormales au-delà du masculin et du féminin, ces créatures un peu vilaines qui n'ont aucun autre potentiel que sexuel, faites pour recevoir la bite, des claques et quelques baisers.

Cai se verse une flûte de champagne et en apporte une à Dina, elle pleure encore, touchée par les hommages et le grand toast que ses vibrants amis viennent de lui porter, elle pleure – « What's going on, my love ? » – mais de joie en songeant à la beauté des siens qui se donnent en parade pour elle, seulement pour elle, quelle chance on a d'être ensemble… De longues larmes de gratitude et de vin blanc roulent sur ses joues. Elle enserre Cai en sanglotant, la carrure de ce corps qu'elle connaît si bien la réconforte un peu, Cai s'est lui-même occupé de planifier cet inoubliable anniversaire, il lui a permis de vivre ces moments merveilleux, quelle chance elle a de se laisser flotter sur ce bout de temps précieux dans leurs vies trop occupées, une soirée à l'abri des inquiétudes, des doutes et des dangers quotidiens, bien loin du mal qui assaille le monde. Dina se calme, Cai s'éloigne. Seule sur le grand canapé à l'écart de la piste de danse, elle émet le souhait sincère que cette nuit – trop rares sont les nuits de fête – dure pour l'éternité, qu'elle recommence comme un film qu'on a rembobiné… Elle s'arrête. Dina a honte de son vœu. La nuit est belle parce qu'elle s'achèvera, la beauté des choses n'est-elle pas inscrite dans leur caractère passager, dans leur fin prochaine ? Elle regarde un à un les amis qui se rassemblent ce soir, des pleurs chauds montent de nouveau, tant de saveurs sublimes, d'envoûtements qui ouvrent la conscience à des dimensions inconnues et qui finiront un jour par tourner, s'éventer… Ils ont reçu ce soir de délicates caresses du destin. Leur privilège est massif, Dina se plaît à penser qu'elle ne mérite pas tout cela, toute cette beauté, toutes ces choses de bon goût, toute cette attention, elle se sent indigne de recevoir ces convives, ces chansons que Diane Dufresne, son idole, chante pour elle. Il faut qu'elle apprenne à profiter de l'impétueuse charité du présent, nous sommes ensemble et cela aura été dans la joie, de quelles teintes sont colorées nos vies sinon de cette pigmentation pure d'amour et de joie, Dina sait que tout est fragile et passager, que nous sommes éphémères en ce monde, qu'il suffit d'une faillite, d'une maladie, d'une catastrophe pour ébranler nos maigres existences, mais elle ne peut s'empêcher de répondre à cette certitude par une demande : « Protégez-les, protégez-les des assauts qui leur sont portés, faites que nos bastions tiennent, que notre tendresse l'emporte sur les vilenies, faites que la beauté règne, protégez-nous, ô que notre joie demeure ! » murmure-t-elle tout bas. Elle ne retient plus ses pleurs. Ô que notre joie demeure… Elle chuchote, les lèvres mouillées de larmes chaudes. Ce n'est bientôt plus un murmure qui s'évade de sa bouche, mais une ritournelle qu'elle vocalise humblement, l'enjolivant d'un air improvisé, une poignée de notes, chant obscur et mortuaire, mélopée oubliée, enfouie pendant des siècles jusqu'à ce que Dina, la mécréante qui s'adresse au Ciel, reprenne cet air. La mélodie semble portée par ce mystérieux vent qui souffle, ce soir, dans les cheveux de tous les convives et dans ceux de Dina qui défait sa coiffure. Elle chante quelques notes, n'adresse son appel à aucune divinité, mais implore de toute son âme une force plus grande et plus ancienne, elle supplie : « Ô que notre joie demeure ! » Elle est assise, mais son cœur est à genoux.

Céline s'approche d'elle, en la voyant susurrer d'incompréhensibles paroles, elle se penche vers son amie pour lui prendre la main. Dina fixe le vide comme une démente, elle ne s'interrompt pas et poursuit sa mélopée comme si Céline n'existait pas. Elle ne va pas bien, elle devrait aller se coucher. Combien de verres a-t-elle bus depuis le début de la soirée ? Toute la salle a détourné son attention, un nuage de lourdes pensées semble la tourmenter, Dina a son petit moment mélancolique. Céline n'aime pas qu'on laisse son amie parler toute seule, elle a l'intuition que la phrase qu'elle répète s'adresse à tout le monde, comme un grand remerciement. Elle la prononce une, deux fois à voix haute, comme si elle passait un message à l'assistance. Puis la voix de Céline rejoint la timide partition, Céline répète les paroles de sa comptine en souriant, « ô que notre joie demeure », s'exclame-t-elle d'abord maladroitement, avant de rattraper la mesure. Céline chante par-dessus la musique et adresse son chant à toute l'assemblée en tenant la main de son amie : « Ô que ma joie demeure. » Deux voix, le ton affecté de Dina et le vibrato joyeux de Céline, puis trois et quatre et cinq. La musique ralentit doucement, puis coupe lorsque la voix de Céline se fait plus forte et brise le rythme des danses. Elles chantent une chanson qu'on ne connaît pas. D'abord la crainte d'être la seule à hausser le ton, sentiment aussitôt dissipé par l'atmosphère de la fête. Si Céline chante, pourquoi garderait-on le silence ? Nos voix se lèvent presque toutes seules, naturellement, et nos verres à la santé de la fêtée, on n'a jamais entendu cette prière, mais on l'apprend vite. Ô que notre joie demeure… Ce sont bientôt toutes les voix présentes qui s'accordent et qui d'un même souffle accompagnent Dina dans sa prière. « Que notre joie demeure… » Trente voix répètent dans une harmonie déficiente ce lent refrain. Les musiciens s'y mettent et accompagnent l'air. Pour qui chante-t-on ? À qui adresse-t-on cette prière ? On sait toutes que les divinités sont mortes il y a trop longtemps pour que leurs carcasses se réaniment pour nous, que tous les anges des cieux, épuisés et décimés par le sida, ne peuvent plus rien pour nos essences éphémères torchées au lambrusco, pourtant, nous implorons : « Ô que notre joie demeure. » Par une inexprimable alchimie entre les esprits qui communient en accordant leurs voix basses, la litanie est partagée sans que ce partage la divise, chaque bouche se l'approprie au péril d'une exploitation trop grande qui fatiguerait la musique, qui la laisserait choir ouverte et ravagée, mais elle semble infiniment renouvelable, cette litanie, que notre joie demeure, du bout des lèvres on la psalmodie, des murmures disparates bientôt prennent un rythme naturel. Et on chante : « Que notre joie demeure. »

Que notre joie demeure, qu'elle demeure, oui, que les cœurs en joie de quinze hommes et de quinze femmes épuisent l'hiver de notre mécontentement, outrepassent les menaces et guérissent les ecchymoses sur nos peaux tendues par les injections tonifiantes. Cette nuit les frontières du monde n'existent plus, les limites entre soi et les autres, un continuum pur de pensées et de liqueurs dessine de larges virages au tournant desquels les origines s'échouent dans les devenirs noyés d'alcool, de sperme et de cyprine qui s'avalent goulûment et tachent le col des blousons. Trente convives, mais davantage, bien davantage. Impossible de placer une limite franche qui viendrait découper une subjectivité parmi les autres, qui permettrait de déterminer le nombre exact de vies que met en jeu l'anniversaire de Dina, le cocktail dînatoire, la nuit longue et abreuvée, trente convives, une centaine plus tôt, des ministres et des dirigeants d'entreprise, des actionnaires et des artistes, des journalistes et des médecins, des membres du conseil d'administration d'une université, de la Caisse de dépôt, d'une banque ou d'une compagnie de théâtre, ces existences déterminent le cours des choses, la ville est leur œuvre et elles le savent. Combien d'employés, de fabricants de ce grand spectacle, artificières et jongleurs sont au service de ces êtres-en-joie qui chantent d'une même voix, communion rare et précieuse provoquée par la vibration, la poitrine remuée par des larmes heureuses qui recouvrent une crainte animale, physique, celle qui nous assaille les nuits de tempête. Dehors hurle une grande douleur. On l'entend par moments frapper l'immense baie vitrée, celle qui donne sur le mont Royal, sa forêt fatiguée dans laquelle grouillent les bêtes sauvages et les voleurs. La menace gronde sous nos balcons. L'esprit paranoïaque revoit la jeune fille du vestiaire et la folie de son œil luisant, le serveur et ses larges épaules, la chauffeuse qui attend dans la voiture au garage, le violeur possiblement tapi dans la ruelle, une autre destinée, illisible, confuse, commande ces forces mercenaires, les serveurs et les serveuses achèvent leur travail et prennent une pause, rassemblés en un petit cercle sur des chaises à l'entrée de la cuisine, ils se parlent à voix basse et éclatent de rire, leurs regards se tournent vers le plancher de danse avant de revenir sur leurs copains, leurs copines, Céline sent leurs yeux par-dessus son épaule, ces jeunes garçons musclés et spermatiques qui défont leur nœud papillon montrent quelques centimètres d'un torse salé et musclé, ces filles grandes et bâties aux pantalons moulants la tutoient quand elles lui servent son brandy, un frisson la traverse à l'idée que cette bande de jeunes pourrait leur faire violence, rien ne nous protège et le monde est peuplé de dangers.

Céline aperçoit quelque chose qui lui fait perdre le fil de la chanson. Elle se lève, mais trébuche. Une apparition archaïque, impossible, fait bouillonner dans sa mémoire de trop nombreux souvenirs. Au beau milieu de la piste de danse, juste sous le lustre de cristal, pousse un arbuste qu'elle connaît bien, une plante sans pot et sans terreau. Elle prend racine dans le tapis persan et arbore des fleurs nouvelles, foncées, presque noires, un arbuste de cinq pieds de haut qui étend son branchage orné de petites feuilles aux nervures parfaites, pareilles à des cicatrices. L'arbuste triomphant. Le plant de son enfance remémorée, le camélia en fleur, le camélia de sa mère. Elle se tait, emplie de cette vision, retient son souffle et se met à pleurer, terrifiée, « ça se peut pas, j'hallucine… » Les racines du camélia fendillent le marbre blanc, la plante pousse au beau milieu du salon de Dina, il est là, devant elle, ramenant avec lui des histoires très anciennes. Céline a sept ans, elle est dans le salon et regarde par la fenêtre en attendant le retour de sa mère, qui finit de travailler à 17 heures, mais la grande cour d'asphalte est déserte et elle n'est toujours pas rentrée, il est presque 19 heures. Céline n'a pas mangé, elle téléphone au bureau de sa mère, mais la secrétaire ne répond pas. Elle se met à pleurer, pense que maman est morte. Puis sa mère arrive comme si de rien n'était, souriante, son insouciance blesse Céline. Elle voit ses larmes et apaise ses inquiétudes, elle est passée chez une amie qui voulait lui donner une surprise.

Maman sort du coffre de la voiture un petit arbuste maigrichon dont les racines sont emballées dans un sac, quelques petites branches d'apparence maladive, aux feuilles tristes. Elles vont le mettre en terre ensemble avant qu'il fasse noir, il a besoin d'eau. Céline se rappelle encore l'odeur de la terre humide, elle revoit le film de saleté couvrant le métal de la pelle. Le trou creusé au bord de la remise est comblé. Un jour, dans quelques années, ce petit bout d'arbre fleurira. C'était l'heure bleue, et le soleil couché baignait le ciel d'une sombre clarté, molletonnée par de fins nuages. Céline se lève, écarquille les yeux, tend la main pour caresser la plante improbable, mettre à l'épreuve sa texture et sa trace, ses feuilles turquoise, le bois fin de ses branches fragiles. Sa main touche la matière vraie du camélia. Il est là, revenu elle ne sait d'où pour s'enraciner au beau milieu du salon de Dina.

« Que notre joie demeure… » La mélopée désormais l'assaille. Maintenant qu'elle ne chante plus, le chœur prend une autre voix, il se met à sonner différemment, comme si une imperceptible variation s'était imposée dans la répétition ennuyeuse du refrain, comme si une curieuse septième s'était ajoutée à l'accord sur lequel vibrent les gorges sèches, donnant à ce « Que notre joie demeure » une texture déplaisante. Elle n'y perçoit plus de joie aucune, la sensation première du chant, le plaisir d'être ensemble, la communion avec l'allégresse de Dina, cette complainte qui l'a renversée laisse désormais place à une gravité plus pointue, une aiguille plantée par accident dans la paume de sa main. Les visages tordus poussent la note et laissent s'échapper des postillons désagréables. Ses pas fragiles, du haut de ses escarpins étourdis, oscillent. Elle trébuche tout près de l'arbuste. Les fleurs noires absorbent la lumière et dansent sur la musique. Une odeur charge l'air, un parfum de gorge malade, imprégnée de café, des fraises, du cantaloup avariés. Et puis comme un vieux fond d'ammoniaque. Céline reconnaît ces parfums. Des souvenirs brutaux, sans narration, lui reviennent à l'arraché. Les autres ne sentent pas cette odeur, la puanteur qui a annoncé la mort du même camélia, il y a près de soixante ans, l'arbuste de sa mère a connu une soudaine agonie, celle de la fin de l'enfance, du décès subit de maman, des déménagements et des changements d'école. Céline devenue Céline. Pourquoi pense-t-elle à ça maintenant, alors que tout le monde s'amuse ? Elle pleure, se remémore la beauté du camélia, l'agonie de sa mère, la dernière floraison avant sa mort, la plus belle. La fleur s'était fendue le long de lignes de déhiscence, son corps lourd fracturé en morceaux qui étaient tombés sur l'herbe jaune, ne laissant plus au bout de la tige qu'un vulgaire et turgescent pistil.

D'immenses vagues paraissent se fracasser contre la fenêtre du salon. Un vent violent écrase des trombes d'eau contre la vitre, un orage, une tempête belle de toutes les eaux qui tombent des trappes du ciel, des eaux à n'en plus finir, qui s'accumuleront, s'empileront et noieront peut-être la ville. Céline titube parmi les convives, interrompant leur chant, on lui demande si tout va bien, elle sourit froidement et tente de rester droite en s'appuyant sur les épaules qui se présentent à elle. « Ça va, ça va », elle distribue sèchement ses réponses pour dévier les inquiétudes. Des idées effrayantes l'assaillent et l'étourdissent, mais Céline se tient droite. Elle n'a qu'un léger problème d'équilibre et une soudaine compréhension supérieure des enjeux du monde, de la fête de Dina, de sa propre existence. Un sentiment de catastrophe s'installe et lui saisit la gorge d'une main invisible. Dans le salon, on pousse encore le chant qui lui déplaît… Céline en a assez, elle veut partir, elle a un vol demain. Elle pose une main sur le dossier de ce fauteuil à oreilles, elle n'ose pas demander qu'on la conduise jusqu'au vestiaire. Si un serveur passe, elle l'attrapera par l'épaule. Les murs, le sol bougent, elle a peur de trébucher. Le camélia croît et dispense toujours son vénéneux parfum qui lui transperce les poumons, lui empoisonne les veines. Elle le sent encore. Et si elle se retournait avant de quitter le salon, elle verrait à coup sûr l'arbuste baigné de lumière, déployant fièrement ses branches qui déchirent les vêtements des convives imprudents. Dehors une mer a inondé la ville, à perte de vue se déploie cette vaste étendue d'eau agitée qui recouvre tout, les gratte-ciel et les rues, la montagne. Céline s'éloigne du groupe de fêtards, elle marche seule dans le grand corridor. Elle réclame son manteau à la jeune fille un peu lente du vestiaire. La pluie n'en finit plus de gonfler les flots furieux recouvrant Montréal sous les yeux fatigués de Céline. Elle descend, muette, dans l'ascenseur.

II. LE TEMPS PASSE

1.

Webuy avait choisi les Ateliers C/W pour son nouveau siège social de Montréal, mais ce n'était pas le projet dont avait rêvé Céline Wachowski. Elle aurait voulu donner à la ville sa Place-des-Arts, sa Grande Bibliothèque, son pont Champlain, l'une de ses universités ou l'un de ses gratte-ciel, elle aurait voulu signer de son nom un bâtiment iconique, qui établirait la renommée et la silhouette de la métropole, un édifice qui attirerait les touristes de partout dans le monde et scellerait une sorte de reconnaissance mutuelle entre la ville et son architecte. Elle avait rêvé au début de sa carrière d'être ce nom qu'on associerait immédiatement à Montréal, comme Le Corbusier à Chandigarh ou Mies van der Rohe à Chicago. Elle travaillait, depuis ce que les spécialistes appelaient sa « période résidentielle », à donner à ses constructions ce puissant effet d'attraction qui leur permettait de figurer sur les pages touristiques de toutes les villes où Céline Wachowski avait signé un grand projet, sa firme avait changé le skyline de San Francisco et ajouté sa touche discrète à ceux de New York et de Bangkok, leurs musées figuraient parmi les plus visités à Los Angeles et à Tokyo, l'architecture qui l'intéressait, celle au fondement de la mission des Ateliers C/W, était un art du peuple ; l'architecture n'était-elle pas la forme d'expression artistique la plus lourde, la plus massive, la plus coûteuse, la plus dépendante de la sphère politique, mais aussi la plus accessible et la plus démocratique à la fois ? Un bâtiment, Céline voulait le croire, pouvait métamorphoser la vie des gens, l'énergie d'un quartier, inscrire un peu de beauté dans le quotidien des hommes et des femmes qui croisaient son chemin, son art demandait énormément de moyens, mais il possédait aussi ce pouvoir d'alléger la souffrance et de briser la linéarité des existences, de susciter des émotions profondes et enfouies, de donner aux individus cette impression de faire partie de quelque chose de plus grand que soi.

Le chantier qu'elle mènerait pour Montréal, l'un des derniers projets d'envergure sur lequel elle travaillerait avant sa retraite, serait un partenariat public-privé qui ne correspondait pas aux contours de l'emporte-pièce que Céline s'était forgé pour découper la pâte vive de sa mémoire affective. Le client ne souhaitait pas s'installer au centre-ville, trop usé, trop vu, trop touristique à son avis, not attractive enough for our workers from San Fran and Seattle. Webuy n'était pas intéressé par l'idée d'un gratte-ciel. Le nouveau siège social se situerait à l'écart des circuits touristiques et des lieux les plus fréquentés. Il restait à trouver le terrain, mais le centre-ville, tout ce qui se situait entre le fleuve et l'avenue Van Horne, à moins d'une occasion exceptionnelle, était écarté. Céline avait commencé les études de faisabilité avec un deuil à faire, le deuil d'une idée floue, inaboutie et peut-être d'autant plus difficile à oublier qu'elle n'avait pas connu de forme concrète, Céline avait amorcé une pénible chasse pour traquer les ramifications de ce rêve pâli, ce bâtiment fantôme apparaissait à l'horizon de tant d'autres plans. Ses sculptures de verre et de bois s'étaient construites sur la ruine d'un vieux rêve inabouti qui avait changé d'emplacement mille fois, chaque fois qu'une mise en vente ou qu'une démolition lui parvenait à l'oreille. Le bâtiment conservait malgré sa présence disparate une unité fournie par sa douloureuse inexistence. Le trait commun qui rassemblait toutes les esquisses mentales et les dessins croqués dans des petits carnets n'était rien de plus que cette absence, cette négativité vertigineuse, ce trou dans la créativité de Céline n'était-il pas le caractère le plus imposant du monument fantasmé, une vacuité infinie formait l'armature de cet édifice qui lui pesait sur les épaules et qu'elle traînait partout avec elle, son chef-d'œuvre existait dans les limbes de son imagination, il était pour cette raison plus vrai que beaucoup d'autres maisons que Céline avait conçues du sous-sol au grenier. Et maintenant, il fallait tout oublier, recommencer à neuf. Ce rêve qui avait connu tellement de noms différents, de formes temporaires, elle devait l'oublier. Les volumes et les mots se carambolaient dans son esprit, des prismes et des notions nouvelles se fondaient les uns dans les autres pour former une coulée triste de matériaux morts, de gloire perdue et de désir blessé. Ce demi-rêve qu'on lui proposait aujourd'hui et qu'elle acceptait avec résignation, l'allèchant projet qui faisait rougir d'envie toutes les firmes internationales, laissait en elle une soif vive, une sécheresse qu'aucune eau pétillante offerte par la mairesse de Montréal, le ministre du Développement économique ou le Chief Executive Officer de Webuy pendant leurs longues réunions ne parvenait à étancher. La compagnie, réputée pour ses sites web au design épuré, voulait absolument du Céline Wachowski ; si Céline refusait le projet, la compagnie irait jusqu'à remettre en question le choix de s'installer à Montréal. La mairesse l'avait presque suppliée d'accepter. On lui avait promis beaucoup de liberté, le contrat serait négocié entre la multinationale et les Ateliers C/W, la ville n'aurait pas à s'en mêler. On visait un bâtiment « original », « unique en son genre », « sans précédent ». Montréal avait été retenue parmi tous les dossiers reçus, chaque grande ville nord-américaine avait fourni un volumineux portrait socioéconomique de son territoire, des détails démographiques précieux et d'autres données qui s'avéreraient essentielles à la croissance future de l'entreprise. Webuy avait arrêté son choix sur la métropole québécoise en raison des allègements fiscaux et des investissements généreux promis par tous les paliers de gouvernement. Leurs spécialistes en marketing étaient chargées de défendre cette décision avec des arguments plus flatteurs, elles avaient poussé avec force la candidature de Céline Wachowski, sans doute la Québécoise la plus connue dans le monde, qu'il fallait à tout prix associer au projet d'une manière ou d'une autre. L'idée avait plu aux dirigeants, le storytelling était parfait, une multinationale dont la réputation pourrait être meilleure élirait une ville de troisième ordre afin d'établir son nouveau siège social et donnerait au paysage, en plus de soutenir le développement économique et culturel, un édifice majeur, conçu par l'une des plus grandes architectes contemporaines, dont le drame personnel était de n'avoir jamais offert à sa ville natale un bâtiment à sa mesure. Un scénario réparateur, de rédemption et de triomphe s'inscrivait en creux dans cette affaire, il suffirait de le mettre sur les lèvres des journalistes pour qu'ils le répètent sur toutes les tribunes. Cela paraîtrait bien, aussi, que l'architecte soit une femme. Contre les premiers avis du ministère, qui connaissait la réputation intransigeante des Ateliers C/W – les fonctionnaires savaient que Céline et son équipe n'acceptaient pas de mettre en chantier des projets médiocres pour accommoder les petits budgets des gouvernements et qu'elle se négociait toujours des aménagements compliqués dans la réglementation –, la compagnie avait profité d'une clause dans le contrat stipulant que le choix de l'architecte, de l'ingénieur et de l'entrepreneur (le masculin était utilisé pour ne pas alourdir le texte) lui revenait et avait imposé sans plus de débat Céline Wachowski. Après un mois de consultations et de réunions, on se mit au travail. Les bâtiments des Ateliers C/W étaient le fruit d'une équipe impressionnante de technologues, d'ingénieures, de consultants, d'historiennes, de designers, d'architectes spécialisés dans telle ou telle fonction, le projet était comme une goutte de colorant qui tombait dans un liquide clair, il descendait en volutes en passant d'une équipe à l'autre et finissait, à force de vriller autour d'une revue de conception, de se déployer pendant une charrette, de rencontrer la paroi d'un test ou d'une étude, par trouver sa propre forme en se diluant. Céline connaissait par cœur son programme, elle avait étudié chacun des besoins du client. Tard un soir, alors qu'elle s'apprêtait à quitter le bureau, elle vit la volumétrie de l'édifice dans sa tasse de thé. Elle prit un marqueur et traça une silhouette sur le tableau blanc. Sa main se levait, tremblait, puis se redéposait.

2.

Le terrain, situé sur des territoires autochtones non cédés comme le spécifiait Webuy sur son site, fut trouvé rapidement, au moment où les feuilles se coloraient, les couples se séparaient et des vents jaunes tournoyaient et s'engouffraient dans des ruelles étroites où jouaient des enfants que la bourrasque faisait tomber de leurs trottinettes et rentrer en pleurant. De grosses lunes éclairaient les nuits des semaines au cours desquelles on pouvait voir Pierre-Moïse et Céline accompagnés d'un petit contingent d'assistantes, d'agents immobiliers, de fonctionnaires, de propriétaires et d'ingénieures arpenter des terrains vagues aux emplacements les plus inusités, ou imaginer de vieux édifices décrépits crouler sous les boulets de démolition.

Le lieu s'imposa comme une évidence. Webuy acquerrait un emplacement terne, râpé par le sable, où avaient grincé les engins de fer d'une ancienne gare de triage, maillon dans la chaîne d'un rêve industriel rouillé, les hommes d'affaires à chapeaux dont les rues adjacentes portaient encore les noms s'étaient pendus ou étaient morts dans leurs clubs décadents dominant des rivières à saumon, le romantique avenir de la possession du continent par la machine s'était mis à chancir, il ne restait plus que quelques artéfacts gâtés depuis la fermeture d'une partie de cette voie ferrée qui avait connecté, dans ses belles années, Montréal et Toronto, le nord et le sud, la terre et la mer, le port et les usines des Shops Angus. Dans les années 1990, Céline avait envoyé aux journaux plusieurs lettres sommant la mairie de démanteler cette voie de transport absurde, grande cicatrice dans le tissu urbain qui empêchait la libre circulation des individus ; imaginez, écrivait-elle alors, ce qu'on pourrait faire de ces terrains s'ils n'appartenaient pas à une compagnie privée révoltante, les vieux corrompus qui avaient imaginé la monarchie constitutionnelle à régime parlementaire dans laquelle nous nous trouvions, rappelait Céline, avaient cédé gratuitement à leurs amis de la Canadian Pacific Railway des milliers de kilomètres de territoire, l'unité canadienne serait un chemin de fer désuet, on vendrait des maquettes aux enfants et les conseils municipaux se buteraient jusqu'à la fin des temps à la législation fédérale complaisante quand il serait temps de négocier avec la compagnie pour qu'elle rende la ville aux citoyennes et aux citoyens. Les gouvernants encourageaient autrefois durant de grands banquets cette compagnie à commettre des roublardises envers les Premières Nations rencontrées sur le chemin, à engager à peu de frais de la main-d'œuvre chinoise devant payer son logement, sa nourriture, les vêtements que leur vendaient de vicieux contremaîtres, on leur réservait les tâches les plus ingrates, ils jouaient avec la dynamite et les accidents mortels étaient étouffés par les journaux dont les investisseurs de la compagnie de chemin de fer détenaient des actions, on ne signait aucun avis de décès et on ignorait encore à ce jour où avaient été enterrées les dépouilles, probablement cachées sous les rails. Plus tôt dans sa carrière, Céline avait été une voix dissidente et engagée, elle avait dressé ce panorama historique dans une lettre à *The Gazette* pour rappeler les racines véritables de cette compagnie pourrie, qui refusait d'entendre les demandes de la ville et des mouvements citoyens qui exigeaient la construction de passerelles entre les quartiers, Chicago, Toronto, New York avaient transformé d'anciennes voies ferrées en jolis parcs linéaires dans les dernières années, encore une fois Montréal accusait son éternel retard, le High Line avait revigoré le quartier de Chelsea, également site du musée dessiné par Renzo Piano au sud du Meatpacking District, Céline rêvait depuis longtemps d'un projet semblable pour Montréal, elle avait maintes fois imaginé avec Pierre-Moïse ou Phyllis autour d'un verre de vin, en fin de soirée pour s'amuser, des idées d'aménagement, des silhouettes pour un musée urbain, un grand théâtre de répertoire sur la frontière entre le Mile-End et La Petite-Patrie. Ses poubelles étaient pleines de rêves éteints, d'utopies concrètes, de visions transcrites sur une serviette de table tachée de vin rouge et de sauce tomate.

En retrouvant les lettres polémiques de Céline Wachowski dans les archives du journal, une doctorante de l'Université Concordia s'était demandé comment une jeune architecte engagée avait pu se transformer en femme d'affaires vendue, n'était-elle pas devenue ce qui ressemble le plus, de nos jours, aux exploiteurs du Canadien Pacifique, la doctorante tentait en vain de récolter pour son projet les récits des hommes et des femmes qui avaient travaillé à la gare de triage avant sa fermeture en 1985, des immigrants pour la plupart, des travailleuses engagées pour faire tourner des manivelles, charger les trains de charbon et de marchandises, tous morts aujourd'hui ; la chercheuse en voulait au monde entier et à personne à la fois de n'avoir jamais fait l'histoire orale de ce lieu qu'on désaffectait, elle en voulait aussi au travail de faire mourir les hommes jeunes, tenait une liste des décès par accident et s'entêtait jusqu'à la fermeture définitive à donner des visites guidées aux très rares intéressées.

Le terrain avait été racheté en 2006 par l'Université de Montréal qui y construirait un Complexe des sciences, achevé plusieurs années plus tard, un bâtiment sans personnalité au style rétrofuturiste, en grands blocs de verre coupés par une allée de béton. Le tout avait l'allure cliché d'un « laboratoire militaire » qu'on aurait tiré d'un insert de télésérie, ceux qui servent à identifier l'extérieur du lieu où se déroule l'action filmée en studio (une guerre chimique contre les Russes). Céline n'osa pas critiquer publiquement les plans catastrophiques du Campus MIL, elle avait de l'affection pour certaines associées de la firme qui était chargée du projet et ne connaissait pas tous les détails de l'affaire, parfois le client sabote lui-même sa commande en truffant d'exigences déraisonnables son cahier de charges et en censurant toute audace esthétique – l'originalité n'était sans doute pas venue de ce rectorat épuisé, réputé pour sa bêtise et ses mauvaises décisions depuis une grève étudiante qui avait fait rougir la ville le temps que durent les lilas. Il aurait été mal vu qu'elle critique un projet sur lequel on l'avait invitée à soumissionner, on l'aurait accusée de jalousie et Céline était occupée ailleurs. Phyllis Lambert fit sa sortie habituelle, elle parla sévèrement des ratages et des égarements urbanistiques et architecturaux de la province ; on lui servit la réponse habituelle, en l'ignorant. Les travaux du nouveau campus universitaire commencèrent une journée de mauvais temps, loin du regard de Céline – on entamait au même moment l'érection du Guggenheim sous le soleil pétrolier d'Abu Dhabi. À Montréal, on prit quelques photos du premier coup de pelle, puis les pépines et les grues s'installèrent, bientôt rejointes par des échafaudages et des nacelles élévatrices. On coula le béton et posa de grandes fenêtres. En moins de quatre ans, pendant lesquels on entendit à peine le murmure étouffé de quelques hurluberlus réfractaires au projet, le nouveau campus de l'Université de Montréal fut achevé.

« C'est cette cochonnerie-là qu'on nous promet depuis dix ans », pensèrent les voisins et les voisines. On nettoya à grande eau les passerelles et les vitrines. Même s'il restait encore des travaux de finition à faire, l'inauguration eut lieu par une chaude journée d'automne. On cacha les rubans jaunes et les cônes dans les placards neufs. Profs, étudiants et étudiantes furent invités à la cérémonie mais ne s'y présentèrent pas. Un vin d'honneur fut servi. Des horticultrices et des jardiniers avaient planté, dans les semaines précédentes, quelques arbres maigrichons autour desquels on avait laissé pendre l'étiquette. Le Premier ministre fit une blague à ce sujet, diffusée au Téléjournal, « c'est tellement neuf qu'ils ont jusqu'oublié d'enlever les étiquettes ». Les plates-bandes avaient été remplies de bégonias et de graminées achetés au rabais. Le très honorable étala sa bonne humeur et ses certifications écologiques devant les caméras, il appela la mairesse par son prénom et le recteur « Docteur », puis les lieux furent tranquillement gagnés par les cyclistes, les joggeuses, les promeneurs de chiens. Deux gros prismes surgissaient du désert. Des lignes brisées et des parois en verre rassuraient celui ou celle qui en aurait douté : nous étions bien devant de l'architecture contemporaine. Autour des installations s'étalaient un grand stationnement avec quelques voitures, des terrains vacants couverts de détritus, et le même vieux chemin de fer, plus maigrichon qu'avant, sur lequel passaient encore des trains qui trimballaient de grandes boîtes ou des bennes remplies de poudre grise. Une passerelle qui faisait la fierté des autorités universitaires et gouvernementales permettait de traverser la voie ferrée et de gagner le quartier pauvre et multiethnique de Parc-Extension à partir du quartier blanc et bourgeois d'Outremont. Les manants des alentours s'y promenèrent en jouissant secrètement de cette monumentale abomination pour laquelle des gens bien placés avaient eu de si belles ambitions ; d'autres ragèrent que leurs impôts aient servi à financer de telles souillures. Le recteur, enfin, prit sa retraite ; le comité eut du mal à trouver des étudiants et étudiantes pour témoigner à la cérémonie de départ, il ne reçut que quelques messages tièdes, et plusieurs rancuniers et anonymes qui le traitaient par exemple de « vulgaire hanneton ». Juste avant de mettre fin à son mandat, « Docteur » vendit à Webuy les terrains restants, dont l'université ne saurait de toute manière plus faire usage.

3.

Les médias furent unanimes, c'était du jamais vu. Les éditorialistes les moins enthousiastes prédisaient un tournant historique pour Montréal, la création d'un nouveau centre urbain au cours des années à venir dans l'ancienne zone industrielle de Marconi-Alexandra, d'Outremont et de Parc-Extension, où l'on verrait bientôt se multiplier les tours à condos et à bureaux, les restaurants gastronomiques, les cafés, les bars et les boutiques destinées à une clientèle plus raffinée. Les terrains vagues ne le resteraient pas longtemps. Le Mile-Ex et La Petite-Patrie connaissaient déjà depuis quelques années des transformations importantes, notamment en raison de l'installation de compagnies d'intelligence artificielle, de jeux vidéo et de technologies de pointe ; Parc-Ex et le nord d'Outremont se joindraient désormais à la fête.

« Ça risque d'être un phénomène semblable à celui qu'on a vu au début des années 2000 avec l'arrivée d'Ubisoft dans le Mile-End », s'exclama une chroniqueuse à une émission écoutée. Un professeur émérite de la TÉLUQ intitula un échange de courriels dans lequel il tentait de convaincre *Le Devoir* de publier sa lettre ouverte « Nous le tenons enfin, notre grand architecte québécois ! » Le prix des loyers monterait, c'était inévitable, et certains journalistes de gauche préparaient déjà des reportages sur des évictions assez déloyales dans le secteur.

Les consultations publiques eurent lieu, les gens d'affaires et les conseils du patronat vinrent célébrer ce projet dont toute la communauté bénéficierait. Il pleuvrait de l'or sur la ville. Les élus pestèrent et se réjouirent. On entendit les choses les plus étranges dites par de drôles d'oiseaux qui vinrent à titre de citoyens expliquer des théories ésotériques sur le grand remplacement ou l'anglicisation du Québec. On ne vit pas beaucoup les gens de Parc-Extension. Ça arrivait pourtant de tous les coins de la ville pour livrer ses petites certitudes. Des élèves de la Rive-Sud récitèrent la voix tremblante une version réécrite pour l'occasion de *Speak White*, le poème enragé de Michel Lalonde. Un philosophe parla avec beaucoup d'émoi et un accent venu on ne sut d'où (« probablement des couloirs de l'Université de Montréal », murmuraient les mauvaises langues). Les urbanistes dirent des choses d'urbanistes, les profs des choses de profs, et les autres citèrent Barthes, Marcuse, Angela Davis, Clotaire Rapaille, Madame de Sévigné, Beau Dommage, Hubert Reeves, Aurélie Lanctôt, à trois reprises Joseph Schumpeter et une fois seulement ce vieux loup de Jean-Marc Piotte, le gramciste national. Presque tous et toutes prirent le soin de saluer la génialité, ou du moins l'intérêt, du bâtiment conçu par l'équipe de Céline Wachowski, dont les plans impressionnaient. Tout le monde à cette époque avait au moins suivi la première saison d'*Old House, New House,* et se réjouissait que Montréal porte enfin sa griffe.

Les revues d'architecture – qui avaient, il faut l'avouer, plutôt boudé Céline dans les dernières années – étaient moins mesurées. Les spécialistes furent unanimes, c'était du génie, de l'authentique Céline Wachowski qu'on reconnaît d'un seul coup d'œil, digne de ses meilleures années. Le Complexe Webuy inaugurait de l'avis de plusieurs une nouvelle étape dans la production des Ateliers C/W, et peut-être dans l'architecture mondiale. Le style finissait de rompre avec le déconstructivisme auquel avait été associée Wachowski jusqu'aux années 2000. Il réinterprétait l'héritage moderniste congédié de manière péremptoire par les architectes contemporains, qui néanmoins peinaient à le dépasser. On pouvait dire que ses lignes appartenaient à un nouveau courant encore discret qui ravivait des valeurs écartées depuis le triomphe du Style international dans les années 1960 : la beauté de formes organiques, un certain classicisme dans les visées esthétiques, nuancé par un usage important de la courbe, des visées écologiques et une inscription dans l'histoire et le contexte locaux. Le partenariat fructueux entre l'État et une multinationale paraissait inédit et prometteur. Il y eut des articles sur le Complexe Webuy dans la plupart des publications spécialisées à travers le monde, il serait étonnant que le plus petit paquet de feuilles brochées par quelque association étudiante de Nouvelle-Zélande n'ait pas fait paraître son propre compte rendu. Les critiques attendaient impatiemment la prochaine grande réalisation de l'animatrice d'*Old House, New House*, on ne savait pas trop comment évaluer dans une carrière respectable ce tournant télévisuel. Le divertissement pervertirait sans doute la pertinence du travail. Les arguments de corruption par le succès populaire étaient prêts à être catapultés sur les robes ducales et les lunettes ornées d'une « starchitect » un peu trop extravagante au goût des esprits conservateurs. Ils le furent dans quelques rares mauvais papiers ; ailleurs, on se réjouit et s'inclina devant l'indiscutable beauté du monument. On parlait évidemment du grand retour au pays natal, de l'œuvre montréalaise tant attendue, dont on décrivait brièvement les caractéristiques esthétiques en les accompagnant de rendus inspirants.

Ça n'avait pas l'aspect qu'ont la plupart des constructions contemporaines, pourtant, ça n'aurait pu venir d'aucun autre siècle. L'ensemble était empreint d'une majesté, d'une splendeur qu'on ne vise plus tellement de nos jours. Les spécialistes évaluèrent que l'inspiration avait dû se trouver dans le patrimoine Art déco de la ville. Céline avait osé imaginer un bâtiment qui coûterait une fortune en matériaux : c'était aussi son génie de savoir convaincre ses clients que les coûts faramineux étaient vitaux. Le Complexe Webuy était divisé en trois phases : la première abriterait le siège social de la multinationale nouvellement montréalaise ; la deuxième, un parc au centre duquel trônerait une bibliothèque high-tech qui offrirait des ateliers gratuits sur les codes binaires et les logiciels libres ; la troisième laisserait place à un complexe d'appartements de luxe comprenant les 20 % de logements sociaux réglementaires. La pièce maîtresse du campus était le grand édifice qui évoquait, en hommage à la fonction historique de l'emplacement, une gare ouverte sur sept côtés, coiffée d'une grande calotte abritant des terrasses extérieures profondes de dix à trente mètres par endroits. Vus du ciel, les deux volumes reliés par une passerelle avaient l'air d'un « 8 » étiré. La base du pavillon principal était un prisme heptagonal désaxé dont les arêtes se distanciaient à chaque étage ; tout l'édifice était recouvert par une structure de toit impressionnante qui se transformait en terrasse au sommet du quinzième étage. Véritable œuvre d'art, cet immense manteau en bois servant de toiture reliait et protégeait les deux pavillons. Cette sculpture gigantesque semblait conçue d'un seul morceau, une coulée de madriers en bois ignifuge renforcés de fibre de verre. La charpente croisée formait des treillages recouvrant toute la partie supérieure des bureaux, la calotte pesait plusieurs tonnes et était soutenue par des pilastres imposants ; elle avait pourtant l'air de tenir toute seule. Les losanges formés par le treillage s'arrondissaient parfois autour d'une fenêtre ou d'un puits de lumière. En vue de façade, on aurait dit que le dessin de la structure imitait le tracé d'un liquide renversé sur une table. Une caricature parue dans *La Presse*, titrant « Céline Wachowski au travail », montrait l'architecte en train de jouer avec deux muffins sur lesquels elle tentait de faire tenir en équilibre une banane. Les plans isométriques permettaient d'appréhender la forme singulière de la masse ovoïde couronnant le pavillon principal, qui s'affinait en s'arquant dans les airs pour former une promenade dont l'accès se trouvait près du deuxième pavillon, une trentaine de mètres plus loin. Le plus petit volume avait l'air aspiré par l'immense ventouse de la calotte en bois, ses façades en verre étaient enrobées jusqu'au sol par le treillage. Des ouvertures dans ce grand squelette produiraient de beaux jeux de lumière.

Les pavillons A et B étaient reliés au rez-de-chaussée par la large passerelle, où se trouvaient les cafés, les espaces pour manger, jouer au ping-pong ou s'étendre sur des chaises longues. L'équipe de conception avait passé des centaines d'heures à imaginer ce couloir, c'était l'une des parties les plus travaillées du Complexe ; dans un acharnement joyeux, Céline et Pierre-Moïse avaient voulu traiter cet espace transitoire comme le cœur esthétique de la construction. Les murs-rideaux des façades étaient grandioses, les traverses en bois (rappel du treillage) donnaient un caractère artisanal et chaleureux aux grandes vitres protégées par l'acrobatique structure du toit. Le passage serait toujours lumineux. Le plafond troué de puits de lumière ondulerait à une trentaine de mètres du sol, il serait orné d'un motif complexe, sur lequel les designers avaient bûché pendant des semaines, composé d'alvéoles aux formes variables. On jugeait que le mélange de traits courbes et d'angles obtus produisait un effet onirique.

L'accueil des bureaux se situerait dans le pavillon principal. Cet espace vaste resterait accessible à la population montréalaise, qui pourrait utiliser les bancs, les petites oasis et les grandes tables pour siroter des cafés et travailler parmi les employés de la compagnie dans ce lieu transparent (c'était la signature des Ateliers C/W), brouillant la distinction franche entre l'intérieur et l'extérieur, le privé et le public. Vous pourriez traîner, lire, discuter à l'air libre sous la marquise, sur les pelouses vertes et dans les jardins d'ombre, ou entrer par les grandes portes dans cet espace qui évoquait à la fois une serre et un hall d'aéroport. La partie privée du siège social se trouverait en plein cœur de l'édifice et serait traversée de tunnels donnant accès à un jardin d'hiver central, moussant au fond d'un grand cylindre serti de balcons. De grands piliers eux aussi percés d'alvéoles soutiendraient la coupole vaguée du toit, l'entrelacs géométrique courrait autant sur les murs que sur les plafonds et les poutres, si bien que l'ensemble aurait l'air fabriqué d'une même membrane végétale trouée de pores radieux.

Comme des paupières surgissant du treillage de la toiture, de subtiles ouvertures seraient formées par les creux de vagues se transformant, plus on montait, en un empilage finement désordonné de lucarnes. Elles offriraient aux bureaux des vues sur tous les côtés de la ville : le centre-ville et le mont Royal au sud et à l'ouest ; Parc-Extension, Ahuntsic, la rivière des Prairies au nord ; le parc Jarry, les édifices industriels adjacents vers l'est, ainsi qu'une vue imprenable (on ne pouvait y échapper) sur le Campus MIL. Le terrain laisserait place à de sophistiqués aménagements d'herbe verte, de fleurs des champs et de feuillus variés. Il y aurait des jardins sur les toits et les balcons qui approvisionneraient les restaurants en pousses et autres épinards. Des passerelles verdoyantes munies de barrières anti-suicide franchiraient les deux voies ferrées et permettraient d'accéder au stationnement et à un nouvel espace vert dans Parc-Ex. Il y aurait des bancs partout, dessinés par les Ateliers C/W, conçus pour être lavables à la pression et pour chasser les pigeons et les itinérants.

La médiathèque Ernest-Cormier-Webuy, commanditée par la compagnie, ferait écho aux bureaux, tout en affirmant un caractère plus traditionnel. On s'était inspiré pour la concevoir de la forme de l'ancienne clinique d'inspection des viandes du marché Jean-Talon, petit joyau qui passait inaperçu tant il avait été laissé à l'abandon par l'irresponsable arrondissement. Un mur arrondi unirait les deux façades principales en briques blanches et le toit serait orné d'une corniche aux ornementations en cuivre oxydé qui déteindraient savamment sur la brique ; les motifs de la corniche présentaient les mêmes cavités que les lacis d'alvéoles des bureaux de Webuy. L'intérieur de la bibliothèque serait remarquable par son système de rayonnages sur quatre étages ; plutôt que de diviser l'espace en planchers, des passerelles, des ascenseurs et des balcons donneraient accès aux livres et aux ordinateurs. Les escaliers extérieurs enfermés dans des cages de verre permettraient en hiver comme en été de circuler entre les cinq paliers de l'édifice. Les façades donnant sur l'avenue laisseraient pousser comme des parasites trois grands balcons desquels on verrait le Complexe Webuy, mère champignon qui semblerait avoir contaminé la bibliothèque. Juste à côté, les immeubles d'appartements évoqueraient les plus beaux édifices de l'avenue Bernard, avec cours intérieures, vastes halls et fontaines. Ils reprendraient les principaux éléments esthétiques des devantures de la bibliothèque, dont les escaliers extérieurs grimpant jusqu'au toit. On avait voulu dès les premiers brainstorms que les appartements soient un condensé de cette ville hétéroclite, un précipité de son histoire physique brouillée et dense.

4.

Le jour où commença la construction, des présences se laissèrent voir à l'entrée du site, regroupées en un petit tas dans lequel on avait piqué des pancartes. Des slogans furent lancés, les ouvriers et les ouvrières ne comprirent pas ce que ces gens qui n'essayaient même pas de leur bloquer l'accès faisaient là. Il n'y eut aucun article sur ce petit groupe de protestataires sans importance, qui venait manifester la possibilité d'un autre rêve pour la ville ; ils étaient mus par un désir sincère, elles envisageaient un horizon différent, tout petit, qu'ils entrevoyaient mal, mais auquel elles croyaient fermement, et qui ne perça pas un trou dans les plans de développement du Complexe Webuy. Céline fréquenta le chantier ce jour-là, elle ressentit une forme de tendresse à leur égard. Cette poignée de monde, des gens comme elle, en voulait davantage. Ils demeuraient insatisfaits de ce qu'on leur offrait, elles chantaient que des possibilités meilleures existaient pour Montréal, et cela la touchait. Céline aurait pu, si elle avait pris d'autres avenues, faire partie de ce modeste rassemblement.

Une main saisissait un pic et déplaçait une roche, soulevée, puis lancée dans une benne vide qui renvoyait un puissant écho. Les énergies salariées creusaient le sol à l'aide de machines décuplant la force humaine, des outils qui aménageaient un trou immense, vertigineux, au fond duquel les camions avaient l'air de minuscules jouets. On faisait de grands trous dans la paroi pour insérer la dynamite, puis elle éclatait en faisant trembler toute la ville. On creusait ses entrailles souffrantes, pulvérisant la sédimentation millénaire qu'il fallait arroser avec de grands boyaux pour contrôler les nuages de poussière. Un film pâle recouvrait le ciel. Les journées de canicule, la sueur des travailleuses et des travailleurs à la peau blessée par les rayons UV s'évaporait en tombant sur la roche brûlante. Sous cette grosse pierre qu'une pelle mécanique déplaçait, un des grands piliers de l'édifice à venir prendrait racine, s'étendant obliquement pour soutenir un toit composé de plusieurs pièces courbes en treillis, préusinées, qu'on assemblerait bientôt comme un immense casse-tête donnant la vague image du progrès. Gabriela et son équipe étaient chargées d'assurer une présence quotidienne sur le chantier. Apparaissait déjà une grande fosse qui, comme l'œuf brisé abandonné dans son nid, était le signe d'une vie envolée, le début d'une aventure.

Bientôt, le Complexe fut bâti au tiers. Le vent s'engouffrait dans la structure vide et la faisait sonner faiblement comme une grande flûte au corps trop large, incapable de moduler aucune note.

5.

Ce qui l'attendait dans le monde ce matin-là lui porta un coup dont elle ne se remit pas. Céline étira le bras pour stopper l'alarme et saisit du même geste la petite manette sur sa table de chevet qui ouvrait les volets. Elle s'arracha aux draps puis se traîna jusqu'à son garderobe, séparé de la chambre par un grand aquarium qui emplissait la pièce d'une lumière diluée dans l'eau salée où nageaient de lents poissons tropicaux. Elle s'enroula dans une robe de chambre. Michel l'attendait sur un récamier dans le couloir et paraissait anxieux. Il tenait un magazine. « L'article du *New Yorker* est sorti. »

L'amusante couverture présentait une illustration, un parc urbain joliment rendu au crayon et à l'aquarelle, avec quelques arbres et une fontaine au loin. Au premier plan jouaient autour d'une table d'échecs un homme et une femme, sauf qu'à la place du jeu on pouvait voir la maquette d'une ville allégorique, Céline reconnaissait à la fois New York et Montréal ; des gratte-ciel s'élevaient à la place des pions, un îlot d'arbres surgissait de cette mer de constructions qui diminuaient en hauteur plus on approchait des bords de la table, laissant deviner des banlieues. La femme, dont le portrait empruntait aux caricatures que l'on faisait de Céline – lunettes carrées, cheveux blancs à la coupe caractéristique, robe vert billet-de-banque au col ruché, Converse – brandissait, telle une enfant colérique emportée par la partie, une tour d'où pendait une grosse motte de terre et de racines, qu'elle s'apprêtait à écraser sur les bâtiments de son adversaire ; sorte de milliardaire baba cool, croisement de Jobs et de Zuckerberg, jeans, t-shirt gris, calvitie, Rolex, écouteurs sans fil, sourire confiant. La table des matières annonçait un dossier « *GENTRIFICATION* », que Céline parcourut d'un regard inquiet.

L'article « *What's Ethical About Celine Wachowski's ''Ethical Architecture'' ? Part I* », signé Wendy P. Savall, était le plus long papier, courant sur sept pages illustrées de photographies, dont un portrait de Céline en tête d'article, cheveux tirés sur fond noir, fixant l'objectif de ses yeux bleus. Une image prise par un photographe du *New York Times* deux ou trois ans plus tôt afin d'agrémenter l'élogieux portrait-entretien que lui avait réservé ce journaliste délicieux, John Quelque Chose, un homme très en vue dans son milieu, cultivé sans être prétentieux, qui avait un sens de l'humour charmant et possédait, se rappelait Céline, une connaissance architecturale tout à fait impressionnante pour un journaliste. Le ton semblait différent sous la plume de cette Wendy P. Savall, qui avait tenté à plusieurs reprises d'entrer en contact avec elle et dont le nom en tête d'article n'était accompagné d'aucun portrait. Le reportage commençait par une mise en contexte qui n'était pas désagréable à lire, la journaliste avait un ton plat et s'en tenait aux faits, ne laissant percer aucune admiration dans sa phrase, aucune haine non plus.

Elle effectuait un survol rapide d'une carrière qu'elle qualifiait de « phenomenal », résumant assez fidèlement, bien que de manière superficielle, un parcours dont elle effaçait quelque peu les embûches et qui prenait pour cette raison les allures d'une success-story classique : études à

Paris et à Yale, blabla, reconnaissance de Frank Gehry, blabla, stagiaire aux Ateliers Jean Nouvel à la fin des années 1970, blabla, Céline se fit d'abord connaître comme architecte résidentielle, les femmes étant alors (la journaliste l'écrivait avec beaucoup de vérité) systématiquement exclues des grands concours internationaux, l'architecture demeurant à ce jour (là encore, elle visait juste) un domaine machiste, où le talent des femmes se voyait encore trop souvent limité à l'espace privé. De l'ironie enrobait le style neutre de la journaliste : les musées et les gratte-ciel aux hommes, les cuisines et les chalets aux femmes. Marquant profondément (« deeply », Céline ne put s'empêcher de laisser échapper un éclat de rire) le paysage de sa ville natale, Montréal, où des parcours retraçant l'historique de ses maisons les plus importantes sont offerts par des agences touristiques, elle reçut rapidement des commandes dans différents pays, notamment pour les demeures de personnages influents (on citait Paul McCartney, Julianne Moore, Madonna et Françoise Bettencourt). En quelques projets médiatisés, son style reconnaissable et controversé bousculait l'architecture résidentielle des années 1990, blablablabla.

Malgré un titre belliqueux, la journaliste poursuivait son collage de hauts faits jusqu'au bas de la première page, déroulant l'un après l'autre les grands coups de la carrière de Céline dans un texte à peine plus écrit qu'un C.V., parlant des premiers grands projets publics qu'elle avait décrochés au milieu des années 1990, « fracassant tous les plafonds de verre » en entrant dans le grand jeu avec l'iconique et controversé Warren and Susan Buffet Museum for the Arts de Los Angeles, inauguré en 1992, puis résumant dans un paragraphe bâclé « l'empreinte décisive » qu'avait Céline Wachowski sur l'architecture contemporaine internationale, réduisant sa démarche créative à quelques traits esthétiques clinquants, avant de clore cette hagiographie par l'énumération quasi publicitaire de toutes les autres expertises qu'avaient développées les Ateliers C/W. Céline partageait aujourd'hui son temps entre le siège social de Montréal et les studios de Taipei, de New York, de Tokyo, de Vancouver, de Miami, de Chicago, de Londres, d'Abu Dhabi, de Paris et de Los Angeles (où elle vivait, il est vrai, la moitié de l'année), œuvrant dans le domaine architectural, qui demeurait son secteur prioritaire, tout en adaptant son approche créative à des domaines aussi variés (et dans lesquels elle ne s'impliquait parfois que de très, très loin) que l'urbanisme, l'architecture de paysage, le design, le graphisme, le dessin industriel, la production de mobilier résidentiel et urbain, la création d'images et de maquettes, la scénographie et, depuis une dizaine d'années, les applications pour téléphones portables et la production télévisuelle. Dans son dernier palmarès, *Forbes* – la journaliste précisait que la méthodologie du magazine était contestée – la plaçait au 203e rang des milliardaires internationaux et au 16e dans la liste composée de femmes, estimant sa fortune à 7,2 milliards de dollars. Une des plus imposantes au Canada.

Le pivot se faisait après une citation du célèbre article de Joan Didion, un texte que Céline avait beaucoup apprécié et dont elle avait oublié ce passage qui, sorti de son contexte (elle irait vérifier juste après), n'avait pas du tout le même sens ; elle gardait un souvenir chaleureux de sa rencontre avec l'écrivaine dont elle avait lu plusieurs livres, une petite dame qui ne parlait pas beaucoup et posait des questions évanescentes, elle avait été fière que Didion s'intéresse à elle, un peu inquiète aussi. Joan Didion écrivait dans son essai « *Céline Wachowski is one of us* » : « Nous parlons ici d'une entreprise valant un milliard de dollars dont le seul et unique produit, en d'autres termes, est Céline Wachowski elle-même, ce qui constitue un cas économique pour le moins singulier, comme en témoigne le fascicule rédigé à l'occasion de la sensationnelle introduction en Bourse des Ateliers C/W au mois d'octobre : "Notre activité serait négativement affectée si l'image publique ou la réputation de Céline Wachowski venait à être entachée", pouvait-on lire notamment dans le chapitre "Facteurs de risque" du fascicule. » Après cette citation, la suite de l'article de Wendy P. Savall (fort mal écrit comparé à celui de Didion) présentait une dissection malhonnête et perverse de ses activités. La journaliste mettait en doute la pertinence de son travail, attribuait son succès à un ensemble de malversations et de pactes faustiens, tentait de démolir sa philosophie artistique et de déboulonner son succès médiatique… Les mains de Céline tremblaient. Son regard, suivant quelques délinéations du plancher de bois, s'arrêta sur un nœud noir où elle fut aspirée. Elle paraissait calme aux yeux de Michel, qui ne savait pas trop quoi dire et se tortillait sur le récamier. Il avait mesuré, au meilleur de ses capacités, l'ampleur de la catastrophe ; on relayait déjà l'affaire dans d'autres journaux. Il savait d'instinct que les prochains jours, les prochaines semaines peut-être, seraient occupés à répondre aux diffamations de cette femme détestable – qu'est-ce qui motive une jeune personne à obéir à une telle méchanceté, à sombrer dans une telle folie destructrice ? Il avait retracé le profil de Wendy P. Savall sur Facebook : une trentenaire typiquement hispter, comme on disait aujourd'hui, journaliste d'enquête indépendante, new-yorkaise se la jouant « paumée cool », qui prenait ses *latte* en photos et posait devant sa webcam en pyjama, avec chats. Sans même figurer dans sa liste d'amis,

Michel avait pu trouver ces images dégradantes de cette Wendy P. Savall, les jeunes font parfois preuve d'un tel manque de professionnalisme… Sur son fil d'actualité, on pouvait voir des partages aux tendances marxistes, sur l'oppression des femmes et des minorités en tous genres, une belle conscience, mais une tête vide ; tout ce qu'il y a de plus détestable dans cette génération qui exaspérait Michel, les jeunes de nos jours ne se croyaient-ils pas issus de nulle part, ne respectant plus le travail. Céline ne répondit pas, évita son regard, roula le magazine, puis descendit tranquillement l'escalier jusqu'au salon pour s'asseoir sur la causeuse, attraper son paquet de cigarettes et relire, plaçant le magazine afin qu'il soit frappé d'un rayon de lumière. Le tabac lui fit un bien minimal. Elle reprit. Le titre, sa photo, ses études, ses grands projets, sa collaboration avec Netflix, blablablabla, puis calquant le titre du TED Talk que Céline avait donné cinq ans plus tôt, « *What's ethical about contemporary architecture ?* », cette femme très cruelle retournait dès la deuxième page sa théorie – qu'elle n'avait vraisemblablement pas saisie – sur la nécessité de développer aujourd'hui une « architecture *éthique* », c'est-à-dire *qui respectait l'environnement et l'intégrité historique des villes*, pour enfiler dans une juxtaposition de faits isolés les supposées « unethicals practices » de son entreprise, composant une sorte de négatif extrême de la première page qui lui avait semblé, au premier coup d'œil, louangeuse. Voilà que cette Wendy P. Savall l'accusait de crimes sans preuve aucune. En relisant, Céline murmura à deux ou trois reprises : « mais de quoi elle parle ? » atterrée devant ce texte qui procédait avec une mauvaise foi extrême, en liant des éléments n'ayant aucun rapport entre eux, comme si cela révélait une quelconque vérité…

À la relecture, la supercherie apparut plus clairement

plus clairement. Le procès qu'on lui faisait était ridicule, un spectacle son et lumière monté de toutes pièces par ce magazine malhonnête dont l'objectif à peine masqué était de peupler le monde de ses abominables tote bags offerts avec l'abonnement. L'article citait même certaines « sources », qui préféraient demeurer anonymes en raison de l'influence importante et des entrées nombreuses de Céline Wachowski dans les milieux internationaux de l'architecture et de l'immobilier, selon lesquelles la CEO des Ateliers C/W serait une personne tyrannique, aux tendances colériques et aux stratégies d'affaires violentes. Un conflit avec la première réalisatrice attitrée à sa fameuse émission *Old House, New House* permettait de croire à un potentiel mépris envers les femmes plus jeunes, une attitude contradictoire quand on considérait les discours que tenait Céline partout sur l'importance de leur place dans les secteurs artistiques et économiques. La journaliste citait longuement une ancienne stagiaire qui corroborait cette hypothèse, en relatant les propos déplorables que Céline aurait tenus à son égard, et les demandes impossibles et contradictoires qu'on lui faisait lorsqu'elle travaillait aux bureaux de Montréal, ce qui avait suscité chez elle une grande détresse psychologique l'ayant menée à une remise en question de ses choix professionnels. Sans surprise, cette journaliste incompétente ressortait dans le paragraphe suivant cette vieille affaire datant des années 1990, sur les conditions de travail inacceptables dans une usine de production de meubles au Sri Lanka, affiliée à l'une de ses compagnies… en omettant évidemment de préciser que Céline n'était au courant de rien, qu'elle en avait été choquée, que des mesures avaient été prises et la situation aussitôt régularisée. Décidément, la fabulatrice manquait d'arguments.

Le dossier annonçant « *GENTRIFICATION* », Wendy

P. Savall sautait à la quatrième page dans le vif du sujet en abordant d'abord les critiques que suscitait depuis quelques années la très controversée application Hosts, émule très haut de gamme d'Airbnb, s'adressant aux cartes gold voyageant beaucoup et que les hôtels, souvent impersonnels et mal situés, ennuyaient, mais qui n'étaient néanmoins pas prêts à prendre les risques que courait le commun des mortels en louant n'importe quoi sur la populaire application connue pour son service à la clientèle malhonnête, ses problèmes de punaises de lit et de fraude. L'objectif de Hosts avait été de faire entrer sur le marché de la location les innombrables appartements déserts et autres maisons vides appartenant à des propriétaires qui ne les habitent jamais toutes en même temps, mais qui n'ont ni le temps ni l'énergie pour jouer les aubergistes ; Hosts, avec son service à la clientèle récipiendaire de nombreux prix internationaux, s'en chargeait à leur place et partageait les bénéfices généreux que l'application tirait du portefeuille de ses clients exigeants. Hosts avait débuté modestement comme un service exclusivement new-yorkais en 2005, avant que Céline Wachowski ne soit approchée par ses co-créateurs, deux jeunes diplômés des grandes écoles, pour sa connaissance du marché immobilier et ses précieuses relations commerciales. Elle était devenue l'une des conceptrices (et des investisseuses) de la nouvelle mouture lancée en 2011, qui avait permis à Hosts d'étendre ses activités dans toutes les grandes villes du monde. L'application était désormais cotée en Bourse et connaissait une croissance ininterrompue depuis dix ans. Bien que Hosts prétendait louer des espaces inoccupés, l'application participait selon certaines études d'un mouvement mondial de gentrification, ayant rendu en quelques années plusieurs villes comme Vancouver, Atlanta, New York, San Francisco ou Paris inhabitables pour la classe moyenne, en plus d'avoir contribué à la création d'un marché immobilier alternatif de luxe. Ainsi tentait-on, avec des détours exagérés et maladroits – sans parler de cette théorie contestable du développement urbain qu'est la gentrification –, de faire de Céline le visage d'un véritable complot ésotérique prônant la destruction de l'espèce humaine, cette fois fomentée par les riches du monde entier (un groupe homogène), des êtres foncièrement méchants, diaboliques et autocentrés – il fallait en parler aux employés de sa fondation caritative, des dizaines de travailleurs et de travailleuses gagnant des salaires plus que respectables et dont la seule tâche était de distribuer les sommes que Céline leur consentait chaque année, il fallait en parler aux centaines d'employés qui travaillaient pour les Ateliers C/W et qui ne quitteraient leur job pour rien au monde, il fallait en parler aux milliers de personnes qui, selon les estimations de ses comptables, vivaient indirectement de ses actifs… Céline se demanda combien de gens elle faisait vivre, cette Wendy P. Savall.

Et puis l'œuvre gentrificatrice de Céline ne touchait pas que ce secteur marginal de ses activités, mais serait inscrite au cœur même de son travail architectural, plus dangereux encore en ce qu'il se fondait sur une idéologie en apparence responsable, mais qui visait à recouvrir, à camoufler des « deeply damaging side effects ». La journaliste donnait en exemple les œuvres remarquables (et privées, soulignait-elle avec une sorte de soupçon) de Céline Wachowski en architecture résidentielle, qui s'inspirait de l'histoire des quartiers et des édifices emblématiques des différentes villes pour concevoir ses plans avec une grande fidélité pour la valeur patrimoniale des lieux, témoignant d'un immense respect pour les paysages urbains. Son travail de préservation et son engagement aux côtés de l'architecte montréalaise

Phyllis Lambert, connue elle aussi pour ses prises de position publiques contre la destruction de bâtiments importants, lui valurent une réputation de Jeanne d'Arc des cultures locales, en partie méritée si l'on s'intéressait aux articles importants que sa firme avait produits dans les années 1980 sur le patrimoine architectural latino-américain de Los Angeles ou sur la valeur artistique des édifices manufacturiers de Brooklyn et du Bronx. On identifiait cependant moins Céline Wachowski comme l'une des premières architectes à avoir compris que les nouvelles fortunes désiraient de moins en moins vivre dans des ghettos bourgeois avec leurs semblables, que les immenses manoirs en retrait des grandes villes cachaient trop souvent des prisons dorées et que les trentenaires qui commençaient une fructueuse carrière souhaiteraient bientôt s'installer dans des quartiers qui leur rappelleraient les milieux modestes dans lesquels elles avaient grandi ; Céline avait senti avant tout le monde qu'il fallait que l'architecture trouve sa place dans les quartiers résidentiels ordinaires, populaires, dans un apparent objectif de mixité sociale qui s'était traduit jusqu'au début des années 2000 par l'achat de vieux édifices à bas prix ou d'appartements décrépits qu'elle et son équipe transformaient en chefs-d'œuvre architecturaux (voir les photos du 101, avenue Van Horne à Montréal, ou du 348, Keap Street à Williamsburg, aujourd'hui propriété d'Isabelle Huppert), lesquels se revendaient à des prix stellaires. Dès la fin des années 1980 on se payait des maisons Céline Wachowski partout dans le monde, comme on s'achetait un Jeff Koons ou des Christian Louboutin. La qualité incontestable de son travail n'était pas le sujet de cet article, qui entendait plutôt réfléchir au coût social de cette beauté que l'on ne réservait qu'à une frange infime de la population blablablabla.

À la septième et dernière page de son manifeste de haine, Wendy P. Savall abordait le « dark side » de cet embourgeoisement, qui finissait par produire une augmentation du prix des loyers et de la valeur du parc immobilier, puis une augmentation des taxes foncières rendant l'accès à la propriété quasiment impossible pour les classes populaire et moyenne, ouvrant le marché aux spéculateurs internationaux, qui achetaient locaux et logements laissés vacants en attendant que les prix montent, et aux promoteurs offrant de l'argent à des locataires afin de les évincer en toute légalité avant de raser leur triplex pour en faire des tours à condos de luxe. Ce phénomène profitait bien entendu aux mairies complaisantes, qui voyaient leurs taxes augmenter au même rythme que la réputation de leur ville, mais aussi aux courtiers immobiliers, qui adoptaient des techniques agressives pour faire entrer sur le marché certains bâtiments.

Le groupe Invo Immobilier de Céline Wachowski avait des actifs tentaculaires, possédait des parts dans de nombreux autres fonds et des entreprises de courtage internationales ; il faudrait suivre chaque dollar de l'empire financier d'une des plus riches entrepreneures canadiennes afin de mesurer son impact indirect sur le logement partout dans le monde. L'impact direct, symbolique et idéologique du travail de Céline Wachoswki était plus facile à estimer, tant elle était prolixe sur ses méthodes et sa vision du développement dans ses livres et sa série à succès *Old House, New House*. On avait vanté les mérites artistiques de l'émission, croisement réussi, avait twitté la critique, entre le documentaire brut et l'art de vivre (« une publicité autopromotionnelle peu subtile », avaient tonné quelques socialistes). Or *Old House, New House* ne nous révélait qu'une part, mesurée, arrangée, de la réalité, que l'article décortiquerait dans une seconde partie.

6.

À 5 heures pâlissait un horizon de jaunes et de bleus délavés nettoyant les trois étoiles timides qui brillaient dans le ciel. Le centre-ville s'éveillait, ses artères étaient lubrifiées par des taxis qui filaient vers l'aéroport ou les stations de radio et de télévision, des voitures se garaient dans les rares espaces disponibles le long des rues quadrillées. Des camions livraient les journaux et les croissants frais. Les travailleuses des cafés, des restaurants étaient toujours les premières sur la job, c'étaient des étudiants, des immigrantes qui intégraient le marché du travail ou des femmes de métier qui arrachaient de peine et de misère une retraite aux maigres pourboires qu'elles recevaient. Dans les commerces la voix de l'animateur de la matinale emplissait l'air de notes basses et de silences. Il commençait toujours l'émission en parlant de la température, d'excellentes prévisions météo pour les prochains jours, on a un cinq degrés ce matin, mais ça s'annonce chaud plus tard dans la journée, un ciel sans nuages, un gros soleil d'automne, une belle lumière jaune, on ressentait une forme de proximité avec la voix de l'homme de radio qui nous accompagnait tous les matins, à 5 h 30 l'émission s'ouvrait dans une atmosphère particulière, on dirait qu'il y a moins de publicités à cette heure-là, personne n'écoute, on avait l'impression d'être seule avec lui, la ville était encore ensommeillée, elle avait besoin de son café qu'on préparait distraitement en jasant avec sa collègue.

À la radio, on parlait d'un chantier important au nord de la ville qui suscitait des critiques. L'animateur essayait de brosser un portrait rapide de cette affaire un peu complexe. Il parlait d'un article sévère qui attaquait une architecte d'ici, son invitée au téléphone ce matin, et sa première question fut : « Madame Wachowski, est-ce que c'est du salissage ? »

Dans la voix de Céline résonnaient des vibrations graves qui paraissaient hantées par un faible sourire, une bonne humeur jurant avec le ton dramatique de la question.

« Je suis qui, moi, pour vous dire ce matin que cette journaliste-là avait pas raison d'écrire sur moi. La critique, monsieur Arcand, pour moi, elle a toujours été nécessaire. Elle m'a toujours aidée dans mon travail, elle m'a amenée à me poser les bonnes questions…

Écoutez.

Je suis dans le domaine de l'architecture, de la construction depuis bientôt cinquante ans. Ça a été un beau métier. Si j'avais à recommencer, je referais le même. Et une des choses que j'ai le plus aimées dans ce métier-là, c'est qu'il m'a permis d'apprendre beaucoup de choses.

– Permettez-moi de revenir à la question, madame Wachowski. Comment vous réagissez ce matin ?

– Comment je réagis… (Elle souffle.) Si vous saviez comment ça marchait au début de ma carrière, vous me croiriez pas. Il y a eu la commission Charbonneau, récemment… C'était pire encore. Quand on voulait rentrer dans ce milieu-là – en tant que femme en plus, imaginez ! –, fallait se plier aux manières de faire, sinon on se faisait écraser.

Pour vous donner un exemple : dans les années 1980, on détruisait systématiquement des édifices patrimoniaux extraordinaires pour bâtir des écoles en béton. Plusieurs de ces écoles n'existent plus aujourd'hui. De l'architecture jetable. Au lieu d'aménager et de réaffecter les bâtiments, on les mettait à terre, pis on reconstruisait par-dessus. On les a perdus ces bâtiments-là aujourd'hui. Moi j'étais jeune, et je lisais des critiques. Je lisais des livres de philosophie, je travaillais avec des architectes de partout dans le monde, aux États-Unis, en France… J'écoutais ce qui se disait dans le milieu, ce qui était important pour les leaders de mon domaine. Et je trouvais ça épouvantable ce qui se passait au Québec.

Ma mère, quand elle voyait un nid de fourmis sur notre terrain, elle allait en dessous du lavabo, elle sortait le gallon d'eau de Javel, pis elle le vidait sur les fourmis, dans le gazon.

Aujourd'hui ça nous paraît terrible !

À l'époque, c'était normal, les voisins faisaient pareil… » L'animateur rit.

« C'est quand même sérieux les allégations qu'on peut lire ce matin, madame Wachowski.

– On m'a beaucoup critiquée ; pas juste moi, tous les architectes de ce temps-là… Mais avec l'expérience, en devenant plus indépendante financièrement aussi, j'ai pu changer les manières de faire. J'ai pu dire à des gens incultes qui voulaient transformer des appartements magnifiques, qui dataient parfois du XIXe siècle, en gros cubes modernes : ça, c'est non. C'est pas comme ça qu'on travaille. Vous avez des vieilles méthodes.

Donc, la critique aujourd'hui dans le… le…

– Le *New Yorker*.

– Je la trouve bonne.

Je la trouve intéressante.

Le salissage, c'est inacceptable. On n'accepte pas ça.

Mais la critique (et je pense que l'intention de la journaliste, c'était pas de me *salir* nécessairement), la critique, ça, on écoute ça.

Ça veut pas dire que tout est vrai, mais ça veut dire qu'on peut apprendre.

Et moi je veux continuer d'apprendre. »

Céline remixait à chaque entrevue donnée depuis la veille le discours préparé par ses attachés de presse. Elle dormit peu cette nuit-là. L'article l'avait blessée, elle s'était demandé si le ton ironique de la journaliste était nécessaire, si les petites pointes étaient légitimes, c'était le ton habituel de ce magazine bien sûr, mais Céline avait eu l'impression que l'auteure adoptait une forme de supériorité morale qui la peinait ; la journaliste manquait probablement d'assurance, c'était sa manière de se tailler une place et de se faire entendre, Céline lui pardonnait ce mépris, la jeunesse était portée par cette fougue qui ne parvenait pas toujours à mesurer ses effets, mais les choses qu'elle lui reprochait étaient ridicules. Wendy P. Savall voulait monter en neige des blancs d'œufs expirés, qui ne prenaient pas. Le petit buzz médiatique passerait. Plus tard, ce jour-là, Céline avait expliqué lors d'un entretien d'une heure à la radio d'État que les conséquences les plus négatives de la gentrification étaient apparues très récemment, depuis que ce phénomène était entré dans son cycle le plus extrême, on oubliait pour cette raison que le déplacement des populations était célébré par les sociologues dans les années 1980 et 1990 ; ces mouvements démographiques permettaient aussi de revaloriser des quartiers à l'agonie. Que des artistes, de jeunes professionnelles au budget serré, des immigrants de première génération se soient installés dans ces secteurs avait bénéficié aux populations pauvres qui les habitaient depuis toujours. Des formes de solidarité étaient nées entre les communautés, comme le prouvaient plusieurs études. Les villes connaissaient des cycles naturels et leur histoire, des embranchements inattendus, des aléas galvanisants. Il fallait remettre les choses dans leur contexte : une ville comme Montréal, dans laquelle les francophones avaient été tenus pendant près de trois cents ans dans une pauvreté crasse, changeait évidemment d'allure lorsque cette population accédait massivement – comme c'était le cas depuis les années 1980 – à la propriété et aux moyens de production. L'animatrice répondit tout de même que les lois permissives permettaient à des milliardaires étrangers l'achat d'appartements qui n'étaient pas utilisés et qui saturaient le marché. Une application comme Hosts (qui n'était pas destinée qu'aux riches) avait justement eu pour mission de rentabiliser ces espaces vacants de manière créative, répondit Céline, cette Wendy P. Savall prétendait que les concepteurs de Hosts encourageaient la propriété internationale, alors qu'elle entendait plutôt réparer humblement cette faille dans les systèmes légaux du capitalisme avancé. Céline servait ces jours-ci d'antagonisme symbolique pour des critiques sociales qui la dépassaient largement, mais ce n'était pas ce qu'on retiendrait d'elle. Elle avait donné un peu de beauté au monde et avait éduqué le public à l'architecture, au design, à l'urbanisme, à l'histoire de cultures méconnues grâce à *Old House, New House*. Les architectes du futur, celles et ceux qu'elle formait, qu'elle soutenait dans leur carrière et qui triomphaient déjà en remportant de nombreux prix internationaux, trouveraient des stratégies encore plus efficaces pour construire et aménager les villes de manière responsable et durable. De nouvelles réalités, de nouveaux problèmes feraient surface. On demanderait aux architectes de faire l'impossible. C'est là-dessus que se termina l'entrevue : à chacun de ses contrats, Céline affirmait avoir ressenti qu'on lui demandait de faire l'impossible, qu'on formulait des exigences contradictoires en lui mettant dans les jambes des règlements arbitraires et dépassés, des plans d'urbanisme qui n'avaient pas été révisés depuis cinquante ans. En plus d'un budget serré… Parce qu'il était impossible de trouver la forme idéale il fallait continuer de la chercher, disait-elle à l'animatrice. Et lorsqu'elle se retournerait dans dix, vingt ans, qu'elle repenserait aux années d'expérience qui s'amoncelaient derrière elle, aux innombrables obstacles qui s'étaient dressés sur son chemin et qu'elle était parvenue à contourner d'une idée simple qui illuminait la réalité d'une autre manière, elle se dirait, insatisfaite mais heureuse : je ne savais pas faire mieux. On la remercia avant de passer aux nouvelles.

7.

Quand Gabriela vit les initiales CW apparaître sur son écran, elle sut que ses vacances étaient terminées. Les dernières semaines avaient été épuisantes, elle serait sollicitée vingt-quatre heures sur vingt-quatre à son retour. Gabriela avait espéré décrocher un peu, elle avait téléchargé une télésérie sur son ordinateur, acheté deux gros romans et ramassé les clés du chalet de Pierre-Moïse, où elle passerait quatre nuits. La pièce principale était grande, ouverte, claire. Deux immenses toiles saturées de couleurs vives accrochaient l'œil, des manguiers se fondaient aux maisons jaunes et mauves jaillissant de collines parfaitement rondes, des silhouettes humaines se mêlaient aux panthères et aux perroquets, les compositions fourmillantes évoquaient des Bosch joyeux et solaires. Les œuvres se mariaient bien, s'étonna Gabriela, avec les fresques naturelles que présentaient les fenêtres adjacentes, ouvertes sur la forêt, des compositions brun et vert de frênes et de sapins. Le salon vitré donnant sur le lac était parfait pour lire ou méditer. Le soir, le soleil disparaissait au fond des eaux dans une symphonie de rayons rosés et orangés et, pour une demi-heure, le paysage des Laurentides adoptait les couleurs pimpantes des représentations fantasmées d'Haïti.

La première nuit avait été apaisante, puis elle avait

reçu trois appels des Ateliers au cours de la deuxième journée. Gabriela laissait son téléphone dans le chalet pendant ses promenades, et avait désactivé la sonnerie pour ne pas être dérangée, c'était sans doute un employé ignorant qu'elle était en vacances, avait-on trouvé des anomalies dans les devis de construction ? Dans tous les cas, on pourrait régler ça sans elle. Céline n'avait pas été très emballée par sa demande de congé alors que le chantier venait de commencer, elle trouvait cette idée saugrenue, il faut assurer une présence constante, le client peut nous arriver avec des modifications qu'il faudra développer à la dernière minute, je ne serais pas à l'aise d'être incapable de te joindre, tu mènes depuis le début la conversation avec Webuy, les échanges entre les ingénieurs et l'entrepreneur… Une chargée de projet ne pouvait pas se permettre de s'absenter à un moment aussi crucial, Céline s'était peu impliquée dans la gestion, elle avait mis toutes ses énergies dans la conception et Gabriela savait dans quoi elle s'embarquait en acceptant de prendre en charge la coordination. Sa patronne avait refusé qu'elle parte à la campagne, même pour la fin de semaine. « On prendra des vacances plus tard, crois-moi, j'en ai besoin moi aussi. » Gabriela n'avait pas osé lui répondre que Céline ne connaissait pas le mot « vacances », qu'elle envoyait des courriels tard dans la nuit, faisait part de ses commentaires plusieurs jours avant la date promise, et ce, même si elle se trouvait pour deux semaines dans une villa en Italie…

Il faut parfois mettre ses limites dans la vie, pensa Gabriela en rédigeant le courriel dans lequel elle expliquait à Céline sa décision (sa présence n'était pas vitale, son équipe était autonome, un autre chef d'atelier pouvait prendre le relais en cas d'urgence). Elle partirait quatre nuits seulement, une longue fin de semaine, c'était une question de santé mentale, de respiration psychique, elle reviendrait en meilleure forme. Elle désobéissait à Céline pour la première fois en se justifiant longuement. Elle avait toujours été dans ses bonnes grâces, elle ignorait pourquoi mais Céline s'était attachée à elle, l'avait prise sous son aile. Elle lui avait permis de rejoindre son cercle rapproché en l'invitant à différents événements et lui avait même fait miroiter une position d'associée.

En travaillant avec elle presque quotidiennement, Gabriela avait découvert une femme angoissée, mais conciliante, ouverte aux propositions des autres, qui excellait dans la direction d'équipe, imposant rarement ses idées au détriment d'une option plus intéressante. Céline n'était pas frappée de cette mégalomanie qui affecte certains gros boss. Gabriela s'était demandé un temps si cette image de femme cruelle, destructrice de carrières, n'était pas complètement surfaite. Dans sa réponse au courriel de Gabriela, sa patronne rappelait sa position dans la hiérarchie et soutenait catégoriquement qu'il était inadmissible qu'elle prenne des vacances à ce stade du projet. Gabriela venait d'éveiller la bête. En lui adressant un refus, en imposant une limite, elle avait déclenché un mécanisme obscur chez Céline, qui avait amorcé une campagne de harcèlement en lui téléphonant neuf fois le soir de son départ. Gabriela avait fini par décrocher, avait essuyé des reproches, puis répondu calmement que tout irait bien. Elle avait besoin de prendre ce congé, cela ne concernait pas Céline, mais le département des ressources humaines ; or elle avait le droit, selon les politiques de l'entreprise, de prendre quatre jours de vacances. Sa demande avait été acceptée, Gabriela s'était assurée que l'ingénieur ne viendrait pas faire sa vérification avant mercredi, elle ne manquerait aucune étape cruciale. Céline était montée dans une colère sèche, elle proférait calmement des menaces diffuses. Sa réaction avait enragé Gabriela, qui avait décidé de partir comme prévu, en partie par orgueil, pour ne pas céder au petit power trip de sa patronne. Sur la route, elle n'avait pas cessé de repenser aux mots acérés de Céline, aux conséquences possibles pour la progression de sa carrière au sein des Ateliers C/W. Ce qui dérangeait Céline, croyait Gabriela, c'était moins le fait qu'elle parte que le refus de se soumettre à son autorité, qu'un élément échappe à son contrôle. Cette femme n'avait jamais pu tolérer, au cours de cette longue carrière, les refus, les portes fermées. Gabriela avait tracé une ligne et Céline s'était mis en tête de la franchir par tous les moyens possibles. Elle avait dévoilé qu'un petit tyran, qu'elle parvenait la plupart du temps à cacher, sommeillait en elle.

Céline croyait-elle vraiment à ce jeu de pouvoir stupide ? Comment pouvait-elle valoriser la collégialité, le travail d'équipe, l'horizontalité dans les relations entre techniciens, architectes intermédiaires et seniors, et évoquer sans ironie son rôle de supérieure hiérarchique ?

« Je dois te parler c'est urgent », venait-elle de lui texter. Gabriela rentrait de sa promenade, elle répondit à la première sonnerie. Le ton de Céline était doucereux, Gabriela sentit dans sa voix une tristesse mielleuse qui lui leva le cœur. Elle s'excusait de la déranger, mais la situation venait de changer complètement en raison d'un article du *New Yorker*. Ça éclatait de partout en ce moment. Des militants et des journalistes prétendaient que le projet Webuy était nuisible, mais ils négligeaient les besoins de la communauté, Webuy dynamiserait le secteur, comme l'avaient prouvé les études préparatoires… Gabriela n'avait-elle pas dirigé ces études ? On s'en prenait non seulement au travail de Céline, mais aussi au sien, il était primordial qu'elle défende sa réputation. Céline pour l'instant tenait le fort, mais elle n'allait pas très bien. On lui crachait dessus publiquement, elle gardait la tête froide, mais se sentait de plus en plus fragile. Gabriela était un pilier essentiel… Elle sacra à voix haute en remplissant ses valises. Gabriela fit une dernière tournée rapide du chalet pour éteindre toutes les lumières et reprit la route sans avoir passé l'aspirateur. En obéissant au chantage de Céline Wachowski, elle avait eu l'amère sensation de se manquer de respect.

Elle eut du mal à digérer ses vacances interrompues et retourna au bureau sans volonté. Dans les semaines qui suivirent, tout devint très clair pour Gabriela, elle repassa dans sa tête la conversation téléphonique, soulignant la manipulation dont elle avait été l'objet, le manque d'écoute, la colère injustifiée et la transgression des limites qu'elle avait tenté de placer entre vie professionnelle et vie privée. La discussion eut lieu par téléphone ; Gabriela manquait de courage pour l'affronter en personne. Céline avait mis en place tout son petit jeu, demandant si c'était à cause d'elle, avant de se décrire comme quelqu'un qui aide les autres et qu'on finit toujours par abandonner. Elle avait expliqué qu'elle vivait les mêmes situations depuis quarante ans : les femmes comme elle ont beaucoup de mal à s'entourer de personnes loyales. Elle avait ensuite entamé son entreprise de charme, elle avait joué sa sonate la plus sentie, vantant longuement les mérites de « son » employée, Gabriela avait plus de potentiel à son âge que beaucoup d'architectes qui ont eu de grandes carrières aux Ateliers, même Pierre-Moïse n'était pas aussi mature à ce stade, Gabriela était une artiste hors du commun, les Ateliers ne pouvaient se permettre de la perdre, Céline ferait tout ce que Gabriela voulait pour la garder, pour qu'elle termine le projet Webuy ; quand la construction serait achevée, dans vingt-quatre mois, on pourrait reparler de sa place au sein de l'entreprise. Mais Gabriela avait préparé son argumentaire, elle était prête à lâcher la bombe qui la débarrasserait des liens que Céline tentait désespérément de solidifier, elle mettrait fin pour de bon à son spectacle d'illusions. Sa mère était malade. Un cancer du sein. Elle venait de l'apprendre. Gabriela devrait retourner fréquemment dans sa ville natale pour la soutenir et aider son père ; il est très bon en français, oui, mais il maîtrise mal le langage médical. À la mention de la maladie de la mère de Gabriela, les canaux émotifs ouverts un instant plus tôt s'étaient bouchés. Gabriela avait touché quelque chose, comment expliquer cette sensation indéniable de clôture, un coffret qui se verrouille.

Céline s'était alors lancée dans une impitoyable leçon sur l'importance du « sacrifice », présumant que Gabriela n'avait jamais eu à en faire dans sa vie, aucun sacrifice depuis qu'elle travaillait soixante heures semaine pour les Ateliers. Une colère volcanique était montée en elle, sa patronne lui avait proposé d'embaucher une infirmière privée pour prendre soin de sa mère, elle avait sans doute fait des suggestions plus stupides encore, Gabriela n'écoutait plus, des torrents d'insultes en français et en espagnol demandaient à sortir de sa bouche. Gabriela s'était pour la première fois permis d'engueuler Céline, lui arrachant la parole pour ne plus la lâcher pendant cinq, dix minutes, comment osait-elle parler de sacrifices ? Céline avait prononcé le mot qu'il ne fallait pas dire. Les larmes et les cris retenus depuis des années étaient sortis d'un coup, dans une même tortueuse phrase. Puis Gabriela s'était tue. « As-tu fini ? » avait demandé la voix au téléphone. Elle attendait sa lettre de démission d'ici lundi. Gabriela avait raccroché avec un sentiment terrible de culpabilité. Elle en avait trop dit, avait complètement dérapé, Céline ne le lui pardonnerait jamais, et cette crise nuirait à sa carrière, c'est sûr, l'histoire faisait déjà le tour du bureau, elle s'en voulait d'être aussi émotive, aussi réactive, aussi fragile, elle se haïssait ; elle se répétait ces pensées sans arrêt, les reproches ne la lâchèrent pas pendant des mois.

Jusqu'au jour où Céline lui téléphona tout bonnement, un matin, pour l'inviter à luncher. Son ancienne patronne avait attendu suffisamment longtemps pour que la poussière retombe, mais pas suffisamment pour que l'effet d'attraction qu'elle exerçait toujours sur Gabriela ne fût dissipé. La jeune architecte avait accepté, ce serait l'occasion de mettre les choses au clair ; elles avaient bu du vin, s'étaient remémoré de bons souvenirs ; il était primordial pour son ancienne patronne qu'elles restent en excellents termes. Leur relation avait connu des vides et des pleins, et Gabriela avait eu ce jour-là le sentiment que les choses étaient en train de se replacer ; c'était préférable d'avoir Céline de son côté, beaucoup moins inquiétant pour la suite.

8.

Depuis quelques mois des gens toussaient, puis mouraient de cette toux ; cela avait interrompu, puis ralenti les travaux, qui reprirent dans le courant de l'été. Des curieux tous les jours venaient observer le chantier, certaines tenaient un petit calepin dans lequel elles griffonnaient des motifs runiques, délavés par la sueur de leurs mains. Dans les médias, on ne parlait plus du Complexe Webuy ni de Céline Wachowski. L'été laissait place à des émissions de remplissage qui proposaient des chroniques amusantes sur les légumes et dénombraient les morts quotidiennes. Plus personne n'avait envie d'être en ville, et encore moins d'y travailler. Pour voir la lente évolution de l'ossature qui commençait à émerger du sol, il fallait braver la chaleur étouffante, marcher ou pédaler jusqu'au chantier, puis rentrer chez soi prendre une douche et essayer de dormir sous une serviette mouillée. Lorsque la ville se réchauffait, plusieurs se promettaient de la quitter à tout jamais, pensant que les canicules, avec le réchauffement climatique, seraient bientôt invivables ; elles s'achetaient une maison dans le nord ou des climatiseurs, ils tentaient d'oublier, afin d'avancer un peu dans le travail, les doigts mouillés, les ordinateurs qui surchauffent, les maux de tête, les mauvaises odeurs, la fraîcheur attirante des centres d'achats et les morts asphyxiés. Leur santé, écrivait-on timidement dans des articles que personne n'avait plus envie de lire, était affaiblie par le virus, mais les décès étaient précipités par cette atmosphère plus épaisse qu'une soupe acide noyant Montréal en l'inondant par ses artères avant de s'écouler dans les ruelles où, en raison des travaux de réfection qui sévissaient dans toutes les rues, des voitures obligées d'emprunter un détour dérangeaient le pique-nique des familles. Les piscines débordantes de pisse n'étaient plus rafraîchissantes. Les arbres craquaient de siccité, puis tombaient sur les passants. Des voitures prenaient subitement feu, on les éteignait avec l'eau tiède qui coulait dans les conduites municipales. Il faisait chaud. On aurait dit que les rares vents malaxaient l'air et, par friction, le réchauffaient encore.

Le premier juillet, journée nationale des déménagements et des transferts d'appartement, Parc-Extension eut l'air d'une zone de guerre. Des commodes, des lits étaient abandonnés sur les trottoirs parce que les camions étaient trop pleins. Des nouveaux locataires engueulaient ceux qui n'avaient pas encore libéré le logement. On se commandait de la pizza en français ou en anglais, téléphonait au restaurant du coin en hindi ou en grec, s'inquiétait du retard des déménageurs en espagnol, en mandarin et en arabe, disait adieu aux voisins en vietnamien, en italien, s'échangeait son numéro de téléphone en créole, en pendjabi, en bengali ou en tamoul. On se promettait de garder contact, on quittait avec plaisir des voisins détestables, trop bruyants ou trop intolérants au moindre son. La télévision et la radio promettaient que c'était le dernier été à porter le masque, on vaccinait au Campus MIL et ailleurs, la fatigue et la chaleur rendaient irritable et impatient. Des familles parfois nombreuses bougeaient de rue en rue, de quartier en quartier dans des voitures pleines ; on gagnait la périphérie, le nord-est ou l'ouest. On aurait près de deux heures de transport à faire matin et soir pour le travail. Les enfants voulaient savoir s'ils retourneraient à la même école, les parents répondaient qu'on verrait plus tard. Les tantes, les cousines, les grands-parents et les amis mettaient la main à la pâte et se passaient des boîtes trop pleines, aux fonds fragiles. On devait parfois laisser la mère ou le petit surveiller les biens de la famille en attendant le deuxième voyage. Une pluie tiède corsa l'après-midi et détrempa le carton mou, noya plusieurs livres, quelques ordinateurs. Les nouveaux habitants entrèrent dans leur logement en saluant les anciens, se disant qu'il faudrait tout repeindre en espérant que cela couvre l'odeur de nourriture. Plusieurs logements restèrent vacants en attendant qu'une propriétaire débordée les rénove pour les louer plus cher.

Il y eut, raconte-t-on, des oubliés. Des gens qui n'avaient pas su se faufiler entre les rets du marché, qui avaient visité de nombreux appartements sans être sélectionnés parce qu'ils avaient échoué à l'enquête de crédit ou que leur nom, qui ne sonnait ni anglais ni français, avait mauvaise réputation dans les cercles de propriétaires. On se retrouvait à la rue. On retournait temporairement vivre dans sa famille ou chez une connaissance généreuse, en attendant que quelque chose se libère quelque part. Les journaux titraient depuis plusieurs semaines « Pénurie de logements » et « Crise locative ». Des associations de bénévoles distribuèrent toute la journée des bouteilles d'eau et tentèrent de venir en aide à celles et ceux qui se retrouvaient dans une situation précaire, leur proposant des solutions temporaires. On leur répondait avec reconnaissance. On les ignorait par orgueil.

Le lendemain, les médias parlèrent d'un des pires premiers juillet de mémoire récente. Selon une militante interviewée au téléjournal, les effets du Campus MIL et du siège social de Webuy, toujours en construction, se faisaient déjà sentir. Des groupes de pression prédisaient cette catastrophe depuis plusieurs années. Ce n'était que le début.

Puis un homme se tua en se jetant d'une passerelle. C'était à la fin juillet, il était à la rue depuis le premier. Les habitants du quartier lui apportaient de la nourriture au parc Athéna, où il vivait en attendant. Il avait eu son lot de malheurs, ces derniers temps. Petit restaurateur, il s'était vu forcé de fermer en raison des mesures sanitaires et d'un loyer augmenté de 1 500 $ par mois, le local appartenait à quelque multinationale possédant la moitié de l'île et qu'il était impossible de joindre d'une manière ou d'une autre ; on tombait toujours sur la même boîte vocale. Il avait d'après les journaux dû payer des sommes astronomiques pour déplacer, puis entreposer le fonds de commerce du restaurant. Sa femme, avec qui il avait immigré à Montréal sept ans plus tôt, avait succombé à un cancer. Ils n'avaient pas d'enfants, pas de famille au pays. Seulement quelques amis, beaucoup de connaissances. On racontait que l'homme, qui continuait d'aller prendre son café après avoir accumulé quelques dollars en quêtant, fondait dans une même souffrance la mort de sa femme, la fermeture de leur restaurant, la bureaucratie retorse, les mesures gouvernementales et son éviction, convaincu que toutes ces choses tenaient d'un même destin retourné contre lui. Il disait n'avoir vécu que du malheur depuis son arrivée dans ce pays maudit.

Beaucoup de gens partagèrent sur les médias sociaux son histoire, accompagnée d'un portrait et d'un prénom,

Greg. Une voisine qui connaissait bien le couple intervint à la télé et dénonça la hausse des loyers et les évictions sauvages qui avaient cours depuis trop longtemps dans son quartier. Webuy, dont le nouveau siège social devait être achevé au printemps prochain, gangrenait déjà l'atmosphère, et toute la bande impliquée dans cette affaire-là, les politiciens, les entrepreneurs, les hommes d'affaires, devraient être tenus responsables de sa mort. Des intellectuelles analysèrent ce que les journaux qualifiaient de « tragédie » comme l'aboutissement de la logique véritable du néolibéralisme, chassant et se débarrassant des personnes non blanches ou pauvres qu'on n'était plus en mesure d'exploiter. Une manifestation fut organisée au parc Athéna en sa mémoire. La voisine, devenue figure de proue du mouvement en l'espace de quelques jours, parla dans un micro. Des groupes aux tendances anarchistes et communistes joignirent la lutte, et firent circuler des hashtags agressifs et des mèmes engagés qui se répandirent comme une traînée de poudre. On put bientôt lire partout sur le web *#fuckWebuy*, voire *#fuckCW*. Plusieurs chroniques lièrent cette opposition à la petite controverse presque oubliée dans laquelle s'était retrouvée l'architecte quelques semaines plus tôt. Dans les textes d'opinion, on utilisait des images telles que « la marmite déborde » ou « le bouchon saute ». On rappela des statistiques abracadabrantes sur le 1 % et le 99 %.

Les manifestations sporadiques et joyeuses devinrent hebdomadaires et brutales. La police ne plaisantait pas avec la loi. Les grandes parades rassemblaient des citoyens et citoyennes de tous les horizons et de tous les quartiers. Les agents de la paix matraquèrent et firent des arrestations ciblées. Des enfants goûtèrent à leurs premières bombes lacrymogènes. Des touristes dérangés sur les terrasses eurent une mauvaise image de la ville et se jurèrent de ne plus jamais y mettre les pieds. On vit de plus en plus de portraits de Céline apparaître sur des pancartes, bariolés d'un gros X rouge ou maquillés en clown. On la traita de vendue, de capitaliste, de vache, de pute, de chienne. C'est dans ce contexte défavorable que la saison quatre d'*Old House, New House* sortit sur Netflix et que « *What's Ethical About Celine Wachowski's ''Ethical'' Architecture ? Part II* », signé Wendy P. Savall, parut.

9.

En août, certains groupes étudiants votèrent des grèves et les manifestations ne dérougirent pas. Des commerces furent vandalisés par les foules qui défilaient au centre-ville et à Parc-Extension ; les manifestants, titrait-on, formaient une troupe de pilleurs. Un dimanche donna lieu à un affrontement violent dans les rues de Ville-Mont-Royal entre la police et un noyau de révoltés qui se dispersèrent sur les terrains et furent poursuivis par des polices enragées. Des familles purent voir des jeunes masquées et vêtues de noir se faire courir après par des hommes en armure, équipés comme des soldats, autour de leur piscine creusée. Un contingent nombreux se rassembla dans un parc du centre-ville, la petite troupe bardée de banderoles attendit un quart d'heure en discutant, puis on remarqua en se retournant qu'on s'était mis à marcher. La foule dessinait une forme oblongue et élastique, elle se scindait comme une gelée à une lumière rouge, puis reprenait son corps naturel au fil de la marche. Être de la manif suscitait des idées et des passions renouvelées. Les chants, les corps rassemblés minaient les solitudes et permettaient de croire à la force du nombre ; le centre-ville aux grands immeubles froids, aux stationnements souterrains et aux ruelles étroites était vécu comme un formidable agencement antirévolutionnaire – forcément, en levant le poing, ce genre d'idées (émeute, soulèvement populaire, dictature du prolétariat) finissait par nous traverser l'esprit –, tout semblait dessiné dans l'objectif de faciliter les souricières et de ralentir la dissipation des gaz lacrymogènes. On pensait à Greg et à toutes les vies brisées qui n'atteignaient jamais les journaux. La ferveur des grévistes et autres insurgés de fin de semaine vacillait mais ne s'éteignait pas. Le désespoir vint, on le chassa en pestant contre la couverture biaisée des médias. Les voies de fait de la police étaient jugées irrecevables par la cour et plusieurs commentateurs politiques regrettaient que la répression ne soit pas plus musclée. Des bureaux d'avocats étaient pris d'assaut et saccagés, on aérait certains commerces en fracassant leurs vitrines, une voiture de police en feu réchauffa les mains gelées. Les analystes de gauche avançaient que le peuple commençait à se rendre compte des effets les plus concrets d'une vingtaine d'années de coupures budgétaires sur le filet social. L'approche traditionnelle en matière d'immobilier, évitant toute réglementation trop interventionniste, était nocive pour le tissu urbain. Des statisticiens qui avaient l'air de creuseurs de tombes affirmaient lors des rares entrevues que le prix des loyers et des immeubles avait été multiplié, en cinquante ans, par trente ou quarante – le salaire minimum seulement par dix.

La majorité de la population, d'après les sondages, était défavorable à l'agitation sociale qui provoquait de gros bouchons de circulation. Les chouanneries du genre exaspéraient l'opiniâtre majorité silencieuse. Ils étaient plusieurs, à cette époque, à penser qu'il valait mieux laisser le marché se réguler lui-même et impérativement réduire la dette de l'État. Les revendications des manifestants et des manifestantes n'étaient pas limpides. On utilisait des jargons bizarres, parlait confusément de taxation des plus riches, d'impôt sur l'héritage, on lançait des slogans contre les politiques d'austérité, des pancartes affichaient des formules radicales contre l'évitement fiscal, le racisme et la misogynie. On rêvait, avec des phrases pleines d'incises, d'un monde moins cruel envers les pauvres et les exclus. Les éditorialistes soulignaient dans leur émission quotidienne le caractère idéaliste de la foule, insistaient sur cette confusion et proposaient de réfuter chacune des demandes avec des analyses fines de la Constitution canadienne et de la répartition des pouvoirs. On répétait qu'une pandémie coûte cher.

Un logement à un prix abordable était devenu plus rare qu'un hiver sans pluie. Il tomba des trombes tout le mois de février, les températures ne descendirent pas en bas de moins dix. Les trottoirs étaient tellement glacés qu'on les parcourait en patins. Des personnes âgées attendirent le printemps pour sortir, de peur de trébucher sur une plaque de glace et de se faire avaler par un déneigeur pressé, payé au rendement. Sur les artères commerciales fleurissaient les locaux vacants. Des centres d'achats plus grands que des cathédrales pourrissaient derrière des grillages qu'on verrouillait le soir après la fermeture du salon de coiffure et de la boutique de muffins. De grands arbres qui avaient poussé sous un puits de lumière, fiers d'agrémenter les courses des familles dans les plus belles années du centre commercial, mouraient desséchés. On ne savait plus trop quoi faire des hordes d'itinérants qui s'agglroméraient en campements illégaux au bord des autoroutes. Leurs tentes prenaient feu. Régulièrement, les agents de la paix démantelaient leurs habitations de fortune et distribuaient des contraventions salées. De temps en temps, il en mourait un de froid.

Une nuit, une centaine de personnes s'infiltrèrent dans le chantier du Complexe Webuy, escaladèrent sa structure inachevée et brandirent une immense banderole qui clamait « PROJET MEURTRIER ET DESTRUCT », parce qu'un côté avait été mal fixé. Webuy embaucha une multinationale de surveillance privée ayant des accointances douteuses dans certaines guerres civiles en Afrique pour empêcher l'accès vingt-quatre heures sur vingt-quatre. Une conférence de presse très attendue du Premier ministre ne mena à rien d'autre qu'à des appels au calme. À la demande des Ateliers C/W, des négociations furent organisées entre les porte-parole des groupes militants. On respecta les règles de distanciation sociale, même si ce n'était plus tout à fait nécessaire. S'y trouvaient aussi les responsables des communications de la multinationale américaine et de la Ville de Montréal. On misait beaucoup sur les explications et le charisme de Céline pour apaiser la colère. Webuy insista pour que Pierre-Moïse et Gabriela soient présents à la rencontre. La compagnie diffusa des photos de la tablée.

Les porte-parole citoyens dénoncèrent un dialogue de sourds. Céline et Pierre-Moïse ne purent se dire en désaccord avec eux sur ce point. Céline s'était montrée compréhensive, attentive aux arguments des militantes, elle s'était dite d'accord avec une bonne partie de leurs positions ; seulement, les moyens et les cibles qu'elles choisissaient n'étaient pas les bons. Céline portait un masque à motif d'écailles et une grande cape Virgile Abloh qui restait accrochée partout. Elle avait l'air d'une émissaire chargée de représenter sur Terre une galaxie très lointaine. Pierre-Moïse tenta d'expliquer que, pendant qu'on manifestait contre le Complexe Webuy, on rasait des appartements, des grands groupes financiers se disputaient le parc immobilier montréalais ;

des compagnies pillaient le Nord québécois sans payer aucune redevance et laissaient le sol ravagé… Le nouveau siège social de Webuy n'était pas grand-chose, comparé à tout ça. Il aurait même des effets bénéfiques, puisqu'il offrirait d'excellents emplois dans des domaines d'avant-garde, poursuivait la mairesse. Céline, désespérée, se mit à encourager la révolte, elle leva le poing en parlant fort. Ses positions mirent les représentants de la Ville et de la compagnie mal à l'aise. Elle se disait solidaire et touchée par celles et ceux qui se soulèvent. Il était essentiel de mettre les villes à feu et à sang une fois tous les quinze ans. Le Complexe avait demandé l'éviction d'une dizaine de logements, c'était exceptionnel pour un projet de cette envergure. Il ferait revivre des secteurs délabrés et inoccupés de la ville. Le bâtiment serait époustouflant, l'un de ceux qui la rendaient le plus fière de toute sa carrière. Il s'agissait d'embellir Montréal, de rendre la ville plus forte, plus juste et plus accueillante. Les porte-parole leur répondirent que la lutte ne concernait déjà plus le siège social de Webuy, que le Complexe était le symbole d'une domination plus grande, d'une violence généralisée, d'un système capitaliste et néolibéral qui courait à sa perte. Céline et Pierre-Moïse étaient selon elles et eux les représentants d'une caste exploitante millénaire. Des voleurs, des bandits. Céline trouvait qu'il était difficile de se défendre d'accusations qu'elle avait parfois du mal à saisir. La compagnie ne plaça pas un mot. Les militants quittèrent la table de négociations après le dîner pour faire un coup d'éclat.

« *What's Ethical About Celine Wachowski's ''Ethical'' Architecture ? Part II* » contenait des allégations qui ne firent plaisir ni à l'opinion publique ni à Céline Wachowski. On rappelait qu'elle avait travaillé, dans les années 1990, aux plans d'une trentaine de prisons construites aux États-Unis. Un épisode de la troisième saison d'*Old House, New House* était passé au peigne fin pour montrer comment les conséquences néfastes de l'édification d'une immense maison athénienne, conçue par une ancienne associée des Ateliers C/W, étaient masquées par un scénario triomphaliste. La journaliste interviewait trois familles qui expliquaient avoir tenté d'acheter l'édifice qu'on refusait de vendre à un prix raisonnable. Les fans de l'émission ne voyaient pas les choses de la même manière et défendirent ardemment son animatrice. La deuxième moitié de l'article jeta de l'huile sur les braises ardentes de ce que les journaux nommaient la « grogne populaire ». Wendy P. Savall tentait de démêler les fils de la toile compliquée que tissaient les Ateliers C/W et le groupe Invo avec d'autres fonds d'investissement. On croisait dans l'article une dizaine de noms de milliardaires. L'auteure insistait : la narration, la démonstration ou l'exposition, formes discursives classiques du journalisme, n'étaient plus adaptées pour parler du fonctionnement économique contemporain, impossible à mettre en récit. Aucun esprit humain aujourd'hui ne pouvait suivre les infinies fluctuations de l'argent. La Bourse était désormais commandée par des algorithmes qui faisaient varier la valeur des titres à des vitesses se calculant à la nanoseconde. Les actifs de Céline Wachowski voyageaient dans de grosses artères ou dans des capillaires parfois à peine discernables et irriguaient une série d'organes dont la fonction était claire, définie, évidente, et d'autres, comme la rate ou les amygdales de ses finances, dont il était difficile de comprendre le rôle précis dans l'organisme monstrueux que formait sa fortune. Elle était directrice générale et artistique des Ateliers C/W, qu'elle détenait à 30 % par l'entremise du groupe Invo, créé vingt ans plus tôt afin de gérer ses actifs. L'argent revenait dans ses poches après avoir fructifié dans d'autres investissements, d'innombrables compagnies dont certaines étaient très connues dans les domaines de l'énergie, du pétrole, des transports, des cosmétiques, des alcools, de l'assurance et des produits financiers. Ce système complexe donnait lieu à des entrecroisements sournois, et ses avoirs avaient l'air d'un arbre généalogique d'aristocrates, où les liens sont beaucoup trop étroits et entremêlés pour que la descendance ne porte pas les tares des ancêtres. L'analyse de ce réseau par une économiste avait révélé certaines irrégularités. Une dizaine de sociétés zombies inscrites au nom de Céline Wachowski, ou appartenant à des entreprises qu'elle avait dirigées par le passé et dont l'objet social était imprécis, avaient été retracées. Il semblait y avoir une curieuse série d'îlots déserts, enregistrés aux quatre coins du monde, où dormaient des sommes impossibles à évaluer. Ensuite – le ton de la journaliste s'enflait d'une fierté méprisante –, on avait pu repérer des procédés d'évitement fiscal tout à fait légaux, mais dont il était possible de questionner la pertinence dans une perspective « éthique ». Un bureau des Ateliers C/W, situé en Irlande, ne semblait mener aucun projet depuis 2007 et revendait les plans dessinés par la firme elle-même, afin de réduire les taux d'imposition importants pour les grandes entreprises au Québec, en Californie ou en France. Elle achetait par ailleurs des services creux, comme des droits d'utilisation de son logo, dans l'objectif de réduire ses profits nets tout en conservant les dépenses à l'interne. C'était un tour de passe-passe bien connu et pratiqué par presque toutes les grandes entreprises, mais nous étions en droit de nous attendre à plus d'une femme qui se disait engagée et qui, avant les contestations récentes autour d'un projet controversé au Canada, avait été universellement célébrée. Il était impossible de savoir si d'autres entreprises dans lesquelles les dollars de Céline s'écoulaient ne participaient pas d'autres escroqueries légalisées.

Le prestige de C/W dans l'opinion publique s'était grandement émoussé. Au Québec du moins. La saison quatre d'*Old House, New House* cartonnait sur Netflix et on parlait très peu de tout cela ailleurs dans le monde. Si l'on se fiait aux commentaires sous les articles de *La Presse*, du *Devoir* ou de Radio-Canada, Céline Wachowski n'était rien de plus qu'une voleuse, une traîtresse, on l'accusait d'éventrer le Québec depuis plus de quarante ans, de le pousser à la ruine. Des gens comme elle étaient responsables de la dégénérescence qu'avait connue la société après le référendum de 1995. Certains vieux intellectuels un peu lutte ouvrière signèrent des éditoriaux qui clamaient grosso modo « on vous l'avait dit ! », satisfaits que la dimension capitaliste de l'idéologie de Wachowski explosât enfin et les libérât des soupçons misogynes qui pesaient auparavant sur leur acharnement. Des jeunes intervenants et des commentatrices motivées la traitaient d'abuseuse, elle avait commis un viol symbolique et ne valait guère mieux que tous ces prédateurs qui tombaient comme des mouches depuis quelques années. *La Presse* avait mené sa propre enquête dans laquelle on pouvait lire de nouveaux témoignages décrivant un climat de travail toxique aux Ateliers C/W, une atmosphère de « fascisme affectif », pouvait-on lire dans le statut Facebook d'un ancien employé. Plusieurs pensèrent qu'on pourrait dire la même chose de la plupart des milieux de travail et entrevirent sous ces témoignages le profil de certains de leurs collègues agaçants, incapables d'effectuer une tâche ou de se soumettre à quelque autorité patronale sans se sentir tyrannisés ; elles retinrent plutôt les contre-témoignages racontant qu'une ambiance bon enfant et respectueuse régnait autour de Céline. D'autres furent bouleversés par ces récits qui avaient dû demander beaucoup de courage pour qu'on les raconte et se mirent à imaginer la somme d'humiliations, de blessures psychologiques et de détresses quotidiennes que cachaient ces petits morceaux de vies brisées. Certains textes décortiquaient la suprématie blanche de la mentalité de Céline Wachowski, d'autres analysaient l'impact de la gentrification en cours sur les femmes et les personnes racisées, statistiquement plus nombreuses à subir les contrecoups de la crise du logement. Beaucoup de tables rondes eurent lieu. Des gens qui l'admiraient n'osaient plus prononcer son nom et écoutaient *Old House, New House* en secret. Des amies ne répondaient plus à ses appels et la transféraient à leur secrétaire. On se désabonna de sa page Instagram et on démissionna des Ateliers C/W. On eut honte de son employeur ou de la société qui s'adonnait à une dangereuse chasse aux sorcières. Les chroniqueurs réactionnaires prirent sa défense, ce qui n'aida pas son cas. Un correspondant à Paris citant des « références » qui auraient fait rougir Éric Zemmour n'avait pas assez d'une tribune pour hurler l'empoisonnement du Québec par une moraline importée des campus américains. Un paladin de la liberté d'expression qui avait par le passé attaqué dans moult textes la bien-pensance de Céline Wachowski, membre adhérant au lobby victimaire qu'il percevait, œil fin, partout, sortit rabibochages et anastrophes au sujet de ce peuple qui n'acceptait pas son destin historique – ravage de l'orthodoxie pluraliste. Céline était devenue sous sa plume (il écrivait parfois littéralement à la plume, et plus souvent encore à l'encrier) la martyre du désespoir national, la grande artiste qu'on ne méritait plus. On la sommait d'avoir du courage et de résister à ces tentatives de censure.

Céline Wachowski avait toute sa vie su marcher sur la fine ligne entre l'effet de mode et la pérennité, n'avait pas été pervertie par la richesse et le succès, elle avait su trouver dans chacune des formes dessinées la part éternelle du beau. On visualisait de grands immeubles modernes sous lesquels avait toujours œuvré une conscience pure, une sincère fièvre, un désir ardent que les humains et les sociétés soient dotés de lieux pénétrants et fabuleux. À bientôt soixante-dix ans, sa période dorée avait semblé se prolonger encore, on se demandait si les faveurs du ciel arrêteraient un jour de lui tomber sur la tête. C'était avant le coup fatal. « Céline Wachowski. » Le nom résonnait maintenant dans la vallée déserte où les cataclysmes s'étaient produits.

Les commandes ralentirent aux Ateliers C/W, l'affaire fit pendant plusieurs semaines la une. Céline se mit à perdre des cheveux. Elle en trouvait, paniquée, par grosses mottes dans le drain de la douche. Le stress la rongeait. Le monde entier s'était ligué contre elle, plus personne n'osait lui parler, la défendre. Elle consulta pour des maux de ventre, une perte d'appétit, un torticolis, des migraines, des tremblements, avant que son médecin ne lui suggère que la source de ses malaises puisse être l'anxiété et peut-être la cigarette, qui finirait par la tuer. Elle essaya d'arrêter, y parvint, puis se remit à fumer.

10.

Le 305 Bellechasse affichait son majestueux portique Art déco à la limite de La Petite-Patrie. L'édifice occupait tout le segment entre Henri-Julien et Drolet, ses grands murs latéraux étaient percés de fenêtres qui donnaient sur des rues tranquilles. La grande boîte à chaussures en brique centenaire, comme on en retrouvait d'identiques à New York et à Chicago, serait passée inaperçue n'eût été cette verrière imposante sur le toit. C'était le seul immeuble du genre sur la rue peuplée de blocs gris construits dans les années 1970, d'un immense entrepôt et des petits locaux commerciaux qui abritaient un garage, un bar, une pizzeria trop éclairée et trop chère, un buffet italien ouvert sur demande pour les événements ou les tournages – une rumeur aussi tenace qu'improbable voulait que Scorsese y eût tourné quelques scènes des *Affranchis*.

Céline entra par la porte avant. Le travail ne faiblissait pas, on courait dans tous les sens, on renversait son café tenu d'une main en parlant de l'autre au téléphone, l'atmosphère semblait tendue aux Ateliers, les démissions des derniers mois avaient laissé des bureaux vides et des trous dans l'organigramme. Deux nouveaux designers commençaient aujourd'hui, la semaine passée c'était une dizaine de techniciennes qu'on embauchait.

Elle arriva un peu en retard, Pierre-Moïse l'attendait dans son bureau. La veille, Céline et lui s'étaient parlé au téléphone toute la soirée pour s'entendre sur l'attitude à adopter. Monique, la directrice des finances, les rejoignit couverte de café, on s'amusa gentiment de sa maladresse, au moins elle n'était pas brûlée. Céline lui dit d'aller prendre ce qu'elle voulait dans le garde-robe. Elle essayait de se convaincre qu'elle n'allait pas au front depuis une semaine, elle se sentait comme une enfant attendant sa punition pour une faute imprécise qu'elle n'était pas certaine d'avoir commise. Pierre-Moïse se rejouait tous les scénarios possibles et impossibles et aucun ne tournait à leur avantage : cette réunion extraordinaire commandée par le conseil d'administration était lugubre. Il n'avait pas dormi de la nuit et s'était levé à 4 heures du matin pour se préparer, se changer trois fois. Monique ressortit avec une longue chemise noire que Céline n'avait pas portée depuis cinq ans, « je t'a donne si tu la veux, garde-la ! »

« Tout le monde est déjà en haut, il faut qu'on monte. » Anton, son secrétaire, avait accueilli un quart d'heure plus tôt les associés détenant des parts de l'entreprise et les autres, les membres du CA, fraîchement arrivés de Paris, de Londres, de New York. Dans l'ascenseur, Pierre-Moïse sourit mais flottait dans son regard une vapeur qui inquiéta Céline. Il lui serra l'épaule avant de pousser la grande porte. Dans la salle de réunion, une douzaine d'hommes aux cheveux grisonnants portaient leur masque sur le menton, cherchaient comment fermer leur sonnerie de téléphone ou regardaient des chaussures sur internet. Deux d'entre eux se disaient des secrets près de la machine à café, d'autres se lançaient des blagues d'un bout à l'autre de la pièce en pensant alléger l'atmosphère. La petite dame en col roulé entra en premier, on attendit son sourire mais il ne vint pas, elle serra la main de tout le monde avec sérieux. Elle était suivie d'un colosse de 1,95 m – un avocat pensa que ce devait être Pierre-Moïse, ils s'étaient échangé plusieurs courriels, mais se voyaient pour la première fois – et d'une dame ronde aux joues roses ; les deux seules femmes et le seul homme noir dans la pièce ; cela produisit un effet étrange, difficile à décrire, sur le conseil d'administration. Une troisième femme s'ajouta bientôt au groupe, la directrice des bureaux de Paris arriva juste à temps pour le début de la réunion.

Avant 11 heures, Céline avait déjà redit avec calme pour une troisième fois qu'elle ne se retirerait pas du projet Webuy ; les excuses publiques étaient envisageables, mais elles revenaient à reconnaître les torts dont on l'accusait, ce qui selon son avocat posait problème. Pendant la pause, le P.-D.G. d'un grand groupe d'ingénieurs et le représentant d'une banque londonienne compatirent avec elle près des brioches. Céline faisait l'objet d'un sort délirant, qui les accablait, les effrayait. Ils avaient beaucoup pensé à elle ces derniers temps, s'accordaient pour dire que le monde prenait une tournure qui leur échappait. La population ne comprenait pas l'importance de Webuy pour Montréal. Tout le monde allait bientôt passer au crible des nouvelles valeurs morales. Le responsable du comité d'audit, directeur d'une entreprise en écologie numérique basée à New York, tenta une manœuvre gentille en lui proposant de préparer son café. Il lui demanda si elle avait été accompagnée pour traverser la tourmente. Céline ne répondit pas, pointa du doigt Pierre-Moïse en mordant dans sa chocolatine, attrapa la tasse et retourna s'asseoir à côté de son associée française sans rien dire.

Après la pause, tout le monde reprit son rôle. Le

représentant des actionnaires rappela la position des investisseurs. Selon eux, il était clair que – « with all due respect » – Céline Wachowski ne représentait plus les valeurs de l'entreprise. Il fallait trouver une solution. Des arguments furent lancés, quelques précisions. En attendant le résultat d'une enquête indépendante, il serait préférable que Céline se retire. Ne leur avait-elle pas annoncé qu'elle planifiait de toute manière de prendre sa retraite au terme du prochain plan quinquennal ? Elle pourrait revenir une fois la controverse passée. Son visage à la tête de la boîte rendait les projets publics difficiles, les gens ne vont pas vers les figures clivantes, évitent la prise de risque ; on ressentait les effets de la controverse dans tous les bureaux. Il fallait penser au rendement et à l'avenir des Ateliers C/W, avec ou sans Mme Wachowski. Il arrive que tout doive changer pour que les choses restent telles quelles. Bien entendu, ça n'avait rien de personnel. Plusieurs associés protestèrent et parlèrent de catastrophe.

La plupart des associés actionnaires, dirigeant d'autres branches des Ateliers, restèrent cois toute la journée. Un à un, Pierre-Moïse défit les arguments avancés. « On ne chamboule pas un projet de cette envergure six mois avant sa livraison, c'est un manque de professionnalisme et un bris de confiance envers le client. » Il collaborait depuis plus de vingt ans avec Céline et les récits des journaux étaient traficotés, racontés à l'avantage de ceux qui témoignaient. « On travaille dans des conditions extrêmement stressantes et difficiles, des fois on se crie par la tête, mais c'est jamais par manque de respect », précisa Céline. Tout le monde était d'accord pour dire que le système dans lequel on vivait était vicié, qu'il y avait quelque chose de pourri dans l'économie de marché, mais Céline servait aujourd'hui de bouc émissaire : on avait besoin d'un visage ennemi et on avait pris celui d'une femme de pouvoir. Est-ce que ça vous surprend ? La directrice de Paris insista sur l'importance de son nom dans le prestige des Ateliers C/W, « c'est elle qui a rendu possible le fait même qu'on soit ici, autour de cette table. On n'est pas des numéros qu'on peut remplacer aléatoirement, notre travail exige une démarche et une sensibilité artistiques qui se développent sur le long terme. » Elle conclut avec une proposition : que les actionnaires prennent une position claire en soutien à Céline Wachowski, voilà ce qui enverrait un signal fort au public, aux clients et aux médias. La salle resta muette, un homme qui portait une cravate trop serrée se massa les mâchoires. On libéra tout le monde pour une heure, le temps de manger. Pierre-Moïse et Céline se firent livrer de leur restaurant habituel, une petite place connue des gens du quartier, il était trop risqué de sortir et de tomber sur les militants qui traînaient toujours sur Bellechasse. Dans le bureau de Céline, Pierre-Moïse se dit confiant. Il était pris d'une fureur joyeuse, elle l'avait rarement vu aussi passionné, il imita les vieux cons du CA et réussit à lui tirer un éclat de rire.

Céline considéra que sa plus grave erreur avait été de recapitaliser les Ateliers C/W à la fin des années 2000 ; à cette époque, le téléphone de la réception sonnait sans arrêt, les courriels débordaient, des occasions extraordinaires se présentaient, abondantes et à leur portée. Les grands projets de la fin des années 1990 avaient laissé leur marque dans la culture architecturale, et Céline récoltait les fruits de ses efforts. Si elle voulait que son entreprise poursuive sa croissance, elle aurait besoin de fonds ; le timing était mauvais, la crise des subprimes en 2008 avait fait entrer d'innombrables grandes demeures sur le marché immobilier, amenuisant la demande pour les nouvelles constructions. Les ingénieurs, les contracteurs, les quincailleries, les distributeurs de matériaux, tous les maillons de la chaîne étaient touchés ; tout au plus, on cherchait à redécorer son manoir en banlieue. L'expansion des dernières années n'avait pas encore été remboursée et les investissements symboliques (Céline avait passé trois mois en 2009 à travailler sur la scénographie d'un *Macbeth* mémorable pour le Metropolitain Opera) avaient exigé des risques que les Ateliers C/W pouvaient s'autoriser, mais qui leur laissaient moins de jeu. Son directeur des finances de l'époque avait été sans appel : il fallait vendre des parts. L'action NYSE (ACW) était entrée en Bourse le 6 avril 2010 à 15,85 USD, et avait connu une croissance de 11 % dans son premier trimestre. Céline détestait les projections à long terme, mais Pierre-Moïse levait peu à peu le voile sur l'avenir des Ateliers. Elle était persuadée qu'il était le seul à pouvoir poursuivre son travail tout en sachant imposer un style neuf, une vision singulière, une ligne artistique forte ; ni conservatisme ni négation du passé ; elle lui avait parlé d'Yves Saint Laurent et de Christian Dior. Pierre-Moïse avait toujours pensé qu'il ouvrirait un jour ses propres bureaux, mais diriger une boîte aussi mythique que les Ateliers C/W lui permettrait de réaliser des projets autrement inimaginables, des grands musées, des salles de spectacle et des universités avec des budgets importants, commencer comme nouvel architecte, même si son nom était relativement connu, c'était aussi se taper les premières années tous les petits contrats de foyers de personnes âgées et de réaménagement de locaux gouvernementaux. Les Ateliers avaient une réputation bien établie à l'international, dans un domaine, l'architecture publique à vocation culturelle, qui le passionnait. Il avait travaillé sur la plupart des grands projets de la firme et dirigeait le bureau de Montréal depuis quelques années, Pierre-Moïse ne fut bientôt plus aussi jeune, il finit de perdre ses cheveux, prit un peu de ventre et fêta ses dix ans de vie commune avec Nathan. Les revues spécialisées insistaient depuis plusieurs années sur son rôle central, à la tête de chantiers décisifs, mais son nom demeurait inconnu du public. On continuait de créditer Céline pour des concours qu'elle avait approuvés le jour de leur dépôt – elle ne faisait pas grand-chose pour changer la situation. À l'occasion elle se fâchait en lisant un article associant son nom à un projet auquel elle n'avait pas travaillé, puis concluait avec confiance en s'adressant au concepteur : « Ça viendra. » Les architectes n'étaient-ils pas l'objet d'un grave manque de reconnaissance sociale, personne ne connaissait les noms de celles et ceux qui avaient imaginé les bâtiments dans lesquels nous évoluions chaque jour, une amie de Céline ignorait qu'elle vivait dans une tour dessinée par Mies van der Rohe à Westmount, imaginerait-on un roman sans nom d'auteur, un film sans réalisateur ? Les starchitects comme Céline faisaient parfois, il est vrai, ombrage à leur équipe, se cristallisait autour d'eux seuls toute l'attention et le prestige, d'un autre côté ces noms illustres servaient de locomotive à leur agence. Pour les clients, les gros noms demeuraient une marque de confiance, assuraient beauté et savoir-faire, pensait-elle.

Céline avait transféré une partie de ses parts à Pierre-Moïse en 2015 et utilisé toute son influence afin qu'il soit promu vice-président et chef concepteur. À l'époque Céline ne se présentait déjà presque plus aux Ateliers, des nouvelles employées ne l'avaient pas croisée une seule fois depuis qu'elles étaient entrées en poste, Pierre-Moïse assurait le travail de terrain ; on continuait malgré tout de le voir comme l'éternel second, le bras droit, tant dans les réunions que dans les courriels destinés à Céline qu'il recevait comme s'il était son secrétaire. Pour le rassurer, Céline lui racontait qu'à ses débuts, lorsqu'elle entrait dans une salle de réunion, on se bousculait pour serrer la main de son assistant, avant de s'étonner que « C/W » abrège le nom d'une *femme*. C'était encore pire sur les chantiers, les ouvriers n'appréciaient pas toujours de se faire dire qu'ils avaient mal posé leur mortier par une jeune femme élégante. Parce qu'elle portait du vernis à ongles et du parfum, Céline ne pouvait pas être crédible, on tenait toujours pour acquis qu'elle ne connaissait rien aux techniques et aux matériaux alors qu'elle avait rédigé les devis et révisé les plans des ingénieurs truffés d'erreurs. C'était sans parler des sifflets, des compliments déplacés, des regards insistants, dès que vous ne correspondiez pas à l'image qu'on se faisait d'un architecte (Pierre-Moïse précisa : « Un homme blanc dans la cinquantaine, excentrique mais hétérosexuel, en veston, avec des lunettes carrées »), on se bousculait pour vous rappeler qu'en principe, vous devriez être un subalterne. L'architecture est un milieu globalement machiste et raciste, dont les pratiques sont conservatrices, malgré un vernis de modernité ; on avait un jour appelé la police parce que Pierre-Moïse était entré dans un édifice désaffecté qu'il s'apprêtait à mettre à terre, les voisins auraient-ils appelé la police s'il avait été blanc ? Ensemble, ils avaient rêvé de changer les vieilles mentalités et l'avaient fait à leur échelle, à leur manière.

Ils retournèrent en vitesse à leur place dans la salle de réunion. Le tribunal se poursuivit jusque tard dans la nuit. Céline retira son masque et leva toute censure, elle paniqua, elle ne voulut rien savoir. Elle n'achèterait la pitié de personne au prix d'un mot gracieux, il était hors de question qu'elle se retire de la direction de sa compagnie, elle invitait plutôt les directeurs que cela choquait à démissionner. Les actionnaires ne mettraient pas, croyait-elle encore, leurs menaces à exécution.

Pierre-Moïse tenta une métaphore : « Quand la mer est calme, tous les navires sont également bons voiliers, mais quand elle assène ses coups les plus rudes, il faut pour se laisser frapper avec patience beaucoup de magnanimité. » « La première vague arrivée, vous me demandez de tout laisser couler », clarifia Céline. Les actionnaires désiraient sincèrement voir les Ateliers C/W continuer leur belle trajectoire, mais jugeaient que le nom de Céline Wachowski nuisait désormais à la saine croissance de l'entreprise. Il fallait adopter un point de vue global, l'enjeu nous dépassait toutes et tous. Monique rappela pourtant les projets en cours, Céline travaillait sur une salle de spectacle en banlieue de Beijing, nos équipes œuvraient à la rénovation des passerelles du zoo de San Diego, aux premières esquisses d'une tour au Qatar… La voix de Céline monta. « Vous êtes qui, vous, pour penser que vous pouvez entrer ici et tout renverser ? Ça fait quarante ans que j'ai ma compagnie. Sans moi, ça serait rien (elle montra la salle en faisant tinter son bras couvert de bracelets). Au premier petit scandale, je suis bonne à sacrer aux vidanges ? Vous apprendrez que c'est pas comme ça qu'on travaille, ici. » Elle se leva, ouvrit la grande porte. « If you are not satisfied, I firmly invite you to get out. » Les choses n'étaient pas aussi simples ; elle connaissait trop bien la réglementation et les mécanismes de la gouvernance pour prendre au sérieux sa comédie, les gestionnaires le savaient. Légalement, rappela l'avocat, on devait voter sur la motion de destitution. On exigea un scrutin secret, on compta les votes. Céline Wachowski fut officiellement démise de son mandat de présidente du conseil d'administration et de directrice générale des Ateliers C/W. Selon les décrets, Pierre-Moïse devint automatiquement P.-D.G. intérimaire jusqu'à la prochaine réunion du conseil d'administration, qui mettrait en branle un processus d'embauche ; plusieurs actionnaires avaient déjà des noms en tête.

« Il va y avoir des poursuites, j'espère que vous avez des bons avocats. » Un silence fatal planait dans la salle à l'acoustique impeccable. Anton aurait mieux aimé mourir sur le coup que d'assister à la suite des choses. Céline se ridiculisait en luttant inutilement contre le courant, la scène était pitoyable. Pierre-Moïse se leva doucement, s'approcha de Céline et lui proposa à l'oreille de le rejoindre dans son bureau. Elle l'ignora, fit signe à Anton d'appeler la sécurité. Il regarda Pierre-Moïse, qui acquiesça. Un homme et une femme baraqués portant des casquettes entrèrent dans la pièce, ordonnèrent aux membres du CA de quitter les lieux. Les messieurs, pas contents, sortirent le sourire aux lèvres en poussant des soupirs excédés. L'un d'eux fut forcé de revenir parce qu'il avait oublié son téléphone, il repartit en longeant les murs. Céline s'était rassise, elle fouillait dans sa sacoche pour sortir un mouchoir et des lunettes de soleil. Elle dit : « Ils m'aimeront dès qu'ils ne m'auront plus. »

Dès que la séance fut levée, des hommes importants sautèrent dans des avions privés pour des vols au cours desquels ils récupéreraient quelques heures de sommeil. Les membres du conseil d'administration étaient venus exécuter une décision des actionnaires, et devaient simplement convaincre quelques associés de voter de leur côté pour obtenir la majorité des voix.

On compatissait avec Céline, mais on n'avait aucune marge de manœuvre.

Le lundi matin, la nouvelle du renvoi de Céline Wachowski fit la une du *Wall Street Journal* et de tous les cahiers « Économie ». L'action chuta, les radios parlèrent fort. Au Québec, le ministre des Finances convoqua un conciliabule extraordinaire et ne répondit pas aux appels des médias.

Céline embrassa le nouveau P.-D.G. des Ateliers C/W, « on s'appelle demain », et sortit fumer sur le toit. La nuit n'était plus toute jeune, pourtant le ciel était clair. Des lumières traçaient des lignes droites dans les rues. Céline n'arrivait pas à penser ; elle laissa le monde engourdi tourner sur lui-même. Monique venait d'apparaître sur la terrasse, Céline fixait les voitures qui coulaient vers le centre-ville. « Ça va ? » Céline ne sourit pas. « Oui, oui. » Monique avait envie de parler. « On débriefera plus tard », trancha Céline. Monique se permit d'ajouter, juste avant de partir : « J'ai déjà lu des histoires du genre dans les magazines économiques, mais je pensais jamais assister à ça. » Céline éteignit sa cigarette et se mit à marcher avec elle vers l'escalier en répétant une vieille phrase qu'elle avait dite et entendue mille fois sans se demander si elle y croyait vraiment : « Les affaires, c'est les affaires. »

III.

Dans les rues environnantes champignonnent les pancartes « À vendre ». Des containers sont distribués devant les maisons, les cochonneries tombent à côté, les terrains se couvrent de déchets et de poussière qui étouffent les hostas et la pervenche. Les pancartes arborent des visages fiers aux dents blanches. Marine file à vélo, son sac à dos est rempli de bouteilles de vin qui tintent quand elle freine. En croisant une affiche vandalisée, elle est surprise que les sourires d'agentes d'immeubles ne fassent pas l'objet d'une détestation sociale plus grande, qu'il soit encore acceptable d'afficher une assurance aussi éclatante quand on fait un tel métier. Elle déteste les courtiers depuis qu'elles ont fait avec sa copine une offre d'achat sur un duplex et que l'agent a illégalement fait monter les enchères entre les deux couples intéressés – pratique qui est devenue, à ce qu'on raconte, la norme. Marine s'étonne que personne n'attende les courtières, les promoteurs, les spécialistes de flips immobiliers devant leur maison le soir pour les intimider, c'est à se demander si la population dans la guérilla qui l'oppose à la propriété privée, à la spéculation et au gros argent n'a pas baissé les bras, trop sidérée par les lettres d'éviction ou les hausses de loyer, peut-être trop occupée à manger dans les restaurants branchés après avoir magasiné dans des boutiques de produits responsables de l'avenue Beaubien ; il est souvent difficile de savoir ce qu'elles vendent si l'on ne se fie qu'à leur devanture aux écriteaux design, aux vitrines presque vides, aux grandes tablettes blanches, Instagram ready, Marine se moque de ces boutiques qui sont quand même pratiques, parfois, pour les cadeaux. Ce type de commerce semble plutôt bien s'accommoder de la lutte immobilière qui a lieu au-dessus de nos têtes, pense Marine, parfois un des combattants perd pied et écrase un triplex à la place duquel on érige bientôt une belle maison neuve dont la cour arrière est clôturée par une muraille la séparant de la ruelle, une palissade d'une dizaine de pieds de hauteur faite de planches collées les unes aux autres qui servent à bloquer les regards curieux qui pourraient voir nos grandes fenêtres, nos luminaires design et nos œuvres d'art.

À la lumière rouge, Marine reconnaît Nathan, un ami rencontré pendant sa maîtrise aux HEC, ils ne se fréquentent plus, mais ils ont été proches pendant leurs études et se croisent souvent dans le quartier. Nathan remarque Marine, il lui envoie la main, elle passe souvent aux nouvelles depuis qu'elle est devenue porte-parole pour une association de défense du droit au logement ; elle a pris après leurs études en marketing une tout autre voie que celle choisie par Nathan et la plupart de leurs condisciples. Il n'a pas croisé Marine depuis quelques mois et Nathan sait qu'elle a été très impliquée dans la mobilisation contre le Complexe Webuy. Il serre les mâchoires en souriant. La lumière tourne au vert, Nathan traverse la rue en trottinant. Pierre-Moïse travaille avec Céline Wachowski depuis longtemps, Marine le sait, elle va penser que Nathan est nécessairement du côté de son chum, ça va faire un froid. Ils se saluent poliment, prennent des nouvelles pendant que les vélos les dépassent par la gauche. Marine est enceinte, Nathan regarde son ventre, ça ne paraît pas encore, il la félicite. Elle passe vraiment bien à la télé, elle est éloquente, habile pendant les débats. Mettons que ç'a été une grosse année pour elle… Nathan rit, il comprend. Pour aborder de front le malaise, elle demande : « Toi, ça doit te mettre dans une drôle de position, tout ça. » C'est sûr que c'est pas simple, surtout pour Pierre… c'est pas trop son genre de projet, ça le fait pas tripper, il est pogné pour défendre une compagnie qu'ils ont toujours boycottée. À la maison, ils n'en parlent pas trop, de toute manière, qu'est-ce que tu veux qu'on fasse. Marine comprend, Nathan ajoute que ça va lui faire du bien, à Céline, d'être remise à sa place pour une fois. Des allégations très troublantes ont circulé, Nathan est d'accord avec eux (il fait un geste de la main vers Marine) sur toute la ligne, la gentrification est vraiment sauvage dans le quartier. Elle le remercie et lui raconte qu'ils ont appris la semaine dernière que Céline poursuivait en justice tous les porte-parole du mouvement ; on panique un peu. Elle veut nous museler avec des frais d'avocats, c'est tellement classique, mais ça fait chier pareil. Et ça risque de marcher. Nathan feint la surprise : « C'est tellement choquant… » Marine et d'autres personnes qui ont reçu la mise en demeure veulent faire un coup d'éclat chez elle, s'en prendre à sa maison pour montrer que c'est un privilège de poser une division entre sa vie publique et sa vie privée. On veut lui montrer que le capitalisme a des impacts réels et concrets sur des vraies personnes. Sauf qu'on sait pas où elle habite dans Westmount. Elle n'est plus dans Westmount, elle est sur le boulevard Gouin, le long de la rivière, répond Nathan. « On aurait dû t'appeler avant, t'aurais pu être notre informateur secret. » Les deux rient.

Marine et sa copine essayent d'acheter et ça n'a juste aucun sens, les prix. Ça donne une dimension très concrète à leur engagement contre la spéculation immobilière, « ma blonde était pas très impliquée au début, mais là, elle est plus crinquée que moi ». Parfois elles se demandent si le fait qu'elles soient deux femmes joue contre elles, « on est blanches pis Ariane est soutenue par ses parents, imagine si on avait des noms africains ou maghrébins ». Marine n'a pas le temps de tout expliquer à Nathan, au coin d'une rue, mais depuis qu'elle travaille pour un organisme spécialisé en accès au logement, tout est clair, des connexions inédites lui apparaissent, aussi concrètes et invisibles que la canalisation sous les rues, les mécanismes de notre monde se dévoilent à Marine et à ses collègues, elle sait qu'un grand virage est amorcé par la Ville, rêvé depuis longtemps par l'élite politique et économique dans des conseils d'administration, dans des réunions d'élus à portes closes, des soupers à rideaux tirés et dans les couloirs de départements universitaires où on parle d'un avenir doré pour Montréal, le vieux rêve d'une ville qui atteindrait finalement la maturité du marché immobilier international remue les carcasses d'étonnants valets de la finance, leurs visions germent dans les HEC et les associations de propriétaires pour donner, vers la fin de l'été, des fruits grossièrement coupés et jetés ensemble dans un grand bol, sur lesquels on déverse un jus presque tourné et quelques cuillerées de sucre blanc pour cacher le goût, on se gave de cette capiteuse salade sur les voiliers de promoteurs, dans les chalets luxueux de dirigeants syndicaux, dans les salles de lunch d'un cabinet d'ingénieurs ou à la fête de Noël d'un bureau d'avocats. Marine ne peut pas expliquer tout cela à Nathan sur le coin de la rue, révéler le coup de théâtre que préparent celles et ceux qui répètent depuis longtemps que Montréal a tout pour rejoindre les rangs des grandes villes d'Amérique du Nord, pour attirer les sièges sociaux et les étudiants internationaux qui ont les moyens de se payer les frais de scolarité, Vancouver, Toronto, New York, San Francisco sont les exemples à suivre, des marchés où ça joue dur, villes-talismans dont on répète les noms comme un mantra. D'après la petite caste de dirigeants que Marine apprend chaque jour à connaître, Montréal a la planification urbaine idéale pour qu'émergent de ses sols contaminés des tours d'habitation modernes, le conseil municipal encourage ce genre d'initiative qui augmente la densité habitable et contribue au projet socialiste qu'il croit défendre. Dans des soirées entre personnes influentes, on se dit à mi-voix, avec de l'espoir dans les yeux, que c'est ici que ça se passe, maintenant, que ça va juste exploser dans les prochaines années, Toronto, Vancouver, c'est fini, c'est rendu trop fou, le gros argent international s'est mis de la partie et certaines villes préparent des règlements municipaux qu'on compare à ceux des pays nordiques, catastrophiques pour les bailleurs de fonds et les spéculateurs. Ici on a bien quelques lois, mais elles ne sont presque jamais appliquées, les locataires qu'accompagnent les collègues de Marine sont souvent effrayés par la lourdeur des processus judiciaires, elles ne parlent parfois ni français ni anglais, ils ne connaissent pas toujours l'existence d'un tribunal du logement où les juges, eux-mêmes propriétaires, penchent du côté des possédants. Les étudiantes étrangères et autres Permis-Vacances-Travail s'en tapent que les prix montent, elles louent n'importe quoi au gros prix avec l'argent de leurs parents ; en septembre, un gars que Marine connaît a fait une énorme opération dans le Mile-End en transformant son grand appartement en dortoir, louant ses lits superposés 500 $ par mois. La population est, Marine ne saurait dire pourquoi, étonnamment lâche, plus négligente qu'ailleurs, elle n'aime pas la confrontation et craint de déranger les propriétaires, d'entraver leurs espoirs et les travaux qu'ils entament pour subdiviser un grand sept pièces en deux lofts sombres ; il suffit de payer aux évincés un voyage dans le Sud, cadeau qu'ils jugent généreux, pour qu'ils te remercient à genoux. Ils s'agenouillent bel et bien, si fort qu'ils cassent une céramique. Quand Marine a l'occasion de le faire, elle décrit ce réseau sous-terrain, les jeux de relations entre les cabinets d'ingénieurs, les politiciens, les entrepreneurs et la mafia produisent des intrigues plus passionnantes que les téléséries que Marine suit avec Ariane, chacun des fils colore cette grande tapisserie dont elle commence tout juste à discerner les motifs, mais au coin de la rue passante, elle conclut rapidement. Nathan leur souhaite de trouver quelque chose bientôt, il va garder l'œil ouvert, plusieurs maisons sont à vendre sur sa rue. Marine l'embrasse, ils se disent à la prochaine et se souhaitent bon courage.

La conversation du jour se poursuit avec les collègues de Nathan. Quand on a acheté en 2003, c'était pas du tout l'ambiance qu'on connaît aujourd'hui, on savait pas que le quartier allait devenir aussi populaire, les nouveaux riches (« comme nous », ajoute Pierre-Moïse) ont pris d'assaut le coin, La Petite-Patrie c'était le quartier des piqueries et des vendeurs de drogue à l'époque, leurs voisins étaient presque unanimement des tout-croches, se remémore Nathan, du genre qui passe son après-midi à boire de la Labatt Bleue en bedaine sur son balcon en comptant les chars passer. Quand ils ont acheté le duplex dont ils étaient locataires depuis trois ans, son chum et lui ont été aux prises avec la dame du premier étage qui refusait d'ouvrir la porte aux ouvriers venus isoler les murs, le couple planifiait de transformer le triplex en maison unifamiliale d'ici quelques années, d'aménager la cour, mais leur sensibilité aux disparités sociales les empêchait de mettre Linda à la porte même si elle était complètement folle, elle leur criait après à tout bout de champ et menaçait d'aller à la Régie alors qu'ils voulaient simplement arracher l'asphalte dont elle avait recouvert le jardin dans les années 1980. Linda va finir par déménager, répétait Pierre-Moïse, elle a eu la vie dure, affirmait-il sans la connaître vraiment, Nathan croyait qu'elle devait avoir des problèmes de consommation, elle se négligeait, avait une teinture défraîchie et portait des chandails tachés, en pleine nuit, on l'entendait parfois hurler toute seule. Les drogues, l'alcool permettaient peut-être à la pauvre Linda d'analgésier de vieilles souffrances, « on vient pas au monde avec les mêmes outils », et même si le couple était impatient de transformer le triplex en grande maison que l'architecte dessinerait, il fallait tout de même faire les choses dans l'ordre et le respect. Leur bonne volonté avait fondu avec les neiges du printemps quand Linda, dans un élan d'agressivité, avait un jour lancé à Nathan une phrase dure, cruelle, elle lui avait envoyé à la gueule : « Quand tu te fâches tu vires tapette. » Linda avait jeté cette remarque blessante en mimant ses manières, Nathan avait dû se montrer ferme, hausser le ton pour qu'elle paye le loyer en retard de plusieurs semaines, ce rôle autoritaire ne lui convenait pas, des attitudes qu'il avait appris à maîtriser avaient refait surface avec la colère ; Linda avait mordu dans la chair blessée avec cette insulte, « tapette », que Nathan n'avait pas entendue depuis l'école secondaire, époque où on lui servait quotidiennement ce type de méchancetés. Ce n'était pas la première fois que Pierre-Moïse et Nathan entendaient Linda user d'un terme vulgaire, mais jamais elle n'avait osé les insulter directement. Nathan avait échappé un rire nerveux sur le coup, c'était tellement grossier, direct, déplacé, en parlant avec des amis, ils avaient réalisé que Linda, envers laquelle ils avaient été jusqu'à présent très compréhensifs, patients et tolérants, était au fond une femme rétrograde, n'avait-elle pas fait référence de manière maladroite à la couleur de peau de Pierre-Moïse, nous n'avions plus à tolérer ce genre de propos aujourd'hui, cela ne faisait aucun doute pour les amis de Nathan, de Pierre-Moïse, qui pensaient que la locataire devait assumer les conséquences de ses paroles. Le mardi suivant, Linda recevait sa lettre d'éviction. Elle avait laissé le logement dans un état déplorable. Il avait fallu tout refaire, les murs étaient imprégnés de goudron de cigarette, et d'anciens propriétaires les avaient isolés avec du bran de scie, du papier journal et des guenilles.

Il fait frais sur la terrasse, Nathan inviterait tout le monde à passer au salon, sauf qu'on préfère rester dehors pour éviter les risques de contamination. Pierre-Moïse et Nathan sont vaccinés et ne craignent plus beaucoup la maladie, mais certains amis tiennent à rester prudents. Le petit groupe est rassemblé autour de la table et Pierre-Moïse raconte : « C'est fou comme l'ambiance change rapidement dans le quartier. » Les Italiens ont migré vers le nord de l'île, les communautés latino-américaines disparaissent en laissant derrière elles quelques épiceries, ce sont majoritairement des familles blanches aisées qui ont pris d'assaut le secteur, des couples de jeunes professionnels qui attendent d'avoir des enfants pour déménager en banlieue suivant cette obscure force qui pousse encore les gens à penser qu'on grandit mieux, que ta marmaille grandit mieux si elle mûrit sur un terrain de pelouse traitée. Depuis cinq ans on voit de plus en plus de gars qui travaillent en informatique, à vingt-neuf ans ils payent cash leur condo rénové à 700 000 $, ils jouent sur leurs consoles et sortent rarement de leur appartement climatisé où ils se font livrer de la bouffe et une demi-douzaine de commandes Amazon par semaine, ils laissent sur leurs terrains enviables traîner des sacs de vidanges qu'ils enjambent sans les voir, ça fait rager Nathan qu'on néglige ces espaces auxquels beaucoup de gens n'ont pas accès. En croisant son voisin, programmeur dans un domaine auquel Pierre-Moïse ne comprend rien, en le saluant poliment, il ne peut s'empêcher de penser que le trentenaire qui s'habille toujours avec les trois mêmes morceaux gris ou noirs – il adopte un ton moqueur et méprisant qu'il n'emploie qu'après la première bouteille de vin – est une sorte d'incel qui doit se plaindre des femmes trop prudes et des ethnies sur des blogs ténébreux quand il ne passe pas sa soirée à regarder de la pédopornographie qui n'est pas illégale seulement parce que dessinée par quelque douteux artiste manga. Ce voisin, dont Pierre-Moïse parle sans baisser le ton (« il comprend pas le français anyway »), invite une fois par semaine ses chums pour une petite partie de beer-pong, tu vois les boys débarquer avec leurs bières de microbrasserie (« on dirait le début d'un film porno », glisse Nathan), engrais dont ils se servent pour nourrir les boutures montréalaises de cette culture importée des campus américains et qui voyage non seulement par la filiale McGill, où beaucoup d'États-uniens qui méprisent les community colleges et qui n'ont pas été acceptés dans les grandes écoles finissent par aboutir, mais aussi grâce aux chaînes YouTube et aux sites web louches, sur lesquels la transcription d'une conférence de Slavoj Žižek côtoie des blagues cryptiques de Pokémon, des théories du complot tantôt loufoques, tantôt plausibles, quand ce ne sont pas de véritables séances de défoulement verbal pour white-angry-heterosexual-males en rut, qui poussent des hurlements virils lorsque leur petite balle blanche aboutit dans le verre de leur adversaire. Nathan a déjà avoué trouver leurs bêlements de mâles un peu excitants ; Pierre-Moïse se moque de lui, Nathan est rouge de honte. Ils ont sûrement tous des profils anonymes sur Grindr, blague Pierre-Moïse, s'il persévère, Nathan a ses chances. Tranquillement, conclut Nathan pour changer de sujet, ils envahissent le quartier à coups de Porsche mal stationnées et de références obliques, presque indéchiffrables pour le commun des mortels, aux véritables motivations de Barack Obama.

La discussion, comme des centaines d'autres conversations sinueuses, qui durent parfois toute la nuit et se perdent le matin dans les relents de vin orange et le tintement des bouteilles vides dans le bac de recyclage, a lieu sur le toit. Pierre-Moïse a trouvé malgré l'espace limité une manière d'aménager une terrasse intime, il a craint de blesser Céline en ne la consultant pas lorsqu'il a fait les plans de la maison, il a eu le sentiment difficile de briser quelque chose dans leur relation, Céline n'a jamais haussé un sourcil, jamais émis de commentaire sur les lieux, pourtant Pierre-Moïse a été pendant tout le temps de la planification et de la construction hanté par l'impression de la trahir, de ne pas laisser assez de place à ce qu'elle lui apprenait, la maison n'a pas cet air extravagant qu'ont souvent les créations des Ateliers C/W, elle passe inaperçue dans le quartier et se fond de manière assez sage au paysage. S'il avait à la recommencer aujourd'hui, il changerait beaucoup de choses, il énumère parfois à Nathan les rénovations qu'il souhaite faire, t'es jamais satisfait, tu veux toujours tout changer, à commencer par la grande bande d'acier corten au-dessus de la porte d'entrée et qui monte jusqu'au toit, il lui semble déjà que ce matériau est passé de mode, qu'il a succombé en le choisissant à un impératif du présent ; Céline lui a appris à se méfier des modes, c'est parfois quand on pense leur résister qu'on y adhère le plus sans le savoir, il faut rester attentifs aux rayons noirs qui parviennent du fond des âges et continuent d'obscurcir notre monde trop blanc, trop clair, Céline sait défendre la nécessité de l'opacité, c'est un réflexe naturel, presque vital chez elle, et Pierre-Moïse, bien qu'il adhère rationnellement aux principes esthétiques de son associée, n'a jamais tout à fait réussi à les intégrer à sa pratique, à sa sensibilité. Il se sent toujours plus naïf, plus grossier, plus perméable aux différentes tendances, et il arrive que Céline le lui fasse remarquer. Pierre-Moïse sismographie l'air du temps en observant les décors de vieilles téléséries, ou certains comptes Instagram qu'il affectionne ; l'aménagement, la décoration ne cessent de se nourrir des vogues anciennes, il faut sentir ce qui s'apprête à refaire surface, Céline, qui surgit dans ses pensées, serait outrée par cette idée, elle qui sait combiner les matériaux pour que ses constructions durent, des jeunes architectes, des designers dont il suit assidûment les carrières citent ses créations, partagent des photos inspirantes de ses premières maisons. Pierre-Moïse n'arrive pas à admirer Céline autant que certains fanatiques, il se sent mal placé pour mesurer sa force créative, peut-être est-il trop près de sa source, lui qui connaît tous ses défauts, et de manière intime sa méthode de travail, la bible intégrale de ses réflexions sur le monde. Rien dans la vie de tous les jours ne laisse deviner chez elle un goût, une pertinence, une qualité plus grande que chez une autre, pourtant les résultats sont incontestables. Elle enchante le monde entier. Pierre-Moïse la voit entrer dans son bureau, essoufflée, il la voit rongée par le stress, inquiète, prise à la gorge par la peur de ne pas trouver l'idée, de ne pas savoir esquisser la forme juste, de réaliser un projet sur le pilote automatique, en appliquant une recette comme il leur arrive à tous et toutes de le faire à l'occasion – c'est normal dans une carrière qui exige une aussi grande intensité artistique de réaliser quelques projets moins marquants. Il est attaché à ces bâtiments qu'il a fini par concevoir, en parlant avec une amie, comme des *œuvres de transition*, Vanessa, la collègue de Nathan, a fait une thèse sur Elia Kazan, dont la carrière obéit à un système où chaque grand film est accompagné d'œuvres plus discrètes, que la critique kazanienne a souvent considérées comme ratées, mais dans lesquelles Vanessa a déniché, à force de visionnages, des petites merveilles, des moments parmi les plus beaux de toute sa cinématographie, tellement de choses importantes et grandioses qu'elle en a tiré une théorie qui propose que ces films jugés « mineurs » sont des laboratoires où Kazan invente des procédés, des manières de faire, des sensations réutilisées ailleurs. Ces œuvres souvent moins éclatantes, raconte Vanessa pendant une longue discussion autour d'un rosé, sont le fil sur lequel Elia Kazan enfile ses perles, Vanessa préfère désormais le fil aux perles, elle a l'impression que ces films sont plus personnels, moins iconiques et éclatants, imparfaits, mais plus attachants. Vanessa a sans le savoir mis des mots sur une impression que Pierre-Moïse n'était jamais parvenu à décrire, c'est exactement ce qui se passe, selon lui, avec les réalisations moins éclatantes des Ateliers C/W, avec les immeubles et les maisons qu'il dessine parfois lui-même sans passion, étouffé par les attentes ridicules des clients, des projets peut-être moins réussis, mais qui le touchent malgré tout, il peut être ému aux larmes en déambulant dans l'hôtel de ville de Mégantic, dans la collection des livres rares de la bibliothèque de l'université de Louvain-La-Neuve ou dans certaines de leurs maisons méconnues, la Tree House en banlieue de Dublin, ou même la Maison Dix près de Morin-Heights, dessinée par Céline au début des années 1990, comme si lorsque le génie peinait à s'éveiller, quand il ne répondait pas aux rituels et aux invocations et qu'il refusait de se manifester là, devant soi, c'était l'individu qui le contient qui s'exprimait, avec toutes ses failles, ses désirs inaccomplis, ses doutes et ses questionnements. Cela touche Pierre-Moïse.

De leur terrasse sur le toit, ils ont une vue sur la montagne et les plus beaux couchers de soleil en ville ; on peut aussi voir les Ateliers C/W, quelques rues au sud. Pour ne plus avoir le boulot dans son champ de vision, Pierre-Moïse doit fuir, quitter la ville, se terrer dans les Laurentides, où Nathan et lui disparaissent dès qu'ils en ont l'occasion. La présence massive du bâtiment rappelle les choses à faire, les dossiers à avancer, les présentations de projet à organiser, les tensions internes, les conflits larvés avec un entrepreneur négligeant ou une firme d'ingénierie multipliant les doléances inutiles au sujet d'un plan pourtant conforme. On accède au toit par un escalier de secours en fer forgé, la maison donne l'impression d'être plus haute qu'elle ne l'est en réalité à cause des nombreux escaliers, l'édifice comptait à l'origine quatre étages incluant le sous-sol, débâtis pour faire place à cette singulière demeure à paliers, où chaque pièce est séparée par quelques marches, Pierre-Moïse s'est inspiré de la maison Horta, visitée pendant un voyage en Belgique, il avait souhaité recréer cette confusion verticale qu'il avait ressentie en visitant le chef-d'œuvre de l'architecte belge, changeant de pièce, tu ne sais plus trop à quel niveau tu te trouves, de quel côté, les lignes de l'appartement produisent néanmoins cet enchâssement naturel entre les pièces, dans lesquelles on déambule en passant d'un étage à l'autre, une manière de diviser en minimisant l'utilisation des cloisons. Pierre-Moïse s'est adonné à un jeu patient avec les points de vue, s'inspirant des leçons tirées d'une étude minutieuse du travail de Tadao Andō, son architecte favori, de la cuisine, on peut voir le salon et une partie du bureau, l'intimité nécessaire à la concentration était préservée, il avait fallu penser à tout, travailler les hauteurs et utiliser intelligemment les vides inhabituels produits par les escaliers, le sous-sol n'avait pas l'air d'un sous-sol, la grande fenêtre verticale s'enfonçait de quelques pieds sous terre, dans une grande margelle, donnant à cet étage la lumière naturelle qu'on lui accorde trop rarement. On pouvait avoir l'impression que la maison manquait de fenêtres vue de l'extérieur, parce qu'il avait fallu réduire le nombre d'ouvertures donnant sur le trottoir, le coin étant assez passant, et Pierre-Moïse avait voulu créer une atmosphère très intime, un cocon au cœur de la ville, une maison dans laquelle on pourrait oublier le quartier, le monde extérieur. Le coin vitré au dernier étage, qui reçoit toute la lumière de l'après-midi et la diffuse de la salle à manger au salon, en plus des autres fenêtres, réparties judicieusement, assure à toutes les pièces une lumière naturelle qui permet de cultiver à l'année des plantes tropicales. Une maison modeste pour un ménage avec leurs revenus, mais ils y sont bien, dans le quartier qu'ils aiment et qu'ils considèrent comme le véritable cœur de Montréal. Et puis, ils auront toujours la maison des Laurentides, au bord du lac, pour stocker les articles de sport, les vélos et les livres en trop.

Il est tard, des bandes de jeunes traînent encore au parc Dante, dominé par la grande église rouge qui s'évanouit dans le noir. Des voisins moins tolérants qu'eux vont finir par appeler la police et se plaindre du bruit. Planent au-dessus de la terrasse des vents malicieux. Sur la table s'empilent des assiettes sales, les petits courants d'air se mettent déjà au travail pour sécher les restes de sauce, faire faner la salade, les verres de vin sont tachés de traces de doigts gras, un fromage à peine entamé traîne près d'un géranium. Céline fume en regardant le ciel. Nathan lui ressert du porto, une bonne bouteille achetée spécialement pour elle, Pierre-Moïse boit un énième verre de rouge. Le temps est lourd et humide, la rosée est tombée sur les brins d'herbe et les plants de tomates, elle ruisselle contre les vitres et se condense discrètement sous les lunettes de Céline. Pour la première fois, Pierre-Moïse l'a vue pleurer des larmes qui n'ont rien à voir avec la joie qu'on éprouve à l'obtention d'une bonne nouvelle. Elle a honte de s'être montrée aussi fragile et boit une gorgée de porto en essayant de faire passer une nouvelle montée de larmes, puis s'allume une autre cigarette. Ce soir, tout lui semble perdu. Ce qu'elle a bâti ne vaut plus rien, on la dépossède de son œuvre, d'une partie de sa vie, et on lui fait sentir qu'elle ne devrait pas rouspéter, ne ressentir aucune colère, elle devrait, semble-t-il, accepter passivement le sort cruel qu'on a préparé dans son dos. Céline a érigé un empire à mains nues et ceux qui exploitent ce royaume, qui en tirent des profits considérables, la bannissent violemment, lui interdisant l'accès à ses terres, à son peuple. Elle a livré son humble contribution à l'amélioration du monde, elle a tout fait pour rendre la société un peu meilleure, et on la tasse sur des allégations mensongères, on la punit pour son succès en l'arrachant de la direction d'une entreprise qu'elle a elle-même fondée et dans laquelle elle a placé tous ses espoirs, toute son énergie. Ce soir, elle regrette tout : chacune des décisions d'affaires, chacun des choix de vie, tous les rêves audacieux et les projets stupides qu'elle a contribué à imaginer et à réaliser, toutes ses amitiés, ses relations personnelles et professionnelles, et jusqu'à son choix de carrière. Elle aurait dû mener une vie plus discrète, une vie comme celle de sa mère. Les larmes remontent.

Nathan et Pierre-Moïse compatissent, mais lui rappellent que les Ateliers C/W vont continuer d'exister, de porter son héritage. Ça ne lui fait pas un pli, Céline n'a aucun intérêt pour la suite des choses. Les Ateliers peuvent bien fermer. Elle rencontre demain matin ses avocates, les responsables de cette magouille vont en payer le prix. Elle parle de Rémi de Courcis, Pierre-Moïse lève les yeux au ciel. C'est qui ? demande Nathan. Un employé d'une incompétence radicale, dangereuse pour les Ateliers et pour nos clients. Il a témoigné anonymement contre elle dans *La Presse*, impossible de pas le reconnaître sous le récit déformé des événements, elle a déversé des colères immenses sur cet abruti et ne le regrette pas du tout. Rémi est probablement la seule personne qui, dans sa vie, a vraiment réussi à la faire enrager. Maintenant que le monde est en sa défaveur, il en profite pour se venger. Mais qu'est-ce que vous lui avez fait ? demande Nathan avec un sourire. Des mots trop forts, des commentaires sévères, quelques colères, c'est sûr. Céline n'est pas sortie souvent de ses gonds en quarante ans de carrière, on accuse tellement les femmes d'être émotives qu'elle a plutôt appris à tout garder en dedans. Dans nos milieux, il y a des boss, pis des employés, c'est comme ça que tu fais marcher une équipe ; on n'a jamais trouvé mieux. C'est sûr que t'arrives pas à ta première journée de travail en pensant faire la révolution, ajoute Pierre-Moïse, en se disant que l'architecture est tout de même une discipline hiérarchique qui ne peut pas convenir à tout le monde. Il se demande parfois si sa timidité naturelle ne l'a pas aidé dans ce milieu professionnel où on valorise la soumission, l'obéissance, on vous dira bien sûr que vous êtes invité à partager vos idées, votre avis, même si on attend de vous un silence poli, une approbation joyeuse, dans sa vingtaine, avant de prendre la parole en public, Pierre-Moïse était chaque fois frappé d'une censure intérieure inexplicable, la crainte d'achopper sur une syllabe et de se ridiculiser lui saisissait la gorge, tendait sa mâchoire, il ne trouvait plus les mots et devait faire des efforts considérables pour combler le vide. Il avait fait son premier stage dans une équipe responsable des portes et fenêtres pour un grand chantier, il avait eu son premier poste au département de représentation graphique des Ateliers C/W, et s'était confronté lors de ces expériences professionnelles inaugurales aux sentiments complexes que suscite la réalisation d'un rêve : le rêve se dissipe, il est bientôt oublié, on fait ce qu'on a toujours voulu faire et on n'a même pas le temps de s'en rendre compte, de célébrer, la brume dispersée laisse apparaître la réalité pratique, les tâches et les corvées. Un supérieur le chargeait de mettre en images les fruits de l'imagination des autres, selon les méthodes des autres pour correspondre aux désirs des autres, Pierre-Moïse n'avait pas une tendance à la soumission, il détestait recevoir des ordres, avait été capitaine de nombreuses équipes de volley-ball, sa personnalité affirmée lui avait valu un rôle de leader dans ses groupes d'amis, l'autorité de supérieurs incompétents le révoltait en silence et il se rend compte avec le recul que son défaut – une timidité naturelle dont il a longtemps eu honte – l'a sans doute sauvé plusieurs fois de confrontations désagréables, en lui évitant de lancer une réplique, d'émettre un refus émotif, tant de fois il a ravalé ses récriminations et s'est mis au boulot.

Céline l'affirmerait devant la justice s'il le fallait, Rémi de Courcis méritait amplement les pires choses qu'elle a pu dire à son sujet. C'est un homme négligent, arrogant et imprudent, il a ridiculisé Céline en réunion, il la prenait toujours de haut, comme s'il en savait plus qu'elle avec ses *cinq* années d'expérience et refusait parfois tout simplement de travailler, de suivre les instructions qu'on lui donnait. Les Ateliers auraient pu commettre de graves erreurs par sa faute. C'était un incompétent, souligne Pierre-Moïse. On a été très tolérants avant de lui montrer la porte. S'il a fait une dépression après son congédiement, pense Céline, c'est peut-être parce que sa propre bêtise a fini par lui apparaître. Qui d'autre a parlé aux journaux ? Pierre-Moïse ne sait pas trop. Céline se demande si Gabriela n'a pas témoigné contre elle. Pierre-Moïse est catégorique, c'est impossible. Céline n'en est pas aussi certaine que lui. Elle n'était pas habituée à travailler avec autant de pression, sur d'aussi gros projets, elle a dû s'adapter, c'est sûr, mais on l'a accompagnée là-dedans et aujourd'hui elle t'adore. Elle nous a quittés en d'excellents termes – Pierre-Moïse a mangé avec elle dernièrement. Ce n'est pas à cause de nous qu'elle est partie, mais coordonner la surveillance d'un chantier, c'est une pression énorme ; et puis sa mère est malade, Gabriela fait toujours plusieurs allers-retours chaque mois pour la conduire à ses traitements.

De toute manière, comment Céline pourrait-elle être *sexiste ?* Elle a été dure avec des employées, des stagiaires quand il le fallait, mais jamais parce qu'elles étaient des femmes. Elle est entourée de femmes douées, des ingénieures, des architectes, des designers dont elle a toujours défendu le travail… Cette accusation la désole. Céline Wachowski sexiste. On efface du revers de la main son engagement pour l'équité et la justice, ses prises de position en faveur des femmes dans les milieux traditionnellement masculins, ses actions concrètes, sa philanthropie auprès d'organismes venant en aide aux immigrantes, aux victimes de violence conjugale. Céline Wachowski sexiste…

En tout cas, Nathan, lui, ça le fait réfléchir. Parfois, dans des moments de stress, il peut devenir tranchant, sans s'en rendre compte. Céline ne comprend pas où il veut en venir. C'est délirant ce qu'il t'arrive, l'assure Nathan, ça l'enrage lui aussi. Mais quand même, c'est pas toujours nécessaire de se crier par la tête. Céline s'énerve : « Mais je crie par la tête de personne ! » Pierre-Moïse avoue avoir repensé à certaines situations et s'être senti un peu coupable, Céline le dévisage, étonnée. « Je t'ai jamais vu fâché, Pierre-Moïse. Pas une fois. Même pas lever le ton. » Il pensait plutôt à des renvois, il se demande s'il n'a pas pris des décisions trop hâtives, sans considérer tous les facteurs ; c'est quand même gros de se retrouver sans emploi du jour au lendemain. Céline secoue la tête, franchement, c'est du délire. Vous laissez le monde vous faire douter de vous-mêmes. Quand on n'a plus de job à te donner, on n'a plus de job à te donner, c'est tout, on peut pas payer le monde à rien faire. Pierre-Moïse est la personne la plus gentille, la plus douce, la plus humaine qu'elle connaisse. Parfois on prend des décisions difficiles, mais c'est parce qu'on n'a pas le choix. De toute manière, statue Céline, on n'arrive pas où j'en suis en faisant plaisir à tout le monde. Si elle était restée respectueuse et compréhensive envers tous ceux qui lui ont mis des bâtons dans les roues, qui ont critiqué son travail, qui l'ont encouragée à changer de domaine, si chaque fois qu'un homme l'avait contredite elle s'était remise en question en demandant pardon, elle n'aurait jamais fondé sa compagnie, développé des partenariats à l'international et mené d'aussi gros projets.

Pierre-Moïse admire moins les faits d'armes et les positions idéologiques campées de son associée que la ferveur avide qu'on devine dans les fêlures de sa voix, comme si toutes les blessures d'orgueil, les espoirs déçus, comme si ce cortège d'humiliations subies n'avait pas affecté son humour, sa capacité d'émerveillement, son œil vif, mais avait brisé quelque chose dans la tonalité même de sa voix, une cassure qui touche Pierre-Moïse, tout cela, mais aucune *satisfaction*, laisse-t-elle entendre, toujours la même soif, semble dire son œil qui s'accroche au sien. Céline part demain pour la Californie, le tapage montréalais résonne partout, il la suit dans son bureau, dans l'avion, dans les rues que Céline empruntera tout à l'heure pour rentrer chez elle, et jusque dans sa chambre, cette nuit, dans ce grand lit impuissant à la réconforter. Les cris de la foule, les mensonges des journalistes, les insultes et les accusations inondent un moulin à reproches qui fonctionne très bien sans cet afflux toxique, elle a le sentiment d'avoir régressé de vingt ans de thérapie en quelques semaines tant les critiques, la détestation publique l'ont atteinte.

Une lune sorcière les observe de haut, exerce ses effets sur les pensées et la circulation des corps. Céline est parcourue d'un frisson. Elle ne porte qu'une chemise de soie à manches courtes, rentrée dans des pantalons cargo, les petits courants froids s'infiltrent partout dans les ouvertures de ses vêtements. Nathan plante ses mains entre ses cuisses après avoir frotté ses yeux rouges. Il bâille et lisse ses cheveux en désordre, se lève, embrasse Pierre-Moïse, puis Céline, il ramasse quelques assiettes et descend se coucher. « Je vais y aller aussi. » Céline s'approche de Pierre-Moïse, elle souhaiterait secrètement dormir ici, comme une enfant qui camperait chez ses oncles où tout est permis, loin des admonestations des parents, on lui sortirait un oreiller et une couverture, elle s'installerait sans rien dire sur le divan, non loin des corps chauds, des respirations rassurantes des deux garçons enlacés, existe peut-être entre eux une petite place réchauffée par les muscles et les poils nus, une place libre. Elle aime cette maison raffinée et minimaliste, manifestation pure de l'esprit pragmatique de son associé, l'espace est empreint de sérénité, de calme, tout est pensé avec intelligence, chaque angle de vue millimétré produit une composition géométrique originale ; Pierre-Moïse travaille avant tout avec la lumière, sculpte le jour à même ses rayons, et Céline chaque fois est charmée par le confort des divisions et la couleur des après-midi. C'est une maison qui leur ressemble. Elle se lève sur la pointe des pieds pour le prendre dans ses bras, elle le serre fort et longtemps. Ses bras à lui sont raides et immenses, ils pourraient faire deux fois le tour de sa taille et soulever sans peine le petit paquet d'os qu'il sent sous les tissus. Des renflements bleus de fatigue et de pleurs sont apparus sous ses yeux pâles. Céline referme la porte en lui envoyant la main.

Il rejoint Nathan dans la chambre. Pendant qu'il se déshabille, Nathan lance avec ironie : « Elle a un bon sens critique, je trouve. » Pierre-Moïse rit, secoue un peu la tête en pliant ses jeans et son t-shirt, qu'il dépose sur une chaise. Toute la soirée, il a eu le sentiment de marcher sur des œufs, comme si Céline pompait tout l'air autour. « Elle en a un quand c'est important. » Il s'étend sous la couverture. Avant d'éteindre la lampe de chevet, il sent le besoin d'ajouter : « C'est dur, pareil, ce qu'elle est en train de vivre. » Nathan lui fait remarquer, en l'embrassant, qu'elle ne l'a même pas félicité pour sa promotion. Parce qu'il est tard, Pierre-Moïse n'ose pas lui répondre que sa « promotion » ne change pas grand-chose concrètement, sauf le salaire, il fait déjà la plupart des tâches d'un président-directeur général, dans les mois qui viennent il travaillera encore moins à la conception des projets, dimension de l'architecture qui lui manque, c'est pour bâtir une société, imaginer un monde qu'il est devenu architecte, pas pour assister à d'infinies réunions de comités et de conseils. Bien sûr dans quelques années, quand les choses seront plus stables, il pourra prendre des libertés avec son horaire, trier ses responsabilités, il sera entouré de gens qui pourront s'occuper des aspects du travail qui l'intéressent moins, mais la direction lui est tombée dessus plus tôt que prévu, la transition devait se faire de manière graduelle, avec un départ à la retraite progressif de Céline, le traitement dont elle a été victime provoque une véritable commotion aux Ateliers, Pierre-Moïse commence son mandat avec pour tâche de réparer les pots cassés, de rehausser le cours de l'action, il ne faut pas sous-estimer la fatigue, l'épuisement qui vient avec de telles responsabilités, le prestige, l'argent, le pouvoir ne rachètent pas ce lent étiolement de soi dont Céline lui a souvent parlé, mener un navire aussi imposant suppose d'effacer toute une part de sa personne, on n'existe plus, il faut agir en fonction d'intérêts qui nous dépassent, ceux de l'entreprise et des actionnaires, or en vieillissant Pierre-Moïse se désintéresse des objectifs financiers des autres, d'étranges petites voix dans sa poitrine demandent leur tour de parole, des voix timides et fragiles, mais de plus en plus affirmées qui lui reprochent parfois de penser comme un Blanc pour des Blancs dans un monde de Blancs, le respect de Céline, sa conscience du racisme et des embûches que rencontrent les personnes de couleur ont paradoxalement ralenti l'expression d'angoisses, de colères, de dégoûts que suscite en lui sa profession, les projets comme Webuy l'emballent de moins en moins, il s'est éclaté dans la conception du Complexe, il ne s'était pas autant éclaté pour un projet depuis le Afro-Descendents History Museum de Vancouver en 2018, travailler avec un si gros budget, c'est jouissif, très rare, mais se retrouver dans une controverse pareille, plus jamais, si Céline s'était montrée insensible, peut-être aurait-il été plus facile de se rebeller contre elle, de laisser s'exprimer les voix harassantes, il a toujours appris à enfermer ce qu'il est dans un petit enclos, les particularismes ne doivent pas pénétrer les hautes sphères de l'architecture, de la création pure, la plupart des employés des Ateliers ignorent qu'il est gai bien qu'il ne le cache pas, trop de jeunes architectes l'avouent encore avec prudence, à demi-mot, Pierre-Moïse connaît bien ce sentiment, personne ne vous demande de n'être ni trop gai ni trop noir, du moins pas directement, c'est une attente invisible, suivie d'un réflexe de survie qui pousse à rentrer dans le rang, un sacrifice au prix duquel s'exprime la puissance impersonnelle de la création, Pierre-Moïse fait appel à cette coûteuse puissance impersonnelle pour répondre avec inventivité aux demandes des clients, ses intérêts, sa personnalité, ses engagements pourront toujours s'exprimer ailleurs, dans ses loisirs, en famille ou entre amis, par la philanthropie. Toute sa vie il a excellé dans son rôle, il s'est formé en suivant les voies du raisonnement lucide, du bon goût, en acquérant des connaissances en histoire, en sociologie, en urbanisme, il a trouvé matière à construction partout hors de lui, a étudié les grands architectes avec soin et a produit ce qui se fait de mieux dans son domaine. Il a reçu des mentions du doyen, des prix pour architectes de la relève, obtenu des promotions, gagné beaucoup d'argent, on l'invite à donner des conférences partout dans le monde, dans des écoles primaires de Saint-Michel et dans des congrès internationaux, on le célèbre comme figure inspirante de la communauté haïtienne montréalaise, il rencontre chaque année des étudiantes qui l'admirent, il sert de mentor à des apprentis qui lui disent n'avoir jamais envisagé une carrière d'architecte avant de tomber sur une de ses conférences, la première où ils entendaient un architecte noir parler de sa vision du métier. Son premier réflexe avait été, en réponse à ces jeunes admiratrices, d'invoquer la part impersonnelle de la création, et Pierre-Moïse avait relativisé les louanges de ces étudiants pour qui son travail était différent, unique, rare, son expérience donnait une vision, une forme, une prégnance singulières à ses édifices et à leurs rêves, n'intégrait-il pas toujours une dimension sociale à ses projets, l'artiste amène ce qu'il est à la table à dessin, croyaient ces jeunes qui soutenaient que leur travail s'inspirait du sien, qu'elles poursuivraient avec leur carrière une mission politique, qu'ils répareraient les crimes dont leurs parents, leurs arrière-grands-parents avaient été victimes, exprimeraient l'exclusion, la souffrance millénaire, les sexualités dissidentes dans leurs édifices, intégreraient une part d'eux-mêmes à leur pratique. Dans le séminaire auquel Pierre-Moïse participait, des jeunes maintenaient leur position malgré les conseils qu'il leur donnait, lui qui évoquait la puissance impersonnelle de la création, l'importance du travail d'équipe, l'expression individuelle qui ne doit jamais primer la fonction. « Mais créer sans exister, répondaient-elles, comment est-ce possible ? » La question lui trotte encore dans la tête alors qu'il essaie de s'endormir, le souffle régulier de Nathan le berce, Pierre-Moïse a trop bu, la tête lui tourne un peu. Il était le seul Noir de son année pendant le bac, il repense aux collègues d'origine africaine ou maghrébine rencontrés pendant sa maîtrise à Londres, ils exploraient ensemble ce qu'ils pouvaient avoir en commun, le sang qui teintait leurs racines, leurs langues divisées en deux, en trois, les trous dans leurs arbres généalogiques, mais pour l'architecture, ils s'en tenaient à des discussions théoriques sur les sujets animant l'époque, l'héritage problématique du brutalisme ou la valeur des récents travaux de Rem Koolhaas, tous élaboraient des idées qui les hissaient très haut dans le ciel, loin des considérations basses et des petitesses individuelles, s'ils abordaient l'immigration de leurs parents ou leurs souvenirs du pays natal, jamais il ne leur venait à l'esprit que cela puisse avoir un sens quelconque dans leur futur métier. Le contexte, Pierre-Moïse le voit en participant à des séminaires, est différent aujourd'hui.

On l'avait commissionné pour le Afro-Descendents History Museum of Canada après un concours international rude et exigeant, il serait chargé de la conception, il avait eu plusieurs mois pour se consacrer à la recherche, voyager dans le monde, Pierre-Moïse avait organisé pour son équipe des conférences et des visionnages de documentaires sur l'esclavage au Canada, sur l'histoire des diasporas africaines et caribéennes au pays, le passé de sa famille avait spiralé dans son esprit à chaque étape du processus, ses parents, ses oncles et ses tantes parlaient peu de leur vécu, insistaient sur la beauté du pays perdu, les paysages de carte postale, la mer, les cocotiers, débattaient du statut des grands écrivains et des orientations politiques du pays, mais s'ouvraient rarement sur les raisons les ayant menés à quitter Port-au-Prince, sur le régime Duvalier ou sur les tensions entre la famille de son père et celle de sa mère, d'origine pauvre et paysanne, Pierre-Moïse avait découvert ébahi que le créole possède un chapelet de mots pour nommer les identités sexuelles marginales, masisi, madivin, makomer, miks faisaient référence selon le conférencier torontois s'adressant à son équipe à des identités semblables, mais différentes des conceptions occidentales de l'homosexualité ou de la transidentité, considérées comme un héritage colonial par plusieurs, Pierre-Moïse avait découvert au cours de ses recherches le travail du pionnier Paul R. Williams, qu'on ne lui avait jamais enseigné à l'université, Pierre-Moïse avait fait des photos partout au Canada et sillonné la ville de Vancouver, un voyage à Gando lui avait permis de visiter les constructions fabuleuses de Francis Kéré, architecte d'une ingéniosité exceptionnelle travaillant admirablement la lumière, qui rendaient indécents les moyens auxquels Pierre-Moïse aurait accès pour le musée de Vancouver. À la fin de l'été il avait obtenu un entretien par vidéoconférence avec David Adjaye qui avait galvanisé ses troupes, Adjaye leur parlait d'architecture de la mémoire et de l'expression des traumatismes dans l'édification des monuments, les translations entre l'expérience humaine, les souffrances du passé et la forme des bâtiments se faisaient de manière fluide dans le discours de cet architecte, son musée Smithsonian de l'histoire noire récemment inauguré à Washington avait épaté Pierre-Moïse, une expérience esthétique comme il n'en avait pas eu depuis des années, il avait pris trois jours pour découvrir toutes les salles du musée, avait souhaité connaître chacune des spécificités de cet édifice, de la ventilation à la tuyauterie. Adjaye avait imaginé une entrée ouverte et vitrée sur tous les côtés, des façades ouvragées inspirées des ornementations en fer forgé que fabriquaient les premières guildes professionnelles d'Afro-Américains, le parcours de la visite s'enfonçait dans les profondeurs sombres des galeries souterraines avant de remonter vers la lumière des étages, les recherches de Pierre-Moïse s'étaient terminées par cette découverte époustouflante. Le travail d'Adjaye avait déplacé en lui des alignements qu'il croyait fixes. La question des étudiantes du séminaire lui restait toujours en tête, créer sans exister, comment était-ce possible, des perles de sens et d'émotions flottaient dans une solution opaque, Pierre-Moïse devait attendre que la suspension se dépose pour voir clair, distinguer la part de subjectivité, limpide, qui avait résisté à cette pluie d'informations, certaines coulaient pour être bues par les caniveaux, les terres assoiffées, mais les averses révélaient au terme de sa quête une forme pure, cristal d'intensité qui l'amènerait à condenser l'essentiel de ce qu'il avait découvert sur 1 500 mètres carrés du quartier Gastown. « C'est ton chef-d'œuvre. » Céline l'avait affirmé sans hésiter en voyant les plans de l'édifice.

Il existe derrière les façades du quartier tout un monde où on ne circule plus à cette heure, le domaine des enfants et des vieux chats, l'entrée de ces ruelles est parfois difficile à trouver, Céline erre dans les rues de Petite-Patrie, elle ne prend pas tout de suite la voiture qui l'attend et qui la conduira au nord de l'île, près des berges qui chantent et accompagnent son travail quand elle laisse la fenêtre du bureau ouverte, elle coupe entre deux blocs, prend une petite allée bien entretenue, de grandes guirlandes de lumières éclairent les ballons de football, les toboggans en plastique et les grands bacs où poussent des fines herbes et des laitues mangées par les écureuils, Céline cueille une feuille d'estragon qu'elle mâchonne en recevant des souvenirs diffus de plats succulents découverts dans des restaurants oubliés. La ruelle est une petite capsule prise entre deux avenues principales, le bras le plus calme d'une rivière au bord de laquelle ont échoué des sacs de poubelle, de vieux madriers et des chaises de patio. Un tricycle de métal garde fièrement l'entrée d'un jardin. Une vague odeur de barbecue flotte dans l'air. Dans les rares fenêtres encore éclairées, des couples finissent des films et des bouteilles de vin, Céline peut sans gêne espionner leur décoration, l'aménagement de leur appartement, rénové ou non, elle est un œil indiscret qui pénètre un appartement neuf dont les murs sont peints en rose et ornés d'innombrables bibelots, des piles de vaisselle patientent sur les comptoirs, chaque fenêtre donne sur un petit théâtre dans lequel s'activent des personnages de papier, les histoires qu'on lui raconte sont épatantes et incompréhensibles, elles sont portées par des paroles muettes, des gestes improvisés, elles s'affaissent dans le noir sans conclusion et sans morale. Dans ces courts passages secrets et accueillants personne ne la remarque, des existences s'animent, rangent la cuisine et pleurent dans des cadres de cinéma, des actrices en pyjama déclament des tirades silencieuses, une chorégraphie absurde révèle à qui sait la déchiffrer des vérités profondes sur les sentiments humains.

Dans la voiture, ses pensées retrouvent la dangereuse coulée qui s'est creusée en elle, c'est une question d'André, son chauffeur, qui provoque la première poussée, puis elle ne contrôle plus les pentes et les dérapages, elle se repasse en quelques minutes le film partiellement effacé de quarante années de travail pour isoler l'infraction ultime, le crime véritable qui la rendra bientôt, dans un prochain article, coupable pour de bon. Lorsqu'ils croisent une voiture de police, l'idée qu'on la recherche lui effleure l'esprit. D'innombrables moments oubliés, anodins, lui reviennent éclairés d'une lumière nouvelle qui déforme les mots et les visages. Les scènes se rejouent contre elle et lui assurent une partition désavantageuse, avant qu'aussitôt un épisode plus honteux ne les remplace. Elle a parlé fort, fait travailler des gens sous une pression incommensurable, elle a racheté des concurrents et œuvré pour des clients pas toujours nets, elle a même eu cette aventure avec un jeune architecte dans les années 1990 ; ils ne se voient plus beaucoup maintenant qu'il vit à Londres, mais pourrait-il aujourd'hui – le scénario lui traverse l'esprit et s'impose aussitôt comme une fatalité contre laquelle Céline doit se défendre –, en occultant les circonstances de leur brève liaison, se retourner contre elle et prétendre qu'il ne s'agissait que d'une affaire de contrôle et de pouvoir exercés sur un employé de dix ans son cadet ? À force de se chercher des fautes elle en trouve et se compose avec des morceaux disparates des procès embarrassants, chaque nouvelle possibilité provoque un grand frisson, une impression de vertige, comme si elle venait de découvrir la cause finale de son mal, elle repense à la soirée et se sent ridicule d'avoir pleuré devant Nathan et Pierre-Moïse, peut-être est-elle restée trop longtemps, ils avaient l'air morts de fatigue… Elle a dû dire des choses qui dépassent sa pensée, qui ont peut-être choqué Nathan ; sa position n'est pas claire, il a pris par le passé la défense des manifestants. Il l'a saluée très rapidement avant d'aller se coucher. Elle leur enverra un texto demain pour s'excuser et tentera de faire des blagues avec Nathan, qui aime son humour, en général.

L'horloge de la voiture affiche un temps qui s'additionne sans sursauter. Il ment impunément ; Céline sait maintenant qu'une trace infime du passé peut ressurgir et vous engloutir de sa vague immense, en arrivant chez elle, en souhaitant bonne nuit au chauffeur, elle continue de déterrer les plus infimes moments de faiblesse, les preuves les plus discrètes de son infamie. Il est possible de porter la lettre écarlate, en devenant du jour au lendemain une sorte de déchet social, haï par la tribu, bon à être jeté dans un vieux camion ruisselant de lixiviat, Céline compose le code de la barrière, file vers la maison et le grand lit qui l'attend en traversant des bosquets denses dans lesquels s'animent des insectes qui brillent. Des femmes ont imaginé le jardin qu'elle traverse d'un pas fatigué, dans des chaussures qui lui font mal. Les plantes qui poussent encore dans les plates-bandes et les sous-bois sont des vivaces ramenées il y a presque un siècle d'un splendide jardin à des centaines de kilomètres en aval sur le même cours d'eau, celui qui mouille le mur de soutènement et le petit escalier les jours de grandes crues, on s'y rend par un chemin qui part de la véranda et gauchit près d'un vieux chêne, il faut suivre le sentier de pierres des champs déterrées dans les environs par les domestiques qui occupaient l'agrandissement que la maîtresse des lieux commande en 1936, six ans après la construction du manoir, une aile neuve pour la chaufferie, les cuisines, les lavoirs et les caveaux. S'activaient jadis autour de la maison des jardiniers et des chauffeurs, des blanchisseuses et des aides-cuisinières, main-d'œuvre fournie par les familles pauvres de fermiers avoisinants, lorsque l'hiver prenait, des garçons musclés et sales venaient charbonner les grandes fournaises, quelques générations plus tôt, il avait fallu acheter ces terres agricoles à bas prix à leurs grands-pères qui les avaient eux-mêmes dérobées aux premiers occupants, un emplacement beaucoup trop ravissant pour qu'en jouissent les francophones pauvres, les vaches et les moutons. Les notables anglais et écossais du Golden Square Mile découvrirent à la fin du XIXe siècle les terres du nord de l'île, les grandes forêts aux arbres matures, les eaux fraîches de la rivière des Prairies et les couchers de soleil sur Jesus Island, leurs meutes de fox-hounds aboyaient le soir en revenant de longues véneries, des poursuites épuisantes contre les lièvres et les renards qui pendaient, le cou cassé, aux selles de leurs pur-sang, il ne fallait pas remonter bien haut le cours de ces fortunes pour croiser quelque propriétaire d'esclaves ou de missions coloniales lucratives, ils occupaient leurs temps libres à imaginer le Canada, à voter la Loi sur les Indiens et à croiser des lignées de chiens. Dès que l'hiver prenait, les grands champs couverts de neige avaient l'air de déserts. Céline a acheté la maison à la fin des années 1980 d'une firme immobilière l'ayant acquise de Mary Dorothy Molson elle-même, la descendante de la riche famille de brasseurs l'avait fait bâtir en plein krach boursier, « *with her own money* », comme elle l'avait fièrement écrit dans l'acte de possession que détient Céline, Molson était indépendante de fortune et mariée en partage de biens à un homme de sa classe, Alexander MacDougall, d'une lignée de stockbrokers, elle avait obtenu le terrain de sa belle-mère, héritière d'un puissant armateur dont le manoir, comme plusieurs des châteaux qui ont agrémenté la rive nord de l'île de Montréal, est aujourd'hui démoli. Ces femmes partageaient une passion pour le jardinage, ensemble, elles rêvaient d'un château nostalgique qui rappellerait le pays de leurs ancêtres érigé dans un jardin de conte de fées, elles s'étaient inventé une petite utopie végétale et commandèrent à l'architecte Durnford, un ami de la famille, les plans de l'habitation. Céline a consulté avec émotion ces dessins aux archives de McGill, Alexander Durnford est un artisan oublié, il a signé avec ses associés quelques splendides maisons à Westmount, des chalets dans le nord, des bâtiments pour le campus de l'université, une belle auberge pour les contremaîtres de l'Alcan à Arvida, avant de mourir dans les années 1970 et l'anonymat ; on peine aujourd'hui à retrouver ses constructions, non répertoriées, rasées, démolies, négligées par des propriétaires ignorants.

Tout est un peu inhabituel dans ce manoir humblement impérial, lucarnes et corniches, que les linteaux et les chambranles couleur sable réchauffent ; la symétrie de l'ensemble est compliquée par le grand lierre qui chamarre une partie des façades, en moellons irréguliers et rugueux. Céline connaît le marché et a signé une promesse d'achat généreuse, si elle n'avait pas obtenu cette maison patrimoniale unique, la Ville l'aurait sans doute acquise pour la laisser se délabrer ; on aurait vandalisé les fenêtres, négligé le toit qui coulait, les boiseries auraient gonflé, moisi, les taupes et les racines se seraient mises ensemble pour ronger les fondations, on n'aurait bientôt plus eu le budget pour rénover le manoir et on ne l'aurait plus utilisé que pour des tournages ou des mariages, on aurait fini par le revendre à quelque parvenu rêvant de vivre dans un palace qui l'aurait retapé n'importe comment, aurait remplacé la pierre par du bardeau choisi dans un catalogue de revêtement bon marché, le nouveau propriétaire aurait rasé la serre, remplacé le jardin par une piscine creusée et abattu les arbres, comme l'ont fait les voisins de Céline, des petits magnats du produit surgelé qui ont, à l'encontre de tous les règlements municipaux, rasé il y a quelques années vingt-sept érables, chênes et bouleaux afin d'aménager un champ de pelouse et une allée circulaire pour leur Cadillac. Lorsque Céline dépose les plans de restauration de la maison, le ministère de la Culture salue l'élégance et l'intelligence du projet, elle conserve mais décape toutes les boiseries, vernit les planchers, repeint les murs blancs, retape la véranda et la serre dont plusieurs fenêtres sont cassées, redresse le grand escalier ramolli, réaménage complètement le garage et respecte la plupart des divisions d'origine, sauf pour l'agrandissement qu'elle transforme en bibliothèque sur deux étages. Elle y conserve des œuvres d'art, des livres, ses propres archives qu'elle donnera bientôt à l'université de Yale et élabore un système de classement anarchique pour les tonnes de documents et d'objets amassés au fil du temps. Ce sont les petits artéfacts de son musée personnel, elle a la manie de tout garder et investit d'une grande valeur les choses les plus ordinaires, qu'elle achète aux enchères et parfois sur eBay, des articles rédigés à la main par son père pour *Montréal-Matin* et *Le Petit Journal* ; un faux Pieter de Hooch qui a fait couler beaucoup d'encre dans le milieu de l'art il y a quelques années ; un précieux portrait au crayon par David Hockney, croqué après qu'elle a refait les divisions de sa maison en Normandie ; tellement de Krieghoff qu'elle ne sait plus où les mettre, ils s'empilent les uns sur les autres sous une couverture poussiéreuse ; les œuvres complètes d'auteurs classiques que Céline lit toujours dans l'ordre chronologique de parution ; une boîte pleine de lampes de sel, de rouleaux pour le visage et de cailloux dispendieux spécialement taillés pour capter les énergies (elle a eu sa phase cristaux) ; des maquettes que Frank Gehry voulait jeter à la poubelle ; un plan autographe de Frank Lloyd Wright ; plusieurs babioles oubliées qu'elle redécouvrira quand elle aura un peu de temps pour le ménage qu'elle se promet de faire depuis longtemps.

En entrant dans la maison vide, une solitude sévère l'étreint. Les couloirs obscurs lui font peur, sa voix résonne dans des pièces creuses, il est tard et Michel dort déjà, elle est prise d'une douce panique lorsqu'elle gravit les marches d'un pas rapide et qu'elle entend un craquement au rez-de-chaussée. L'hiver, le chauffage et les murs produisent toutes sortes de bruits suspects et le fantôme de la vieille Molson vient parfois la visiter pour se plaindre de ses choix de décoration, Céline n'a plus l'énergie d'argumenter avec elle, mais lui laisse la chaise qui se berce toute seule dans un coin de la véranda. Céline se glisse dans ses draps. Recroquevillée dans son lit king size, on dirait une toute petite enfant qui attend qu'on la console. Céline n'a jamais plus que cinq ou six membres de son personnel en même temps dans la maison, elle a toujours eu un tempérament solitaire, un fort besoin d'espace et de liberté, Michel coordonne les horaires, les rendez-vous, tient l'agenda et reste en constante communication avec Anton et

Pauline, mais il est le seul à vivre à temps plein avec elle. Une jeune femme de Pierrefonds arrive tôt le matin pour l'aider à se préparer, Michel fait ses cheveux, les petites du ménage se partagent l'horaire de la semaine, une coopérative en paysagement fondée par de jeunes entrepreneurs d'Ahuntsic s'occupe du jardin, Rolande, sa cuisinière, devenue une amie au fil du temps, se fait aider par un ou deux jeunes pour le service et la préparation des repas, la journée est divisée en trois horaires de surveillance qu'une dizaine de gardiens de sécurité se partagent, Céline regrette parfois la maison grouillante de vie qu'ils ont habitée plusieurs années avant leur divorce, Jim et elle, Jim refusait de vivre en réclusion (c'était son expression) lorsque le couple était à Montréal – ville qu'il n'aimait pas –, Céline avait donc acquis, en plus de leur maison en Estrie, un troisième pied-à-terre canadien à Westmount, une petite maison du même architecte, avec vue sur le centre-ville, moins excentrée, plus près des deux ou trois amis que Jim était parvenu à se faire malgré son mauvais caractère. Westmount lui manque un instant, puis Céline se remémore le voisinage et sa nostalgie disparaît.

Elle passe les semaines qui suivent à lire *À la recherche du temps perdu*, seule chose pour laquelle elle parvient à avoir le moindre intérêt. Sur la recommandation de Michel, elle a lu à plusieurs reprises le début de *Du côté de chez Swann*, chaque fois elle laissait tomber le livre en s'enfonçant dans les entrelacs de phrases, de souvenirs, de personnages qui finissaient par l'engourdir, elle reconnaissait la beauté, mais manquait de disponibilité, de constance dans le dévouement. Céline aujourd'hui a du temps et les pages se tournent toutes seules. Il a fallu attendre que cessent les supplications de Michel pour qu'elle y goûte, ce que les autres désirent nous éloigne de choses que nous aurions dû faire plus tôt, Céline refuse que Proust puisse ne pas être son personnage, qu'il ait pu inventer quoi que ce soit, tout lui paraît trop vrai, elle a la sensation non pas de lire, mais de vivre ce qu'il raconte, peut-être de revivre, il lui semble qu'elle est le sujet de l'ouvrage, les souvenirs se mêlent aux siens et coulent au-dehors, teintent son quotidien, elle passe une matinée à chercher l'édition exacte des *Quatre Filles du docteur March* qu'elle a lue adolescente ; une nostalgie lui brûle la peau et Céline s'enfonce dans les textures, les odeurs, les objets anciens, tente par tous les moyens de recomposer l'imaginaire, le regard sur le monde qu'elle pouvait avoir petite et repense, bouleversée, à ses poupées dont elle trouve parfois des images sur internet, les blocs de bois que lui avait donnés son père, elle se souvient presque parfaitement des maisons qu'elle leur construisait, des passages secrets, des robes en papier qu'elle découpait, ces choses anodines prennent une valeur consolatrice et paraissent former la seule époque heureuse de sa vie. Elle achète toutes sortes de babioles qu'elle reçoit par la poste, applique Proust comme une théorie à des objets enfantins. Ses achats lui accordent une satisfaction temporaire. Ils gisent sur une table basse qui ressemble à une île déserte.

Elle n'écoute pas les nouvelles et n'ose plus aller en ville, elle s'imagine qu'aussitôt réapparaîtra la jeune femme agressive qui l'a prise d'assaut un soir à la sortie du bureau, des groupes plus ou moins nombreux manifestaient presque tous les jours devant les Ateliers, Céline devait être accompagnée par quatre gardiens pour circuler, la police veille toujours devant le grillage de la maison depuis qu'elle a reçu sa première menace de mort ; ce jour-là, elle a eu envie, contre toutes les instructions, de passer par l'entrée principale pour prouver qu'elle était au-dessus des menaces, insensible à l'intimidation, peut-être qu'elle ferait percevoir aux protestataires l'aspect arbitraire de leur acharnement en exposant son corps, en croisant leur regard, elle leur ferait savoir qu'ils s'en prenaient à la mauvaise personne, les architectes n'ont aucun pouvoir décisionnel. Une jeune forcenée s'était détachée du groupe, puis jetée sur elle en l'accusant d'être responsable de son éviction. Vous mettez dehors vingt logements sur Saint-Joseph, personne en parle, on est dans la marde, je dors chez des amis, j'ai nulle part où aller… Céline avait cru qu'elle allait la frapper ; c'était d'une grande violence ; la jeune femme s'en était prise à elle en pleine rue, alors que Céline était solidaire de son malheur, elle lui avait répondu « je suis solidaire de votre malheur », un mot sincère que la jeune femme avait perçu comme une provocation, elle s'était mise à hurler, pointant vers elle un index agressif, il y avait erreur sur la personne, s'il était possible que Céline soit propriétaire de cet édifice, son parc immobilier était administré par une société de gestion – et puis si c'était bien le bloc auquel elle pensait, on avait en effet dû évincer les locataires parce qu'on avait trouvé des champignons dans les murs, qu'il fallait tout refaire, elle investissait presque trois millions de dollars en rénovations pour sauver l'immeuble et ses appartements, Céline ne les transformait pas en condos (qu'elle aurait pu revendre à gros prix) et avait à cœur l'accessibilité, s'il y avait plus de propriétaires comme elle, il n'y aurait pas de crise du logement à Montréal. Un gardien des Ateliers C/W s'était interposé entre Céline et la jeune femme, qu'il avait livrée à la police. La foule avait hué en lançant des bouteilles d'eau et des roches sur les agents. Le sang injecté dans ses yeux, les postillons que la fille propulsait en parlant, son visage déformé, rendu presque monstrueux par la colère, avaient hanté Céline, ses mots abrupts avaient fait en elle leur chemin.

Elle pense avoir atteint un état stable dans la déprime, mais en octobre elle tombe dans un désarroi insoupçonné. Même ses gros romans ne l'enchantent plus, le premier tome de la *Recherche* bifurque sauvagement pour raconter l'histoire de Swann, un homme pathétique qui la décourage, Proust insère un petit roman classique dans sa grande cathédrale moderne et cette lâcheté esthétique la révolte. Le livre est trop lourd pour qu'elle le soulève de la table. Elle fait des recherches et multiplie les scénarios possibles, se tuer serait une manière de faire taire les voix les plus détestables qui jacassent en elle, de soigner sa gorge constamment nouée, d'apaiser la fatigue qu'elle ressent jusque dans ses os, cet épuisement qui ne décolle pas, même si elle dort douze heures par jour. La mort reste une solution pour se débarrasser des grandes spirales qui l'emportent dans les territoires douloureux qu'elle gagne dès les premières minutes du réveil, terres brumeuses peuplées d'affabulations dans lesquelles elle se mutile elle-même à coups d'insultes et d'idées fausses, sa psy avance que tout cela révèle un désir profond de plaire dont elle doit se défaire, l'idée du suicide étant une autre manière de chercher l'amour des autres. Le sentiment d'avoir été condamnée sans procès s'accompagne désormais d'un chuchotement sourd : peut-être mérite-t-elle l'hostilité qu'elle reçoit. La haine qu'elle a lue sur les réseaux sociaux et dans sa boîte de courriels n'a d'égale que cette détestation qu'elle entretient envers elle-même, cette certitude anxieuse, antérieure aux origines et plus vraie que toutes les expériences vécues, d'être une femme dont on n'aura pas voulu, une créature qui se trouve parmi les vivants par une sorte d'erreur de la nature, le sentiment d'injustice, d'avoir été l'objet de magouilles ourdies pour la destituer et cracher sur sa tombe avant qu'elle ne soit morte involue, en une impression vague de recevoir ce qui lui est dû. Le châtiment s'inscrit dans une chaîne oubliée d'abandons et de tristesse : la séparation de ses parents, la mort de sa mère, les nombreux refus et les découragements, les peines amoureuses, le pédantisme de ses maîtres, son divorce, la faute qu'elle porte ne se réduit à aucune des irrégularités dont on l'accuse – bévues, maladresses, telle insulte lancée à un employé incompétent à qui on montrait la porte la semaine suivante ; des stratégies d'affaires parmi les plus régulières, les plus communes – et Céline continue de chercher dans la texture du passé des crimes plus originels et plus intégraux.

Elle reçoit un peu de soutien, d'anciennes clientes devenues des amies la plaignent dans des mots légers et craquants comme du tempura, qui l'apaisent une seconde. Madonna laisse de drôles de messages sur sa boîte vocale, dont un se termine sur une harangue ambiguë, peut-être des paroles de chanson, « Not everybody's coming to the future », murmure-t-elle de sa voix la plus chaude, puis elle raccroche. Sigourney lui demande quand elle reviendra à Los Angeles, elle veut l'inviter à manger pour lui changer les idées et lui propose de faire un apéro-zoom. Meryl ne semble pas avoir compris ce qui s'est joué, elle ne doit pas lire les journaux, elle parle d'une faillite en lui disant que son frère est passé par là et que c'est beaucoup moins dramatique qu'on ne le croit ; elle lui fait envoyer une caisse de vin. Julianne a commencé récemment, par hasard, *In Search of Lost Time*, dans une traduction collective qui paraît douteuse, mais Céline est tout de même ravie par la coïncidence, elles se promettent de s'appeler pour partager leurs critiques ; toutes deux ont fini par apprécier, surtout vers la fin, « Un amour de Swann ». Julianne promet que Céline sera enchantée par les bandes de filles brumeuses qui errent sur la grève d'*À l'ombre des jeunes filles en fleurs*. Des mots des employés des Ateliers C/W lui parviennent sur la messagerie interne, des pensées pour lui dire que son absence au bureau est palpable, qu'elle laisse un grand vide. La dernière réunion d'équipe a été très douloureuse, Céline avait rassemblé ses cadres, elle était accompagnée de sa garde rapprochée, Pierre-Moïse avait commencé en expliquant sans cacher sa consternation la manœuvre du conseil d'administration, personne n'y avait cru, la trentaine de visages abasourdis s'était tournée vers Céline. Elle avait eu beaucoup de mal, en faisant « oui » de la tête, à retenir ses larmes. Ses employés avaient spontanément formé un énorme cercle autour d'elle, Céline n'aime pas les contacts physiques, mais elle s'était laissé gagner par la tristesse des autres, on l'avait embrassée, consolée, on avait partagé des colères et des rages qui ne changeaient rien, mais qui lui rappelaient qu'elle était appréciée. Céline s'était adressée elle-même aux centaines d'employés rassemblées dans le hall. Une fois que la nouvelle serait publique, elle partirait immédiatement en arrêt médical. Elle avait bien ancré ses pieds dans le sol, on entendait mal son filet de voix, l'édifice était empreint d'un silence solennel, on avait eu l'impression qu'il allait s'écrouler sur nos têtes.

Gabriela a l'audace de la solliciter pour une lettre de recommandation, en écrivant « urgent » dans l'en-tête du courriel. Non seulement elle lui demande une faveur mais elle a le culot de quêter sans gêne une référence à son ancienne patronne sans s'informer, à un seul moment, de son état de santé. Céline, pour une fois, abandonne les formules toutes faites, louangeuses et hypocrites, elle n'a pas la force de fabuler et se prête avec honnêteté à l'exercice, elle décrit les qualités indéniables de Gabriela et élabore sur tout le mal qu'elle pense de son travail – la candidate ne lui semble pas prête à assumer des fonctions aussi importantes, elle a du mal à travailler sous pression, à faire preuve d'objectivité, à mettre de côté ses envies et opinions personnelles. Gabriela est une architecte compétente, mais elle n'a pas une expérience assez solide pour des hautes fonctions de gestion dans une agence importante comme Saucier + Perrotte. Cordiales salutations. Quelques heures après avoir envoyé la lettre, Céline réalise que le manque de considération de Gabriela l'a attristée.

Un matin de novembre, elle saute dans sa voiture pour descendre en ville, vêtue d'un paletot noir, d'un grand chapeau et de lunettes de soleil. Elle ressemble à une espionne exfiltrée d'un pays en guerre. Rien n'a encore été annoncé, mais elle sait par Pierre-Moïse que la construction du siège social de Webuy est terminée depuis une semaine, la livraison au client est prévue pour janvier, le temps de régler quelques déficiences. La médiathèque Ernest-Cormier et les condos seront prêts au printemps. Céline reprend des forces, elle sort pour la première fois depuis des lunes. Son chauffeur emprunte la sortie, passe sous le viaduc, puis l'édifice surgit dans le pare-brise. Elle le voit pour la première fois. Il est grand comme une montagne, elle n'arrive pas à le saisir d'un seul coup d'œil, le pare-brise coupe une partie du toit, elle se sent engourdie, presque vide devant l'immensité. Ses mains sont humides ; ses yeux aussi. Elle a eu l'audace d'imaginer cette forme improbable et extravagante, les courbes se hissent dans les airs et les éléments qui s'empilent et s'enchâssent produisent un effet d'ensemble étonnamment cohérent, une empilade de volumes massifs comme si un gratte-ciel s'était affaissé sur lui-même, ramolli par des matériaux qui penchent et s'arrondissent, forment des arcs et des coins, de grands prismes et des saillies. Céline montre sa carte d'accès à la guérite, pénètre dans le stationnement sous-terrain presque vide.

Elle circule librement dans le vaste hall, de grands rayons de lumière le traversent. Faire le tour à pied lui prend presque une heure. Les grandes tables, les fauteuils ne sont pas encore arrivés, elle revient à l'entrée et constate que la lumière s'est mordorée. Céline emprunte le portail menant au jardin intérieur recouvert d'une coupole en verre, une sérénité se dégage de cette grande serre où s'activent des jardiniers, des végétaux sont transportés sur des chariots, on les plante dans la terre noire avant de les arroser, tout un réseau de gouttières invisibles circule sous nos pieds pour éviter la pourriture et permettre la culture de petits arbres aux racines de surface. Cette pièce emmurée, presque secrète, lui est familière, c'est l'aménagement qu'elle préfère, l'atmosphère est paisible et énigmatique comme dans un petit cimetière. On lui sourit poliment lorsqu'on la croise, Céline n'a pas envie de parler et s'imagine qu'on ne la reconnaît pas à cause de son masque et de ses lunettes. Elle emprunte un ascenseur neuf pour se rendre à la passerelle du quinzième étage, cette grande promenade fenestrée qui fait le tour de l'édifice et déploie une dizaine de balcons jaillissant de la charpente ondulée du toit. La vue est à couper le souffle, Céline est dépassée par une vision inassimilable. Lorsqu'elle racontera son escapade à Michel, elle n'aura rien d'autre pour exprimer son émotion que les registres du faux, de l'hallucination ; lui apparaît l'indice d'un sens à élucider, à découvrir, elle pense au sentiment qui la gagne lorsqu'elle visite des ruines anciennes, des sites archéologiques lui révélant qu'un monde enfoui, crypté, repose dans les plis du temps, Céline connaît cette sensation qu'elle ne parvient pas à nommer. La hauteur de la construction, le point de vue panoramique sur la ville interagissent en elle avec quelque molécule de médicament, l'éréthisme que cette vision engendre dans son cerveau est de la même espèce que la sensation fourmillante d'une ville trop vaste, insaisissable que la Decco Tower, en plein cœur de Manhattan, cherche à dire ; c'est ce que son dessin a voulu exprimer en traçant les chambres les plus luxueuses de l'hôtel Iguazù au Brésil, sombres et ouvertes sur la jungle, construites à même une paroi rocheuse pour provoquer horreur et délice ; c'est le coup d'œil du mur-rideau d'une grande maison où on peut voir la foudre tomber et les tempêtes qui excitent la rivière s'engouffrant entre les berges hautes, une construction inspirée par Frank Lloyd Wright et par les vents violents d'Emily Brontë, érigée sur les escarpements du fjord du Saguenay ; c'est la vue que découpe la baie vitrée de sa propre demeure de Pacific Palisades, l'océan tout entier dans une boîte en verre, pleinement urbaine malgré l'horizon sans clôture possible, une île déserte à proximité d'un quartier résidentiel dont les fenêtres, pendant les plus violentes tempêtes, sont frappées par les vagues ; c'est ce que produit l'immense balcon qui plane au-dessus du hall, chutant abruptement devant les visiteurs terrifiés lorsqu'ils sortent des spacieux ascenseurs du Warren and Susan Buffet Museum for the Arts. Un sentiment que Céline considère n'avoir jamais pleinement réussi à capter dans aucun de ses bâtiments et qui constitue par son absence la constante négative, la ligne noire, le vide organisateur de tout ce qu'elle a fait. Ce matin, elle est au plus près d'elle-même. Sous ses pieds s'écrase une ville sale et fondante, jaune de pisse et d'huile à moteur, une ville ténébreuse, misérable et sournoise, acide parfois, et ordinaire, une ville comme les autres ; la sienne. Pas tout à fait la sienne. Céline, au sommet de son petit monument, se permet de penser qu'elle n'a pas raté son coup.

Elle demande au chauffeur de faire un détour par Roxboro sur le chemin du retour ; il se gare devant l'entrée vide de sa maison d'enfance. Le bungalow a respiré la joie par le passé, un sourire ému apparaît sur ses lèvres, elle s'aventure, imprudente, dans la cour arrière. Il n'y a personne et la clôture n'est pas barrée. On voit mal à l'intérieur par les fenêtres grises. Dans cette petite cour où ont moutonné les plantes de sa mère, il n'y a plus qu'un râteau, une poubelle et une bonne quantité de pissenlits. Maman passait tous ses congés à entretenir le jardin aujourd'hui remplacé par une pelouse jaunâtre, à sept ans Céline mordait dans les fruits surs et plongeait les mains dans la terre mouillée, l'odeur pourrie de la terre grasse s'associe encore au souvenir de sa mère quand Céline jardine. Dans le portefeuille qui traîne au fond de son grand sac de cuir se trouve une photo belle et digne, le visage méditatif de cette femme morte si jeune. La présence floue de sa mère, la certitude diffuse d'un regard au-dessus de son épaule paraît avoir vieilli à ses côtés contre la vie. À l'époque, Céline ne voyait presque jamais son père, retourné temporairement en France, elle avait été une enfant seule, passant d'une gardienne à l'autre parce que la voisine ne pouvait pas s'occuper d'elle toute la journée et que Maman finissait de travailler tard le soir. En essayant de retrouver la fenêtre de sa chambre au sous-sol, Céline se rappelle avoir ressenti beaucoup de colère envers sa mère, de la rancune pour les abandons répétés, une mère notaire qui élevait une enfant seule, cela prenait une détermination hors du commun, les mères des familles voisines avaient tout leur temps, elles étaient disponibles pour leurs enfants, il arrivait que Céline pique des crises en demandant à Maman de rester à la maison, pourquoi ne faisait-elle pas comme les autres mères, les familles normales, celles qui ont un père ; la petite avait vu des larmes perler sur ses joues. Une lourde fleur aux lamelles nombreuses, un camélia d'automne surgissait un jour de l'arbuste, fleur oubliée, revenue d'un passé dans lequel elle ne parviendrait jamais à se dissoudre comme elle en avait tant de fois rêvé lors des nuits mélancoliques, abreuvées de liqueurs, dont toutes les vies même les plus sublimes sont assaillies. En faisant le tour de la vieille maison grise, Céline se rappelle ce camélia sorti de nulle part, la fleur avait bourgeonné d'une petite branche au beau milieu du maigre feuillage de l'arbuste, un poète avait déjà écrit que les camélias n'ont pas d'odeur, le sien dégageait pourtant un violent parfum qui la happa de nouveau lorsque le bouquet de son enfance lui réapparut un soir de fête, il était bel et bien là, ne pouvait qu'être aussi réel que la paume de sa main puisqu'il avait percé, elle en avait été certaine, de ses racines le marbre blanc. Céline a souvent repensé à ce camélia de fin de soirée, à ce cruel courant d'air qui donnait aux événements une texture étrange, celle de la mémoire en action, inondée par des flots s'écrasant contre la vitrine de l'appartement de Dina, le présent soudain teinté de l'encre du souvenir, comme si un archiviste s'amusait à ressortir les sensations et les images d'un temps disparu, à produire des hallucinations vraies, des présages inintelligibles et inquiétants.

La petite mélodie de Dina lui revient en tête, Céline la chantonne en errant autour de la maison grise. Elle recevait ce soir-là des profondeurs de sa conscience des certitudes violentes qui l'avaient fait vaciller, étourdie par des visions délirantes et les effluves pétillants et sucrés du camélia solitaire, de la plus singulière des amarantes qui colorait de ses pétales roses et mauves et noirs, de sa corolle sans pistil l'arbuste dont prenait soin sa mère, elle avait affirmé qu'un camélia ne fleurit jamais l'année de sa transplantation, c'était la vérité la plus incontestable du jardinage, c'était écrit noir sur blanc dans tous les ouvrages spécialisés, prophétie ou commandement qui n'avait pas empêché le plant de laisser, un matin d'octobre, pendre un monstre noir apparu en une nuit et dégageant un parfum difficile à oublier. Plus inoubliable encore fut toutefois cet autre parfum, une seconde composition remplissant tout d'un coup ses poumons et l'air du penthouse de Dina, effaçant l'odeur de cigarette qui collait aux vêtements, imprégnait les haleines, la fleur intouchée, parfaite, avait poussé son cri de mort. Maman la pulvérisait d'eau savonneuse, pensant que des champignons, des insectes, une maladie invisible rongeaient le camélia, les exhalaisons de la fleur avaient tourné, le camélia s'était mis à s'éventer jusqu'aux fenêtres ouvertes de sa chambre, diffusant dans la maison tout entière un parfum trop puissant, qui n'avait plus rien de charmant. Céline s'était levée pour sortir en pleine nuit, une nuit d'été chaude, presque étouffante, l'odeur nauséabonde venait bien de l'arbuste sur lequel poussait l'immense fleur, plus scintillante et vigoureuse encore, mais l'altération du parfum, la corruption de l'air transmettaient un message illisible, et l'enfant avait déchiffré ce que les autres refusaient d'entendre, un cri étouffé, un acte de mort silencieux, une agonie muette. Elle avait beaucoup pleuré sans que la gardienne comprenne la cause de son chagrin – elle s'était contentée de fermer la fenêtre et d'asperger la chambre d'un sent-bon trouvé dans la pharmacie. Le lendemain la belle fleur était morte, l'arbuste jauni. La mauvaise odeur avait annoncé l'inéluctable péril du camélia. Pendant la fête de Dina, Céline avait vu devant ses yeux fatigués le même arbuste, senti la même fleur. Sa mère, à l'époque, devait être déjà malade, elle devait trouver du sang dans ses selles, souffrir de maux de ventre, sans jamais se plaindre ou consulter de médecin, et la fleur fanait, les feuilles d'un vert profond jonchaient le sol pour laisser les petites branches nues se tordre douloureusement dans le vide. Les pétales, en grosses mottes, couvraient la terre. Quelques jours plus tard, on lui enlevait sa mère. L'enfant était arrachée de cette maison décolorée par l'oubli.

Visiter Roxboro et le Complexe Webuy la stimule, la ramène aux sources de son désir, aux choses vraies qui l'animent depuis toujours. La petite fille qui a grandi dans cette chambre au sous-sol a érigé des années plus tard ce bâtiment extraordinaire, ce parcours l'émerveille et elle a du mal à réaliser qu'il s'agit du sien. Une enfant blessée a grandi dans cette maison terne, elle a fait travailler des milliers de personnes, permis à Montréal de rayonner, elle a créé des fondations, donné des millions à différentes causes, son travail a été soutenu par des prix prestigieux, la Légion d'honneur, le Pritzker, une passion vive pour les lieux, pour la beauté, pour la fureur des floraisons éphémères et l'éternité du granit, du verre et de l'acier nourrit ce parcours. Depuis qu'elle ne peut plus pratiquer son métier, les idées lui tombent dessus, son esprit déambule dans des corridors neufs, elle change l'emplacement des fenêtres ou esquisse une structure, elle ne cesse de remodeler en pensée sa maison de Californie, le bureau des Ateliers C/W, le siège social de Webuy, Céline n'a jamais été aussi inspirée, elle a encore des édifices à offrir au monde, mais ne peut pas lancer ces projets, la source créative, capricieux esprit qui ne se manifeste jamais quand on l'appelle, est avivée par la censure qui, plutôt que de contenir, augmente la pression et le débit de formes et d'images, de volumes et d'horizons possibles. Des firmes aux quatre coins du globe se démènent pour l'engager, des agences américaines, françaises, danoises, chinoises lui envoient des courriels dans lesquels on vante ses qualités, son intégration à leur équipe serait inestimable, de grosses sociétés vont jusqu'à lui promettre une voiture, un appartement de fonction et un salaire à négocier. Céline sait trop bien ce qu'implique travailler pour quelqu'un, ne pas avoir le dernier mot sur les décisions, elle pourrait fonder une nouvelle entreprise, encore une autre, engager les meilleures architectes en leur proposant des conditions compétitives, la compagnie ne serait pas rentable les premières années, mais elle pourrait rapidement développer une clientèle, on ferait affaire avec elle en France, aux États-Unis, au Japon, en Australie, ses musées, ses opéras, ses universités sont trop réputés pour qu'on la boude en raison d'un petit scandale, Céline pourrait tout refaire, rebâtir un atelier, rassembler une équipe, elle pourrait encore être active dix, peut-être quinze ans, les gens aujourd'hui prennent leur retraite passé quatre-vingts ans, elle pourrait aussi accepter un de ces postes au Danemark, en Allemagne, en Chine, voir si ça lui plaît de travailler sous la contrainte, sous la tyrannie d'un supérieur, et pensant cela, Céline sent que quelque chose accroche dans sa réflexion, le Japon, la France, les États-Unis seraient prêts à l'accueillir demain matin, à lui fournir un bureau dans une ville agréable, une équipe jeune, passée par les meilleures écoles, qu'est-ce qui lui déplaît dans cette possibilité, est-ce le manque de prestige de ces firmes méconnues, un océan sépare l'architecture ordinaire de l'architecture de prestige, mais Céline a toujours apprécié le résidentiel, les budgets serrés, et puis elle n'a pas besoin d'argent, le Danemark et la Chine veulent d'elle pendant qu'au Québec, on hurle sur toutes les tribunes dès qu'elle prend la parole dans une émission, l'animatrice reçoit des plaintes et on l'assassine sur Twitter. C'est à se demander, pense Céline, si ce n'est pas le Québec le problème dans cette histoire, elle a approché plusieurs producteurs dans la dernière semaine, elle a lancé des perches, tâté le terrain pour des projets qui germent à toute vitesse ; on répond dans l'heure à ses courriels partout dans le monde, sauf au Québec, silence radio, refus poli, dans vingt ans, on fera des documentaires pour révéler tout le sexisme qui a motivé la hargne du Québec envers elle, le racisme envers Pierre-Moïse, son ami, figure inspirante pour les jeunes générations, il a reçu les messages les plus violents, des chroniqueurs de journaux infréquentables ont parlé de lui avec des paraphrases inconcevables, scandaleuses, ont laissé entendre que Pierre-Moïse et Céline, tous deux nés à Montréal, étaient des étrangers venus ruiner la nation, il a reçu de la part de farfelus rétrogrades de la communauté noire des messages le traitant de vendu, à la télévision un chroniqueur a repris d'antiques comparaisons datant de la ségrégation, qu'il promeut probablement pendant ses soupers avec des amis influents, une semaine plus tôt, le même chroniqueur traitait Céline de « madame », il disait, « la madame qui veut nous faire la leçon », affirmant la phrase suivante qu'elle était une étrangère qui ne connaît pas les Québécois, le vieux fond fasciste et suprématiste s'est soulevé contre eux, voilà ce qui est arrivé, ce vieux fond fasciste qui motive la gauche bien-pensante actuelle, les nouveaux prêtres et les nouvelles dévotes de la vertu défendent le maintien de l'ordre, l'idéal moral, la punition, cette dangereuse idée de pureté qui répugne à Céline, combien de fois des gens très bien, engagés pour la tolérance et la bonté universelle, lui ont demandé d'où elle venait, ont affirmé sans chercher à la blesser, au détour d'une phrase, qu'elle n'était pas « québécoise », « Wachowski, ça vient d'où ? » Vous pouviez naître et mourir dans cette province sans jamais être d'ici, Céline n'a pourtant pas l'accent parisien, elle a un bon français c'est tout, plusieurs femmes de sa génération parlent comme elle, elles ont appris, oui, à faire des phrases complètes et utilisent les bons termes pour désigner les bonnes choses, signe indéniable d'un mépris du peuple, celles et ceux qui se disent de gauche ici et qui ont fait beaucoup moins qu'elle pour lutter contre les inégalités et la discrimination, pour financer les arts et la culture, l'inclusion des femmes et des jeunes dans les domaines des affaires et des arts, ces gens dits « de gauche » paraissent à Céline plus bêtes qu'ailleurs, mus par une volonté d'immobilisme effarant, des propos d'une misogynie terrible, révoltante lui reviennent en tête, elle s'est empressée de les effacer pour ne pas souffrir de la bêtise de ces gens qui évoquaient le matriarcat et le « gouvernemaman ». Dans vingt ans les documentaires sur l'affaire Webuy verront clair dans ce soulèvement populaire misogyne, la vérité, c'est qu'un climat aussi délétère n'est possible qu'au Québec, où il est inconcevable de faire exister une pluralité de discours, toute controverse crée des camps bien tranchés rivalisant d'arguments fallacieux, vieille trace, pense Céline, des débats sur le Oui et le Non qui en disent long sur les alternatives envisageables dans une telle province, partout ailleurs dans le monde, on aurait critiqué avec intelligence le projet Webuy, le dialogue aurait été possible au Danemark, au Japon, si on avait contesté le grand chantier, jamais on ne l'aurait prise *elle* pour cible, la controverse aurait eu lieu, tout le monde se serait exprimé dans le respect mutuel, le projet aurait suivi son cours dans le respect mutuel, il aurait été suspendu ou modifié, tout ça dans le respect mutuel, mais on lui aurait permis de continuer sa carrière, elle aurait fait une cinquième saison d'*Old House, New House*, jamais aux États-Unis, en France, en Allemagne on n'aurait imprimé de manière permanente le signe de la faute au fer rouge sur son front, ces logiques simplistes, barbares ne sont possibles qu'au Québec, les bureaux de la rue de Bellechasse ont été saccagés par des petits terroristes idéologiques, Céline est forcée, si elle veut continuer de vivre sans gardes du corps, à s'exiler. Elle est née dans le seul endroit au monde où il est possible de porter de manière permanente le poids d'une erreur, d'une tache, la maladie est sans remède, cette maladie n'est pas la sienne, mais celle du Québec, les gouvernements impuissants et effrayés, les conseils d'administration paresseux et consensuels n'oseront jamais, pense Céline, risquer la controverse, s'associer de près ou de loin avec une personne étiquetée « pas fine », l'opinion exerce sa tyrannie tribale et bestiale, le public désinformé pense ce que lui disent de penser les petits parvenus des médias, qui se nourrissent à gauche comme à droite de ce vieux fond fasciste, tout ce qu'on lui reproche, absolument toutes les choses dont on accuse Céline, le Québec les incarne parfaitement, non seulement le Québec *incarne*, mais il est l'authentique et l'unique créateur des méfaits dont on accuse Céline, la pensée tarie du Québec produit les pires logiques, il y a pour cela toutes sortes d'explications historiques et psychanalytiques, mais c'est ici qu'on rencontre les raisonnements et les attitudes les plus perverses au monde, on vendrait père et mère pour préserver sa bonne conscience, on tuerait s'il le fallait pour continuer de croire qu'on est justes et bons. Si Céline est abjecte, alors c'est qu'elle est le parfait produit de sa société abjecte, l'exact résultat abject de la stupidité et de l'ignominie abjectes qui incarne parfaitement l'abus, l'arrivisme, la destruction, la corruption, la tyrannie qui lui sont reprochées ; toutes ces choses abjectes, le Québec en est non seulement le parfait portrait, mais le fier producteur et le plus grand promoteur. Céline est l'écran sur lequel on discerne ces vérités.

Le projet de documentaire qu'elle médite reçoit un bel accueil, plusieurs boîtes qui collaborent avec des distributeurs sérieux se montrent intéressées, elle fournit en écrivant de son adresse personnelle une documentation étoffée, préparée par une équipe de concepteurs qui a donné chair à ses premières intuitions. Il lui paraît original de produire une œuvre non pas sur les réussites, les triomphes, répétant sans cesse l'étouffant canevas d'une success-story comme les autres, mais un film portant sur les difficultés, les échecs que peut connaître un individu, l'important est de commencer le tournage dès que possible, elle mettra elle-même une bonne partie de l'argent sur la table, mais il est primordial de recevoir le soutien financier de personnalités influentes, des femmes engagées accepteront d'être productrices exécutives, elles aimeront, lui assure un producteur, la critique sociale se donnant à lire derrière le récit de sa chute, car le documentaire en six épisodes racontera tout sans complaisance : les débuts triomphants de la collaboration avec Webuy, le grand malentendu qui s'est emparé de la société, le rôle de bouc émissaire dans lequel on a cantonné Céline Wachowski. La stratégie n'est pas de s'apitoyer sur son sort, Pauline a été claire là-dessus dans les intentions accompagnant la description du projet, mais de montrer que derrière le brouhaha se trouve une humaine, une femme imparfaite, qui doit vivre avec les conséquences de sa condamnation et qui n'a jamais réussi à se reconnaître dans le portrait qu'on a brossé d'elle dans les médias. Il n'est pas question de diaboliser les mouvements sociaux pour lesquels Céline a toujours eu une certaine forme de sympathie, ni même de contredire les accusations, l'important, tous les producteurs qu'elle contacte, toutes les amies réalisatrices ou comédiennes avec qui elle partage ses premières intuitions le disent, sera de commencer à tourner dès que possible, d'accumuler du matériel visuel qui pourra servir par la suite, il arrive toujours pendant le tournage des imprévus que la caméra doit capter, la vérité parlera d'elle-même. Céline aura bien entendu, à titre de productrice, un droit de regard sur le final cut.

En attendant le tournage, elle reprend peu à peu le contrôle de ses affaires. Depuis son arrêt de travail, Michel fait le pont entre elle et l'équipe qui gère ses investissements, des fiduciaires qui la harcèlent pour savoir quoi faire de tel argent, où placer tels profits, Céline leur a donné les directives, mais n'a plus la force d'intervenir directement, elle a besoin de se couper de l'actualité boursière, de protéger son ignorance, les semaines à venir ne vont pas être belles pour l'action des Ateliers C/W, qui perd déjà de la valeur depuis les derniers trimestres. L'un de ses fiscalistes avait eu l'idée, quelques jours avant la réunion fatale du conseil d'administration, de spéculer de manière discrète, par l'entremise d'un hedge fund, sur la chute de l'action des Ateliers. Ses gestionnaires de fonds avaient emprunté une quantité importante d'actions NYSE (ACW) qu'ils rembourseraient à moindre coût si elles perdaient en valeur, c'était un risque à prendre, mais si cela fonctionnait, ce serait une manière simple d'assurer ses arrières dans un contexte défavorable, et Céline avait pensé qu'il est toujours utile, dans un combat, de miser sur ses adversaires, de tirer profit de ses échecs potentiels, la déchéance est une métamorphose lente, graduelle, et elle emporterait, si elle tombait, tout ce qu'elle serait capable d'attraper. Dès la diffusion du communiqué de presse annonçant son départ de la direction des Ateliers C/W, l'action avait effectivement piqué du nez, les actionnaires s'étaient mis à perdre des milliers de dollars à la seconde, Céline aussi, sauf qu'elle en regagnait presque autant, en coulisse, en pariant sur sa ruine. Ses petites vengeances lui donnent comme une raison de vivre. Elle pense parfois que si on savait toutes les bassesses dont elle a été témoin, si on avait une connaissance véritable des milieux dans lesquels elle évolue, les insurgés seraient beaucoup moins conciliants dans leurs demandes, les militantes seraient plus agressives et s'en prendraient à d'autres qu'elle. Céline relit d'anciens courriels, parfois vieux de dix ans. Dans ces échanges, des héros nationaux, des hommes d'affaires illustres, des ministres, affichent un mépris banal et répandu pour le peuple et les gouvernants, pour le débat progressiste du moment (l'égalité salariale, le mariage gai), un ministre français de la Culture crache sur ses collègues et sur l'ensemble du pays dans une prose qui n'aurait pas déplu à l'auteur du *Voyage au bout de la nuit*, cité hors contexte chacun des messages fielleux qu'elle retrouve avec excitation pourrait gravement nuire à l'image de personnalités connues qui, dans d'autres courriels, expliquent dans le détail leurs stratégies d'évitement fiscal. Les courriels que Céline préfère sont toutefois ceux d'hommes et de femmes politiques peinant à camoufler par leurs limpides ambiguïtés les manœuvres illicites concernant les appels d'offre et autres octrois de contrats, la « corruption » porte mal son nom, le terme est trop massif, trop scandaleux, il ne désigne rien d'autre que les manières de faire les plus habituelles dans le privé, or ces relations dites « corrompues » deviennent, dans le service public, scandaleuses, illégales, n'est-ce pas la chose la plus naturelle, pourtant, que de travailler en suivant ses affinités naturelles, en honorant ses amitiés, Céline n'a jamais appliqué un seul de ces critères sévères d'intégrité qu'on attend des ministres, elle privilégiait sans remords les femmes et les homosexuels quand c'est possible, choisissait ses associés avec le cœur et accordait plus de responsabilités aux personnes de confiance – dans ses entreprises, c'était son droit le plus strict, mais la sphère politique mobilise depuis quelques années des attentes de pureté inatteignables et nuisibles. Relire les élus faisant des pieds et des mains pour ne pas nommer ce qu'ils ne peuvent pas dire est franchement drôle, cela donne des perles de style que Céline lit à haute voix à Michel, qui jubile. C'est fou ce que les gens désespérés finissent par avouer lorsqu'ils se sentent en danger ou trop en confiance, lorsqu'ils veulent obtenir ou se faire pardonner quelque chose, elle prend des captures d'écran et classe les messages juteux dans des dossiers sur le bureau de son ordinateur.

Les horreurs que lancent sans gêne pour briller en société les personnages du *Côté de Guermantes*, qu'elle continue chaque soir avant de dormir, lui font penser aux vieux courriels qu'elle a relus. Céline croit que, si le peuple, les gens du peuple avaient su ce qui pouvait se dire dans les salons, s'ils avaient connu dans le détail le monde que raconte Proust, on aurait probablement eu une seconde Révolution française à la fin du XIXe siècle, des souvenirs vagues d'une *Histoire politique de la France* lui reviennent, la Commune de Paris, la Bande noire, les lois scélérates, le contexte social était explosif, il est malheureux que les militants soient la plupart du temps des abrutis, ils représentent même l'abruti typique, pense Céline, un militant ne lit rien qui puisse mettre au défi sa vision simpliste du monde, surtout pas de littérature, trop affamé qu'il est de comptes rendus schématiques de l'expérience humaine, de rapports sociaux manichéens, les films les plus populaires aujourd'hui ne mettent-ils pas en scène des luttes héroïques contre les « forces du Mal » ? L'affaire Webuy aurait été beaucoup plus intéressante si les militantes avaient possédé une once d'intelligence. Son exemplaire du *Côté de Guermantes* est en grand format, dans la collection Blanche de Gallimard, un livre de qualité qu'elle pose sur un coussin parce qu'il finit par être lourd pour le poignet. Au fond les choses n'ont pas vraiment changé depuis l'époque de Proust, la plupart des gens du milieu des affaires se font croire qu'ils sont issus de nulle part, artisans de leur réussite, sans mentionner les parents médecins, banquiers, hauts fonctionnaires, les études dans les écoles privées de grandes villes, l'aristocratie existe toujours, plusieurs politiciens français qu'elle connaît ont des particules et poursuivent une entreprise de possession qui trouve ses origines au Moyen Âge, dans quelque baronnie acquise par les armes par des ducs du même sang que celles qui ne manquent jamais de vous révéler ces nobles origines, après deux ou trois rencontres, empreints d'une fausse humilité ou d'une honte exagérée (s'ils sont de gauche) trahissant un regret pour ces temps prémodernes, Céline peut presque entendre dans leurs voix les lointains pleurs des monarques d'autrefois se plaignant, juste avant d'être guillotinés, des aménagements légaux les ayant détrônés. Aujourd'hui on ne va plus en voyage à Balbec, ces stations balnéaires ont été prises d'assaut par les classes moyennes qui ont fini par imposer leur mauvais goût sur tous les bords de mer, on se trouve plutôt des lacs privés, surpeuplés et ravagés par les constructions humaines, à quelques heures d'une grande ville, dans lesquels on peut à peine nager en paix sans se faire rentrer dedans par un yacht, les embarcations pullulent sur ces eaux souillées dans lesquelles engraissent des algues toxiques gavées d'essence et de chardonnay renversé par accident. Proust capte les énergies d'un monde que Céline a fini par connaître, ses amitiés, ses collègues et ses clientes évoluent dans cet univers parallèle, au sujet duquel Proust écrit des choses hilarantes (parce que vraies), sur la nécessité de jouer la simplicité, par exemple, jeu qui coûte très cher, surtout qu'il faut indiquer aux autres qu'on pourrait ne pas être simple (c'est-à-dire très riche). Céline réalise au milieu du livre un trait frappant du monde de Proust : personne ne travaille. La foule de millionnaires qu'elle connaît ressemble à celle de la *Recherche*, à la différence près qu'aujourd'hui, les gens ne font que ça, travailler, c'est le seul sujet de conversation possible et la seule raison de vivre de beaucoup de monde, les riches de nos jours ne dorment plus, ne parlent que d'argent, n'ont plus d'intérêt pour la culture, ni même pour les mondanités, trop occupés qu'ils sont à bosser douze heures par jour, on a perdu le sens de la paresse, croit Céline, le plaisir de la discussion, l'art de l'oisiveté. Il est difficile pour elle de prendre une fin de semaine de congé sans répondre à ses courriels, sans ouvrir un document dans lequel jeter quelques notes pour un projet en cours ; elle a des choses à apprendre des Verdurin et des Guermantes.

Les premières pages de *Sodome et Gomorrhe* lui tirent des larmes. Jamais elle n'a lu de description plus vraie du sort des homosexuels – que Proust nomme les « invertis » –, de leurs malheurs. Céline les aime d'un amour déraisonnable, elle le sent dans ses os, ses artistes fétiches sont tous des homosexuels, Robert Mapplethorpe, Armistead Maupin, James Baldwin, Jean Cocteau, elle a vu tous les films de Derek Jarman et même ceux de Rodrigue Jean, cinéaste culte qui n'a jamais voulu sortir de sa taverne underground, son adoration dépasse le simple intérêt, Céline est liée au sort des invertis dont les créations l'ont toujours inspirée, elle perçoit une correspondance mystérieuse entre la vie de ces hommes et la sienne. Elle saisit aussitôt les sentiments, les réactions, les rages des personnages homosexuels, tout lui paraît limpide et naturel dans les extravagances de Charlus ou de Notre-Dame-des-Fleurs, la manière débordante et hachurée de parler qu'ont ces gens libère quelque chose en elle, comme si les folles de Michel Tremblay s'exprimaient à sa place sur la scène, Proust écrit longtemps avant l'épidémie du sida, mais il pressent les calamités qui n'ont pas fini de s'abattre sur cette race maudite, délaissée par les dieux, Céline repense au regard soyeux, à la peau marquée par les cicatrices d'acné, à l'intelligence vive et contenue de Brendan, un employé mort à trente-deux ans, à la fin des années 1990, c'était juste avant l'arrivée des remèdes contre la maladie, Jules était un architecte prometteur, il est révoltant de devoir se passer de son talent. *Sodome et Gomorrhe* explique à lui seul l'amour de Michel pour Proust, Céline comprend pourquoi il accorde autant d'importance à ce tome, elle a pour la première fois le sentiment de saisir pleinement l'expérience des gais, leur désespoir, leur humour cinglant et affligé, leur stérilité, la malédiction qu'ils subissent, celle de ne jamais être aimé par l'objet de leurs désirs, par les véritables hommes, le poids des secrets qui finit par faire courber les épaules, la femme cachée au fond d'eux-mêmes et qui s'exprime, parfois, par un geste, un déhanchement involontaire. Proust écrit avec sa rivière de mots blessés les pages les plus complètes sur l'infortune des siens. Céline cherche le texte sur internet et le copie-colle dans un message à Pierre-Moïse. Il faut absolument qu'il lise ce court chapitre, trente pages parmi les plus belles de toute la littérature. Il adorera, c'est certain, Pierre-Moïse est tellement sensible, toujours en quête de lui-même, Céline est fière de lui faire découvrir ce texte sublime sur sa condition.

Elle ne comprend pas son émoji, un petit bonhomme qui lève un sourcil. Il n'a pas aimé le texte ? C'est difficile à croire… Elle lui demande, mais il ne répond pas. Céline est perplexe, elle se sent coupable de ne pas avoir présenté le chapitre, envoyé dans un excès d'enthousiasme, il faudra qu'elle lui en parle de vive voix. Elle espère ne pas avoir commis d'impair. Elle est interrompue par la sonnerie de son téléphone. Il affiche un numéro de Californie, probablement une demande de précision. Il est tard, même avec le décalage horaire ; elle répondra demain. Céline s'aperçoit désormais qu'elle ne doit rien aux associés et aux partenaires qui depuis quarante ans se servent d'elle, profitent de ses réussites et l'abandonnent au premier échec, rien ne garantit qu'ils ne complotent pas dans son dos depuis plusieurs années.

Le fait que ce ne soit pas des journalistes, mais des philosophes qui l'approchent les premiers n'a rien pour lui déplaire, on lui parle d'un ouvrage annoncé comme fracassant, dont la rédaction est presque terminée, sans trop comprendre la relation entre le sujet du livre et la discipline des chercheurs et des chercheuses de Stanford, de Berkeley, Céline accepte de leur accorder un premier entretien, pour voir de quoi il retourne. Elle part une semaine en Californie, on la reçoit dans un bureau élégant, où trois professeurs lui expliquent qu'ils mènent depuis plusieurs années une vaste enquête sur Webuy, ils préparent un véritable « livre noir » de la Silicon Valley, le projet tire dans tous les sens, il aborde autant la marchandisation de la vie privée que les nouveaux modes relationnels sur les réseaux, une philosophie de l'interactivité est accompagnée d'un développement théorique sur l'économie numérique, il est important pour les chercheurs et chercheuses d'ajouter à leur vaste charabia des passages sur le « néolibéralisme », la « gentrification » et les « conditions matérielles » des entreprises web, de grands câbles sous-marins et une main-d'œuvre exploitée, rappellent-ils, assurent l'existence de l'internet, ces câbles finiront bien un jour ou l'autre par être attaqués par quelques rusés terroristes, répond Céline pour détendre l'atmosphère, les intellectuels ne rient pas et ajoutent plutôt que les conditions de travail dans les usines et dans les entrepôts de Webuy, qui embauchent des sans-papiers et profitent du racisme d'État en matière d'immigration, sont révoltantes, abusives et graves. La compagnie a maintes fois bloqué des tentatives de syndicalisation, poursuit une professeure de philosophie dans la trentaine, Webuy entretient une grande opacité au sujet des salaires, les employés ne sont-ils pas sévèrement tenus à la confidentialité, la multinationale a un chiffre d'affaires annuel avoisinant les cent milliards, mais elle ne paye d'impôts nulle part dans le monde (sauf une somme symbolique en Californie), il faut mettre en lumière les différentes astuces impérialistes et la complaisance des États, l'impact climatique des serveurs et les matériaux nécessaires à la construction des appareils technologiques, l'extraction du minerai dans les pays africains fera l'objet de chapitres distincts, en cours de rédaction, qui révéleront une situation d'exploitation dont les gouvernements de tous les pays impliqués sont complices par aveuglement volontaire, mais aussi en raison de généreuses subventions accordées aux minières. Rien de nouveau sous le soleil, pense Céline, on a écrit des centaines de livres du genre sans qu'aucune des multinationales visées n'en ressente le moindre impact. Un autre chapitre – c'est pourquoi on l'approche – portera sur l'épopée du siège social montréalais, dont les philosophes avouent apprécier le « very cool design ». Ils ne peuvent en dire davantage pour l'instant, mais elles ont mis la main sur quelques documents embarrassants pour la Ville et pour le gouvernement. Leur portrait de son implication dans le projet est assez juste, juge Céline en lisant les premières ébauches du manuscrit. Elle est ennuyée par le style, mais étonnée par l'honnêteté de l'analyse, Céline ne fait pas confiance aux idéologues dans leur genre, mais outre quelques envolées lyriques et condamnations péremptoires, le portrait de Webuy et de l'économie contemporaine lui paraît étonnamment fidèle à la réalité, les philosophes, qui citent avec beaucoup de charme des gens bien comme Deleuze ou Derrida, parviennent à décrire des changements historiques très complexes et mettent des mots sur des réalités qui, depuis longtemps, frustrent Céline. Elle reconnaît toutes sortes de situations vécues dans leur description de l'évanescence du marché numérique et de sa culture machiste, et les auteurs parviennent à attiser son indignation. Elle en vient à penser en cours de lecture que, dans le contexte actuel, elle n'aurait probablement jamais réussi à se lancer en affaires, combien d'autres femmes qui pourraient avoir de brillantes carrières restent bloquées par les nouveaux impératifs et les logiques implacables décrites dans le livre ? Le chapitre sur la collaboration entre Webuy et Montréal est vrai de part en part ; on critique d'entrée de jeu le fait que le débat se soit cristallisé autour d'une architecte bien connue, alors que les dynamiques à l'œuvre dépassent ses actions immédiates. La conclusion manque toujours, mais on va jusqu'à écrire que, dans les circonstances, son équipe et elle paraissent avoir agi de manière tout à fait conforme aux attentes idéologiques de l'époque et du milieu dans lequel ils évoluent. Dans le reste du PDF, Céline tombe sur un chapelet de noms connus, les auteures ne se gênent pas pour mettre les noms complets d'anciens associés et de connaissances mêlés à des affaires embarrassantes, elle repense aux courriels relus récemment, évalue sous tous les angles possibles l'idée de les communiquer aux chercheurs. Le chapitre sur les minières canadiennes en Afrique est dévastateur ; si Webuy s'en sortira indemne (personne n'a envie de se passer d'un service aussi commode de toute manière), le gouvernement canadien et les compagnies incriminées devront minimalement rendre des comptes ; cela attirera l'attention et ouvrira la porte à d'autres recherches. Le nom de Cai, bien entendu, apparaît à toutes les pages.

Dina frappe à sa porte un mercredi matin de la mi-décembre, échevelée et étourdie par son vol de vingt-quatre heures. Après avoir tout suivi de loin et lui avoir parlé presque tous les jours, elle juge que la situation est assez grave pour sauter dans un avion, Cai la rejoindra pour ses vacances et ils fêteront le jour de l'An à Montréal. Michel ouvre la porte avec un sourire forcé, Céline accourt aussitôt, ses cheveux sont ramassés dans un chignon mou, Dina retrouve son amie en mauvaise forme, Céline a maigri et semble porter une fatigue immense. Elle fait remonter du sous-sol des boîtes qui contiennent des lumières, des guirlandes, des casse-noisettes, Dina leur fait livrer un sapin de Noël. Elles le décorent en mangeant des huîtres et en buvant du champagne, Dina fait la folle avec une guirlande, qu'elle utilise comme un boa de vieille star, elle parvient à faire rire son amie. Elle a forcé Céline à s'habiller, à se maquiller ; elle est resplendissante. Elle possède un de ces visages atypiques, qui ne correspond pas aux critères stricts des magazines, mais qui s'affirme et se déploie avec l'âge, acquérant une forme de majesté, de prestance réservée à celles et ceux qui passent le cap de la soixantaine. Leurs folies se déroulent sous l'œil discret de Michel ; elles savent toutes deux ignorer ses jugements silencieux. Il arrive, malgré leur promesse de ne pas en parler, qu'elles s'autorisent une conversation sur les événements, Céline mesure alors le fossé qui sépare le petit monde dont elle se sent prisonnière depuis bientôt un an et la vie véritable, celle dont nous chargent nos parents, qu'il faut vivre jusqu'à son terme, qui fourmille hors de soi, multiple et incompréhensible, imperméable à la terreur, à l'impuissance qui nous submergent, dehors le monde est indifférent à nos tares et à nos petits malheurs. Dina a parfois du mal à suivre, le scénario qu'esquisse Céline lui paraît d'une absurdité sans nom, à son avis il n'y a aucun sens à tirer de cette tempête, il ne faut surtout pas l'interpréter. Lorsqu'elle est vraiment honnête, elle avoue ne pas comprendre l'effet dévastateur qu'a cette affaire sur Céline. Pourquoi se laisse-t-elle atteindre par les faussetés qu'on raconte ? Son travail est reconnu et étudié partout dans le monde, on voit ses bâtiments au cinéma, sa série est l'une des plus populaires sur Netflix, Céline repense au courriel laconique, sommaire et froid, que la secrétaire de son producteur lui a envoyé, en plein cœur des ténèbres bouillantes de l'été, lui annonçant sans aucune justification qu'*Old House, New House* ne serait pas reconduite pour une cinquième saison. Dina la tire de ses pensées en lui demandant de lui passer le poivre ; Céline tente d'isoler le bassin de mauvais souvenirs et de pensées douloureuses dans lequel elle s'était mise à sombrer pour le supprimer de son esprit. Elles préparent ce soir une recette que Dina a vue dans une émission, c'est une cuisinière hors pair, elle a joliment tiré ses cheveux noirs derrière ses oreilles et porte le tablier rayé de Rolande, qui s'occupe de la salade et du dessert, tout en répondant à leurs questions sur l'emplacement des chaudrons et des épices. Dina brandit une cuillère en bois pour que Céline goûte sa sauce. En sortant le gros bloc de parmesan du réfrigérateur pour en jeter la croûte dans la marmite, Dina jure qu'à ses yeux, toutes ces choses sont moins terribles qu'elle le pense. Elle en a beaucoup parlé avec Cai, il reste confiant. Cai était fou de rage, raconte Dina, quand les actionnaires ont voté pour la destituer ; s'il ne l'a pas avertie plus tôt, c'est parce qu'il était – tu t'en doutes – tenu à la confidentialité… Il est très strict avec toutes les affaires d'éthique. Céline ne répond pas, fait mine de chercher quelque chose dans le réfrigérateur et pense à la conception différente de l'éthique que Cai affiche dans ses courriels. Quand le livre dont Céline a lu le corrosif manuscrit paraîtra, Cai deviendra la personnalité publique du moment, il sera poursuivi par les journalistes et peut-être par la loi, Céline se demande comment Dina vivra cette clameur, quelle position elle occupera dans le grand bouleversement et le plan de communication préparé par les employés de son mari, elle qui se plaint fréquemment d'être l'éternel soutien du grand patron en voyage d'affaires, maintenue dans une solitude immense, une cage dorée.

Dina est très expressive, chacune de ses émotions paraît sur son visage, elle goûte de nouveau la sauce au parmesan et fait de gros yeux, des mouvements de la main parce que c'est chaud, et un bruit de gorge qui veut dire « c'est bon ». Céline se sent coupable de ne pas parler à Dina du manuscrit, mais elle compromettrait la démarche des philosophes, elle ignore comment Dina réagira, Céline devra s'expliquer, gérer une crise, elle n'a pas envie de provoquer un froid entre Dina et elle, son amie est venue pour qu'elles passent du temps ensemble, il faut se concentrer sur le positif. En attendant ses bagages à l'aéroport, Dina a vu les images d'une manifestation violente devant le Complexe Webuy, elle croyait rêver, on aurait dit une guerre civile, ça lui rappelait Hong Kong en 2019… Qui sont ces gens qui se permettent de bouder les bénéfices que ça représente ? Montréal reste une ville méconnue dans le monde, et peu appréciée des touristes. Son amie raconte que, quand elle a fondé sa compagnie dans les années 1980, l'informatique débutait à peine au Québec. Qu'un conglomérat puissant comme Webuy s'installe ici presque quarante ans plus tard montre le chemin parcouru. De jeunes ingénieures, des informaticiens qui ont fait les meilleures études ont développé des compétences qui commencent à payer, c'est un marché qui a beaucoup d'avenir. Ce qui déprime le plus Céline, c'est que l'architecture soit désormais perçue comme une forme de capitalisme invétéré – « But capitalism's good, ma fille ! » lance Dina. De toute manière, à l'ère post-vérité, les gens choisissent de croire ce qu'ils veulent. Le discours de haine des riches, devenu presque comique, ravive selon Dina une rhétorique surannée et primitive, celle d'une peur viscérale de l'argent, c'est une forme de racisme appliqué envers celles et ceux qui ont réussi dans la vie. Il n'est pas naturel qu'une population s'enrichisse ? Les parents de Céline n'étaient pas riches, Dina vient d'une famille aisée, mais comme Céline, elle a travaillé fort. Les données des économies mondiales sont sans ambiguïté : toutes les populations s'enrichissent et les enfants vivent la plupart du temps avec plus de moyens que leurs parents, la pauvreté recule d'année en année. La résistance à ce phénomène, le refus de l'enrichissement vient toujours des mêmes, de celles et ceux qui n'ont pas su prendre part à ce grand mouvement collectif qui sort chaque jour – plus que n'importe quel socialisme – des familles de la misère, des gens de la rue. Veut-on retourner vivre à la campagne et cultiver son champ de patates comme l'ont fait ses ancêtres canadiens-français et italiens qui perdaient à chaque hiver sinon un enfant, du moins quelques dents par manque de vitamine C ? Le ton de Dina, qui enlève son tablier pour passer à table, se fait volontairement outrancier ; mesure-t-on l'importance de la vitamine C ? Où veut-on trouver cette vitamine essentielle à la santé sinon dans un smoothie d'ananas qu'on consomme tous les matins pendant que des domestiques nous éventent avec des feuilles de palmier (Rolande prend une feuille de salade et la balance près de son visage), si les bénéfiques échanges mondiaux ne nous permettent pas d'acheter, où qu'on soit sur terre, un ananas frais ? « Aux ignobles bourgeoises que nous sommes », dit-elle en levant son verre. Au moment de trinquer, en voyant le sourire de son amie, Dina pense : elle va mieux.

Céline a beaucoup de mal à comprendre comment on peut dénoncer les inégalités (qui se dit *favorable* aux inégalités ?) et refuser un projet qui va créer des centaines d'emplois payés quatre-vingt mille et plus. C'est soit un manque de lucidité, soit un manque de bonne foi. D'une main, on tient une pancarte qui dit « *Fuck Webuy* », de l'autre, on se plaint du manque de financement de l'État et des coupures budgétaires. En soutenant le filet social, est-ce qu'on ne soutient pas ces contradictions ? demande Dina sans avoir l'air de connaître la réponse. On peut à la fois se plaindre et profiter… De toute manière elle va gagner ses procès, affirme Dina en déposant le grand plat de service sur la table. C'est l'occasion de prendre du temps pour toi. Les pâtes sont délicieuses, la sauce est riche et parfaitement acidulée, elle goûte l'ail et les aromates. Céline a trop donné de sa personne pendant sa longue carrière, en s'épuisant sur d'innombrables projets qui couraient sur plusieurs continents, dans différents fuseaux horaires, son téléphone sonnait le jour comme la nuit, elle a voyagé par obligation, presque jamais par plaisir, et n'a pas eu d'enfants. Céline ne se connaît pas elle-même, elle a l'air convaincue de ce qu'elle fait, mais elle a toujours obéi aux caprices de sa fonction, se laissant porter par les impérieuses demandes des clients, leurs exigences et leurs attentes difficiles à combler, elle en est venue à intérioriser ce rapport, à exercer le point de vue d'un client impitoyable sur sa propre personne, elle n'a jamais appris à se satisfaire, à être bienveillante envers elle-même, une partie de son cœur, une part d'amour s'est engourdie pour la protéger des contusions – avec le temps, Dina l'a vue perdre le sens de ses émotions, elle s'est coupée des colères et des tristesses les plus primitives, et elle paye aujourd'hui le prix de ce renvoi. Dina se donne pour mission, pendant ces quelques jours, de déterrer l'insolente Céline de leur jeunesse, celle qui s'émerveillait, adorait et détestait, louangeait ou châtiait sans craindre de froisser, caracolait comme une sirène sur les vagues et les remous, les cheveux tressés en nattes, dans sa robe aquatique et ses bottes de construction, elle ne peut avoir perdu ce don d'être, d'exister, de tout résumer à l'instant où elle passe. Elle aura bientôt soixante-dix ans – c'est encore jeune, il faut qu'elle arrête de parler comme si elle était prête à ce qu'on l'enterre, qu'elle se débarrasse de cette vilaine tendance à broyer du noir, cette manie qu'elle a d'œuvrer à son propre malheur. Les années l'ont effleurée – comme nous toutes – mais rien ne nous force à percevoir ce contact du temps sous le signe de la déréliction. Céline refuse ce que l'expérience, l'apaisement qui vient naturellement avec le temps peuvent lui apporter, et se fabrique une sévérité, une raideur qui camouflent sa sensibilité à vif, son orgueil blessé. Dina se dit en s'endormant qu'elle touchera son cœur.

C'est elle qui pose le premier geste. Elle la prend par la taille alors que Céline ajuste sa rivière de perles devant son miroir. Comme des gamines, elles se déguisent en comtesses. Sa taille est fine, minuscule, si différente de son corps à elle, aux courbes plus affirmées. Dina pose ses lèvres sur les siennes. Des fractions oubliées refont surface, les infimes éclats de mémoire retrouvent une place vaguement familière, elles connaissent toutes deux les mouvements, l'attitude des mains, des bras. D'autres femmes paraissent contrôler leur corps. Elle a une peau si mince, fragile comme du papier. Qu'est-ce qui leur arrive ? Qu'est-ce que ça veut dire, au fond, qu'est-ce que tout ça peut bien vouloir dire, se répète Céline, allongée au creux des bras de Dina. Elle se promet de ne pas répondre à cette question, il faut se laisser porter par les vagues du présent et accepter que de la vie détruite et ravagée puisse naître un peu de joie. Elles se moquent des horloges qui découpent et tranchent, divisent et subdivisent en prenant le parti de l'autorité, recommandant la soumission, essayant de nous vendre le sens suprême de la mesure, elles oublient les heures et la concordance des temps, déjeunent pour souper et restent en robe de chambre toute la journée. Le soir, après une longue marche dans la neige, elles font jouer de vieux films sur l'écran géant, qu'elles suivent tantôt avec passion, tantôt d'un œil distrait, en parlant par-dessus les acteurs, elles arrêtent le film en plein milieu et le finissent tard dans la nuit, en s'endormant avant que Katharine Hepburn n'ait prononcé : « Sebastian saw the face of God. » Une couleur estompée, impossible à reconnaître, colore cette amitié vécue dans des chambres secrètes ou sur les routes lointaines de pays étrangers ; dans une heure se trouvent des mois entiers ; elles lisent la nuit des livres qu'elles échangent le jour en commentant leurs intrigues ; leur temps à elles, traduit dans le nôtre, dure deux semaines. Elles fêtent Noël sobrement, seules avec Valérien, le fils de Dina, qui les quitte vers 23 heures pour une autre soirée. Céline oublie que le 27 décembre, leur dernière journée ensemble – Cai atterrira demain à YUL –, est aussi le jour de son soixante-dixième anniversaire. Dans leur jeunesse, s'aimer a été une extravagance, une sorte de supplément agréable, jamais pris au sérieux, un cadeau que l'on reprend après l'avoir donné, avec le temps tout ce qui n'a pas eu lieu rejoint les moments trop rares, trop précieux pour être exposés à la lumière ; elles s'accordent chaque année quelques jours ensemble sans en parler à personne, Michel est le seul qui sache, il joue l'ignare à merveille, madame a bien dormi, demande-t-il à Dina après qu'elle a regagné la chambre d'invités sur la pointe des pieds. Les conversations entre Céline et Michel, au cours desquelles il capte les demandes contenues dans ses phrases elliptiques, forment une sorte de ballet langagier, elle a parfois honte de cette confession qu'elle lui a faite par excès de confiance il y a plus de dix ans, qu'arriverait-il si un jour elle congédiait Michel, s'il désirait se venger d'elle ? Tant qu'elle le paye, il n'y a rien à craindre. Mais que va-t-il raconter le jour où elle va le mettre à la porte, lui qui connaît tous ses secrets, il faudra peut-être le faire assassiner, ou payer cher pour le réduire au silence. Céline traque les états frangibles, ses élans sentimentaux, sa pudeur la protège ; il est si difficile de trouver des gens de confiance. Personne n'a besoin de savoir, répète Dina. Elle n'a jamais eu besoin de brandir la menace de Cai pour que toutes deux s'imaginent le désastre potentiel. Dina évite de parler à Céline des signes ambigus de son mari, des sous-entendus et des clins d'œil troublants que Dina ignore. Si Cai n'a jamais abordé la question, c'est parce que ça ne le dérange pas, ou peut-être qu'il en tire au bout du compte un curieux profit : il arrive que Dina, à son retour à la maison, soit heureuse pendant quelques jours. Céline aurait envie de tout raconter à Dina, l'implication discutable de son mari – pourtant adorable, ce n'est rien de personnel – dans des entreprises destructrices ayant provoqué des guerres civiles, les compagnies que Cai dirige ont du sang sur les mains, d'innombrables pertes humaines noircissent leurs dossiers secrets, sans parler des viols dans les mines, des maladies, du travail des enfants… L'affaire serait tout de même sortie dans les médias sans le témoignage de Céline, la chercheuse à la tête de cette enquête possédait déjà tous les renseignements importants avant que Céline ne lui accorde l'entrevue au cours de laquelle elle s'est contentée de corroborer certains faits, de clarifier certaines dates, il était de son devoir de dénoncer les injustices, mais Céline ignore comment réagira Dina, qui tisse des relations humanitaires avec les pays pauvres de l'Afrique et de l'Amérique du Sud depuis plus de vingt ans, elle qui multiplie les œuvres caritatives, une école dans un village, un puits dans un autre, des cargaisons de vaccins, de cahiers scolaires, le grand cœur de Dina sera blessé par les révélations au sujet des activités commerciales de son mari, dont elle ne sait apparemment rien. À moins qu'elle sache. Dina sait faire la part des choses, tenir à distance ce qui pourrait entamer sa fragile joie. Si elle ne se doute vraiment de rien, elle risque de se sentir trahie, elle aura peut-être besoin de s'éloigner de Cai, exigera des explications, la première personne à qui elle téléphonera sera Céline, c'est certain, les rôles s'inverseront et c'est Céline qui prendra soin de Dina.

Nathan et Pierre-Moïse arrivent les premiers, ils sont accompagnés de Marielle, la sœur de Pierre-Moïse, qui s'est séparée un peu avant Noël. Il explique en enlevant ses bottes pleines de sloche qu'elle vit chez eux en attendant de trouver autre chose pour elle et ses deux enfants – ça fait de l'action dans la maison, Nathan n'ose pas le dire, mais il est un peu à bout. Dina rencontre les petits pour la première fois et les trouve mignons comme tout. Marielle demande où est Céline et si elle a besoin d'aide. Même les enfants s'y mettent, on leur sort une petite planche à découper, Mateo et Lysandre ont pour mission de trancher le concombre et de parer (« ça veut dire enlever les feuilles », explique Rolande) les rapinis, ils ne réalisent pas encore ce qui se prépare pour eux, leur vie sera doucement bouleversée par la garde partagée et le changement d'école, les enfants y pensent parfois et posent des questions à leur mère, mais le plus souvent, ils ressentent une peur diffuse qui les pétrifie juste avant de s'endormir et leur donne des rêves monstrueux qu'ils oublient le matin. Quand la porte sonne, Lysandre accourt et tombe chaque fois sur un inconnu. Dina ne peut s'empêcher d'échapper un petit soupir de découragement en constatant que son fils, qui doit venir l'aider à préparer le repas, a plus d'une heure de retard – elle est aux fourneaux avec Rolande, l'aide-cuisinier a téléphoné pour dire qu'il était malade, son remplaçant devrait arriver d'une minute à l'autre, heureusement que le serveur peut leur donner un coup de main, Dina est bien gentille, mais elle réfléchit comme une femme riche qui n'y connaît rien en invitant à la dernière minute une vingtaine de personnes, en improvisant elle-même un nouveau menu sans recettes précises et surtout sans s'assurer qu'on a le personnel nécessaire – Rolande se demande qui va faire la vaisselle et répond aussitôt à la question : après le repas, alors que tout le monde passera au salon, elle devra enfiler les gants jaunes pour faire ce travail qu'elle déteste et qui en principe ne figure pas dans sa description de tâches.

Valérien entre finalement dans la cuisine en sueur, il s'excuse, embrasse sa mère, se dépêche d'enfiler un tablier et de commencer la pâte pour les ravioles. Pierre-Moïse effleure le regard de Nathan, qui s'efforce de ne pas trop sourire, chacun sait ce que l'autre pense, Nathan a vu le regard de son chum s'arrêter sur le fils de Dina, le détailler de la tête aux pieds avant de retourner à ses oignons, qu'il jette dans la grande poêle huilée. Un sourire en coin flotte encore sur ses lèvres. Lysandre s'ennuie et Marielle est agacée, « tu vas pas commencer, on vient d'arriver ». Ils ont apporté leur grosse valise pleine de Playmobil, si elle ne veut plus rester avec les adultes, elle peut aller jouer dans le salon. La cuisine est grande, on s'affaire dans la bonne humeur autour de l'îlot central, dans la dépendance les autres se servent des comptoirs pour couper des légumes en sirotant un verre de champagne, les conversations, la musique, les blagues fatiguent Rolande. Le menu conçu par Dina est imposant, elle est stressée, elle doit faire attention de ne pas donner des ordres aux invités ; Valérien lui sert un verre, qu'elle refuse en riant. Ça sonne de nouveau, Lysandre va ouvrir et laisse entrer Lucie, une amie de Dina que Valérien appelle « matante », elle embrasse tout le monde en faisant trois becs plutôt que deux, sort de son grand sac à main deux bouteilles de vin et un champagne que Pierre-Moïse met au frais.

Les enfants se chicanent dans le salon, Nathan a mis la musique trop fort, Dina s'arrête un instant et prend le temps d'observer cette scène improbable, des gens qui se connaissent à peine, qui coupent des patates et ouvrent des conserves de tomates, des gens qui n'ont rien en commun, mais que Pierre-Moïse et elle ont rassemblés. Les invitations n'ont pas été simples, plusieurs personnes étaient prises et à vrai dire, Dina ne savait pas trop qui inviter, Pierre-Moïse lui a fourni une courte liste de proches, puis elle a ajouté la quasi-totalité des gens qui se trouvaient à son propre anniversaire, elle a envoyé des courriels et fait des appels, on visait au départ une grande fête avec une cinquantaine de convives, des gens importants, très souvent Dina entendait les voix moduler légèrement lorsqu'elle mentionnait, après les salutations, la raison de son appel, on lui répondait en hésitant qu'il fallait vérifier son horaire, qu'on lui confirmerait par courriel, puis on lui envoyait un message pour annoncer que non, on ne viendrait pas, on avait déjà quelque chose ce soir-là, on était vraiment navrés, mais c'était impossible d'annuler, quel dommage… Certains prétendaient faire particulièrement attention, avoir des symptômes inquiétants ou éviter les rassemblements par peur de tomber malades. Une ou deux personnes ont eu la vulgarité d'avouer qu'elles ne se sentaient pas à l'aise d'être présentes après tout ce qui s'était passé dernièrement. Dina, retenant sa colère, a répondu sèchement, laissant échapper parfois un commentaire tranchant sur le sens véritable de l'amitié. La soirée serait plus intime et c'était mieux ainsi. Faute de convives, elle a acheté des fleurs nombreuses, trois garçons ridiculement beaux sont passés dans l'après-midi installer les bouquets dans le hall, la salle à manger, le salon, les fleuristes devaient avoir le début de la trentaine, ils ont enlevé leurs manteaux pour révéler des corps musclés, ils portaient tous le même t-shirt trop serré, humide sous les bras, Dina a pensé « mais quel engrais on leur donne », et les employés, sourire en coin, multipliant les blagues et les clins d'œil, ont eu l'air parfaitement conscients de l'effet que provoquait leur arrivée chez la cliente. Ils ont installé leurs mirobolantes floraisons en couronnes et en grappes, grimpant sur des escabeaux pour suspendre tout autour de la salle à manger une guirlande de petites insolentes bleues serties d'épines touffues.

Gabriela, une ancienne employée de Céline avec qui elle est restée en bons termes, vient d'entrer dans la cuisine, accompagnée d'une amie, une Californienne qui loge dans un hôtel. Elle est très connue, mais Dina n'écoute pas la télé, elle a oublié son nom, la comédienne jouait dans une comédie romantique populaire dans les années 1980… Elle n'a pas le temps de se présenter, dans le feu de l'action, les mains pleines de betteraves, mais Céline sera ravie de la voir, parlant de Céline – Dina regarde l'heure –, elle revient d'une minute à l'autre. Dina crie à tout le monde de se préparer en cherchant le savon à mains, Valérien refait une tournée de champagne (en fait, c'est du cava, pense Lucie). Bientôt, tout le monde se tient en demi-cercle devant la porte. Nathan entend une voiture arriver, Mateo, qu'il a pris sur ses épaules, lui renverse une gorgée de sirop de grenadine dans le cou, Nathan a tout juste le temps de le reposer par terre pour s'essuyer avant que Céline pousse la porte, allume la lumière…

« SURPRISE ! »

On se moque de moi. On m'a prise au piège pour se moquer de moi, c'est la première chose qu'elle se dit en voyant tous ces sourires vernis qui crient son nom, elle se met aussitôt à pleurer. Elle n'a pas le temps d'assimiler ce qui se passe, elle n'a pas ses lunettes et elle ne perçoit qu'une grosse masse de gens bruyants qui l'attendent dans la maison.

« Je m'y attendais pas du tout. » « On a eu assez peur que tu croises Phyllis, elle vient juste, juste d'arriver. » « J'avais oublié que c'était ma fête. » Céline se sent complètement débile, elle n'a rien à dire d'intelligent. Elle demande à Nathan où ils ont mis leur auto. « On a stationné chez le voisin. » Elle est désolée d'apprendre que Marielle s'est séparée de Fred, les enfants le savent ? Ils ne s'en souviennent pas, mais ils ont déjà fait de la piscine à la campagne chez cette vieille dame habillée pour les sports d'hiver – Mateo ne dit rien, il hoche la tête en silence et en regardant ailleurs. Céline a du mal à croire que Sigourney s'est déplacée juste pour elle, « you should sleep here, I have plenty of room », elle a l'habitude d'accueillir les gens de passage ou de prêter les clés de sa maison. As-tu tes billets de retour ? Prends mon avion, ça me ferait plaisir. Disant cela, elle réalise que « son » avion n'est plus le sien, mais celui des Ateliers C/W. Un filet de protection qu'elle croyait solide s'est décousu, Céline a jusqu'à présent compté sur ses amitiés honnêtes et fidèles, ses numéros de téléphone imparables la protégeaient de tout, lui permettaient de voyager rapidement et d'avoir accès aux meilleurs médecins, une avocate ou une politicienne à qui elle avait rendu service pourraient toujours intervenir en sa faveur, Céline a eu grâce à ce vaste réseau de relations l'impression de garder une forme de contrôle sur les imprévus, elle pourrait gérer les situations les plus délicates, renverser en sa faveur un insuccès en faisant appel aux bons contacts ; ces liaisons ne sont pas disparues, mais leur pouvoir lui paraît désormais désuet, personne ne peut lui offrir la seule chose qu'elle souhaite vraiment, remonter le temps, revenir en arrière.

On quitte le hall d'entrée, on se déplace vers la véranda, Michel et Marielle ont préparé des plats d'olives, d'humus et de lupinis, Valérien sert du champagne et refuse que le serveur le remplace, il remplit généreusement les verres. Nathan trouve Valérien époustouflant, il est grand, charismatique et juste ce qu'il faut de négligé – les cheveux longs, noirs, un peu sales. Il fait comme chez lui, papillonne d'un groupe à l'autre en riant, des divisions se sont déjà formées parmi les invités, les architectes sont rassemblés autour de Phyllis, les autres sont séparés selon la langue des conversations. Nathan observe les enfants, qui ont sorti de leur valise les morceaux d'une muraille en plastique, quelques accessoires, des figurines de rois, de chevaliers et de paysans ; ce sont les jouets qu'il préférait, lui aussi, à leur âge. Il s'assoit par terre, avec Lysandre et Mateo, veut savoir s'il peut participer à la construction du château. Les deux petits se font les mêmes scènes, bâtissent les mêmes palais que Nathan autrefois, dans la salle de jeux avec sa sœur, il pouvait passer des heures à créer les histoires les plus invraisemblables, à faire vivre ses figurines, le château ici, les champs là, sous la table ils installent une forêt. Nathan envie leur insouciance. Mateo et Lysandre ouvrent leur valise n'importe où, au beau milieu d'un salon rempli d'inconnus, déploient leur monde sur le tapis et disparaissent sans gêne dans ses merveilles.

Valérien, près de la cheminée, lui fait signe de venir. Nathan se retourne pour regarder si quelqu'un se trouve derrière lui, Valérien rit, non, c'est à toi que je parle. Il s'approche en avalant de travers, il ferait tout ce que Valérien lui ordonne et prend une sorte de plaisir secret à lui obéir ; il est penché sur un téléphone branché à l'amplificateur. Valérien le regarde dans les yeux et lui demande ce qu'il devrait mettre. Nathan hésite, cherche, il a peur d'avoir l'air ridicule, il va penser que je connais rien à la musique, lui c'est un musicien, et pendant qu'il angoisse, il ne trouve pas de chanson. « Céline, elle aime quoi d'habitude ? » (Valérien se passe la main dans les cheveux, humecte sa lèvre, penche la tête, il porte une barbe d'un jour, clairsemée.) « Elle aime, comme elle dit, la ''musique de jeunes'' », Valérien rit, Nathan aussi. « Mets *La nuit est une panthère*. Pas trop fort. Si le monde chiale, on changera. » Valérien adore cet album, « merci mec », il lui présente son poing pour que Nathan le cogne ou quelque chose du genre, il reprend la bouteille, rafraîchit le verre de Nathan en dansant un peu, lui fait un clin d'œil et pendant ces quelques secondes silencieuses Nathan ne peut s'empêcher de se demander si Valérien est gai ou bi, probablement pas (mais qu'est-ce que ça change ? la trajectoire des cicatrices, peut-être rien). Il va en parler à Pierre-Moïse, qui aura un avis clair sur le sujet, ensemble ils vont faire des spéculations vicieuses et improbables ; Valérien est peut-être pas du tout homophobe, à l'aise d'établir une complicité, un léger flirt qui ne veut rien dire avec un gai, peut-être que ça ne remet pas en question sa propre sexualité. Effleurer ne serait-ce qu'en pensée la sexualité de Valérien lui donne mal au ventre, Nathan a chaud et se trouve ridicule. Il retourne jouer aux Playmobil.

Il est cool, ce garçon. Sa bouteille est déjà vide, les bouteilles de champagne sont lourdes même quand elles sont vides, Valérien marche au rythme de la musique jusqu'à la cuisine pour en prendre une autre dans le frigo, il revient dans le salon pour faire entendre le « pop ! » du bouchon, tout le monde applaudit. La soirée est encore au stade des parades et des mascarades, Valérien n'a pas envie de raconter sa vie, il aime aller directement au fond des choses, parler les yeux dans les yeux, risquer le conflit, l'affect et la connivence, tout miser au jeu de la conversation et de la rencontre, en se demandant ce qui se trouve sous la surface il écrase une figurine, Lysandre le regarde avec horreur, comme s'il venait de tuer son animal de compagnie. Il s'excuse, se penche, le lutin au regard apeuré est intact, il le ramène près de la petite armée de bonshommes en disant avec une drôle de voix : « Je pense qu'un géant m'a marché dessus, par là-bas ! » Lysandre rit, Valérien lui redonne son lutin et se relève un peu vite. Légèrement étourdi. Le discours des gens ne l'intéresse pas toujours, il n'aime pas les rôles sociaux, les discussions sur l'actualité ou la politique, l'attention respectueuse qu'on porte aux personnes les plus ennuyantes, il a peur d'être captif d'une conversation et joue le serveur pour les éviter toutes, passe de l'une à l'autre avec agilité. On discute de vacances de Noël ou de crèmes pour le visage. N'y a-t-il pas toujours un écart entre le masque social et le soi profond, est-il possible de trouver une symbiose, une adéquation ? (Il se pose la question mais aucune part de lui, ni en surface ni en profondeur, ne répond.) Valérien est pris d'une pointe de culpabilité qu'il chasse aussitôt ; la conversation bon enfant qu'il a eue au début de l'été avec cette journaliste sympathique n'avait rien de douteux. Il est troublant pour lui de repenser à cette jeune femme plutôt jolie, qui avait l'air attentive et bien intentionnée, Wendy Savall n'avait pas précisé l'angle de son article qu'elle annonçait comme un portrait, et Valérien a parlé avec enthousiasme de sa marraine, il ne sait plus exactement ce qu'il a confié au fil de cette conversation qui a duré plus d'une heure et qui s'est terminée de manière joyeuse, presque tendre. Wendy était entrée en contact avec lui par le biais d'un ami commun, elle avait posé les questions les plus générales, n'avait fait aucune attaque personnelle et Valérien avait été touché qu'on le sollicite *lui* pour rendre hommage à la grande architecte qu'est sa marraine. Ce serait impressionnant d'avoir son nom dans le *New Yorker*, cela l'aiderait peut-être en musique, c'est lu par beaucoup de monde et Valérien est convaincu de n'avoir parlé qu'en bien de Céline, de sa gentillesse, de sa sensibilité, de la manière dont elle lui a fait découvrir plusieurs artistes… Peut-être a-t-il fait quelques blagues pour alléger l'atmosphère. De légères caricatures, peut-être. Mais rien de grave. Non, Valérien n'a rien à voir avec la controverse récente, il n'a raconté que des belles choses, des souvenirs heureux, il a misé sur le positif. Marielle n'a plus rien à boire, il marche vers elle en roulant les épaules.

Marielle regarde le chum de son frère s'amuser avec ses enfants, il n'a pas l'air de le faire par obligation ou parce que Mateo et Lysandre le dérangent, sa bienveillance la touche ; il faut qu'elle pense à les remercier pour l'accueil. Une complicité s'est immédiatement tissée entre Marielle et Nathan, elle a été le soutien le plus fort, le plus actif en faveur de son intégration à la famille, Nathan était le premier chum que leur présentait son frère, leurs parents ne sont pas homophobes, au fond, ils ont grandi dans un milieu où ces amours étaient rares, interdites, source d'un malheur infini, ils ne souhaitaient pas voir leur fils souffrir, la peur que Pierre-Moïse soit malheureux leur avait fait plus mal que son orientation sexuelle ; Nathan n'a pas compris tout de suite pourquoi on mettait du temps à l'inviter dans les baptêmes, les funérailles, il n'a pas réussi à rencontrer leur grand-mère avant qu'elle meure, cela a beaucoup blessé Pierre-Moïse. Tout en comprenant sa colère, Marielle lui a expliqué que ce genre de choses prend plus de temps dans une famille comme la nôtre, tout le monde adore Nathan, mais il faut faire les choses comme il faut, une étape à la fois, trouver le bon rythme avec les oncles, les grand-tantes.

Pierre-Moïse prétend que la famille de Nathan, très tolérante et ouverte, a toujours célébré l'homosexualité de leur fils, mais qu'elle s'est révélée, malgré de bonnes intentions légendaires, d'un racisme stupide et bête, du moins les premiers temps, multipliant les présomptions et les questions déplacées ; même Nathan ignorait que ses propres parents, qui ne regardent pourtant jamais TVA, puissent être aussi pétris de préjugés ; rencontrer la famille de sa blonde, de son chum est une sorte de corvée périlleuse, on ne sait jamais sur qui on peut tomber, ce n'est pas parce que quelqu'un vous plaît que vous avez envie de passer du temps avec sa parenté. L'ex de Marielle, le père de ses enfants, l'homme qu'elle vient de quitter était adoré par ses parents, sa mère le considérait comme son propre fils, c'était beaucoup accorder à un homme dont Marielle n'était plus amoureuse, sa mère a très mal réagi quand Marielle lui a annoncé qu'elle se séparait, elle était dévastée de perdre Fred, espérait qu'on puisse un jour l'inviter à Noël. Sans faire attention à la tristesse de sa fille, sa mère a énuméré les catastrophes possibles pour les enfants, renforçant le sentiment douloureux qu'avait Marielle de rater sa vie. Ce soir, elle aimerait bien penser à autre chose.

Nathan fait bouger un dragon de plastique dans les airs, la créature atterrit sur le toit du château, Mateo crie fort, tout le monde se retourne, il prend trois figurines et les approche en dressant leurs épées. Son visage est très sérieux. Pour Mateo, ce n'est pas un jeu. Il est à la guerre. Marielle espère que Fred ne va pas dire du mal d'elle aux enfants, bientôt elle ira les reconduire chez lui et repartira seule dans sa voiture. Elle replonge dans la conversation sur le cinéma de James Ivory. Elle ignore si le cinéaste célèbre ou critique l'aristocratie. Contrairement à son frère, Marielle ne côtoie jamais de gens aussi aisés, dont les fortunes se chiffrent dans les centaines de millions, voire les milliards, elle a toutes sortes de méfiances envers les nantis, qu'est-ce qu'ils ont de plus que nous pour mériter tout cet argent, ne jamais s'inquiéter des fins de mois, des pensions alimentaires, des dépassements de la bande passante facturés à gros prix par la compagnie. Marielle ne trouve aucun argument valable justifiant le fait qu'elle n'ait pas autant de moyens que les gens qui l'entourent, ce sont des personnes ordinaires au fond, elle n'a pas à se sentir inférieure, mais elle n'est pas à sa place ce soir, l'idée de venir chez Céline la chicote depuis le début de la semaine. Elle a rencontré l'associée de son frère à deux ou trois reprises et Céline s'est toujours montrée très gentille avec elle, son frère la vénère, Marielle pense que ça l'empêche de voir clair, elle a lu tous les articles portant sur la carrière de Céline, son travail, ses affaires, beaucoup de journalistes, d'économistes se sont intéressés à son parcours et Marielle a dû se rendre à l'évidence : Céline Wachowski a les mains sales. Les investissements dans les grands groupes numériques forment le tronc véritable de sa fortune, à ce qu'on dit, Marielle croit bien avoir lu quelque part que le fonctionnement de l'application Hosts repose sur la sueur d'hommes et de femmes de ménage sous-payés, des employés contractuels un peu comme chez Uber, qui n'auront jamais de stabilité d'emploi, ce sont souvent des immigrants qui n'ont pas encore leur permis de travail, elles ne reçoivent aucune protection des gouvernements ni de la compagnie qui les exploite. L'impact écologique des chantiers d'une firme comme les Ateliers C/W est très important, mais pas comparable à celui des usines de meubles et de produits de décoration. Avec ses différentes collections, Céline fait tourner des grosses manufactures au Mexique, ou est-ce plutôt à Taïwan ? De nombreux accidents ont déjà eu lieu dans ces manufactures, des histoires étouffées par des procès. Le bois qui fournit les usines arrive par paquebots, on ravage la forêt amazonienne et d'autres poumons naturels de l'Afrique et de l'Asie pour produire ses meubles, abordables mais jolis, Marielle repense à cette élégante table basse qu'on croisait dans presque tous les salons dans les années 2000, combien de tables du genre Céline a-t-elle vendues dans le monde, Marielle aimerait connaître la liste des matériaux nécessaires à sa fabrication, les coûts humains qui se cachent derrière ce produit qui a meublé toutes les maisons d'Amérique et d'Europe et qu'on trouve encore dans certains marchés aux puces, Marielle en possédait une dans son premier appartement, elle voudrait être capable aujourd'hui de voir les taches de sang sur chacun des meubles, de connaître les sacrifices qu'il a fallu commettre tout au long de la chaîne de production, des forêts aux usines de Taïwan, pour concevoir cette marchandise abordable pour les ménages occidentaux, elle aimerait que tous les corps exploités apparaissent au pied des immeubles de Céline, que le monde entier puisse voir la somme des tortures nécessaires à la saine entreprise, elle repense à cet homme sans logement, Greg, qui s'est suicidé après son éviction, Marielle a été triste pendant une semaine, la mort d'inconnus ne l'affecte jamais autant, les médias ont parlé de cet homme pendant quelques jours, puis sont rapidement passés à autre chose, le traitement expéditif et impersonnel dont il a été l'objet aggrave la douleur qui se ravive, en apprenant la nouvelle de son suicide Marielle a entrevu les profondeurs d'un malheur insondable, elle n'en est pas tout à fait remise. Après avoir lu plusieurs articles qui se brouillent et se superposent dans sa mémoire, Marielle ne peut célébrer l'anniversaire de Céline Wachowski sans se sentir coupable. Elle est venue pour ne pas rester seule à la maison, la tristesse est encore trop vive quand elle est seule, le soir elle est tenaillée par des réflexions qui l'empêchent de dormir, de toute manière, elle rentre tôt, il faut en attendant qu'elle s'occupe l'esprit, Marielle observe les œuvres d'art magnifiques, les tapis parfaitement entretenus, les sofas chics, les moulures anciennes et elle ne peut s'empêcher de penser que le secret des grandes fortunes est un crime oublié parce qu'il a été proprement fait. Le meuble du salon est conçu par un designer norvégien célèbre, il doit valoir à lui seul des dizaines de milliers de dollars…

Dina crie « Valérien », puis retourne d'un pas pressé dans la cuisine, elle demande à Rolande ce qu'il reste à faire, il va falloir s'y mettre dans une demi-heure pour le risotto, les légumes sont coupés, les ravioles au frigo, il reste la frittata à mettre au four – est-ce que c'est végé des œufs ? Elle n'a pas demandé. Rolande s'inquiète, l'aide-cuisinier n'est toujours pas arrivé. Dina répond qu'on va s'arranger. Valérien arrive pour leur donner un coup de main, « c'est beau finalement, mon trésor », elle le suit jusqu'à la véranda où un petit groupe discute. Phyllis s'est assise, elle ne doit pas rester debout, c'est fatigant pour elle. « Vous savez que cette chaise berçante là est hantée ? » Dina leur raconte l'histoire de l'ancienne propriétaire de la maison. Phyllis l'observe, interdite. Dina ne parvient pas à savoir si elle esquisse un sourire ou pas, l'anecdote emballe Sigourney, qui laisse échapper toutes sortes d'exclamations et jure qu'elle croit aux fantômes et aux énergies. Dina aussi, mais d'une autre manière. Elle pense qu'une énergie différente a circulé ces derniers jours. En parler à Céline lui aurait paru déplacé, son mal à elle est banal, sans cause, mais il est vrai que Dina n'allait pas très bien avant d'atterrir à Montréal. Elle est déprimée depuis deux, trois ans. Dina calcule, remonte en cherchant des points de repère dans le passé qui s'englue en une pâte opaque, repense aux vacances familiales avortées il y a… neuf ans ? Ça ne peut pas faire aussi longtemps, elle découpe le temps en périodes pour se consoler et nuancer son malheur, elle se dit que Cai travaille beaucoup, ces temps-ci, c'est une phase, il prend bientôt sa retraite, Dina parvient à se convaincre du caractère passager de son mal. Son mari et sa fille ont atterri il y a deux ou trois heures, Françoise l'a aussitôt textée pour lui dire qu'ils devraient être là avant le souper. Dina prie pour qu'ils ne soient pas en retard. Elle va essayer de ne pas pleurer, cette fois, lorsque Cai apparaîtra dans l'embrasure de la porte, pourquoi pleurerait-elle, sa chaleur lui manque – sans le vouloir, en fixant le Yayoi Kusuma de la véranda (un contour de flammes encerclant de grosses bulles bleues sur fond jaune), elle s'imagine une seconde allongée entre Céline et lui, entre leurs deux corps chauds, Céline endormie dans ses bras et ceux de Cai les recouvrant toutes les deux, partageant un peu de sa chaleur, de sa puissance, elle sentirait son torse dans son dos. Elle chasse l'image étrange. Elle n'aime pas cette toile trop colorée, trop clinquante, de Yayoi Kusuma. Dina revient dans la conversation. Phyllis n'a qu'un filet de voix, la musique est trop forte, c'est encore Nathan qui a dû la monter, elle a un peu mal au ventre, elle se prend une olive et en offre aux autres.

Qu'est-ce que Gabriela a pu dire pour que Dina se renfrogne, elle est partie dans sa tête pendant qu'elle parlait, Gabriela joue nerveusement avec sa boucle d'oreille et se demande « qu'est-ce que j'ai bien pu dire ». Dina ne se souvenait même pas d'elle, pourtant elle était présente à son soixantième anniversaire. Dina a détourné le regard pendant que Gabriela parlait, elle s'est mise à fixer le tableau de l'autre côté de la pièce, déplacement infime de son attention, suffisant pour que Gabriela regrette d'être venue. Pierre-Moïse est gentil de l'inviter, mais personne ne veut la voir ici ; clairement, Céline ignorait qu'elle serait là, pourquoi souhaiterait-elle inviter son ancienne employée à ses soixante-dix ans, c'est un moment significatif, tu veux être entourée de tes proches, et Céline a eu l'air surprise quand elle l'a vue, elle a dit « je suis contente de te voir ! » mais elle mentait, une fausse note dans sa voix que Gabriela a reconnue. Lorsqu'elle avait l'âge des enfants qui jouent sur le tapis du salon avec leurs figurines, Céline était son idole, Lysandre tire sur la robe de sa mère pour lui dire qu'elle a faim, Gabriela la prend par la main, lui propose de jouer avec elle ; Mateo a sorti son Game Boy, mais en les voyant se rasseoir sur le tapis il les rejoint en soupirant, comme s'il leur rendait service. On distribue les personnages, Lysandre prend la princesse, Mateo le magicien, Gabriela choisit un personnage masculin par exprès, un gnome barbu. Le bleu aux garçons, le rose aux filles ; les choses ne changent pas aussi vite qu'elle le voudrait. « Tu veux pas la reine ? » demande Lysandre. Récemment, Gabriela a compris que les reines n'existent pas, une sainte est redevenue humaine sous ses yeux, Céline est une femme inspirante, au début Gabriela ne croyait pas ce qu'on racontait sur elle, Céline avait dû s'adoucir avec l'âge, elle a constaté dans la dernière année, passée à faire de la gestion de crise plus que de la gestion de projet, qu'une idole peut causer bien des torts. Céline est une femme de sa génération, qui a dû arracher de mains avares sa place dans le monde ; la seule raison qui a poussé Gabriela à parler à la journaliste de *La Presse*, c'est qu'elle a pu contempler, en travaillant à ses côtés, les voûtes d'anxiété qu'elle se bâtit à force de douter d'elle-même, les monuments de non-dits, de biais cognitifs et de jugements silencieux, Céline prend ses craintes pour des faits avérés, elle agit en fonction de fantasmes, de chimères, se sent persécutée de toutes parts et transmet ses angoisses aux autres par des gestes involontaires, des commentaires anodins, mais difficiles à supporter à la longue. Surtout qu'elle n'accepte aucune critique ; Gabriela espérait, en partageant son diagnostic, que l'atmosphère de travail change. Il faut avoir une discussion sur le climat irrespectueux qui règne dans les milieux de travail, ce qu'elle a fait est juste, nécessaire, pourtant Gabriela en lisant l'article s'est sentie trahie par les journalistes. Rien n'était tout à fait faux, tout est affaire de montage, raconté à la suite des deux autres dans un article arborant un titre sensationnaliste, son témoignage, jugeait-elle, prenait une gravité exagérée. Ce sont surtout l'accumulation et la répétition de petites choses qui rendent le caractère de Céline – en surface, toujours conciliante – insupportable. On lui avait demandé si sa patronne était plus sévère envers les femmes, et Gabriela ne croit pas avoir fourni une réponse aussi tranchée ; on lui a accordé une belle confiance aux Ateliers C/W, des responsabilités importantes pour une employée qui coordonnait son premier projet de cette envergure, et puis, c'est connu, C/W respecte l'équité salariale et offre les meilleures conditions à Montréal, un architecte qui commence à 20 $ de l'heure fait au moins 27 $ à son entrée chez Céline Wachowski. Le dossier, pense-t-elle, aura des répercussions positives dans les milieux de travail stressants, sur les climats toxiques, ça dépasse les individus impliqués ; elle a fait ce qu'il fallait, elle espère que Céline saura faire la part des choses. Gabriela l'apprécie au fond, elle veut à tout prix rester en bons termes avec elle même si elle s'avoue soulagée de ne plus travailler pour les Ateliers. Le départ de son ancienne patronne est une excellente nouvelle pour l'agence et son équipe – pensant cela, elle la voit qui entre dans la véranda. Elle s'est demandé en chemin vers la fête si elle venait seulement pour se donner bonne conscience et n'a pas eu le temps de trouver la réponse avant d'arriver. Céline ne lui en veut pas, la preuve, Gabriela est ici ce soir et Céline vient vers elle en souriant.

Sous la douche elle a pu se débarrasser du sel sur sa peau et des pleurs qui l'ont saisie en entrant dans la maison (la cachotterie était-elle nécessaire), elle portait encore ses sous-vêtements de sport, elle est restée quelques minutes sous l'eau chaude, Michel lui a séché les cheveux qu'elle a noués en chignon avant de glisser une épingle derrière son oreille, elle a tracé une ligne sur sa paupière, une autre sur ses lèvres avant d'enfiler les pantalons taille haute en corduroy rouge, le chemisier blanc à manches longues et les escarpins. La sélection d'invités est étonnante. Elle refait le tour et salue tout le monde. Elle déteste par principe les anniversaires – trouve cela narcissique –, pourtant elle ne peut cacher ce sourire qui lui colle aux lèvres. Pierre-Moïse l'a remarqué, il doit être fier de son coup, mais il n'a pas l'air dans son assiette ; j'essayerai de le prendre à part tout à l'heure, pour lui demander ce qui ne va pas. Céline repense en faisant la tournée du salon à l'anniversaire de Dina, le sien sera plus modeste, c'est un abri de fortune dans une tempête, un moment de joie sans extravagance, elle est ravie qu'on n'ait pas invité plus de monde, pas trop de collègues ou d'inutiles mondains cherchant à étendre leur réseau d'influence. Valérien, beau comme tout – elle met la main sur sa joue –, lui offre un verre de champagne, tout le monde trinque et Dina en voyant la joie sincère dans les yeux de Céline est ravie.

On sonne à la porte, Dina se précipite. Elle revient suivie de son mari Cai et de sa fille Françoise qui s'exclament : « Happy birthday ! » Ils devaient atterrir demain, Céline ne comprend pas ce qu'il fait là.

Elle l'embrasse sur les joues, prend Françoise dans ses bras, garde ses mains longtemps dans les siennes en lui posant toutes sortes de questions. Pendant qu'elle présente Cai et Françoise aux autres convives, Céline ne sait pas pourquoi Dina ne lui a rien dit, la valise se trouve toujours près du lit, pense-t-elle avec un frisson, il faudrait demander à Michel d'aller la replacer dans la chambre des invités.

Depuis leur arrivée, Céline rit fort, son sourire est crispé et elle parle nerveusement pour remplir le vide. Pierre-Moïse se demande ce qui la dérange, Céline rayonnait de bonne humeur un instant plus tôt, elle fait mécaniquement le tour des conversations en traînant Valérien par la main, elle explique à tout le monde que son filleul est le portrait tout craché de Saint-Loup dans la *Recherche*, le livre de Marcel Proust, il ne lui ressemble pas physiquement (Saint-Loup est blond), mais Valérien a le même cœur en or, la même bonté fondamentale, c'est incroyable comme Valérien lui fait penser à Saint-Loup. Céline demande à Pierre-Moïse s'ils se sont déjà vus, oui, bien sûr, à l'anniversaire de Dina, elle croit qu'ils s'entendront très bien, en fait, elle en est certaine. Elle veut parler de Proust, mais personne sauf Michel ne s'intéresse au sujet, et Céline n'a visiblement pas envie de discuter avec lui.

Dina retourne dans la cuisine en serrant l'épaule de Lucie, Dina n'a pas vu qu'on est en train de boire sa bouteille de champagne, pas du cava, du champagne, Lucie a apporté deux autres bouteilles de rouge, une en cadeau, une pour le repas, et Dina n'a même pas remarqué. Leur amitié tient depuis l'enfance, pourtant, elles ont si peu en commun, Dina mène depuis toujours cette vie divine, l'argent n'a jamais été un problème pour elle, si bien qu'elle a perdu, pense Lucie, le contact avec la réalité des choses. Lucie discute avec Sigourney, parler anglais ne la dérange pas, mais elle a le sentiment désagréable que les rejets se rassemblent, elle ne connaît personne ici, bientôt on leur enverra la vieille dame silencieuse, assise dans la chaise berçante, on placera toutes les indésirables ensemble au bout de la table. Sigourney est une actrice très connue, toutes les fois qu'elle rencontre des gens célèbres, Lucie est gagnée par cette sensation particulière, une sorte de satisfaction douce, le sentiment de recevoir une curieuse offrande de la vie, elle songe déjà à la manière dont elle pourra, sans avoir l'air de se vanter, raconter leur conversation à ses secrétaires qui ne la croiront pas. La comédienne trouve le dévouement de Lucie remarquable, cela doit prendre une grande force pour occuper un emploi comme le sien ; d'un autre côté, ce doit être très gratifiant… Elle veut tout savoir, comment Lucie est devenue travailleuse sociale ; Lucie lui explique qu'elle ne fait malheureusement plus de terrain, elle travaille au rectorat, personne ne veut occuper les postes décisionnels à l'université, si elle ne le fait pas, des êtres ingrats prendront sa place. Lucie explique dans le moindre détail le fonctionnement complexe de l'administration universitaire en essayant de présenter avec clarté cette structure babélienne et les enjeux politiques qui la mobilisent. Son interlocutrice est polie, mais le sujet ne l'intéresse pas, c'est évident, Lucie se sent coupable d'avoir trop parlé et lance une question à Sigourney pour rétablir l'équité de la parole. Elle lui parle d'une voix triste de la désolation de Los Angeles, du milieu du cinéma qui n'est plus le même, de l'incessant racisme de la police et du gouvernement, de la corruption, des feux, des faillites, des fermetures, des scandales et des suicides. Elle aimerait beaucoup vivre à Montréal. « You know, it's not different here… » Elle ne la croit pas, les soleils là-bas sont trop durs, les gens déprimés, on meurt très jeune. Hollywood aurait besoin de gestionnaires éclairées comme Lucie, dans quelques années, croit Sigourney, on ne produira plus aucun film véritablement artistique, c'est désolant.

Pierre-Moïse a un peu la tête ailleurs quand Céline l'attrape par le bras pour une petite balade jusqu'au hall. Elle lui demande d'une voix douce ce qui ne va pas. Il a l'air triste, son regard est fuyant, elle sent qu'il a quelque chose sur le cœur. La porte s'ouvre, Pierre-Moïse ressent un grand vent l'aspirer vers l'extérieur, des émotions vives monter en lui, des larmes aussi, mais la raison par un vieux réflexe reprend le dessus, est-ce le bon moment, le soir de ses soixante-dix ans, pour laisser parler l'infinité de petites frustrations et de déceptions accumulées qui macèrent en lui. Il craint que de mettre des mots dessus ne les rende plus fortes. On l'a nommé président-directeur intérimaire des Ateliers C/W, il prend la mesure de cet adjectif pervers d'« intérimaire » depuis qu'un membre du conseil d'administration lui a téléphoné pour lui révéler qu'on préparait déjà son remplacement, on veut, disait l'administrateur, rendre plus neutre la compagnie et son image, on parle depuis longtemps de professionnaliser sa structure, la détacher de sa fondatrice, suivre les démarcations de sa lourde empreinte pour les calfeutrer, et Pierre-Moïse fait apparemment partie de ce vaste héritage dont on souhaite se défaire ; il est trop proche de Céline, les choses qu'on lui reproche retombent inévitablement sur lui. « Est-ce que ça va ? » demande Céline. Pierre-Moïse ne prononce pas un mot sur le cauchemar des derniers mois, passés à gérer toutes sortes de petites crises internes et à organiser la transition à la direction, pas un mot sur ce qu'on s'apprête à faire de lui quand il aura terminé de stabiliser la gouvernance, pas un mot sur ses craintes pour la suite de sa carrière, sur sa propre firme qu'il va fonder, c'est décidé, avec un collègue d'université. Il n'est pas devenu l'ami de grand monde pendant ses études, toujours assis au premier rang, lèche-culs, disait-on, les autres organisaient des soirées auxquelles on ne l'invitait pas, on se moquait de ses projets terre à terre alors qu'ils présentaient des œuvres abstraites, un trait de pinceau sur un canevas intitulé *Méditation sur l'espace 5*, il lui avait semblé, au département d'architecture, qu'il avait dû négocier farouchement pour obtenir le respect que d'autres recevaient d'office, Pierre-Moïse retrouve ce collègue plusieurs années plus tard lorsqu'il siège avec lui dans le jury d'un prix, un gars sympathique au fond, ensemble ils sont plus forts, ils possèdent des champs d'expertise complémentaires et ont beaucoup d'ambition, rêvent de devenir la référence québécoise en architecture publique tout en développant des projets dans des quartiers pauvres de Montréal, dans différentes communautés minorisées, l'Afro-Descendents History Museum de Vancouver a brillé dans les milieux de l'architecture, il a ouvert des sentiers auparavant impraticables pour Pierre-Moïse, toute sa carrière il a rêvé d'un projet comme celui-ci, son collègue admire beaucoup l'édifice, Pierre-Moïse lui a raconté les rencontres faites pendant ses recherches, son futur associé se posait comme lui des questions sur son avenir professionnel, Pierre-Moïse avait trouvé un véritable interlocuteur, partageant ses doutes, ses hésitations, capable d'imaginer autour d'un verre de vin des partenariats et des projets pro bono. Pierre-Moïse n'a pas eu le temps d'accuser le choc de son remplacement éventuel, de démêler le nœud complexe de chagrin et de rage, le sentiment d'injustice, il est aussitôt passé en mode solution, a rencontré des conseillers financiers, précipité des décisions ; il n'attendra pas qu'on lui montre la porte. Il démissionnera des Ateliers, il fera une sortie publique pour prendre ses distances avec Céline Wachowski, et surtout, il doit lui annoncer tout cela. La chose à faire lui est apparue en discutant avec Nathan, Céline a une part de tort dans cette histoire, il lui dira qu'elle a une part de tort dans cette histoire, Pierre-Moïse a appris des erreurs de son associée et prendra publiquement ses distances avec elle, il ne veut pas que sa mauvaise réputation lui colle à la peau, pas question de le faire, toutefois, sans expliquer à Céline sa démarche, pas question de rompre cette amitié qu'ils pourront toujours entretenir en privé. Elle comprendra, pense-t-il en l'écoutant prononcer ces mots : « Est-ce que ça va ? » Céline plonge ses yeux clairvoyants dans ceux de Pierre-Moïse, il pourrait sauter sur l'occasion, lui faire part du bouleversement vécu dans la dernière année, tout ce brouhaha a entraîné des doutes profonds, improductifs, dans son rapport à sa pratique, dans sa vision du métier, ne faut-il pas (il entend la voix de Céline) cultiver son assurance, abandonner ses hésitations et ses inquiétudes inutiles, faire taire la voix cruelle à laquelle on finit par s'identifier, il entame une méditation sur les corollaires d'un projet, d'un édifice, des intellectuels soutiennent que les architectes sont le symptôme de phénomènes plus larges et que leur travail a des conséquences directes sur la vie des populations précaires, leur œuvre utile est souvent à la solde, il est vrai, de gouvernements ou d'investisseurs privés ; il repense parfois à cet homme qui s'est suicidé parce qu'un propriétaire l'avait chassé de son logement. Pierre-Moïse désajuste imprudemment les paramètres de sa conception du métier en se questionnant sur la validité d'édifices qu'il a lui-même conçus par le passé, on ne les prépare pas à de telles réflexions sur les bancs d'école, quelle valeur a un musée s'il détruit la vie de familles pauvres, sans papiers ; n'exagère-t-on pas la responsabilité individuelle des architectes, exclut-on vraiment les vies fragiles des tribunes du droit par de simples plans et devis de construction ? Le lien entre son travail et la crise actuelle demeure obscur. Il repensera à tout ça lorsqu'il aura le plein contrôle sur son avenir, aucun administrateur par-dessus son épaule pour le réprimander s'il refuse un contrat, des anxiétés vénéneuses engluent sa capacité de réflexion, enchaînent son esprit qui a besoin de sautiller et de voleter au-dessus des choses, le traitement infligé à Céline, il n'y peut rien, l'effraie, sommes-nous donc tous et toutes sur un siège éjectable, à un doigt de l'opprobre et du discrédit, il perçoit dans la société une soif de sang qui lui est étrangère et qui heurte ses valeurs fondamentales ; les êtres ont droit à l'erreur, on ne saurait réduire une femme à la liste de ses fautes. La réputation de Céline lui collera à la peau, pourtant il n'a jamais été emballé par l'association avec Webuy, il l'a dit dès le premier jour. En tentant de répondre à la question de Céline, « est-ce que ça va ? », Pierre-Moïse se prend les pieds dans un changement de dénivellation, il n'a depuis ses vingt-cinq ans jamais arrêté de travailler plus de trois semaines par année, enchaînant les projets exigeants sans laisser parler ses doutes, ses incertitudes – il ne se donne pas le droit de se sentir insuffisant, sa place dans le milieu est fragile, on attend énormément de lui, s'il flanchait, il porterait préjudice à la foule invisible de gens qui le soutiennent et voient en lui le signe d'un changement, d'un espoir pour les jeunes, par sa démission il s'avouerait incapable et endommagerait beaucoup plus que sa propre carrière. Tandis qu'elle le prend à part dans le hall pour lui demander ce qui ne va pas, Pierre-Moïse condense son état d'esprit en une réponse elliptique, murmurée avec le sourire : « Les derniers mois ont été stressants, je te raconterai. J'ai un peu de misère à décrocher. » Céline pose sa main sur son épaule : « C'est Gabriela. Elle te fait penser au travail. Je sais pas si on aurait dû l'inviter. » Il se trouve lâche, mais pour l'instant, cet accommodement leur convient à tous les deux, il hoche la tête et ravale sa salive : c'est Gabriela. Elle le prend par le bras et ils retournent dans le salon. En s'allumant une cigarette, Céline pense : « Il a voulu préserver la joie du soir. »

Tout le monde prend place autour de la grande table sur laquelle Rolande et l'aide-cuisinier ont déposé des plats simples, une entrée de burrata, une grande frittata aux champignons sauvages, un risotto au safran, des ravioles à la courge, une tarte aux oignons et aux figues confites, une salade de brocoli et de pamplemousse, une autre, tiède, de rapinis à l'ail et au citron, un caviar d'aubergines à la betterave, des fromages. C'est à la bonne franquette, on a cuisiné nous-mêmes, affirme Dina, un menu végétarien. Michel n'aime pas le tofu et sent le besoin de le préciser. Le vin ! Tout le monde est à sec et on a oublié le vin. Valérien et Nathan interdisent à Rolande, qui a pris place autour de la table, de se lever de nouveau, ils courent dans le cellier pour choisir les bouteilles, du rouge et du blanc, en commençant par le plus léger pour le rouge. Valérien a fini d'ouvrir la sienne, il glisse son tire-bouchon dans la poche arrière de Nathan pendant qu'il s'étire pour attraper un verre sur l'étagère du haut. Même si l'idée d'embaucher des domestiques lui répugne (ils ont une femme de ménage, mais c'est différent), Nathan se demande pourquoi Céline permet à Michel de manger avec eux. Il porte les signes parodiques, la médaille ternie d'une caste à laquelle il n'appartient pas ; son veston aux imprimés dorés est extravagant, mal taillé, la chemise unie n'est pas de la bonne teinte, ses foulards et ses bagues en toc jurent avec le reste. Michel a pris la balle au bond lorsqu'il l'a entendu parler d'art engagé, comme toujours une force contraire s'est avivée en lui, et Michel a tenté d'expliquer que l'art a toujours été du côté des puissants – ce n'est pas un jugement de valeur, c'est un fait –, ça ne choque personne qu'on considère le cinéma comme une business comme une autre, mais les auteurs se complaisent à penser que leur travail est dénué d'enjeux économiques. Woolf ne disait-elle pas qu'il faut un lieu à soi pour écrire ? C'est la génération woke, révisionniste, qui diffuse ces idées bien-pensantes ; son neveu partage des articles auxquels Michel répond dans les commentaires, il faut voir l'armée s'éveiller pour l'insulter, ils se prennent pour les sauveurs du monde et font partie de ceux qui ont crié à l'exploitation à cause de vos édifices (il pointe Pierre-Moïse, qui passe à une autre conversation), des belles consciences, mais des têtes vides. S'il a compris une chose à force de lire, c'est qu'un germe de domination est inscrit dans la littérature elle-même, lire, c'est l'assumer, se soumettre à l'autorité, voire à la tyrannie de l'auteur et de sa langue, c'est obéir à ses caprices – quand c'est un bon auteur, c'est jouissif, c'est plus pénible quand c'est un vulgaire pousseux de crayon. Si on recule dans le temps, au XIXe siècle, les auteurs écrivaient pour alimenter une industrie et jouer leur pécule à la Bourse. Ce n'est pas un hasard si tous les intellectuels respectables étaient défavorables à la Révolution française – une révolution bourgeoise –, s'ils ont soutenu Napoléon et, avant, les rois de France et d'Angleterre, Racine, Molière, Shakespeare, la liste est longue, tous ont écrit leurs chefs-d'œuvre pour soutenir et divertir les rois, des œuvres de commande confirmant la supériorité morale de leurs mécènes sur le peuple. Ce n'est pas du mépris de le dire ! Le peuple était tenu dans l'ignorance à l'époque. Aujourd'hui, il tient lui-même à sa bêtise, qu'il défend avec agressivité. On oublie que la littérature a d'abord pensé, expérimenté, prouvé la supériorité des uns sur les autres – cela s'appelle le talent. En tant que technique, l'écriture a servi à comptabiliser le crédit, puis, des siècles plus tard, à rendre hommage aux monarques et aux grandes batailles ; historiquement, elle est le fait d'une élite. Nathan réplique de manière confuse, en garrochant des noms de philosophes et des concepts abstraits. Même si Michel est un vieux Blanc de droite, Pierre-Moïse ressent la misère de cet homme. Il ne pense pas vraiment ce qu'il lance dans les airs avec ses gestes maniérés, il ferait tout pour avoir de l'attention, cherche désespérément à ce qu'on le déteste, Pierre-Moïse est à la fois repoussé par celui qui incarne tout ce qu'il ne voudrait pas être et triste lorsqu'il s'imagine comment le rejet et la solitude ont forgé son caractère cassant, ses théories vaines, ses provocations gratuites ne méritant aucune relance ; Nathan devrait l'ignorer au lieu de débattre avec lui. Ce qui le bouleverse chez ce vieil esthéticien que Céline et d'autres dames riches du West Island ont entretenu avant qu'il ne devienne son homme de compagnie, ce domestique qui vit comme un parasite en se nourrissant des miettes tombant de la table autour de laquelle, pourtant, il prend place, c'est la solitude qui émane de lui, dans laquelle Michel semble se noyer, multipliant les demandes d'amour aussitôt accompagnées de dénégations agressives. Michel est un homme seul, qui vit enfermé dans les maisons de Céline et qui n'a pas d'amis, pas d'amours, pas de famille. Il incarne ce qui, d'après l'expérience de Pierre-Moïse, est la seule dimension unanimement partagée de ce qu'on appelle aujourd'hui, faute de mieux, l'« homosexualité », cette solitude qu'on ressent dès l'enfance et qui s'aggrave avec l'âge.

Depuis le début de la soirée, on multiplie les contorsions pour ne pas aborder l'évidence, le seul sujet naturel, celui sur lequel on a tous et toutes des choses à dire. Sigourney mesure mal le tabou et revient pour la troisième fois à la charge, « but what's the matter exactly ? » Lucie lui répond à voix basse, avec un clin d'œil complice, « we try not to think about it ». Lucie ne comprend pas tout à fait pourquoi Céline en ferait un aussi grand cas. Dina l'a pourtant avertie au téléphone, elle est *ravagée*, disait-elle, il ne faut *absolument* pas en parler, elle est *ravagée*. À la voir, Céline n'a pas l'air ravagée du tout. Elle a le rire léger et multiplie les blagues, elle dirige les conversations avec ardeur, Lucie ne connaît pas beaucoup l'amie de son amie, mais elle entrevoit ce soir pour la première fois la nature de cette relation précieuse pour Dina, Céline est une femme charismatique et généreuse de son rire ; elle n'a pas du tout la mesure et la cérébralité que dégage son personnage télévisuel. Elle aurait, à ce qu'on dit, fait pas mal de gaffes, les journaux ne la lâchent pas, à la voir au bout de la table s'amuser sans retenue des anecdotes qu'on lui raconte, Lucie sent qu'elle a baissé sa garde, Céline ce soir est magnétique, elle ne ressemble aucunement à la femme méthodique qu'elle a vue en entrevue avec un journaliste agressif de CNN. Sigourney est en train d'expliquer qu'on place très souvent son partenaire à l'écran sur un bloc de bois. Elle mesure six pieds et une femme plus grande qu'un homme, voilà ce qui renverserait « all of Hollywood's sex ideology » ; les gens rient.

Elle ne doit plus jouer beaucoup, Dina va au cinéma à l'occasion et elle ne l'a pas vue à l'écran depuis des lustres, dans quel film a-t-elle joué, est-ce impoli de demander ? Parce qu'elle est célèbre, oui, c'est certain, son visage est connu…

Le risotto est délicieux, la salade de pamplemousse aussi, ce sont des choses simples, mais Céline a le sentiment qu'on les a préparées en pensant à elle, toutes sortes de délices végétariens, et des vins rouges légers et naturels, elle goûte à tout, place à la joie et à la gourmandise, Dina est une cuisinière exceptionnelle, le repas est meilleur que dans bien des restaurants gastronomiques, elle répond que c'est un travail d'équipe, mais c'était Dina la cheffe ce soir, corrige Rolande, nous on exécutait. Tout est très bon oui, c'est une véritable joie de partager ensemble de bonnes bouteilles, des plats délicieux entre amis, autour d'une grande table qui meuble à merveille la vaste salle à manger, adjacente à la véranda, Marielle n'a pas saisi l'entrelacement des pièces, elle s'est demandé si la complexité architecturale de la maison est intentionnelle, elle se souvient d'avoir lu sur Instagram que les riches, dans les pays pauvres où les inégalités économiques sont criantes, vivent dans des châteaux munis de défenses imposantes, des murailles, des barbelés, des chiens enragés, des mitraillettes, la capsule avançait que pour les pays occidentaux, il existe un système défensif tout aussi sophistiqué, mais invisible. L'appareil de protection est symbolique, c'est le prestige, la beauté des possessions, l'art rhétorique, tout un ensemble de récits, une conception du succès qui protège les riches des vols légitimes que pourraient commettre les crève-la-faim, tout un attirail de charme, la croyance dans le mérite, les bijoux, les diamants reflètent la valeur de leur propriétaire. Une dépense, un vaisselier, une cuisinette, si vous vous trompez de porte, vous tombez sur le bureau, le hall ou la bibliothèque, le manoir de Céline désoriente, on perd de vue la rivière et on confond la gauche et la droite, peut-être que c'est pour protéger d'éventuelles intrusions. Une baie vitrée plaisante est longée d'une grande banquette sur laquelle on peut lire en prenant l'apéro, lorsqu'elle lève les yeux au plafond les détails d'une rosace en plâtre la saisissent. Céline lève les yeux pour voir ce que Marielle regarde, la rosace, oui, Marielle s'en rend compte et elles rient toutes les deux. Céline n'a pas eu autant de plaisir depuis longtemps, elle n'arrive pas à avaler sa bouchée, Pierre-Moïse et Marielle font leur numéro, racontent des souvenirs d'enfance improbables, s'obstinent sur les détails. Cette vieille voisine désagréable à ville Mont-Royal que leurs parents appelaient gentiment « La Vipère » faisait peur aux enfants en plus de se plaindre constamment du bruit. Un jour Pierre-Moïse – en fait, c'était Marielle – Pierre-Moïse doit avoir trois ou quatre ans, il fait du tricycle dans la rue quand il la voit et lance : « C'est La Vipère ! » Leur mère était juste derrière, morte de honte, elle l'avait grondé en prétendant n'avoir aucune idée d'où pouvaient venir ces mots grossiers. Mateo et Lysandre, qui mangent avec les grands, sont fiers de comprendre la blague, Lysandre se met à répéter « madame La Vipère, madame La Vipère » pour faire rire les adultes – « je vous jure que l'anecdote est vraie, sauf que c'est à *moi* que c'est arrivé, mon grand frère essaie comme toujours de s'approprier les bonnes histoires ».

Marielle a le sentiment d'avoir coupé Céline en deux ; la femme sur laquelle elle a lu sur internet ne correspond pas à celle qu'on fête ce soir. Il faut garder en tête, se répète-t-elle, que Céline exploite les plus faibles, tout ce qui se trouve autour d'elle a été construit sur les corps d'hommes et de femmes brisés dans des usines de meubles, dans des prisons, Marielle a le sentiment désagréable que tout le monde est du côté de Céline, que la table, les chaises, les murs, le déroulement de la soirée servent à la défendre, à la faire passer pour une femme aimable et généreuse, Marielle veut se rappeler que Céline est du mauvais côté des choses, qu'elle participe de structures que la jeune femme critique sur sa page Instagram, mais le courant de la soirée l'emporte et personne ne lui tend la main pour la rattraper dans sa dérive. Auprès des convives, Marielle se sent bien. Elle n'a plus repensé au divorce depuis son arrivée. On l'écoute, on rit de ses blagues, elle se sent mieux qu'auprès de plusieurs collègues de travail, qui n'arrêtent pas de lui rappeler ses origines bourgeoises – est-on vraiment bourgeoise quand on est fille d'un médecin immigré dans des conditions terribles et d'une mère à la maison, quand on fait à peine soixante-dix mille dollars par année et qu'on élève deux enfants ? À la longue, la mentalité tribale, dégénérée de ses collègues a fini par l'achever, ils ont une psychologie de *Belles-sœurs*, elles sont plus caricaturales encore que les personnages de Michel Tremblay, si Marielle raconte son voyage à Bora-Bora, si elle arrive avec un pantalon trop chic, elle doit s'excuser d'avoir toute cette chance, ce qu'elle obtient semble arraché des mains des autres, et on lui volerait ses timbres dès qu'elle a le dos tourné. Au travail, Marielle se tait, reste discrète sur sa famille et sur ses loisirs qu'on ne manquerait pas de passer au crible pour tirer des conclusions sur sa personne et s'assurer qu'elle ne se distingue pas de l'ennuyante masse d'employés gouvernementaux, on travaille avec des gens paumés, qui n'ont pas eu de chance dans la vie et il faudrait, semble-t-il, aspirer à leur condition ; ce soir, Marielle ne sent pas cette injonction à camoufler ses véritables opinions, à parler avec prudence de ce qu'elle aime, on m'accepte comme je suis, même si j'appartiens probablement au même groupe social que la cuisinière qui parle fort.

À l'autre bout de la table, la conversation sur l'âgisme d'Hollywood se répand et s'élargit comme un liquide renversé, Pierre-Moïse parle d'une crise de la transmission en Occident et cite un essai, Nathan n'est pas convaincu, on est dans une pyramide démographique inversée et les baby-boomers, à bien des égards, ont encore le pouvoir. Phyllis n'est pas d'accord, mais elle a du mal à prendre la parole, le ton de son voisin est trop fort. Phyllis voudrait qu'on lui serve un verre d'eau, mais elle n'a pas le courage d'interrompre les deux hommes qui l'encerclent. Toute sa vie, elle a fait un métier qui l'a forcée à mettre son poing sur la table. On lui pose des questions, elle change de conversation et raconte des histoires pour distraire les gens qui l'écoutent. Mais le cœur est ailleurs. Les enfants doivent penser qu'elle a cent ans ; elle en a quatre-vingt-seize. Les nuits ne la reposent plus et elle n'a pas envie de se battre pour de l'eau. Ses yeux lui font mal. Quand elle les ferme, tout est blanc. Elle se demande parfois où on va après, si on peut emporter les choses qu'on aime.

Une chose est sûre, ajoute Lucie – elle ignore qu'en disant cela, elle provoque une montée d'angoisse chez Marielle –, c'est que passé quarante ans, la société considère que les femmes ne sont plus bonnes à la séduction. « Profitez-en messieurs », dit-elle en regardant Pierre-Moïse, qui se dit qu'en fait, c'est la même chose chez les gais. Sigourney est d'accord, Céline aussi, mais elle précise qu'à soixante ans, la ribambelle de prétendants se renouvelle, toute une population de petits vieillards apparaît on ne sait d'où dans votre boîte de courriels pour vous proposer un mariage, des bonshommes libidineux accros au Viagra (Marielle suggère à Lysandre et à Mateo de retourner jouer dans le salon en attendant le dessert) dont l'argent n'appâte plus les jeunes femmes et qui veulent vous traîner dans leur manoir pour que vous leur massiez les pieds et leur prépariez des petits plats jusqu'à la fin de vos jours. Le tabou générationnel, aujourd'hui, touche la reconnaissance du savoir expérientiel, depuis la modernité on vit dans des sociétés tournées vers l'avenir, l'idéologie du rendement, disserte Pierre-Moïse, le néolibéralisme méprise les connaissances acquises avec le temps, l'expérience, les vieux n'ont pas l'occasion de transmettre leur bagage, on les écarte de la vie politique, l'Alzheimer est un symptôme de ça, ils perdent eux-mêmes la maîtrise de leurs savoirs – Céline le voit avec les jeunes architectes parfois, ils n'ont aucune idée de qui peuvent être Lutyens ou Roebling (tout le monde acquiesce, mais personne autour de la table, sauf Pierre-Moïse, ne sait qui sont Lutyens et Roebling) ; Pierre-Moïse parle du Japon, qui a un tout autre rapport aux aînés, on pourrait prendre exemple sur le Japon ; ou sur les Autochtones, pense Lucie ; Michel renchérit, les jeunes n'ont plus de culture, ils mènent une vraie guerre contre la culture. Pour Gabriela, c'est plus complexe ; dans les sociétés traditionnelles, le Québec d'avant la Révolution tranquille par exemple, on étouffait la parole des jeunes, c'était impossible de s'exprimer en son nom, on se faisait taper sur la tête, c'est encore un péril aujourd'hui, on fait peser sur nos épaules le poids des erreurs du passé, comme si c'était à *nous* de prendre la responsabilité pour les conneries d'avant. Nathan est plutôt d'accord avec elle, ce sont toujours les générations plus jeunes qui payent, aujourd'hui on a la dette des boomers et demain les enfants vont payer pour notre inaction environnementale. Les erreurs du passé ne s'impriment pas intégralement dans le présent, les processus de transmission sont beaucoup plus sournois, élabore Céline, on hérite de l'inconscient des générations antérieures, chaque génération rejette les caractéristiques les plus évidentes, les plus visibles de celle de ses parents, si ton père fait ses changements d'huile sur le bord de l'autoroute, il y a de fortes chances que tu milites pour le recyclage ou la préservation des grenouilles, mais ce ne sont que des adaptations de façade, des changements de forme ou de direction ; ce sont plutôt les projets inaboutis, les désirs trahis, les humiliations, les blessures psychiques qui forgent les mentalités et qui passent, intacts, d'un esprit à l'autre dans un temps qui n'évolue pas de manière linéaire, mais qui connaît répétitions et sursauts. La vigueur des jeunes déplace les structures, change les manières de faire, maquille les anciens discours, c'est l'extase hystérique – au sens freudien, précise-t-elle – de la jeunesse, qui obéit au Surmoi de l'époque (personne ne suit plus ce qu'elle raconte), mais tout ça renforce en réalité l'exercice tyrannique véritable, celui qui prend ses racines dans l'inconscient, on n'en a pas fini avec le fascisme (elle dit tout cela d'une voix calme, sans faire de pause, avec le sourire), le véritable changement ne peut venir que d'une compréhension profonde des logiques inconscientes du passé ; les pires traits de l'humanité, n'en doutons pas, changent d'aspect mais organisent la dénivellation du présent, tant qu'ils n'ont pas été extraits par une prise de conscience radicale. En disant cela, Céline réalise que ce qui se joue véritablement depuis tout à l'heure, avec cette conversation sur l'héritage et la vieillesse, c'est son procès à elle, qui se déroule en silence, sur une autre scène, dans les soubassements de la conversation ; les positions de chacun deviennent plus claires et étonnamment, l'irritent moins.

« Je pense que c'est ça qui s'est joué aussi, avec Webuy. Le Québec a eu du mal à accepter qu'une femme âgée, une femme de soixante-dix ans, lui offre un morceau d'avenir. » Personne n'ose parler, Françoise murmure « c'est sûr… », mais n'ajoute rien. Le silence imposant attire l'attention de Cai à l'autre bout de la table, il lève l'œil, puis repart dans sa conversation discrète avec Phyllis. Céline lance l'attaque, brise le tabou avec une intervention calculée, elle explique qu'il y a dans les propos des manifestants quelque chose de troublant, un germe fasciste, on demande au gouvernement, à une instance supérieure, une intervention presque divine, *effacez ce qu'on ne saurait voir*. L'aveuglement idéologique fonctionne de cette manière, on se persuade par toutes sortes de rituels que notre point de vue est le bon, on s'enfouit dans son terrier, puis on se bricole une sorte d'écran qui déforme la réalité ; et sans le savoir, on est en train de militer pour la régression de la société, l'abolition d'un projet qui vise à nous sortir de notre torpeur, on prétend lutter contre le pouvoir et on exige une intervention autoritaire du gouvernement, à qui on a délégué de toute manière notre capacité d'action. C'est toute l'idée de la démocratie représentative, lance Françoise de l'autre bout de la table, d'où elle essaie de suivre deux conversations en même temps. Céline lui donne raison, elle termine en ajoutant que ça induit une forme de fascisme psychique, c'est encore plus clair quand tu regardes ce qui se passe aux États-Unis – tu votes quand tu peux et le reste du temps, tu attends que le pouvoir intervienne en ta faveur. Tu peux prier longtemps. Comment une femme aussi riche peut se plaindre à ce point, pense Nathan, c'est fou que l'argent, le pouvoir – elle doit avoir le budget annuel d'une municipalité de taille moyenne, le numéro de téléphone du Premier ministre et d'une dizaine de sénateurs américains dans son téléphone – ne la placent pas au-dessus de tout ça, elle, la victime éternelle ; il essaie de rester calme, sent son côté tranchant affleurer.

« Je suis bien d'accord que tu sers de bouc émissaire en ce moment, c'est comme si on projetait sur toi des questions plus larges, qui te dépassent… Mais tu penses pas qu'il y a, malgré tout, une force positive dans l'engagement ? C'est bon signe, non, de voir des citoyens sortir de leur confort pour s'exprimer ? » Les remarques de Gabriela vont à l'opposé des positions qu'elle a défendues auprès d'elle par le passé ; Céline s'étonne, puis s'étonne de s'étonner. Dina déplace un peu la question en ajoutant que c'est un troupeau d'animaux plus qu'un groupe de citoyens… On est à une époque de changements, poursuit Pierre-Moïse, on commence enfin à se rendre compte que tout ce qu'on a instauré dans les années 1980 en nous promettant que ça nous rendrait plus libres (la précarisation des emplois, la délocalisation de la production, les coupures dans les mesures sociales, dans la culture, la déréglementation des marchés), c'était de la pure bullshit – Céline est d'accord, elle répète « de la pure bullshit ». Je pense juste qu'à l'heure actuelle, on ignore *quel* changement on veut collectivement. On veut reculer, pense Rolande, qui n'a pas l'occasion de développer. Pierre-Moïse continue, ça explique aussi la montée de la droite : c'est des gens qui proposent une réponse claire au problème, en disant « c'est de la faute des Noirs pis des Arabes ». « Ou des reptiliens satano-pédophiles ! » crie Valérien.

Nathan répond avec un ton sarcastique : « Ah ça moi j'y crois. » Depuis un an, la mode c'est de dire « c'est la faute de la madame riche qui dit des mots compliqués dans ses entrevues », mais ça va se tasser. C'est la question des injustices économiques dans le fond, qui revient, le pouvoir de Wall Street et des financiers qu'on va finir par remettre en question. Céline précise qu'il y a des gens très bien à Wall Street. Pierre-Moïse rit, Gabriela le fixe avec un sourire crispé – elle comprend l'idée bien sûr, mais ce qui l'agace, c'est l'évitement fiscal, la gestion offshore d'entreprises. Gabriela reste embêtée par cette vérité mise en sourdine, personne ne parle du fait que le nom de la fêtée est sorti dans ces listes de gens très riches qui refusent de payer leur juste part, Gabriela est-elle la seule à percevoir une pointe d'hypocrisie, comment Céline peut-elle critiquer les puissants et le désinvestissement des gouvernements tout en fuyant les impôts, Gabriela a envie de la faire parler, est-ce la bonne chose à faire, l'atmosphère est légère, la discussion conviviale. « Ce que beaucoup de gens ont du mal à comprendre, je pense, c'est les allégations d'évasion fiscale. » Le regard de Céline change. C'était plus fort que Gabriela, ça lui pesait sur la conscience, la dérangeait comme une écharde qu'on effleure. Tout le monde se retourne vers elle. Céline la regarde dans les yeux, on peut voir une flamme bleue scintiller dans sa pupille. « À quoi tu fais référence ? Je veux juste être certaine de bien te comprendre. » Gabriela prend les précautions nécessaires, bafouille un peu, mentionne les entreprises gérées offshore, pas les Ateliers directement, mais les autres. Le nom de Céline dans les listes des fortunes qui utilisent des failles du système pour… Gabriela n'est pas spécialiste, mais quand tu te fais enlever 50 % de ton salaire en impôts, c'est dérangeant à entendre parce que tout le monde travaille fort. « Tu as raison d'amener le sujet. » Céline répond avec bonne humeur, comme si Gabriela venait de lui poser une question ordinaire. On est dans un marché mondialisé extrêmement compétitif, les entreprises doivent maximiser leurs profits – on n'a aucune marge de manœuvre aujourd'hui, on est complètement dépendants des actionnaires qui n'ont que la rentabilité en tête. Cai acquiesce. Comme compagnie, on a le choix entre plusieurs pays où s'installer, c'est sûr qu'on va vers les pays où ça nous coûte le moins cher. C'est une question de compétitivité entre les États, de retour sur les investissements ; le pays récolte les impôts et bénéficie de plusieurs emplois dans des bureaux, des banques importantes. Cai entirely agrees with Céline. On entend de plus en plus de politiciens qui veulent légiférer, mais dans l'état actuel du marché, c'est impossible. Tout s'écroulerait. Il précise que ce sont surtout des petits pays, des pays émergents qui bénéficient de la gestion offshore – qui est tout à fait légale. It doesn't please the big Western countries, of course. Les pays riches voient leur argent couler vers les économies émergentes – qui en ont bien besoin – et tentent de produire un scénario manichéen et catastrophiste qui met la faute sur les entreprises. C'est légal, mais est-ce que c'est honnête pour autant ? demande Nathan, c'est quand même enrageant de savoir que Facebook ou Webuy payent pas une cenne de taxes au Canada, Phyllis est d'accord avec lui, c'est terrible quand même que ces compagnies ne participent pas au financement des programmes sociaux dont leurs employés bénéficient. Françoise connaît bien la question, à son avis c'est certain qu'il va y avoir des traités mondiaux éventuellement pour réduire les écarts d'imposition entre les pays. Il faut savoir que plusieurs entreprises ne pourraient tout simplement pas fonctionner, rester concurrentielles si elles devaient payer les sommes énormes exigées par des pays comme le Canada, l'Allemagne ou la France. We would lose their services, it would be more profitable for them to go bankrupt. Webuy, clarifie Dina en s'adressant à Gabriela, ne serait jamais venue au Canada sans les subventions et les avantages fiscaux. Et puis nous aussi, on paye beaucoup d'impôts, rappelle Céline : son salaire est imposé à plus de 50 % ; après ça elle met de l'argent de côté, puis elle est imposée une *deuxième* fois (c'est le même argent !) quand elle le retire. C'est problématique et ça n'encourage pas l'épargne, les économistes le disent depuis longtemps, mais les lois désuètes ne changent pas ; si elle ne faisait rien pour optimiser ses surtaxes, ses fiscalistes l'enverraient à l'asile, elle épargne beaucoup d'argent chaque année grâce à eux, ils s'assurent que tout est légal, dans les règles de l'art. C'est hallucinant tout ce qu'elle perdrait si elle ne faisait pas affaire avec des avocats fiscalistes ; Gabriela devrait rencontrer celui de Céline, je peux vous arranger un rendez-vous, tu serais peut-être étonnée. Marielle a entendu dire que les gens très fortunés vivent souvent sur des prêts, que les banques consentent aux riches avec des taux d'intérêt très bas et que c'est plus avantageux pour eux que de retirer de l'argent placé, sur lequel ils se feraient imposer ; tout est remboursé par la succession. Elle a lu ça quelque part et n'ose pas demander si c'est vrai. Céline a aimé l'argent et désiré l'argent, dit-elle en se tournant vers Pierre-Moïse comme pour lui dire « *toi aussi* » ; elle se l'est toujours avoué, en se défaisant de la vieille culpabilité canadienne-française, elle ne doute pas de son talent et de ce qu'elle peut apporter à la société – j'ai voulu laisser ma marque, je pense que je l'ai fait et qu'il n'y a aucun mal à être ambitieuse, les femmes ont besoin de cette ambition pour se frayer un chemin dans notre monde réfractaire à leur réussite, et puis on fait pas n'importe quel travail, on dirige pas des minières ou des pétrolières… Cai s'excuse, mais sans les matières premières, des compagnies comme les Ateliers C/W ne pourraient tout simplement pas faire leur travail ; Françoise acquiesce ; nous sommes peut-être loin du grand art, mais ce que nous faisons est essentiel. Je ne dis pas que ce que vous faites est pas important, la différence, pense Céline, c'est que la base même de notre travail à nous (elle regarde Gabriela) est de contribuer à la démocratie, de faciliter la circulation, l'égalité des accès, je pense qu'après bientôt cinquante ans de pratique, je peux dire que j'ai fait ma part (elle regarde de nouveau Gabriela, qui baisse les yeux) – sauf que de nos jours, c'est comme si on confondait l'ambition, la véritable *ambition*, avec une sorte de vanité orgueilleuse et cupide. Gabriela hoche la tête en fixant la nappe ; Marielle est déçue qu'après avoir posé une question aussi pertinente sur la fraude fiscale, Gabriela quitte le navire, quel manque de courage ; elle lui envoie un regard enflammé. Gabriela sait trop bien que ça ne sert à rien de mener une lutte ouverte, un grand débat sur la validité du mode de vie de Céline Wachowski, ses forteresses justificatives sont les constructions les plus extravagantes, les plus redoutables et les plus solides de son catalogue, Gabriela a visité chacune des pièces et chacun des corridors plusieurs fois, elle commence à se repérer dans leurs méandres, Cai, Dina, tous ces gens habitent les mêmes imprenables tours d'ivoire qui les protègent des remises en question, Gabriela ne se fait aucune illusion là-dessus.

Aujourd'hui, il n'y a plus beaucoup de vrais créateurs,

confirme Michel. On assiste à la montée d'une *caste* (Céline met l'accent sur le mot « caste ») qui profite de n'importe quelle occasion pour faire une passe de cash, ériger un bloc immonde qu'on démolira dans dix ans, ils n'ont aucune éthique ; ce genre-là n'existait pas dans son temps. Cai n'a jamais été très chaud à l'idée d'investir en immobilier, il y a toutes sortes de secteurs qui sont beaucoup moins dommageables et qui ont un besoin criant d'argent, comme la recherche médicale, les matières premières ou l'énergie. Cela dit (Céline coupe sans le vouloir la parole à Dina, qui allait placer un mot), s'il y a une chose qu'elle déteste encore plus que les parasites qui n'en ont que pour leur portefeuille et qui nous gâchent tous la vie (elle fait un geste de la main), c'est les opprimés amoureux de leur oppression, ceux qui sont tellement attachés à leur contestation qu'ils finissent par craindre que la domination disparaisse et qu'ils n'aient plus rien à dire. Michel est d'accord, on vit dans une sombre époque. Marielle cherche le regard de Pierre-Moïse depuis tout à l'heure, elle se demande ce qu'il pense, elle lui en parlera demain, c'est un sujet délicat. Elle ne leur a jamais posé la question, mais Marielle se demande si Pierre-Moïse et Nathan ne sont pas mêlés à toutes ces affaires d'argent sale. Elle n'a pas beaucoup parlé depuis tout à l'heure, elle a peur de dire quelque chose de déplacé, mais elle essaie quand même : « Je suis pas au courant de tout, mais c'est un peu ça qu'ils disent, les manifestants, non ? Ils dénoncent la "caste" dont tu parles, qui fait des dommages à Montréal. C'est comme si vous pensiez un peu la même chose, dans le fond. » Lucie ajoute qu'en fait, c'est le nom de Webuy qui a choqué l'opinion publique. Veut, veut pas, ils ont une mauvaise réputation. C'est des chiens ! C'est pas votre faute, dans la même situation j'aurais fait pareil, mais Lucie a lu sur le sujet et Webuy, c'est vraiment des chiens. Michel pense qu'on devrait abattre les chialeux. Sauf ceux qui sont cutes ! Je vais les rééduquer, moi ! Il rit tout seul. Pierre-Moïse répond à la question de sa sœur : moi, j'étais d'accord avec plein de revendications des manifestants. Le problème, c'est que c'était tellement pas clair… Y a eu un gros manque de communication de leur côté, des erreurs stratégiques, Nathan hoche la tête. T'entendais du monde dénoncer les injustices économiques et les coupures budgétaires – okay, fine –, et de l'autre bord des maniaques, des vrais maniaques crier « anarchie ! » et nous envoyer des menaces de mort. Tu l'as vu, Marie, on a encore un policier qui veille devant chez nous… Moi je pense que le mouvement aurait rejoint plus de monde s'il avait eu des propositions claires, moins radicales. Céline respecte son point de vue, mais ne le partage pas. Le problème, c'est qu'on est tout le temps dans la mesure au Québec, on s'excuse d'exister pis on demande poliment de ne pas nous marcher sur les pieds en laissant traîner nos jambes dans le chemin. C'est cette attitude-là, selon Céline, le problème. Michel est d'accord. Cai a l'air largué, il écoute, mais Lucie se demande s'il comprend la conversation effrénée qui se déroule maintenant en français. Ce que Céline aurait aimé voir, c'est des gens qui se révoltent pour de vrai ; pas une gang de bobos qui trimballent leurs pancartes sérigraphiées, avec « POWER TO THE PEOPLE » dessus. Les dominés, les vrais dominés ont juste à tenir tête ; ils devraient arrêter de supplier les avocats et les médecins qui nous servent de gouvernants de sauver leur peau (« on augmente le salaire des médecins », ajoute Rolande). Le peuple agit comme un enfant qui se laisse commander, c'est ça qui m'écœure. Non, c'est pas moi,

Céline Wachowski, qui va contester vos évictions pis faire respecter les normes du travail dans les usines. Les multimillionnaires que vous admirez tellement, que vous vénérez en secret peuvent bien donner tout leur argent à des bonnes causes, au bout du compte, ils vont jamais vous sauver – sa voix descend, emprunte une tonalité grave pour effectuer une remontée vibrante –, qu'on arrête d'attendre le messie… Que le Québec se tienne pour une fois. On veut pleurer dans la rue, et par-dessus tout montrer qu'on pleure, sans trop brasser les affaires. On est trop attachés à la soumission, c'est confortable la soumission… Renverser l'État, c'est même pas une idée envisageable pour 90 % de la population. Céline respecte ceux qui cassent les vitrines, battent les polices, point à la ligne. Elle pourrait leur fournir une liste de gens à assassiner.

Le malaise est palpable autour de la table. Françoise ne trouve pas Céline amusante, Cai s'étonne avec Sigourney en levant les sourcils. « Ouais, mais tsé, répond Nathan, c'est bien beau, mais c'est pas toujours gracieux les révolutions… On n'est pas dans *Les Misérables* (il le dit avec un accent anglais). Si on travaille à ce qu'il y ait plus de personnes de couleur, de femmes, de gais dans les conseils d'administration et à la tête des entreprises, elle va avoir lieu, ta révolution. On est encore à une époque où les hommes hétérosexuels figurent seuls sur les listes des gens les plus riches au monde. » Cai lui demande si Céline serait prête à donner les trois quarts de ses avoirs si on la forçait à le faire ? Elle répond : « Anytime ! » Il prend une gorgée de vin théâtrale pour montrer qu'il s'empêche de rire. « On a travaillé pour ce qu'on a, on n'est pas non plus dans une époque qui *exige* la révolution, répond avec émotion Gabriela, personne veut ça. Nos institutions sont efficaces, on les néglige depuis plusieurs années, c'est ça le problème. Je veux dire : la plupart du monde vit bien, même si y'a encore des injustices et tout. » Marielle connaît trop bien la vie de son père pour adhérer aux discours révolutionnaires qui prétendent toujours parler au nom du peuple, mais qui finissent par le mépriser, le piétiner, l'assassiner. Pierre-Moïse réalise le tour de passe-passe rhétorique auquel il vient d'assister : Céline a complètement renversé la conversation, ses adversaires la défendent sans s'en rendre compte. Moi je vous le dis, ce qui m'est arrivé risque de vous arriver un jour, ajoute-t-elle. Vous commencez votre carrière, et de la contestation par rapport au changement, il va toujours y en avoir. Ça va juste s'aggraver dans les prochaines années. J'ai des connaissances qui m'ont écrit parce qu'ils avaient la chienne – elle regarde Cai –, ils se sentent indésirables, ils ont l'impression que leur position dans le monde est contestée, ils se demandent pour la première fois de leur vie ce qu'ils ont le droit de faire et de pas faire. Ils savent que la job qu'ils font est bien pire que la mienne ! C'est du monde qui travaille dans l'ombre, qui aime l'ombre ; les projecteurs, ils veulent pas les avoir. Je vous dis pas que je suis pour l'éradication des riches, je vous dis juste que si le peuple voulait vraiment se déprendre des liens inconscients qui l'attachent à la domination, il agirait différemment. Les petites parades des derniers mois disent autre chose ; c'est une soif d'autorité. On se cherche un maître, un maître qui défende nos idées pseudo-progressistes, mais un maître quand même – à force de le chercher, on risque de le trouver. Moi, dans ma vie, je me suis défaite des dominations. J'ai appris qu'on pouvait pas faire plaisir à tout le monde et qu'il fallait faire des sacrifices pour mener les choses à terme. Gabriela est étourdie, elle se lève de table et quitte la salle à manger. Cai se demande si quelque chose l'a choquée ou si elle marche toujours aussi fort. Pierre-Moïse a envie de sauter de sa chaise pour rattraper Gabriela, lui demander ce qui ne va pas, quelque chose, un événement invisible, vient de se produire et lui échappe, il sait toutefois comment Céline risque d'interpréter sa décision et, dans le doute, reste à sa place. Gabriela n'en revient pas que Céline ait ramené cette histoire de « sacrifices », heureusement que personne n'a rien vu aller. Céline a clairement prononcé le mot en se tournant vers elle, « sacrifices », elle voulait faire référence à la démission de Gabriela. Elle est venue à l'anniversaire dans l'espoir de poursuivre cette démarche de réconciliation, avant que Céline ne ressorte cette vicieuse référence aux « sacrifices ».

Céline reprend son calme. Si on veut pas de mon Complexe, qu'on me chasse. Mais qu'on ne me fasse pas porter le poids des malheurs du monde. Qu'on me fasse pas passer pour la méchante. En ce moment, on me garde comme un corps étranger pour justifier nos peines. On me déteste, mais pas trop : faut quand même que je reste pas trop loin si on veut afficher mon visage sur des pancartes et me traiter de vache parce qu'on a trop la chienne pour poser des bombes (elle voit le visage des gens autour de la table et précise : c'est une métaphore). Je te corrige, Pierre-Moïse, c'est toi qui parlais tantôt de boucs émissaires, en fait je suis, *on est* – je vous inclus là-dedans, dit-elle en pointant la porte par où Gabriela est sortie – des *demi*-boucs émissaires, qu'on garde en vie dans leur enclos pour se donner bonne conscience, pour se dire : « Ah ! Elle est là, la méchante chèvre qui mange nos choux. » Sans l'achever. C'est profitable d'être dominé, les sièges sociaux donnent de grosses ristournes et les gouvernements des belles médailles. Est-ce que c'est le peuple qui m'a sortie de la direction de ma compagnie ? Personne ne répond. Le ton s'est un peu envenimé, pense Lucie. Après une seconde de silence, Nathan en convient : « C'est vraiment absurde » ; « révoltant », souligne Dina, comme épatée, en regardant Marielle dans les yeux. Non, c'est une petite gang de financiers de Londres pis de New York qui a eu peur pour ses fesses et pour celles de ses actionnaires. C'est eux qui vont finir par la faire, la révolution.

D'après Dina – c'est ça qu'elle voulait dire tantôt, Céline s'excuse de lui avoir coupé la parole –, tout ça aurait pu être réglé avec le référendum (*God oui*, jouit Michel). Au fond, c'était pas une affaire identitaire, mais la possibilité que le Québec soit dirigé par des poètes, des anthropologues, des hommes de culture. C'est après l'échec (on nous l'a volé, clarifie Rolande) que le Québec devient la ploutocratie qu'on connaît aujourd'hui. Lucie n'ose pas prendre la parole, elle se souvient des débats qui mouvementaient le quotidien, elle penchait à l'époque plutôt du côté du « Non » et n'a jamais eu d'affinités avec le nationalisme, mais la ferveur lui manque parfois, cette grande adversité rendait la politique vivante. On dessert la table, on sortira plus tard le gâteau. Céline lance à la bague : « On est en train de régler le sort du monde. »

Elle déplace sa chaise à l'autre bout de la table, pour parler un peu avec Phyllis et Sigourney, que Valérien et Cai entretiennent tour à tour depuis tout à l'heure. Elle s'excuse pour les discussions en français, mais non, mais non, c'est très beau d'entendre des échanges vifs dans la langue de Molière, la musique de la langue, c'est très beau.

On passe au salon, les convives s'installent sur les

sofas et les fauteuils ; Rolande souhaite bonne soirée à tout le monde, ce fut un plaisir de partager ce repas avec vous, elle retourne en cuisine. Lysandre commence à être fatiguée, s'étend sur le sofa et pleure pour rien. Marielle prend une décision : « Au lit les enfants. » Mateo fait semblant de s'endormir sur le tapis, il ronfle fort comme un clown. Pierre-Moïse essaie de le prendre dans ses bras, mais il se fait lourd comme une roche. Est-ce qu'il y aurait un endroit où elle pourrait les coucher ? Il est tard et s'ils dorment pas, ils seront pas gérables demain. Céline s'accroupit pour faire face à Mateo et à Lysandre, ils peuvent voir de près ses yeux bleus. « Voulez-vous que je vous montre ma chambre ? » Mateo en a envie, mais n'ose pas répondre pour ne pas donner raison aux adultes qui veulent les coucher trop tôt. Lysandre hoche la tête.

On monte en suivant Céline jusqu'à la grande chambre aux plafonds hauts. Marielle n'a jamais vu un aquarium aussi élégant, c'est un mur entier, au bout de la pièce, dans lequel nagent paresseusement de petits poissons colorés, des coraux tropicaux, une étoile de mer, des anémones éructent, puis rétractent leurs tentacules bercés par les courants. « Avez-vous envie que Céline vous prête son lit ? » Marielle les borde avec la couverture qu'elle lui sort du walk-in, Céline allume la lampe du bassin et éteint les autres ; l'atmosphère dans la chambre est reposante. Sur la table de chevet traîne un petit livre qui ressemble à un grimoire, fermé par une languette de cuir, Mateo veut le toucher. Il aime les livres, explique Marielle. « Tu peux, mais tu vas avoir du mal à déchiffrer les mots. » Mateo l'ouvre et ne comprend rien, c'est écrit dans une drôle de langue, inconnue, sur du vieux papier jauni. « C'est un livre d'histoires, qui contient aussi des prières, des poèmes. C'est très, très vieux... »

« Du Moyen Âge ? » « Presque. Il appartenait à mon père, qui l'avait reçu de son père à lui. Voudriez-vous que je vous lise une histoire ? » Les enfants acquiescent. Marielle s'assoit à côté d'eux sur le bord du lit. Lysandre demande si c'est pour les enfants, il n'y a pas d'images. Du lit, on dirait que Céline est sous l'eau, des poissons disparaissent derrière elle et surgissent de son corps. Elle se met à lire lentement, de manière légèrement saccadée, en traduisant du mieux qu'elle peut au fur et à mesure.

Dans un pays de déserts et de montagnes le vent du désert soufflait sur la crête des montagnes.
Un garçon marchait face au vent sur un sentier sinueux.
Les bourrasques de sable l'aveuglaient.
Il fermait les yeux, puis continuait son chemin.
Il savait que cette route était parfois gardée par des brigands détroussant les voyageurs.
L'enfant portait une lourde charge, un grand panier débordant de pêches mûres.
Trois silhouettes de trois frères apparurent bientôt à l'horizon.
Des enfants, comme lui, connus dans tout le village pour leurs méfaits et leurs larcins.
Les trois frères bloquaient la route.
L'enfant demanda grâce, car la journée était venteuse et la route était longue.
Les trois frères s'écartèrent, mais l'un d'eux allongea son pied et l'enfant trébucha.
Des pêches rouges et juteuses s'échappèrent du panier comme des rats chassés de leur nid.
Elles roulèrent dans le sable et se cabossèrent sous les pieds des voleurs.
Ils attrapèrent quelques fruits, puis s'enfuirent.

L'enfant pouvait entendre leurs rires résonner dans la vallée en ramassant les fruits éparpillés.

Céline lève les yeux, les enfants suivent, attendent la suite. Elle continue.

Dans ce pays de montagnes et de déserts, on se disputait les pêches sucrées qui consolaient des vents arides.
Au village, l'enfant les vendit toutes.
À midi, il avait empli ses poches et vidé son grand panier.
Il ne reprit cependant pas tout de suite le sentier menant chez lui.
Vivait non loin du village un très vieil homme.
On disait de lui qu'il était le plus savant de tous les êtres.
On racontait qu'il détenait toutes les connaissances sur la signification du monde et le sens des choses, des peines et des pleurs, qu'il faisait fleurir les arbres morts et soignait les malades.
L'enfant depuis ce matin portait un grand chagrin.
Il frappa à la porte du vieux.
L'homme se leva sur ses vieilles jambes pour ouvrir la porte de ses vieilles mains.
L'enfant avait traversé le village pour poser une question à laquelle le vieux seul saurait répondre, lui qui savait tout, connaissait le poids de chaque pierre de la montagne et la forme de chaque grain de sable du désert.
« Trois garçons m'ont volé des pêches.
Ce sont les enfants du boulanger, ils sont nourris de bon pain chaud.
Pourtant, ils m'ont pris mes fruits.

J'implore le désert et les montagnes.
Je prie chaque soir les esprits du vent.
Et malgré tout, les gens sont méchants.
Pourquoi l'esprit du désert ne me protège-t-il pas des brigands ? »
Le vieux hésita.
Lui demanda de répéter sa question.
Passa la main dans sa barbe.
Creusa dans sa mémoire.
Mais nulle réponse ne vint.
« Petit, avec ta question, tu es plus savant que moi avec toutes mes réponses.
J'ai écrit tous les livres du monde, mais j'ignore pourquoi les gens sont méchants.
Pourquoi les esprits du vent sont indifférents aux malheurs des enfants.
Reviens me voir dans cent jours, et j'aurai la réponse. »
Il trotta jusqu'au village demander un cheval assez fort pour traverser le désert et escalader la montagne, puis partit pour un long voyage.

Il semblait à Marielle que la lecture était plus fluide. Depuis un moment, Céline regardait les enfants plus que le texte, comme si elle récitait de mémoire – mais Marielle voyait mal dans la pénombre. La silhouette grise de la conteuse se découpait sur les algues lumineuses.

On ne le revit plus.
Puis à l'aube du cent unième jour, un cheval apparut, et sur lui un vieillard épuisé, torturé par la faim et la soif.
Il avait couru le désert et gravi la montagne.

On lui servit un repas, lui offrit de l'eau fraîche, et il put enfin murmurer à l'enfant : « Reviens me voir demain. »

Le lendemain, personne ne répondit à la porte du vieux.

La mort l'attendait dans ses draps, les mains ouvertes.

Sur la table se trouvait un gros livre accompagné d'une lettre destinée à l'enfant.

« Petit,

J'ai découvert mille choses que j'ignorais au cours de mon long voyage, mais je n'ai pas trouvé réponse à ta question.

Prends ce livre aux pages vierges, sans images et sans écriture.

Note tout ce que tu vis à l'intérieur.

Raconte tes voyages sur les sentiers poudreux, les récoltes de pêches et les jours de repos au bord de la rivière.

Raconte tes rêves et tes espoirs.

Écris et tu ne perdras rien.

Plus tard, peut-être, la réponse viendra. »

On enterra le vieux dans le cimetière.

Les pierres tombales étaient mouillées des larmes des morts abandonnés par les vivants.

Les livres qu'il avait écrits furent soigneusement amassés.

On leur construisit une bibliothèque contenant tout le savoir du monde, le sens des choses, des peines et des pleurs.

L'enfant prit chaque soir la plume pour raconter sa journée.

Il confiait au livre ses craintes et ses angoisses.

Il parlait des vies fantastiques qu'il s'imaginait et des peines qui faisaient trembler son petit monde.

Il raconta cent fois l'histoire de cent brigands dérobant cent pêches.

La texture du sable, la saveur des fruits, les couleurs du paysage, le confort de la maison, il consignait tout dans son grand livre.

Puis le temps passa et l'enfant grandit.

Il n'ouvrit plus le livre et l'oublia.

L'enfant était devenu un homme qui ne rêvait plus.

Cet homme vécut une vie de chagrins et de joies.

Certains jours, la monotonie du travail, le vent chaud et les pêchers desséchés effaçaient l'horizon.

L'homme portait une grande tristesse, repensait parfois à l'enfant qu'il avait été.

Dans ses souvenirs, les trois brigands lui paraissaient moins cruels.

Le sentier que l'enfant empruntait tous les jours lui paraissait désormais moins long, moins pénible.

Pour l'enfant, le temps était moins sec, la soif moins impérieuse et la joie vive jaillissait parfois d'un simple fruit mûr.

L'homme regrettait ce temps où tout semblait moins dur.

Au fond d'un grand coffre en bois, il retrouva un jour le grimoire.

Dans ce volume, son enfance était enfermée comme un papillon dans une boîte.

En l'ouvrant, il retrouverait les parfums disparus.

Mais sur les pages qui défilèrent sous ses yeux, l'homme ne trouva rien.

Aucun mot.

De petits dessins, parfois.

Des taches d'encre.

Des paragraphes effacés, sans la trace d'un caractère.

Les rares fragments lisibles lui paraissaient insensés, sans valeur.

Les pages avaient bu toute l'encre, tout son passé avait été dévoré par le livre.

Il venait de perdre ce qu'il possédait de plus précieux, la garantie que le souvenir des jours heureux était consigné quelque part.

Il maudit les esprits du vent, les montages et le désert, puis dans sa folie marcha jusqu'au cimetière pour cracher sur la tombe du vieux.

Le soleil se couchait sur le désert et les montagnes furent bientôt plongées dans les ténèbres.

Épuisé par son voyage, rongé par la douleur et par l'amertume, l'homme s'endormit sur la tombe.

Quand la lune se hissa dans le ciel, il fut réveillé par une présence anxieuse.

Non loin de lui se trouvait une silhouette voûtée. L'homme reconnut le vieux.

« Avec tes cris et tes damnations, tu as troublé mon sommeil », tonna une voix grave.

L'homme raconta tout à l'apparition.

Les jours heureux, la vie rude, les fruits rares, les routes plus longues et les vents du désert plus arides.

L'homme avait espéré trouver consolation dans le livre, dont les pages étaient effacées.

« J'ai jadis cru au pouvoir du livre, expliqua le vieillard.

Mais la magie a quitté mes grimoires.

Qu'aurais-tu retrouvé, dis-moi, en lisant les récits de ton enfance ? »

L'homme hésita.

« Le vide, la douleur intacte.

Des jours plus malheureux encore. »

Le chagrin qui habitait l'homme était vif, mais le vieux avait raison.

Les maigres souvenirs ayant survécu étaient sans saveur.

« Où mes souvenirs sont-ils allés s'ils ne sont plus dans les pages du livre ? » voulut savoir l'homme.

Le vieux sourit tendrement, mais ses yeux semblaient prêts à pleurer.

« Avec le temps, les souvenirs bus par les pages se concentrent et forment des bulles noires.

Un jour, ces bulles crèvent.

Et naissent de ces cocons des papillons gris.

Tu les as vus voleter dans les armoires et dans les caves.

Les insectes s'échappent des bibliothèques et se rassemblent dans les bois.

Ils forment des nuages immenses.

Tu les as vus flotter sur la montagne.

Par temps froids, les papillons redescendent vers la rivière.

Par centaines ils se tordent et meurent dans un dernier battement d'ailes.

La surface de l'eau est recouverte de minuscules carcasses.

Les insectes se froissent, se brisent, se dissolvent comme du sel dans la rivière.

Et on ne les revoit plus.

– Nos souvenirs se perdent à jamais ?

– Tu as déjà vu sur la grève travailler des bandes de paysans.

Des êtres épuisés, au dos courbé, les pieds nus, asséchés par le sable.

Dans de grands manteaux ils se dérobent aux regards.

Ce peuple amasse grain par grain le sel que la rivière dépose sur les berges.

Patiemment ils remplissent leurs minuscules sachets de nos rêves perdus.

Ils ont les doigts brûlés par la poudre fine.

Tout ce qu'il reste de nos souvenirs effacés, indéchiffrables se trouve entre leurs mains sèches.

Les histoires disparues ne reviennent pas, mais on en retrouve le goût, parfois.

– Que font-ils avec le sel ? »

Le vieillard haussa les épaules.

« On l'ignore.

Certains disent qu'ils le vendent. »

Il se tut un instant.

« Un enfant, il y a fort longtemps, posait une question à un vieux.

Le petit, les mains et les genoux râpés par le sable, se demandait pourquoi des brigands lui avaient pris ses pêches.

Ça te dit quelque chose ?

– Oui.

Le vieux n'a jamais trouvé la réponse.

Mais s'il le pouvait, il lui dirait aujourd'hui ce qu'un de ces paysans lui a confié un jour :

Qu'on oublie parfois la saveur du sel. »

La voix de Céline casse, l'histoire s'interrompt. Un petit poisson orange passe en vitesse derrière elle et disparaît dans les algues. Lysandre dort, Mateo retient la couverture sous son menton. Des larmes glissent sur les joues de Marielle, qui lui flatte les cheveux. Elle embrasse les petits, sort de la chambre sans dire un mot, ferme la porte doucement, elle a le sentiment que Céline vient de lui faire une confession intime, pourtant elle ne peut traduire ni la manière ni le sens de son aveu. Céline marche lentement, elles discutent un peu en haut du grand escalier. Marielle a bu, on ne cessait de lui remplir son verre pendant le souper. Ce conte a bercé l'enfance de Céline, aujourd'hui encore il l'émeut. Les confessions bourgeonnent naturellement, la discussion se noue, s'emmaille et tisse son étoffe en haut des marches ; Céline a un tempérament nostalgique par nature, elle n'a pas eu une enfance paisible, cette époque dont elle n'a pas suffisamment profité lui manque ; Lysandre et Mateo la touchent, Céline sent qu'ils absorbent tout, leur esprit est en pleine formation. Ils vivent aussi de grands drames, à leur échelle, poursuit Marielle. Elle s'ennuie moins de son enfance que de sa vingtaine, Marielle a toujours possédé une énergie vitale inépuisable, il y a peu de temps encore, elle pouvait travailler toute la nuit pour éviter les retards, soixante heures par semaine en plus des sorties les jeudis, vendredis, samedis, souvent les dimanches aussi, Marielle a l'impression d'avoir perdu la spontanéité de cette époque de sa vie, ce n'est pas lié à la séparation, non, aux dires de tous, elle avait une spontanéité rare, trait de personnalité s'étant révélé lorsqu'elle avait quitté l'oppressante maison familiale, libérée de l'injonction d'être une bonne fille, à dix-neuf ans Marielle s'est découvert cette spontanéité insoupçonnée, cette capacité à surgir dans le monde sans s'excuser, relativisant les dangers et les terreurs que lui avait transmis l'étouffante paranoïa de ses parents. L'insolence, le risque, les imprévus ont été pendant ces années d'authentiques sources de joie, elle se souvient avec force du plaisir angoissé qu'il y avait à chercher sa place dans le monde et de la satisfaction qu'elle ressentait quand elle finissait par la trouver, les études sont des années importantes dans la formation de ce que nous sommes, pense Céline, depuis ses douze ans, Marielle avait la respiration entravée sans le savoir, elle se remettait soudainement à respirer librement, elle avait pensé qu'elle se sentirait libre pour toujours, elle n'avait pas peur de brusquer, de parler trop fort, de tenir des propos qui choquaient les uns et les autres, prenant des risques inutiles qui inquiétaient et amusaient ses amis, elle se mettait souvent dans le trouble, elle ne planifiait rien et improvisait avec assurance, bousculait les habitudes qu'elle trouvait souvent trop droites chez les autres, les relations trop artificielles et contenues, Céline ne perd pas un mot de la confession de Marielle, elle a le sentiment que la jeune femme parle de sa propre vie, qu'elle lui raconte sous une forme différente son histoire, l'ancienne Marielle déplaçait de l'air et possédait une rare aisance à vivre, qu'elle croyait naturelle et permanente, qu'elle confondait avec la vie elle-même, la jeune fille que tu as été est toujours là, murmure Céline en pointant son cœur. Avec le temps, le décor s'était endommagé, de grands pans de ciel s'étaient mis à décoller au-dessus de sa tête, à s'écailler pour tout recouvrir de leur poussière toxique, Céline croit qu'on reste toutes bloquées à une période de sa vie, Marielle voit ses années d'université comme une deuxième enfance, un temps perdu à jamais remplacé par une vie répétitive, ennuyeuse et dure, elle a eu son lot d'angoisses et de problèmes de jeune adulte, c'est stressant de vivre seule, de se faire renvoyer de la job à la fin de l'été et de devoir en trouver une autre, d'étudier dans une nouvelle université, d'emménager avec des nouvelles colocs, mais tout ça avec la distance lui paraît tellement anodin, presque amusant. Et à vrai dire, lui manque.

Céline lui prend la main, elles descendent l'escalier en silence. Avant d'entrer dans le salon, Céline regarde Marielle : « On se ressemble beaucoup, toi et moi. » La proximité finit par révéler une sorte d'égalité radicale entre les existences, une égalité inconfortable, pense Marielle, qui se sent coupable d'avoir autant parlé. Leur retour dans le salon se fait à la lumière des feux de Bengale allumés sur un gâteau au chocolat, on chante les chansons de circonstance, puis on sert des parts généreuses dans de petites assiettes. Le gâteau n'est pas sucré, il est fort en cacao, comme Céline les aime ; pour l'accompagner, Pierre-Moïse a ouvert un porto qui ne connaît pas beaucoup de succès. On se rassemble autour des sofas du salon pour donner à Céline quelques cadeaux joliment emballés, des confitures violettes de figue et de grenade faites maison, un très beau carnet offert par Phyllis, un roman de Philip Roth, les œuvres de Yōko Ogawa en traduction, une tuque en laine de mérinos pour le ski de fond et un dessin de David Hockney déniché par Cai, qui représente une petite cabane dans un arbre en fleur, Céline l'adore, on reconnaît bien le style de David, elle remercie chaleureusement Cai. Pierre-Moïse a attendu la fin pour lui offrir son cadeau, un croquis magnifique du 305, rue de Bellechasse, une esquisse simple en perspective à l'encre de Chine qui croque les grands traits de la composition par des lignes droites et assurées, complétée à l'aquarelle, sur un papier japonais. Céline le prend dans ses bras en lui promettant de le faire encadrer. Du salon émane une atmosphère chaleureuse, la composition rappelle un tableau ancien de quelque maître hollandais, des présences hétéroclites sont rassemblées autour d'un long canapé, les gestes se fraient un passage furtif dans la lumière tamisée, parfois un bras s'interrompt en chemin, projette une ombre sur le tapis, se fixe dans une pose explicative, théâtrale, une main sur la bouche, un rire retenu, les cheveux, les chemises sont aérés par un vent doux qui caresse la peau, les tissus, une brise fraîche, les convives se laissent aller à des conversations emportées et drôles, fusent les moqueries, une vieille dame discrète ne peut s'empêcher de rire des blagues d'une femme plus jeune, Marielle a isolé Valérien au bout du canapé, ça énerve Nathan, on lèche les petites assiettes tachées de chocolat fin, le sucre et les rires nous saisissent d'une sincère joie, une joie véritable règne ce soir dans la maison ; Céline a envie un instant de croire aux miracles. Lui reviennent en mémoire ses anniversaires précédents, la grande fête pour les trente ans des Ateliers, soulignés par de fastes célébrations, des reportages, un documentaire et des publications rétrospectives, non, la vie en s'écoulant se dirige vers la réduction de nos cercles affectifs, toutes sortes de gens ne lui parlent plus, craignent d'être vus en sa présence, les communautés adjacentes se dispersent et la laissent seule avec des pensées mal apprivoisées, cette obsédante réflexion sur l'âge, l'avenir, le sens d'une destinée, demeurent dans les parages quelques individus singuliers, peut-être égarés, qui lui tiennent la main malgré tout, la raison n'atteint par leurs sentiments trop vastes, débordants, étouffants, ils aiment les défauts et les cassures de sa trajectoire. En montant dans la chambre tout à l'heure, Céline a remarqué que la valise de Dina ne s'y trouvait plus. Plus tard, son amie prendra la voiture de Cai, leurs enfants les rejoindront pour le Nouvel An, qu'ils passeront dans leur appartement du centre-ville, ils inviteront Céline bien sûr, elle est toujours la bienvenue – elle voit Cai enlacer Dina près du foyer et un frisson lui longe la colonne vertébrale. Céline pourra passer quand elle le veut, faire comme chez elle, bien sûr, pendant qu'on s'embrasse dans le cou, discrètement, et en repensant à la valise de Dina disparue, Céline entrevoit la soirée de demain, elle sera seule dans une maison trop grande, le retour de la solitude massive après deux semaines, elle baisse les yeux vers une grosse tache sur le tapis crème, elle a été ravie de voir les enfants de Marielle jouer ici, renverser leur sirop de grenadine partout, il y a des choses plus graves dans le monde qu'un tapis ruiné par de la grenadine, Céline apprécie ce soir les touchantes saletés, les accidents qui laissent une marque du passage des êtres sur les objets, déposent sur les choses des cendres joyeuses, Valérien a mis une musique groovy, il danse, le rythme soulève les paroles emportées, Céline veut passer un moment avec chacune des personnes qui se sont déplacées pour elle avant la fin de la soirée ; tout rattraper des vies qui lui échappent. Cela signifie beaucoup pour elle que Phyllis soit là ce soir, son premier soutien, son modèle de jeunesse devenue une amie, jamais Céline ne réussira à lui faire comprendre tout ce qu'elle lui doit. On lui parle de ses soixante-dix ans, lui demande quels sont ses projets. Prendra-t-elle sa retraite ? Céline est étourdie par les questions ; elle en pose une à son tour pour éviter de répondre. Le vide maintenant lui donne le vertige, l'avenir, ce qui a été son avenir est passé sans laisser d'odeur ; peut-être quelques fragments dispersés de joie demeurent-ils, vibratiles dans l'air. Les invités commencent à partir. Lucie l'embrasse, merci de nous avoir reçus. Phyllis jure de lui téléphoner demain pour qu'elles aient le temps de parler. Les conversations n'ont pas besoin de nous, elles poursuivent toutes seules leur lent écoulement et ne résolvent pas les énigmes, n'atteignent jamais le fond des choses. Valérien monte le volume et danse avec Françoise et Sigourney. Les objets se taisent, enfermés dans leur forme brutale et matérielle. Céline rejoint Cai, il la prend par la main, la fait tourner, elle laisse les autres se délecter du sourire impossible à retenir, incapable de camoufler la petite joie d'avoir vécu.

On ne les attendait plus. Cai voit par les fenêtres du salon des ombres bouger à l'extérieur, « Céline, are we waiting for someone ? », puis une fenêtre éclate, tout le monde se cache instinctivement en croyant qu'il s'agit d'un coup de feu ; c'est une grosse pierre du jardin. On entend des cris, des formes s'agitent dehors. Pendant un moment, on croit que le calme est revenu, puis on réalise qu'une foule encercle la maison. Les présences floues se déplacent de tous les côtés. Pierre-Moïse hurle qu'ils sont du côté de la véranda, il voit des silhouettes près des fenêtres. La porte n'est pas fermée à clé et c'est par là qu'ils entrent. Des visages cagoulés, des corps de toutes les formes, vêtus de noir, des bouches ouvertes qui crient et chantent, deux ou trois individus masqués tiennent des battes de baseball, une jeune femme renverse un fauteuil ancien, un garçon brise le miroir d'un coup sec. En avançant vers le salon ils font tomber les choses qui se trouvent sur les tables, sur les étagères. Cai essaie de discuter mais les intrus continuent d'avancer, ignorent ses appels au calme, on ne sait pas ce qu'ils veulent, quelle langue ils parlent, quelqu'un pousse un cri de panique. Pas une seconde pour réfléchir, tout le monde court vers le hall en laissant ses talons hauts en chemin. On suit Céline à l'étage, on monte et on s'enferme dans une chambre dont on verrouille la porte. On la rouvre pour faire entrer Rolande et l'aide-cuisinier en larmes. Cai et Pierre-Moïse placent une grande commode contre la porte. Les enfants de Marielle sont terrifiés par tous ces gens qui ont l'air d'avoir très peur et qui se sont précipités dans leur chambre. Marielle essaie de les calmer pour éviter qu'ils se mettent à hurler. Une fois en sécurité, on peut repenser à la scène. Une troupe masquée, tout en noir – combien ils étaient, demande Dina, vingt, trente ? – a fait irruption dans le salon, s'est répandue avec ses souliers sales sur le tapis crème, inondation de violence et de terreur. Que veulent-ils ? On ose à peine se poser la question, il faut rester calmes, tous et toutes recroquevillés ensemble. Valérien appelle à voix basse la police. On continue d'entendre des bêlements en bas, ils cassent des fenêtres, brisent des objets en bois dont le craquement nous parvient à travers le plancher. De grands rires de hyènes éclatent entre deux fracas. « C'est quoi leur but, de briser tes affaires ? » demande Nathan. Ils viennent sûrement enlever Céline, pense Gabriela, qui n'ose pas le dire à voix haute. Michel croit que ce sont fort probablement des gens contre Webuy. Des voix semblent s'approcher, on nous cherche, murmure Nathan, paniqué. En donnant l'adresse de Céline à Marine, son amie impliquée dans les cercles militants, il ne croyait pas que sa gang choisirait le seul soir où il se trouve chez elle pour faire un coup d'éclat ; Nathan espère que l'information n'est pas tombée entre de mauvaises mains, il en veut à Marine de ne rien lui avoir dit. Dans la chambre, tout le monde se tient autour du lit, comme pour protéger les enfants. Les terroristes sont à l'étage à présent. On frappe à la porte, Pierre-Moïse lance d'une voix ferme : « Il y a des enfants ici. » Céline lui tape le bras en faisant « chut ! ». C'est le premier mouvement qu'elle fait depuis tout à l'heure, elle est restée pétrifiée et silencieuse dans son coin avant que Valérien la prenne par l'épaule et la ramène près des autres. Céline a des gardiens à temps plein à l'entrée, qu'est-ce qu'ils font ? Ils se sont peut-être endormis. Dans l'aquarium, les poissons se laissent bercer par le courant du filtreur avant de plonger et de faire le tour d'une pierre au fond de l'eau, ils ont l'air indifférents à ce qui se passe dans la maison. Un objet lourd cogne contre la porte et fait trembler la commode, deux coups, puis trois. Nathan ne peut s'empêcher de crier, ce qui fait pleurer les enfants. Marielle n'essaie plus de les calmer, elle est assise avec eux sur le lit et les tient dans ses bras. On va tous mourir, c'est ce soir que ça se passe. Difficile d'évaluer le temps que prend la police pour arriver, entre une éternité et un instant. Le gardien ouvre la barrière et deux fourgonnettes se stationnent en roulant sur les plates-bandes. Les coups dans la porte s'interrompent. On entend des pas dans le couloir. Sous la fenêtre, Françoise voit une vingtaine d'agents casqués sortir des vans avec boucliers et matraques. Les cris de joie se transforment en hurlements monstrueux, en vociférations infernales. On entend des plaintes douloureuses. Le visage de Céline change : « Ils sont mieux de pas tuer personne dans ma maison… »

Michel pense qu'il serait préférable d'attendre que la police vienne nous ouvrir, quand ça va être sécuritaire. Céline, de mauvaise humeur, répond sèchement : « Non. » Elle ordonne à Valérien et à Pierre-Moïse de déplacer la commode. Cai essaie de la raisonner, puis finit par leur donner un coup de main. Les hommes décident de la suivre dans le couloir, jusqu'à l'escalier. Valérien remarque que ses mains tremblent. En bas, l'action semble s'être calmée, mais on entend encore, une fois de temps en temps, un grand beuglement. Céline avance prudemment et constate les dégâts. Pierre-Moïse se demande comment elle se sent, son visage s'est pétrifié dans une expression neutre. Valérien lui met la main sur l'épaule, mais elle la retire en lui faisant un sourire forcé. Les murs blancs du large corridor sont couverts de peinture en spray, « CAPITALIST WHORE », le tapis est souillé par la boue, la neige et les touffes d'herbe qui ont la forme de semelles de bottes. Un imbécile a enfoncé son poing dans son Alfred Pellan préféré, juste en haut des escaliers ; c'est Cai qui le remarque. Céline retient son souffle, elle a l'air atterrée.

Les quatre descendent lentement le grand escalier. On ignore combien ils étaient et il n'est pas impossible que des intrus soient cachés quelque part pour les attraper par surprise. Pierre-Moïse, Cai et Valérien se tiennent près de Céline, juste derrière elle, et empruntent des airs de gardes du corps sans s'en rendre compte. Dans le hall, ils tombent sur Yosef, un des gardiens, piteux, qui se fait interroger par un policier. Valérien se prend à penser qu'il est peut-être complice de cette rocambolesque affaire. Même si l'agent l'interpelle, « Madame ? », Céline ne les regarde pas et passe son chemin. Partout, les meubles antiques et les toiles inestimables ont été renversés, puis violentés. De grands éclats de bois recouvrent les planchers et on peut voir tantôt une table basse, tantôt un buffet ou une armoire retournés sur le dos, pattes en l'air comme une bête abattue. Une sculpture de Giacometti – une petite tête noire qui pend au bout d'un pic – semble intacte, mais gît sur le sol parmi les éclats d'assiettes de porcelaine. Les gémissements s'intensifient. Dès qu'ils entrent dans le salon, deux agents les apostrophent en leur demandant s'ils sont les propriétaires des lieux ; à voir leur tenue, ils déduisent que c'est le cas. Il doit bien y avoir une quarantaine d'hommes et de femmes lourdement armés un peu partout. Pierre-Moïse déteste la police, il est pris d'un spasme de dégoût. Plusieurs retiennent des jeunes gens agités qu'on commence à emmener dans de petits autobus, dont les phares scintillent devant la maison. Le salon est en ruine, il est envahi par les forces de l'ordre qui marchent avec leurs grosses bottes sur le tapis crème. Le grand miroir forme au sol une mare de mille morceaux qui renvoie les ombres dansantes des corps qui circulent. On a lacéré les Montauk et sauté à pieds joints sur la table Nakashima. Les petits bandits n'ont pas l'air à l'aise, le visage écrasé au sol, les mains derrière le dos, ils sont jeunes et Céline compte autant de garçons que de filles. Plusieurs visages lui sont familiers, des gens qu'elle a vus manifester devant ses bureaux, ou prendre d'assaut sa voiture. Elle reconnaît la jeune femme qui l'a agressée sur la place publique, un soir, à la sortie des Ateliers C/W ; elle se fait arrêter pour la deuxième fois, se débat vigoureusement mais sans espoir sous la prise de deux énormes policiers. La plupart sont assis dans des positions inconfortables et continuent de gigoter même si leurs poignets sont enserrés par de grosses attaches de plastique. Céline ressent une douce panique lui monter à la gorge, l'étourdir. Elle écoute distraitement l'agent poser des questions auxquelles répondent Pierre-Moïse, Cai et Valérien. Elle regarde ailleurs. Soudainement, elle interrompt l'interrogatoire et demande au policier de partir. L'agent n'a pas l'air de comprendre, il rit bêtement. Elle s'avance vers le centre de la pièce et essaie de hausser le ton : « Bon, ça suffit. » On ne l'entend pas. Elle approche chacun des gros policiers pour les relever en les tirant par l'épaule. Un antiémeute commence à faire une manœuvre pour la neutraliser, avant que son chef ne crie : « WÔ ! » Il la relâche, elle a envie de le tuer. Céline hausse la voix de nouveau, et adopte un ton poli pour affirmer qu'il n'y aura aucune arrestation ce soir. Les intrus comme les agents sont perdus. Elle demande à ce qu'on coupe les menottes de plastique. Elle mime des ciseaux avec ses doigts. « C'était un petit jeu : c'est fini. On a eu quelques accidents avec les meubles, mais tout le monde est en pleine forme et s'en retourne à la maison. » « Tout va bien », dit-elle en agitant la main devant le regard d'un policier qui retient une jeune fille blonde, qui ne doit pas avoir plus de seize ans, agenouillée au sol. La grosse brute tente de la raisonner, « vous nous avez appelés pour une invasion de domicile madame, c'est sérieux ». Céline le regarde dans les yeux et lui répond en balançant son ongle verni : « Ramasse tes affaires, tes chums, pis sacrez votre camp de chez nous. C'est vous autres, les invasions de domicile. » Valérien se gratte la tête, Cai se tient le front et n'essaie pas de cacher son découragement. Pierre-Moïse s'approche doucement en lui disant à l'oreille : « Voyons donc, Céline. » Elle le regarde sévèrement, même s'il ressent la panique dans ses yeux. Il recule, elle va faire à sa tête de toute manière. Céline s'avance au milieu de la pièce. « Mesdames, messieurs. » Les polices tournent la tête vers elle, les intrus qui le peuvent lèvent un œil. « Il y a eu un malentendu, mais c'est réglé maintenant. » Elle parle d'un ton faussement léger, avec un accent de lectrice de nouvelles, sa voix tremble. « Tout peut rentrer dans l'ordre. Votre travail est très apprécié, mais vous pouvez retourner dans vos voitures, et rentrer à la maison. Merci-bonsoir. » Le chef de brigade essaie de la raisonner une seconde fois, fait valoir quelques arguments, lui explique les conséquences de sa décision, parle longuement si bien que Céline se fâche, finit par lui dire, les dents serrées, qu'elle a le numéro du ministre dans son téléphone. Les antiémeutes, déroutés, finissent par obéir à leur commandant. Ils se passent les pinces et sectionnent les menottes qui laissent de grosses traces rouges sur les poignets des jeunes gens. Les intrus pour une fois se tiennent tranquilles. Un jeune homme retire sa cagoule en pleurant, il doit avoir vingt-cinq ans,

Cai est frappé par sa jeunesse. Le garçon s'approche de Céline, des agents se placent entre eux. Elle lui montre la porte-patio de la véranda. Pendant que la vermine s'en va, Céline demande à une jeune femme s'ils ont d'autres amis dans la maison ; la fille semble à la fois intimidée et reconnaissante, elle évalue la salle, puis répond : « Je crois pas, on était douze. » Tout d'un coup elle pense à celles et ceux qu'on a déjà embarqués dans les paniers à salade : « Faut les faire sortir ! » Céline laisse échapper un rire insolent et lui souhaite bonne nuit.

Les convives sont libérés de la chambre, Michel attrape une boîte de mouchoirs et la fait circuler. On traîne un peu dans le corridor en parlant à voix basse, comme si on avait peur de redescendre. Il devait y avoir une faiblesse dans la paroi, pensera-t-il plus tard, un défaut dans le verre, on dirait un coup préparé, des vibrations de bottes contre le sol, des ondes se sont réverbérées dans les pierres des fondations, les madriers résonnent encore comme les cordes d'une contrebasse et produisent un son imperceptible, trop bas, qui chatouille la poitrine, des pulsations font trembler toute la structure de la maison, un écho des perturbations qui viennent de se produire. Le choc voyage dans le plancher de marbre, dans le plâtre et dans les montants des murs, vibre jusqu'aux planchers de bois du deuxième étage, qui concentre l'énergie vers la chambre, vers la base de l'aquarium dont le grand tympan de verre amplifie chaque secousse. Gabriela a besoin d'être seule pour laisser le stress redescendre, elle est perdue dans sa contemplation, quelque part au fond de l'eau jaune de l'aquarium, quand un trait obstrue son champ de vision. Un long sillon raye la vitre. Le tronc de la brisure oblique en partant du coin inférieur et s'étiole en plein centre, on dirait un grand arbre qui s'étend sur le bassin. Elle n'a même pas le temps de prononcer un mot qu'un millier de petites veinures rompent d'un coup. Elle recule brusquement, protège son visage. Des éclats de verre explosent. Tout le monde sursaute, celles et ceux qui sont déjà dans le corridor se demandent ce qui se passe, se précipitent vers la chambre pour trouver l'aquarium défait, sa paroi arrachée en grands lambeaux. Des tessons sont déplacés par l'eau qui forme un lac immense s'étendant sous le lit, Céline vient de réapparaître dans la chambre et voit la flaque s'écouler vers les murs, dans chaque recoin, entre les craques du plancher. Elle bouge en vitesse, essaie de bloquer l'écoulement en utilisant les draps, le couvre-lit. Qu'est-ce qui vient de se passer ? Il n'y avait plus personne ici. Cai l'aide un peu, ses chaussures de cuir sont trempées. De grandes algues molles reposent en tas verdâtres sur le gravier. Le reste de l'eau s'écoule en courtes rivières. Une anémone gît échevelée, les tentacules retombés. Gabriela a du mal à réaliser ce qui vient de se produire sous ses yeux, elle balaie mécaniquement l'eau chaude avec ses pieds nus, elle n'arrive pas à ralentir l'écoulement, Céline l'avertit, presque en colère, « attention aux morceaux de vitre ! » Elle pourrait se couper les pieds. Elle sort de la chambre en faisant des petits sauts. Partout sur le plancher vivotent des poissons multicolores, on saisit différemment la forme, la taille des créatures aquatiques lorsqu'elles sont hors de l'eau, certaines reposent immobiles, comme mortes, les poissons-clowns ont l'air minuscules, à peine plus gros qu'un doigt, un poisson-ange plus massif se débat furieusement. Dina passe proche de marcher sur un magnifique petit poisson rayé rouge et blanc. Ça brise le cœur de voir ces créatures extraordinaires, aux couleurs vives, répandues par terre. Elle observe Céline qui se démène toujours désespérément avec une couverture pour essuyer les centaines de litres d'eau, elle tente de rassembler les poissons mais il y en a vraiment partout, une raie bizarrement pliée, un poisson-lune gigote dans la flaque, on voit son petit flanc monter et descendre. Nathan remonte en vitesse avec Valérien, ils portent de grands bols d'eau dans lesquels ils ont vidé une salière complète. Valérien réussit à attraper un poisson jaune très glissant. Ça pue le fond marin jusque dans le corridor, les mains de Nathan sentent vraiment fort. Céline est désormais debout sur le lit. Elle observe la scène sans bouger. Il y a bien un pouce d'eau salée partout dans la chambre, c'est un véritable lac. Elle ne sait pas quoi faire, ça imbibe les moulures, les lattes du plancher, la literie, ça agonise sur le sol, tout ça n'a aucun sens, c'est l'épreuve de trop, toutes les catastrophes du monde ne peuvent pas lui tomber dessus le même soir. Elle sort de la chambre en se mouillant les pieds et se dirige vers les toilettes. Michel l'attrape dans le corridor, il porte une pile de serviettes, il lui en donne une en annonçant qu'il vient d'appeler l'urgence sinistre. Ils vont être là dans une demi-heure.

Rolande et l'aide-cuisinier prennent un détour pour voir le salon ravagé avant de retourner faire la vaisselle. Sur le comptoir près du lavabo, quelques poissons se laissent flotter dans de grands saladiers. Ils n'ont pas l'air en forme. Gabriela joue avec les lambeaux d'un canapé en se demandant si Céline pourra le faire réparer. Dina propose de se déplacer vers le salon du deuxième étage, plus chaleureux, qui n'a pas été atteint par les détestables visiteurs. On n'a pas envie de se séparer après toutes ces émotions, les gens qui songeaient à rentrer ne veulent plus partir, pas maintenant. Céline s'assoit sur la causeuse, le regard vide. Elle se concentre sur sa respiration, tente de ressentir quelque chose. Depuis un an, dans ses cauchemars, des gens entrent chez elle pour la kidnapper, la violer, la tuer, détruire ses affaires, elle devrait être traumatisée, en crise de larmes, un cauchemar vient de se réaliser, pourtant elle ne ressent rien, un vide se répand en elle plus vite que la grande flaque dans sa chambre. Autour, on raconte avec une sorte d'excitation contenue ce qui vient de se produire, la panique laisse place à l'effervescence, on boit rapidement et on tente de restituer ses impressions du moment, ses réactions les plus adroites ou les plus idiotes, les paroles sont confuses et se chevauchent, on s'explique mal les motivations des jeunes terroristes, personne n'a été blessé, qu'est-ce qu'ils voulaient ? Le matériel, c'est le matériel, pense Dina. Mais c'est quand même terrible, réplique Michel, ils ont détruit des choses importantes, tué des poissons très chers. Sans parler des œuvres d'art : un Pellan comme ça, c'est unique au monde… C'est de la cruauté animale, pense Nathan ; Marielle ne voit pas le lien entre le bris de l'aquarium et les manifestants, il doit bien y en avoir un mais elle ne le voit pas. Peut-être une sorte de pétard qui a sauté quelque part dans la chambre ? suggère Nathan. Non, Gabriela l'aurait entendu… Cai avance l'idée que les intrus ont été engagés par quelqu'un, on lance des noms pour s'amuser : une firme rivale, Donald Trump, Québec solidaire. Le rire soulage. Céline, comme pour couper court à la discussion, demande à Michel d'allumer un feu, ça va nous relaxer. En regardant sa montre Nathan se rend compte qu'il vient de s'écouler un peu plus d'une demi-heure, quarante minutes max depuis le début de l'attaque. Personne ne le croit, on jurerait avoir été enfermés pendant des heures dans la chambre. Le temps s'est condensé, les expériences brutales infusées dans nos imaginations nous ont fait perdre le fil du soir. Les enfants sont allongés sur la méridienne, Lysandre s'endort et Mateo joue au Game Boy. Céline est dans la lune, Françoise s'assoit à côté d'elle, passe le bras autour de ses épaules, lui demande comment elle va. Elle la regarde, « ça va ». Dina les rejoint, des experts en sinistres s'en viennent ! Ils vont tout arranger. Valérien a sauvé plusieurs poissons… Ça va te prendre des nouveaux sofas, mais dans deux, trois jours, tout va être beau. Inquiète-toi pas… Céline évite de croiser les regards, une douleur sans origine se révèle comme un message secret passé à la flamme d'une bougie, un code scellé, des récits fleurissent dans son esprit et recouvrent les anfractuosités de tristesse. Sur la table basse au milieu du salon traîne un imposant bouquet de fleurs, des petits camélias blancs, sa fleur favorite, celle de son tout premier souvenir, derrière la maison d'enfance à Roxboro, une petite cour prise entre une clôture et les immeubles voisins. Nathan s'approche d'elle. En observant son sourire discret, son air légèrement sarcastique, Céline se surprend à lui prêter une forme inattendue de tendresse, pourtant Nathan la déteste, il manifeste dans son dos, crache sur Céline et ce qu'elle accomplit, méprise les femmes de son espèce, comment Pierre-Moïse peut-il supporter ce petit prétentieux, de courtes mèches lui couvrent les yeux, il a toujours cette moue moqueuse. L'épuisement s'installe comme un drap sur les meubles. Françoise et Cai ont l'air morts de fatigue. Les chansons s'enchaînent sans logique en mode aléatoire, Céline veut couper la musique, mais elle aime celle qui commence, lente et chargée, un chant gospel qui scande ses sagesses pastorales : « *May the work I've done / Speak for me* ». La tête de Cai est appuyée sur les cuisses de Dina, qui relève un peu son jupon pour être plus à l'aise. Sa main passe lentement dans ses cheveux, puis repasse.

L'intrusion ramène Céline à un insondable désarroi, elle n'a plus la force de s'inquiéter, de formuler des reproches. Seule au milieu d'amis qui conversent à voix basse, elle entame le deuil des vies potentielles, des secteurs fermés, écroulés de ses labyrinthes intérieurs lui apparaissent, je mettrai bientôt en vente ma maison, vient-elle de décider sur un coup de tête, entre deux bouffées de cigarette, les murs vibrent de souvenirs et de présences évanouies, Céline ne peut plus vivre sur ces terres hostiles qui l'épuisent, Montréal est son purgatoire, elle se retourne et contemple sa vie d'avant, exposée en trophées sur la cheminée du salon, mais ne voit rien, aucun de ces bibelots ne permet de comprendre les désirs perdus, les étrangères qu'elle a été, les rêves désormais fanés, inaccessibles, aucun poème rimé, aucune chanson ancienne ne lui revient, le vide est immense et la panique s'empare d'elle, compresse sa poitrine, en remerciant une dernière fois tout le monde d'avoir été présent, en levant son verre pour témoigner de sa gratitude pour le repas, les cadeaux, les instants de joie, le soutien moral, en constatant qu'elle est ce point vide autour duquel on gravite ce soir, elle ne peut s'empêcher de penser que la vie acquiert avec le temps une plastique terne, flaccide ; que cette impression informe d'être soi, frappée par les vagues du doute, ne résiste que par des retours furtifs d'une certitude plus libératrice encore, celle de ne pas avoir vécu, de ne pas habiter ce corps qui a vu les paysages brumeux dans lesquels on ne distingue plus le ciel, la mer et les montagnes, elle possède bien un ramassis de souvenirs nets, quelques rares images peuplant un grand désert, ne devrait-elle pas avoir une sensation de somme, un sentiment de direction pour les années qui viennent, posséder une terre plus fertile que cette étendue de gravier qui se trouve en elle, quelques certitudes fraternelles devraient fructifier, des valeurs, des traits de personnalité, des morceaux de philosophie dans lesquels elle a investi toute sa vie, ne devraient-ils pas commencer à rapporter, à assurer une forme de consistance, à lui donner au moins l'impression d'être arrivée quelque part ? Elle ne sait plus quoi penser. On la force gentiment, en soulignant cet anniversaire, à prendre ce qui devrait lui appartenir. Or la vie, constate Céline, est la reconnaissance fausse d'une forme qui n'existe pas, on découpe un château, un lézard dans un nuage, Céline prend la mesure du vide et constate que les sucs fatigués d'elle-même la rejoignent, des doublures timides qui lui tiennent la main dans une mise en scène improvisée, elles sont éveillées par le désordre et le vandalisme, elles défilent sous ses yeux et prennent part à la fête qui s'achève, ensemble elles forment une foule d'étrangères jetées dans la nuit au péril d'une conversation aussitôt emportée par une bourrasque qui défait les coiffures et assèche les larmes. Tout le monde ressent le courant d'air, la fenêtre brisée en bas laisse pénétrer le froid, on souhaite partir maintenant. Les battements du cœur ralentissent, on a besoin de décortiquer chaque petit moment, chaque petit bruit, d'interpréter les événements violents qui viennent de se produire pour tenir en respect la terrible impression d'avoir été délaissés par le sens, lancées dans le vide. La possibilité d'une signification sous-jacente nous inquiète. Y aurait-il un secret enfoui dans le fond des choses ? Cela voudra peut-être un jour, plus tard, devant quelque tribunal de divinités aux têtes d'animaux, signifier quelque chose, et la réponse nous sera enfin donnée. Il faut en attendant célébrer le miracle simple d'être là, même quand tout s'écroule, même si on connaît les appels envoûtants de la mort, même si on sait trop bien les attaques excessives de la douleur qui draine la vie et lui donne sinon un sens, du moins une ossature fragile incrustée de prières écrites par quelque copiste qui griffonne la formule suprême de l'existence sur un petit parchemin avant qu'une poignée de bandits, sourds aux oraisons, ne tranchent le fil de ses jours d'une lame sale. Devant les amis, Céline voudrait dénoncer sans perdre le souffle cette existence dont nous ne savons rien, qui nous paraît à chaque instant incompréhensible, empruntant des sentiers imprévisibles dans des sylves denses, une vie que rien n'abrite, formée d'instants infinis et disparates sur lesquels souffle un vent sans origine ; de voir tous ces gens célébrer son anniversaire, de les voir partager les agressions odieuses dont elle est l'objet ne devrait pas lui faire si mal, elle souffre de l'amour des autres pour cette personne qu'elle n'est pas, sa gorge se serre et enfin, elle pleure.

Dina remarque les sanglots de Céline, lui caresse l'épaule. L'émotion charge la pièce d'électricité, Gabriela ne sait pas quoi faire devant cette démonstration sans retenue de sentiments, elle reste en retrait. Sans que Marielle le veuille, la douleur de Céline se répercute sur la sienne, l'émotion vraie se transmet intégralement d'un corps à l'autre, Céline s'inquiète pour sa réputation et pour sa santé, elle a été saisie par la même terreur que Marielle tout à l'heure, elle a vu Céline manœuvrer en faisant tout ce qu'elle pouvait pour garder la tête froide, pour minimiser les dégâts dans la chambre, Marielle a le ventre tordu, une forte envie de vomir, les malheurs de Céline ont la texture et la charge affective des tristesses les plus familières, tout se résume au fond à la question du malheur, de la distribution du malheur, voir des gens pleurer lui fait toujours monter les larmes aux yeux, elle se sent stupide d'être émue, comme si elle s'appropriait une tristesse qui ne lui appartient pas, mais plus elle se retient, plus ses larmes sont sonores, Pierre-Moïse prend sa sœur dans ses bras et Marielle éclate. Heureusement que les enfants ne la voient pas, elle laisse couler le stress sur l'épaule de son frère, son corps est tendu, elle sursaute au moindre bruit ; l'image des poissons morts la dégoûte ; Marielle n'a jamais vécu d'aussi près une attaque, peut-on parler de terrorisme ? Elle sent que l'espace a été violé, détruit, que leur intégrité a été menacée ; ça lui apprendra à se tenir chez les riches. Si elle n'était pas venue ce soir Marielle n'aurait jamais connu ce genre d'horreurs, les plus traumatisantes de toute sa vie, des images de films d'épouvante lui polluaient l'esprit, des corps dépecés par des machettes, des haches, les cadavres de ses enfants reposant comme les petits poissons dans des flaques de sang, Lysandre et Mateo ont réagi avec beaucoup de maturité, ils sont restés calmes malgré la peur qui s'emparait de tout le monde. Ils n'ont pas vu l'aquarium éclater, Marielle ne s'imagine pas comment la petite aurait réagi si elle avait vu l'état de la chambre… Il faudra qu'elle leur reparle des événements, demain, qu'elle leur explique calmement ce qui s'est passé et qu'elle leur permette d'exprimer leurs émotions.

On entame des courtes discussions bientôt emportées par d'autres, déviées par une apostrophe, l'attention se défait sur un mot venu d'ailleurs et les verres se vident moins rapidement. Le vent souffle entre les bouteilles vides rassemblées sur le comptoir de la cuisine, un courant d'air pénètre le goulot et extrait une note sourde. Dina est complètement saoule, elle prend tout le monde dans ses bras pour leur dire qu'elle les aime ; ils se souviendront à jamais de cette funeste soirée. Michel commence à sortir les manteaux et les bottes. Bientôt les meubles intacts seront placés dans un camion pour être entreposés, puis vendus, certains iront dans la grande maison en Estrie. Nathan et Pierre-Moïse lavent les derniers verres avec l'aide-cuisinier, Céline leur ordonne de laisser faire ça, ils désobéissent avec effronterie. Les invités embrassent Céline et se traînent les pieds dans la boue jusqu'à la voiture. Dehors, le gros camion de l'équipe de ménage stationne déjà au bout de l'allée. Juste avant de partir Gabriela tient absolument à demander un truc à Céline ; elle parle à voix basse ; elle s'excuse de l'accabler avec ça, mais c'est important. Elle veut simplement savoir si Céline a eu le temps de lui faire cette lettre de référence. Céline sourit. « Je t'ai fait la référence que tu méritais. » Gabriela est soulagée, elle la prend dans ses bras et la remercie encore. Cai insiste pour que Céline vienne passer du temps avec eux, a-t-elle quelque chose de prévu pour le Nouvel An ? Elle ne devrait pas rester seule, il s'inquiète pour elle. Bientôt il ne reste plus aucun invité dans la grande maison vide, souillée par la terre, l'eau salée et la peinture en aérosol. Dina allait presque oublier sa valise ! Michel remonte la chercher. Seules dans le hall, Céline et elle s'enlacent longuement, en bonnes amies qui ne se reverront pas avant des mois, des années peut-être. En desserrant son étreinte, Céline remarque que Dina verse une larme. Elle entend les pas de Michel dans l'escalier. Elles éprouvent de la gratitude, de la tristesse, elles tiennent dans la joie et la honte des promesses très anciennes. Cai met la valise dans le coffre et envoie la main.

Michel a accueilli tout à l'heure les experts en sinistres. Il aide Céline à marcher jusqu'à la chambre d'amis. Elle se met au lit en pensant aux poissons morts qui gisent dans l'autre chambre, l'image lui lève le cœur. Dans le noir, des certitudes nouvelles tentent de pénétrer son crâne prêt à fendre, Céline a trop bu et elle sent des fureurs monter en elle. Elle les contient toutes, elle retient ces affects qu'elle n'ose pas laisser accoster sur les berges du langage. Elle prend un détour, un autre, elle plonge dans le sommeil puis refait surface. Elle a mal à la tête, sonne pour que Michel lui apporte des aspirines, puis s'endort pour de bon.

En entrant dans le manoir, Amalia est estomaquée, elle fait des ménages depuis bientôt deux ans et n'a jamais vu une maison aussi luxueuse, des plafonds aussi hauts, un espace de vie aussi grand, il y a même une sculpture d'un artiste connu, intacte près du piano à queue. Le salon est complètement détruit, on dirait qu'un Hulk enragé est passé par là. On ne leur dit rien sur ce qui s'est produit et personne ne pose de questions. Pendant que la cheffe de service leur explique le plan de match et distribue les affectations, Amalia observe les toiles qui décorent les murs de la cuisine, de l'art abstrait *moyen*, les riches adorent les aplats de couleurs si elle se fie aux autres maisons qu'elle a déjà visitées pour le travail, c'est plus populaire que l'art figuratif. Elle voit rarement de l'art figuratif, et quand elle en voit, c'est souvent des horreurs contemporaines à la Corno, des toiles trop stylisées qui mettent en scène des muses qui se pavanent dans des positions de magazines cheap, avec des empâtements maladroits qui font « cabinet de dentiste », comme elle s'amuse à le dire. On lui a donné le petit salon adjacent à la cuisine et la salle à manger, avec un certain Jules, un nouveau, Amalia espère qu'il travaille bien. Une équipe d'experts en sinistres est là en même temps qu'eux, ça fait beaucoup d'action. Elle ramasse son matériel en se disant que, si elle était riche, elle se payerait des artistes contemporains intéressants, genre qui vont devenir big dans quelques années, ou des reproductions d'œuvres anciennes en format original, sûrement un Turner ou un Lessing ou les deux, et certainement un Bruegel l'Ancien grandeur nature, ça peut faire cool, une fenêtre ouverte sur un monde fantasmagorique, comme si les scènes sorties de l'imagination du peintre étaient là pour de vrai, de l'autre côté du mur, le genre de peinture que tu peux passer des heures à regarder pour scruter tous les détails insolites et drôles, Amalia l'a souvent fait sur internet. L'intelligence de Bruegel, sa vision de l'existence l'ont passionnée, elle disait parfois qu'elle « l'aimait d'amour » ; elle attrape ses écouteurs, en principe, t'as pas le droit d'écouter de la musique en travaillant, c'est comme ça au Chiffon bleu, c'est dans la façon de faire de la compagnie, mais la cheffe d'équipe qui est là ce soir s'en fout complètement, Amalia a une nouvelle playlist, avec du Queen, du Frank Sinatra, du Elvis, tous les vieux chanteurs qu'elle aime et que ses tantes écoutaient quand elle était petite. Elle avait placé sur son babillard une carte postale avec l'autoportrait de Bruegel, ce vieux monsieur aux cheveux fous, elle entamait à l'époque une maîtrise sur son travail, elle passerait un an à réfléchir aux mises en scène de son artiste préféré, le seul à représenter le monde comme elle le voyait à vingt-trois ans, peuplé d'actes bizarres, de perversions banales et de curiosités. Jules et elle commencent par le petit salon où se trouve la cheminée. Bruegel représente selon Amalia le tissu de pulsions obscures et déroutantes qui travaillent chaque existence et constituent l'arrière-fond véritable de ce qu'on nomme « société », le monde est peuplé d'actes inintelligibles, une multitude d'existences inconnues vivent à leur propre rythme, fourmillent sans cohérence, le sens de nos vies, pense Amalia, ressemble à une course erratique vers une destination toujours changeante, nous vivons comme l'a montré Bruegel dans un théâtre aux gestes incompréhensibles, nos trajectoires rencontrent des bouleversements inimaginables, de violents surgissements dans nos vies régies par des rituels arbitraires. Les actions et les gestes ordinaires regagnent sur la toile leur caractère bizarre, plein de beauté absurde, la bêtise, la méchanceté, l'aliénation existent, oui, apparaît aussi un monde qui ne peut être réduit à une perspective unique, à une vérité ultime, les êtres sont parfois grossiers, vains, ils sont aussi drôles, souffrants, battus, ils convoitent et ils donnent, ils luttent, ils s'aiment et forment aux yeux du peintre une formidable réserve d'énergie. Jules a mis des écouteurs, lui aussi, ils n'auront pas besoin de jaser et ça fait bien son affaire. Elle ignore pourquoi, mais ce soir, Amalia regrette sa maîtrise avortée, elle est nostalgique de ses années à l'université, penser à Bruegel lui manque, demain elle en profitera pour parcourir son gros Taschen, pendant sa maîtrise, elle avait compris que le peintre était parvenu à représenter avec empathie les émotions les plus complexes des femmes, des hommes, des enfants et même des animaux, bien avant les philosophes il avait pensé l'entrecroisement social des affects dans ses scènes de rue, il était parvenu à mettre tout cela en couleurs et en formes, le vieux maître lui avait valu un A+ dans son travail final d'« Introduction à la peinture flamande et hollandaise », la professeure avait loué la pertinence de son analyse, l'invitant à poursuivre sous sa direction aux cycles supérieurs, il faudrait évidemment complexifier l'hypothèse, la soumettre à l'épreuve d'autres tableaux – « Je commence l'aspirateur », lance-t-elle à Jules, qui lave le manteau du foyer avec ferveur depuis dix minutes, elle a hâte de passer à une autre pièce, elle se sent coincée ici –, la prof saluait cet essai dans lequel Amalia argumentait que Bruegel « harmonisait la grande cacophonie du monde ». Elle essaie de couvrir le vacarme de l'aspirateur en montant le volume déjà fort de ses écouteurs, le fourmillement chaotique des corps chez Bruegel la passionnait, la multitude de gestes, de personnages, d'animaux, de bouteilles vides, de cendriers pleins de cigarettes fumées à moitié, de mouchoirs oubliés, de verres de champagne inentamés, de plateaux de service sur lesquels il reste des quantités faramineuses de petites bouchées, Amalia en mange quelques-unes avant de commencer la salle à manger. Elle espère avoir l'occasion de nettoyer d'autres pièces. Ce qu'elle préfère dans sa job, c'est de visiter des lieux auxquels le commun des mortels n'a jamais accès, d'être témoin du mode de vie des riches, de pouvoir s'imaginer à quoi ressemble leur quotidien, elle aimerait voir les chambres, les salles de bain, elle aimerait monter à l'étage, mais il faut se mettre à l'ouvrage, ses gants de caoutchouc lui donnent déjà chaud et étouffent son eczéma, demain, ça va gratter à mort, c'est sûr. La grande table en bois peut accueillir une vingtaine de chaises, au moins les serveurs et les serveuses – qui font plus de tip – ont emporté la plupart des lourdes assiettes. Du vin renversé a imbibé la nappe et a taché la table, ça a pénétré le bois, elle se demande ce qu'il faut faire dans ce temps-là, elle fait un geste à l'intention de Jules, il enlève un écouteur, elle lui demande. Il sait pas… Anyway la grande nappe blanche, ils vont la jeter, Jules le sait. À ses débuts avec le Chiffon bleu, il trouvait que ça avait pas de bon sens, de jeter des belles nappes comme ça, de beaux tissus brodés, des centaines d'assiettes de plastique, d'ustensiles presque neufs, de coupes et de verres, des quantités inimaginables d'alcool et de nourriture, puis il en a vu d'autres : les gens jettent comme ça se peut pas. Ils se disent que ça fait moins d'ouvrage d'acheter du jetable et payent des gens comme lui pour le faire à leur place. Jules se demande bien ce qu'elle fait dans la vie, cette femme qui les a engagés, il l'a croisée en entrant, une Blanche, franco, d'une soixantaine d'années, quand même jolie pour son âge, qui avait l'air saoule, mariée avec un monsieur asiatique très charismatique (il pourrait être acteur ; la femme aussi, à bien y penser). Peut-être du monde en pub ? Jules repense à l'allure du couple et se dit qu'ils font quand même « société d'investissement », genre des financiers. Ça ou encore : intelligence artificielle. Les hosties… Les colonisateurs du XXIe siècle. Il faut pas qu'il se mette de mauvaise humeur. Quand Jules pense trop à l'état du monde, aux injustices, au pouvoir des compagnies et à toutes ces affaires-là, il se met à frotter le même spot comme un con ; Jules passe des nuits entières à s'informer, il diversifie ses sources et trouve des nouvelles que les grands médias (qui appartiennent tous à des milliardaires ou aux gouvernements) ne couvrent jamais, il dort peu et ne connaît pas une journée sans cette fatigue pressante qu'il efface avec des comprimés de caféine. De temps en temps, une nuit particulièrement pénible, il se met à stresser en pensant à la journée du lendemain, en calculant les maigres heures qu'il reste à sa nuit et se tape une crise d'angoisse : tu brailles comme un cave tout seul chez vous, t'as de la misère à respirer, t'as envie de fesser dans le mur, pis tout d'un coup, ça passe. C'est weird. Focusse sur le positif. Pense à la voix de ton application de méditation. Demain, t'es en congé. T'écoutes ta nouvelle playlist. La fille avec qui t'es jumelé travaille bien. Est cute.

Mais elle a l'air gênée. Jules sait qu'il est à son avantage avec le t-shirt blanc et la casquette du Chiffon bleu par en arrière, il a pris le t-shirt une size trop petit pour que ça moule ses pecs, mais la fille le regarde pas.

Ils sont quinze à être entrés à 4 heures du matin, les hommes et les femmes de ménage payés au salaire minimum, en uniforme, signature de la compagnie, un tablier blanc sur un ensemble bleu, des gants pour tout le monde, un petit bonnet ou une casquette pour ne pas laisser des cheveux partout, tenant des guenilles plus que des chiffons – rarement bleus. En trois ou quatre heures seulement, ils auront récuré tous les racoins, elles auront passé toutes les pièces excepté celles où des ouvriers placent des gros ventilateurs pour faire sécher le dégât d'eau. Il y a pas mal de vidanges, la cheffe demande à Amalia de les descendre. Ça ne la dérange pas, ça va lui faire une pause. Elle remplit un petit chariot de six, sept sacs et prend la clé du garage, « si tu trouves pas les containers appelle-moi, mais ça avait l'air assez simple au téléphone ». Elle fait plusieurs voyages, l'escalier est spacieux, Amalia scrute son reflet dans le grand miroir, elle enlève l'affreux bonnet de l'uniforme, replace ses cheveux épais pris dans un chignon, elle a l'air morte, elle a des cernes indélogeables depuis qu'elle travaille de nuit, ce n'est pas le meilleur horaire pour se trouver des plages de self-care, ça lui donne un peu le look heroin chic des années 1990. Amalia traîne ses sacs dans le garage où dorment quatre voitures de luxe, une Audi, une BMW, une Porsche, une autre d'une marque qu'elle ne connaît pas mais qui vaut cher, ça se voit, si elle était riche elle garderait sa vieille Matrix juste pour dire, juste pour que ses collègues banquiers ou P.-D.G. se sentent mal, si elle a de l'argent un jour, Amalia s'achète une décapotable, c'est sûr, une hybride pour faire de la grande route l'été les cheveux au vent, aller jusqu'à Kamouraska par les petits chemins de campagne, l'idée la fait vraiment tripper. Elle balance ses gros sacs dans le container. La grande benne est propre et les ordures, enfermées dans deux ou trois sacs de plastique, ne sentent rien.

Céline se réveille au bruit sourd des ventilateurs industriels. La maison est propre, elle a le sentiment de reprendre tranquillement le contrôle sur le cauchemar de la nuit dernière. Un caméraman débarque avant midi pour faire quelques images du ravage. Il regrette qu'on ait nettoyé les traces de pas boueuses sur les tapis. Sur certains plans, on voit Céline errer dans les décombres ou regarder la pluie tomber par une fenêtre éclatée. Il est dommage de ne pas avoir commencé le tournage plus tôt, pense la réalisatrice, on aurait pu obtenir des images saisissantes de l'intrusion ; c'est un véritable fantasme de documentariste de saisir un événement sur le vif, dans le feu de l'action. Les images du grabuge, les fauteuils et les œuvres d'art lacérés, les meubles et les assiettes cassés suffiront tout de même à illustrer sobrement la haine qui s'acharne contre elle. La première rafale d'une grande tempête a soufflé, Céline a pris le coup de vent en plein visage, mais il faut comprendre tout ce qu'elle a subi au second degré, lire les événements comme le signe d'autre chose, des particules flottent dans l'air et s'agglutinent pour former des corps inédits, des prémonitions sombres.

Ils sont nombreux dans les mois qui suivent à voir leur étoile pâlir en pleine lumière, les astres s'affaisser dans la poussière. Céline attaque des choses qu'elle a bâties, elle tire de bon cœur sur des pigeons d'argile qui s'écrasent en larmes à la télévision, elle poursuit en justice des infortunés qui ont été détestables avec elle. Avant, elle aurait ressenti de la culpabilité, mais de renouer avec les pulsions destructrices, la part mortifère et négative de sa personne lui fait du bien. Du grand bouleversement naîtra la joie, quel est le sens de cette joie qui se manifeste, se répand et s'allonge quand l'univers devient hostile, une euphorie neuve lui gonfle la poitrine, relâche la prise autour de sa gorge, elle a vécu des choses d'une dureté sans nom et cette charge lui confère une vitalité nouvelle. Lorsque Anderson Cooper la questionne à ce sujet sur les ondes de CNN, Céline répond qu'elle a pensé au suicide, mais qu'elle croit encore avoir des choses à offrir au monde ; elle choisit la voie de la guérison et de la réparation. En embauchant une équipe de consultants en éthique, elle souhaite réfléchir de manière lucide à son rôle social. Sa retraite précipitée lui laisse beaucoup de temps libre, l'espace nécessaire pour réaliser qu'elle a été une source de malheur, des vies ont été chamboulées par la construction d'édifices, par des accidents dans une usine et des conditions de travail difficiles, des souvenirs effacés par un nouveau chantier, des gens ont grandi dans ces appartements qu'il a fallu détruire pour construire tel musée, telle salle de spectacle, pour chaque avancée vers des villes plus animées, plus belles et plus accueillantes, il y a eu des sacrifices terribles à commettre, et l'ensemble des visages attristés, des vies bouleversées lui réapparaît parfois la nuit ; elle contemple par la fenêtre de sa chambre les essaims de corps traîner autour de la maison, dormir sur les murets, dans le jardin, la somme des vies détruites pèse sur sa conscience, le fantôme d'un homme suicidé fait des apparitions évanescentes, les corps spectraux défont des barrières autrefois solides, ces êtres silencieux ne réclament rien, mais manifestent par leur présence des contrecoups involontaires et regrettables, on n'avance jamais en territoire vierge et la pureté n'existe pas, pour chaque grand projet des bâtiments sont rasés, des arbres fauchés, l'ombre du bras qui esquisse un geste vers la lumière tue avec ses courtes ténèbres un bourgeon, une pousse adolescente. Un projet public contribue concrètement à l'avancement des collectivités et au malheur de quelques-uns. Prendre du recul lui permet d'évaluer avec plus de justesse sa responsabilité et Céline a le sentiment que toute une barricade est montée en elle pour tenir en respect cette idée, enfermée sous des couches de discours rassurants, de traits de caractère abrupts, de décisions sages pour sa carrière et sa réputation : elle peut faire mal aux autres. C'est la chose la plus simple et la plus difficile à accepter. On a tant voulu pendant sa jeunesse lui dérober tout pouvoir, lui faire croire qu'elle n'avait aucune capacité d'agir sur le monde qu'elle a vécu une bonne part de sa vie en se sentant invisible, à côté d'elle-même, observant penser, parler et bouger une femme qu'elle ne connaissait pas – il est vrai qu'elle a tendance à négliger le bien qu'elle fait, la part positive, il ne faut pas perdre de vue ses intentions justes, lui rappelle sa psy, elle a contribué à la richesse architecturale des peuples, offert un peu de beauté en créant des espaces responsables et démocratiques dont tout le monde peut profiter, il faudrait ajuster la balance, mesurer équitablement les torts et les bienfaits. Pour la première fois, ces discours rassurants, ces petits talismans de psychologue, ces mantras apaisants ne fonctionnent plus, les formules magiques sont usées, le désir sincère de construire un monde plus beau, plus juste et plus égalitaire, ce désir s'est renversé, retourné comme un gant. Il se transforme en certitude : Céline heurte. Elle provoque des fractures, des lésions en trimballant son petit cirque dans le monde, n'est-ce pas la véritable révélation cachée dans la *Recherche*, qu'on heurte et qu'on fait tout pour ne pas prendre la mesure du mal causé, pour rester aveugle aux petites terreurs exercées sur les autres en se justifiant par le Bien, en se mettant du côté du Bien et en se convainquant soi-même de nos nobles intentions ? Le seul salut possible, écrit Proust, est l'oubli, le lichen qui efface le nom gravé sur la tombe de nos crimes ; les délires de l'auteur sur le temps retrouvé voilent, pense Céline, le véritable propos du livre, l'espérance d'une rédemption, le fantasme d'un lieu où n'existerait plus la souffrance des autres. On prend tellement de précautions pour ne pas faire de mal qu'on n'imagine jamais être aussi terrible que ces gens qui nous ont blessés et qui, dans nos esprits humiliés, adoptent des traits monstrueux, nous leur composons des masques repoussants parce que nous sommes bien pires qu'eux. On heurte, on heurte et puis on meurt, c'est tout. Il n'y a pas de rapprochement possible entre les êtres, pense Céline, sans ces collisions et ces dommages ; chaque relation est un supplice enduré et infligé dont on ne se remet jamais. Toute la jalousie du narrateur de la *Recherche*, son anxiété, sa paranoïa quant à l'infidélité d'Albertine ne sert qu'à motiver son entreprise de torture, ses petites passions totalitaires, à fonder dans le Bien ses pièges, ses attaques et ses geôles. On croit répondre à une agression mais on agresse, on croit protéger du feu mais on brûle, on croit sauver de la noyade mais on retient sous la surface de l'eau le visage bleuté, étouffé qui nous tire vers le fond. C'est ce que révèle Proust. Nos craintes de faire le mal, comme nos défenses vertueuses, sont des formes déviées, des théâtres intérieurs qui nous détournent du mal commis, à chaque instant, à chaque geste, ce mal qui se répand et renverse le monde. La douleur des autres, leurs souffrances sont inconcevables, elles seraient trop perturbantes pour nos esprits fragiles, on est prêt à tuer pour ne pas voir la peine qu'on leur fait.

Si Céline prend la parole aujourd'hui, c'est pour soutenir un mouvement qu'elle considère comme essentiel pour la suite du monde. Elle aimerait inspirer les jeunes architectes, les prémunir contre certaines erreurs. Toutes les semaines, Céline est sollicitée pour donner son avis sur une nouvelle révélation, parfois c'est elle qui piste les journalistes sur un scandale. Sa collaboration à diverses enquêtes renouvelle la faveur des gens du métier, le grand public ignore qu'elle a balancé, en envoyant aux médias des dossiers contenant d'innombrables documents – des courriels, des contrats, des factures, des ententes confidentielles –, le tiers du milieu des affaires canadien, une douzaine de milliardaires de tous les pays, presque autant de politiciens américains, canadiens et français, la quasi-totalité des membres du conseil d'administration des Ateliers C/W et plusieurs anciens partenaires, des gros noms contre lesquels elle détenait des éléments compromettants qui s'ajoutent à la liste de leurs méfaits compilés depuis longtemps par des ennemis revanchards, ils possèdent tous une ancienne rivale, un adversaire amer qui les observe de loin pour compulser leurs bassesses, dessinant une image radicalement différente du portrait juste et bon que ces gens d'affaires se composent. Pendant plusieurs mois les visages d'hommes aux cheveux blancs et aux dents blanches sont accompagnés de gros titres qui parlent de congédiement, de poursuites, de conflits internes, de défilements face à la justice ; les nouvelles se ressemblent et on se désintéresse rapidement de ces histoires complexes, même si elles provoquent d'importants mouvements dans les corps terrestres, au fond des océans. Le mot circule chez les journalistes qui l'admirent pour son courage, on se rappelle qu'elle a toujours œuvré pour la collectivité, pour des valeurs progressistes, et Céline Wachowski retrouve dans l'avis de celles et ceux qui fabriquent l'opinion publique son statut de souveraine ambivalente, par-delà le Bien et le Mal, qui suit des principes plus hauts et plus profonds, insaisissables pour le commun des mortels. Elle offre aux médias assez de renseignements pour remplir une saison complète d'actualités politiques et économiques. À la télévision, dans les journaux, sur la scène d'un grand stade où elle livre un entretien bien senti à Oprah Winfrey, Céline tient un discours qu'on n'a jamais entendu auparavant dans les médias de masse : « Il m'a fallu beaucoup de temps pour le comprendre, c'est une idée confrontante, mais je suis désormais persuadée qu'il s'agit de la seule alternative disponible pour guérir nos communautés, freiner le dérèglement climatique et les inégalités globales. » Dans un petit encadré en une du *Monde*, on peut lire à côté de sa photo : « La seule résolution possible des paradoxes de notre temps réside dans la dépossession des puissants. »

On manque de nuance pour parler de la richesse, cela est palpable dans la manière dont nous accusons indifféremment les gens qui ont réussi, comme s'ils formaient une classe homogène, comme si avoir du succès était foncièrement mauvais, Céline veut recentrer l'attention sur les milliardaires, groupe méconnu dont elle fait partie, la plupart des problèmes que nous connaissons, les famines, la pauvreté, le manque d'accès à l'eau potable, les catastrophes climatiques pourraient être réglés si les très grandes fortunes sortaient un peu d'argent de leurs poches ; il existe près de 3 000 milliardaires dans le monde, les dix plus riches possèdent au-dessus de 100 milliards de dollars américains en fortune personnelle et en actifs ; si on additionne la valeur de ces fortunes, nous atteignons environ 1 500 milliards de dollars ; le budget d'un pays comme la France est de 250 milliards annuellement ; imaginons tout ce que nous pourrions faire avec une fraction de cet argent. Dans le documentaire qui paraît en avril, Céline présente ces idées dans l'épisode final. Elle interviewe des économistes, des philosophes et illustre leurs idées par un visuel instructif qui clarifie certains propos abstraits. Devant une salle remplie de jeunes gens triés sur le volet et qui boivent ses paroles, Céline rappelle avec assurance que des lois devraient limiter les chiffres abstraits qui engraissent les comptes en banque des hommes (ce sont surtout des hommes) les plus riches du monde, l'espoir d'une redistribution de la richesse mérite d'être défendu, on l'applaudit. Des règlements devraient être votés pour exproprier les propriétaires qui détiennent plus de cent logements, limiter la spéculation immobilière, les villes, soutient Céline, doivent investir pour fonder des modes d'habitation alternatifs, des coopératives ou des logements plus faciles à acquérir pour les premiers acheteurs. La distribution des rôles, dans notre monde, est inéquitable ; Céline donne chaque année des dizaines de millions de dollars aux organismes de charité, pourtant elle n'arriverait jamais, dans une vie seule, à dépenser tout son argent – un peu moins de cinq milliards de dollars (« which is not much from the point of view of many of my billionnaire friends »). Il faut pénétrer la forteresse imprenable de la grande fortune, Céline est la pointe de l'écharde qui ouvre le premier trou dans la peau avant que tout le morceau s'enfonce, elle rejoint ce vaste mouvement de transformation sociale, aménage sa place du bon côté de l'histoire et formule une idée claire : continuons de valoriser le succès, la réussite, la compétitivité saine, l'entrepreneuriat responsable, forces vitales du progrès, mais établissons collectivement nos limites. « Nous avons le besoin urgent d'un plafond salarial mondial et d'impôts confiscatoires. » À combien Céline fixerait-elle ce maximum ? demande Oprah. « Deux ou trois millards, c'est plus que suffisant pour reconnaître l'engagement de gens qui ont trimé dur et leur offrir un mode de vie à la hauteur de leurs ambitions », il faudrait débattre de ce montant bien sûr, laisser les différents partis s'exprimer ; l'idée n'est pas d'envoyer les gens à la rue, mais de limiter les excès. Céline avoue avoir pleinement pris part aux logiques qu'elle dénonce, mais elle est touchée par une illumination divine. Parmi les somnambules elle s'éveille. Bien qu'elle soit devenue l'une de ces personnes choyées par l'existence, elle est issue d'un milieu modeste. CNN lui propose un poste de commentatrice régulière, elle signe des éditoriaux chaque fois qu'un scandale boursier éclate, Céline connaît intimement les rouages de la haute finance, elle parle en prenant son temps, son rythme casse la marche habituelle des actualités en continu, elle expose de manière pédagogique des enjeux comme l'effacement de la dette des États ou la multiplication des paliers d'imposition ; en l'écoutant, on pense « dans quel monde scandaleux on vit », mais on ignore comment faire pour le changer.

Depuis qu'elle a pris de grandes décisions, elle est lavée, elle nage dans la mer et retrouve une forme de salubrité qui lui sied bien. Des photos de Céline en Italie circulent sur des fils Twitter, les médias saluent son courage et plusieurs activistes qui la détestaient à mort rallument leurs lampions, polissent les petites plaques sur lesquelles se donnent à lire ses initiales. Elle a reçu d'innombrables propositions ces derniers temps, encore un poste dans telle grande firme, une proposition pour une chaîne de télévision française ou américaine, une fonction prestigieuse – productrice exécutive, ambassadrice, sénatrice… Jamais elle n'acceptera de telles charges, pourtant Céline se donne du temps pour réfléchir. Même si elle sait déjà qu'elle les déclinera toutes, ces propositions apaisent son sentiment de catastrophe. Céline ne veut pas empâter les jours à venir de collantes obligations, sa principale erreur, par le passé, a été de vouloir plaire à tout le monde, elle a adopté le rôle attendu d'une femme honnête et engagée, faisant la promotion d'une gentillesse molle et inefficace dans ses relations professionnelles et dans ses entrevues, Céline se comporte depuis son enfance comme si elle portait des obligations contractées dans une vie antérieure, il n'y a aucune raison pour qu'elle se sente obligée de faire le bien, d'être délicate, polie, de rendre service, toutes ces obligations n'ont pas leur sanction dans la vie présente, elles semblent appartenir à un monde fondé sur la bonté, le scrupule, le sacrifice, un monde entièrement différent du nôtre. Une petite chose l'agace tout de même. Quand paraît le *Livre noir de la Silicon Valley*, ce gros bouquin rédigé par des philosophes de Berkeley, de Stanford, le nom de Cai apparaît dans les journaux. En voyant à la télévision l'air élégant qu'elle lui connaît, une forme de culpabilité désagréable la tourmente. Cai sort de sa retraite pour une conférence de presse que Céline écoute en direct ; il révèle d'autres preuves internes qui démontrent que des subalternes ont fait des pieds et des mains pour cacher les réalités les plus néfastes à la haute direction ; il reconnaît les accusations, les entreprises minières doivent moderniser leurs stratégies d'exploitation, c'est ce qu'il a tenté de faire pendant toute sa carrière, mais les choses changent lentement, les actionnaires s'opposent souvent aux transitions responsables, qui coûtent cher ; Cai se permet maintenant de parler à titre personnel, il juge les réalités mises en lumière par l'ouvrage disgracieuses et indignes, il ressent de la colère, de la révolte et encourage la poursuite des enquêtes. L'affaire est oubliée dans les jours qui suivent. Céline lui téléphone et Cai répond. Elle se justifie longuement, lui explique sa démarche ; Cai est compréhensif, il ne manifeste aucune agressivité, ses réponses au bout du fil sont douces et froides ; Céline n'arrête pas de parler, de remplir le vide. Cai understands Céline's decision, si tout le monde avait son intégrité nous ferions des affaires de manière beaucoup plus équitable et éthique, sauf qu'à titre personnel, il s'avoue heurté, he always considered Céline as a loyal friend, il a besoin de prendre ses distances avec elle en attendant que la blessure guérisse. Dina fera bien ce qu'elle veut, elle est libre de ses choix, mais Cai doit accuser le choc et soigner la peine qu'il porte. Ils se disent au revoir, puis raccrochent. Céline se demande ce qu'elle pourrait faire de plus, ne trouve rien. Elle voudrait que Cai regrette, revienne vers elle en pleurant. Céline téléphone des dizaines de fois à Dina qui ne répond pas. Pour motiver nos choix de vie, on se montre tout aussi hypocrites que ceux et celles à qui on reproche constamment de n'être que des hypocrites ; on ne vaut absolument rien de plus que ces gens qu'on trouve constamment insupportables et ignobles, Céline condamne Cai, mais dans la même situation elle aurait pris les mêmes décisions, exactement les mêmes.

Nathan voit pour la première fois la sublime demeure de Pacific Palisades. Passé l'imposant portique surveillé, la voiture descend un escarpement qui serpente jusqu'à un cap rocheux mouillé par les vagues sur lequel traîne un enchâssement de prismes en verre et en béton blanc. Sur le pas de la porte, on peut voir une petite dame vêtue d'une robe blanche dont les cheveux flottent au vent, il lui semble qu'elle va se faire avaler d'un instant à l'autre par la mer agitée. Jusqu'à tout récemment, Nathan avait cru que Céline et Pierre-Moïse rompaient pour de bon, leur relation a été ébranlée par l'annonce du départ de Pierre-Moïse de la direction des Ateliers C/W. Elle a été prise d'une grande colère quand il lui a appris que le conseil d'administration préparait son renvoi, le milieu de l'architecture est l'un des plus rétrogrades, il n'est pas prêt à voir un homme noir diriger l'une des plus importantes firmes au monde, pensait-elle. Elle avait fondé sur lui tous ses espoirs de continuité, elle lui avait tout donné. Pierre-Moïse était sa création, son fils symbolique ; il n'avait pas aimé ces comparaisons et s'était engueulé avec son ancienne associée. Elle lui en voulait de ne lui avoir parlé de rien, elle a reçu comme tout le monde le communiqué de presse dans lequel Pierre-Moïse prenait ses distances avec les comportements et les choix de la fondatrice des Ateliers C/W. Nathan a lu les premières ébauches du document avec délectation, il était fier de son chum qu'il croyait incapable d'une telle radicalité, le texte ambigu pouvait être interprété comme la confirmation de certains ragots qui avaient circulé au sujet de la grande dame de l'architecture canadienne. Pierre-Moïse n'a pas reçu un signe de vie de Céline pendant plusieurs mois avant qu'elle ne les invite tout bonnement à passer quatre jours en Californie pour leurs vacances. Elle enverrait son nouvel avion personnel les chercher et leur préparait déjà une chambre dans la maison. Nathan s'est méfié de cette invitation, « qu'est-ce qui nous dit qu'elle ne va pas nous empoisonner dans notre sommeil », Pierre-Moïse n'a pas ri. Il a reparlé plusieurs fois au téléphone avec Céline avant leur départ. Des discussions comme avant. Il n'a décelé aucune animosité dans son ton. « Elle est comme ça. Quand elle pardonne, elle passe à autre chose, c'est tout. » Depuis leur dernier affrontement, Céline n'a pas mentionné une seule fois le communiqué de presse, ni même sa démission ; elle a fourni 500 000 dollars pour le démarrage de sa nouvelle compagnie sans même acquérir des parts en retour.

Céline les accueille avec un drôle de petit cri et agrippe Pierre-Moïse par le cou. Elle ne lui lâche pas la main de toute la visite, surtout destinée à Nathan (Pierre-Moïse connaît bien la maison pour l'avoir conçue en partie). Céline leur a fait préparer une grande chambre qui s'ouvre sur un horizon infini. Du patio un escalier massif longe l'escarpement et s'enfonce dans l'eau agitée. Une tempête se prépare, on annonce des vents violents, ils s'installent dans le salon aux plafonds hauts. Par les grandes fenêtres on peut voir les nuages s'assombrir, le ciel se charger de bleus et de rais grisâtres, les arbres se tordre. Céline leur parle avec enthousiasme de nouvelles découvertes culturelles, une jeune chanteuse R&B qu'elle fait jouer sur son téléphone (Nathan promet de la doter d'un système de son Bluetooth – Céline ne connaît rien là-dedans). Ont-ils lu Proust, les romans de Proust, il faut absolument lire Proust, Céline leur en passe une grosse pile. Elle a terminé récemment, c'est l'aventure de lecture la plus formidable de sa vie, elle aurait dû le lire beaucoup plus tôt, il y a des passages extraordinaires sur l'existence, cet auteur saisit les humains, la psychologie des êtres, on y trouve des pages grandioses sur les gais ! Céline a envoyé un chapitre à Pierre-Moïse par courriel. Dans le contexte du roman, c'est peut-être intéressant, répond-il poliment. Il aimerait beaucoup la fin, pense Céline, les dernières pages sont sublimes, une grande réflexion sur l'art, après avoir lu Proust on voit la vie différemment, on trouve des ressemblances entre les gens que nous connaissons et les personnages du livre, nos proches se révèlent autrement, leurs contradictions, leurs bassesses, leurs petites lâchetés nous apparaissent comme des féeries précieuses, chérissables. Elle ouvre un chablis et verse trois verres qu'ils font tinter. Après sa gorgée, Nathan profite du silence pour la féliciter pour ses actions récentes. Il l'a trouvée courageuse de prendre la parole comme elle l'a fait, pour dénoncer les abus et les fraudes. Céline est vraiment inspirante et Nathan est d'accord avec elle sur le fond – tant mieux, s'exclame Céline en riant, parce qu'elle ne pense rien de tout ça. Elle découvre depuis un an qu'il suffit de dire ce que les médias veulent entendre pour qu'ils vous invitent sur toutes les tribunes, fassent de vous une héroïne. Céline a pressenti un certain appétit pour ce genre de discours, pour son histoire de déshonneur et de rédemption, elle a sauté sur l'occasion en acceptant de jouer le rôle qu'on préparait pour elle. « Non mais vraiment, la fin des milliardaires ? C'est une blague, c'est tellement bête… » Nathan ne sait pas quoi répondre ; Pierre-Moïse ne la croit pas une seconde, elle se protège, voilà tout. Il l'observe faire ses petits tours de magie, puis révéler aussitôt ses trucages.

Si Proust s'est trompé quelque part, croit-elle, c'est précisément à ce sujet. Il a vu juste sur le passé mais s'est fourvoyé sur l'avenir. Toute la fin de la *Recherche* laisse planer l'idée d'une décrépitude, d'une déréliction des puissants, la Première Guerre mondiale aurait amorcé la lente agonie des aristocrates et des bourgeois qui se prennent pour des aristocrates, Marcel retrouve ses anciennes connaissances vieillies, abîmées par la vie, ils ont perdu leur éclat d'antan, la mort se donne à lire sur les visages, on n'avait pas encore inventé les chirurgies esthétiques à l'époque, aujourd'hui le narrateur aurait retrouvé la Guermantes liftée, la peau lisse comme une vingtenaire, la Verdurin aurait des fesses brésiliennes, Charlus serait accro aux liposuccions, il arborerait fièrement des abdominaux de silicone et des implants pectoraux, le narrateur aurait probablement essayé tous les traitements d'extension du pénis sur le marché, Céline rigole, mais pense sérieusement que Proust s'est fourvoyé en imaginant le déclin d'une classe sociale plus pimpante que jamais. Les millionnaires sont plus nombreux aujourd'hui qu'ils ne l'ont jamais été, Céline a vu leur nombre augmenter de manière impressionnante, surtout à Montréal, la ville n'a pas cessé de générer des fortunes, il y avait pas mal moins de riches à ses débuts, que des Anglais au centre-ville ou sur la montagne, Céline a été aux premières loges de l'apparition de richesses neuves, surtout à partir des années 1980, des populations ont commencé à se lancer sans gêne dans l'entrepreneuriat, de nouveaux visages sont apparus, leur argent n'a pas fini de mener le monde. Céline fait partie de la population qui s'est enrichie dans ce contexte favorable. Elle accepte de faire partie du groupe à condition de lui cracher dessus, elle n'adhère à aucune idéologie, à aucune communauté. Son plaisir est de faire rager les autres. Devant Nathan et Pierre-Moïse, Céline prétend mentir pour se divertir, pour se venger de ses ennemis, elle mène une entreprise strictement personnelle, faire chier celles et ceux qui la détestent l'enchante, son vice, ce qu'elle appelle son vice, est tout ce qui lui reste, elle en profite, l'exprime, le raffine. Elle se repaît dans la haine. Des connaissances lui envoient des messages de bêtises, l'accusent de traîtrise, les puissants sont fragiles, ils se sentent persécutés dès qu'on parle d'eux. Elle leur répond par des courriels effrontés, en citant une phrase de Shakespeare : « *Hell is empty and all the devils are here.* »

Pierre-Moïse lui raconte sa dernière journée aux Ateliers C/W. Des groupes de citoyennes et de citoyens s'étaient rassemblés pour applaudir la sortie des employés par le grand portique de la rue de Bellechasse. Trente minutes plus tard, la rue était déserte. Le nouveau P.-D.G. embauché par le conseil d'administration a, peu de temps après son entrée en fonction, décidé de déplacer le siège social de Montréal à New York ; Montréal a toujours été la branche la moins profitable, au temps de Céline on la gardait en vie seulement parce qu'elle y tenait, pour des raisons personnelles et politiques, il n'y avait aucune justification commerciale à l'existence de ce bureau dont les tâches pouvaient être redistribuées aux équipes de Los Angeles et de Paris. Même en tenant compte des généreux avantages fiscaux, il coûtait moins cher aux Ateliers de fermer le bureau de Montréal. Ça laisse un grand vide, rapporte Pierre-Moïse, comme si la ville avait perdu un peu de sa vitalité, de son âme. Il y a beaucoup moins de vie dans le quartier, le café et le petit restaurant de paninis ont fermé, le 305 a l'air éteint, il est couvert de pancartes « À louer ». C'est la même grande boîte qu'on connaît, mais elle dégage quelque chose de triste, la brique est plus grise, les fenêtres sont sales, et seules les lumières de sécurité restent allumées. On a vendu les tables de travail, les ordinateurs, les chaises ; le bureau de New York aurait pu profiter de ces belles chaises en noyer noir, dessinées par l'équipe de design, mais la nouvelle direction nous a demandé d'en tirer le plus grand profit possible et a préféré racheter des chaises cheap pour New York – je te jure on dirait du IKEA. L'équipe devait être furieuse. Pierre-Moïse pense que la nouvelle direction a voulu passer un message : fini, les fastes années du règne de Céline Wachowski, les grandes fêtes sur le toit, les journées où le bureau est ouvert aux enfants, où le clown engagé pour faire des sculptures de ballons brise une maquette qu'on s'apprêtait à présenter à un client, fini, les légendaires partys de Noël, les soirées où le hall se transformait en cinéma, en salle de spectacle, en grande piste de danse, l'alcool coulant à flots, Céline adoptant son rôle de déesse généreuse, trinquant avec l'équipe d'entretien, c'est la fin d'une époque, conclut Pierre-Moïse la gorge nouée. Les dernières journées, on a liquidé tout l'inventaire, les gens du quartier repartaient avec des vieilles tables à dessin, des banquettes, des ordinateurs presque neufs. On raconte, ajoute Nathan, que la Ville s'apprête à autoriser la transformation du 305, rue de Bellechasse en condos de luxe. Bientôt, de grands échafaudages apparaîtront sur la carapace de l'immeuble, « ils vont diviser ça n'importe comment », pense Pierre-Moïse. Céline ne devinera jamais qui a eu le contrat. Quand Nathan le lui dit, Pierre-Moïse rit exagérément en levant les yeux au ciel. Le climat dans le milieu de l'architecture à Montréal est pénible. On connaît tous quelqu'un qui a perdu son emploi, une architecte qui est retournée aux études, un technologue qui a changé de domaine. Les autres firmes n'étaient pas prêtes à accueillir une vague de professionnels surqualifiés sur le marché du travail, beaucoup de gens se réorientent, déménagent. Pour démarrer sa boîte, Pierre-Moïse a embauché plusieurs anciens employés des Ateliers, dont Gabriela. Céline l'écoute avec attention. Elle prend la parole pour dire que la fermeture de Joe's Paninis, qui faisait vraiment d'excellents sandwichs, la déçoit.

Pierre-Moïse leur ressert un verre de vin, il vole une cigarette à Céline et lui demande des nouvelles de Dina. Pendant la journée, Céline ne pense presque jamais à son amie, son ancienne amie, Dina ne lui parle plus, elle lui en veut, mais elles n'ont pas eu la chance de s'expliquer. C'est juste avant de s'endormir que Céline retombe dans des analyses douloureuses, elle cherche le nœud de souffrance et ressent de manière palpable l'absence de Dina. Elle répond que c'est surtout Cai, au fond, qui va lui manquer ; elle explique avoir toujours été très proche de Dina, mais avec le temps la véritable amitié s'était déplacée vers Cai, Dina est une femme très déprimée, cela devient lourd à porter, Céline s'ennuie souvent avec elle et ne peut imaginer ce que ce doit être pour Caï au quotidien… Céline a besoin d'un peu de joie ! Si elle avait à tout recommencer, elle témoignerait encore contre lui, sauf qu'elle l'en avertirait auparavant. C'est l'effet de surprise qui blesse, affirme-t-elle en soutenant le regard de Pierre-Moïse. De toute manière, son témoignage n'était pas « contre » Cai, il portait sur le milieu dans lequel il a évolué, comme Cai est à la retraite, Céline avait pensé qu'il ne s'intéresserait pas à la parution de ce livre plutôt banal, mais la nouvelle l'a pris par surprise et Céline s'en veut de ne pas l'avoir prévenu. Elle est distraite, parfois négligente, c'est un défaut qu'elle n'a jamais réussi à corriger et Cai s'est senti trahi, cela attriste Céline. Elle espère qu'ils pourront bientôt manger ensemble, partager des souvenirs heureux. Ils ont vécu tant de moments précieux, drôles, mémorables. Il y a quelque chose que Céline ne leur a jamais raconté. Est-ce que Pierre-Moïse se souvient de l'anniversaire de Dina ? Oui, bien sûr. Ça peut avoir l'air fou, mais elle a eu une sorte de pressentiment des commotions à venir, une vision pendant la soirée. On vivait les débuts de la controverse, souviens-toi. J'avais fini la soirée avec une certitude profonde. J'ai su cette nuit-là que la ruine est une étape dans une transformation plus vaste. Céline possède suffisamment de châteaux pour en abandonner quelques-uns aux mains des barbares.

Elle a envie de poser une question à Nathan et à Pierre-Moïse. Elle veut avoir leur plus sincère réaction – ils la lui promettent. Céline essuie ses mains sur sa robe. Un homme qu'elle connaît a fait quelque chose d'extrêmement discutable à une amie, Céline ne sait pas quoi penser, elle se demande si l'homme est nécessairement une mauvaise personne, si elle doit couper les ponts avec lui. Elle veut savoir si son amie pourra lui pardonner un jour. Cette amie – appelons-la Kate (Nathan lui demande si elle connaît Cate Blanchett, Céline répond que « oui » et poursuit) – est une folle de jardinage. Kate a une job très prenante, avec beaucoup de responsabilités, et elle passe tout son temps libre à entretenir le jardin. C'est un peu sa thérapie, sa méditation. Rien ne la rend plus fière que ses fleurs, elle les affiche sur Instagram et envoie des photos à ses proches ; elle a encore envoyé une image à Céline ce matin même. Ses plates-bandes sont parmi les plus riches en ville, elles accueillent des arbustes exotiques exigeants, des végétaux qui ne poussent habituellement pas en Californie. Kate se fait un défi personnel de les entretenir. Parfois, une fleur rare, jamais vue, la récompense pour son travail. Elle a réussi, cet été, à faire fleurir pour la première fois la plus capricieuse de toutes les plantes du jardin. Un matin l'arbuste arborait trois tonitruantes fleurs exotiques.

L'homme dont elle parlait plus tôt, le mari de Kate, entre en scène. Il est retraité depuis quelques années et trouve que sa femme travaille trop ; parce qu'il se sent blessé, notre compagnon en est venu à développer une sorte de jalousie. Une jalousie envers les plantes de sa femme. Pierre-Moïse lève un sourcil. On peut le comprendre : Kate passe plus de temps dans son jardin qu'avec lui (« il devrait se poser des questions », pense Nathan).

Pour se venger de sa femme, pour la punir, l'homme se lève en pleine nuit, attrape une bouteille d'herbicide et la verse dans le terreau.

« L'arbuste est mort ?

– Il est mort.

– C'est terrible », laisse échapper Nathan.

Un instant de silence. Pierre-Moïse renfonce un peu le menton. Il a l'air brusqué. « C'est un malade. » Céline le fixe avec un sourire forcé. Tu devrais dire à ton amie de faire attention, c'est vraiment le genre de comportement qu'on rencontre chez les manipulateurs, les hommes violents, les pervers narcissiques… genre les fous qui assassinent leur femme. Nathan est d'accord, les hommes hétérosexuels qui gèrent mal leurs émotions sont dangereux. Je comprends pas comment tu peux vouloir faire du mal intentionnellement à la personne que t'aimes. Il l'aime pas. Pas pour de vrai. Ton amie, c'est sa passion, le jardinage. C'est cruel de nier son bonheur.

« Donc vous pensez que je devrais couper les ponts avec lui ? Qu'il est foncièrement mauvais ? »

Pierre-Moïse et Nathan acquiescent vigoureusement.

« Et si je vous disais, maintenant, que toute l'histoire est vraie, sauf un détail. L'homme en question n'est pas un homme, mais un enfant. Sept ou huit ans. Pas le mari, mais le fils de Kate. C'est lui qui a pris le bidon d'herbicide pour tuer l'arbuste de sa mère.

– Qu'est-ce qui le choquait autant ? »

Nathan répond de manière un peu sèche, comme si Pierre-Moïse venait de faire preuve d'une honteuse lenteur d'esprit : « Que sa mère s'occupe pas de lui, genre. » D'après lui, ça change tout. C'est triste en fait, c'est désespéré. À sept ans, t'as pas nécessairement les mots pour nommer ton chagrin, ta colère. Il exprime ses émotions par un geste théâtral, il est shakespearien, le petit. Pierre-Moïse pense que les enfants sont très cruels. Ils n'ont aucune morale, surtout à cet âge-là. Quand tu prends ça en considération, c'est attachant, presque cute. Il voudrait juste passer plus de temps avec sa mère, avoir de l'attention, se sentir aimé. Nathan ne croit pas que ce soit toujours aux femmes de s'occuper des enfants, mais un enfant, c'est égoïste ; il souffre du bonheur de sa mère parce qu'il se sent exclu. Kate travaille beaucoup et il se dit « peut-être qu'elle m'aime pas ». Un parent, c'est pas obligé d'aimer son enfant, mais un enfant ça a besoin de se sentir aimé. « Pourquoi l'enfant devrait mettre de la mesure dans l'expression de sa souffrance », demande Pierre-Moïse. Il a juste sept ans. Plus tard, quand il va réaliser ce qu'il a fait, il risque de se sentir coupable, de se trouver abominable, mais moi je peux comprendre, si je me mets à la place d'un enfant de sept ans. Tout est plus fatal et dramatique à cet âge-là.

Le vin est bu, ils sont trop fatigués pour ouvrir une deuxième bouteille. Avant d'aller dormir, Céline les serre dans ses bras. Son étreinte est longue. Ce soir, elle n'aura aucun mal à trouver le sommeil. En enfilant son pyjama, elle pense à la belle soirée, puis à sa mère, qui n'a pas eu beaucoup de plaisirs au cours de sa vie trop brève. Le camélia qui tenait sur cette grande branche est fané, la fleur est morte pour de bon, empoisonnée par la racine.

Il est maintenant temps pour Céline de pardonner la petite. Longtemps elle a pensé être coupable du meurtre, tueuse non seulement de la fleur, mais de la mère. Une enfant commence sa vie en coupable d'un crime faux, première faute qui contient toutes les autres. Céline agenouillée dans sa chambre entame un rituel avant d'aller dormir, elle invoque des forces supérieures pour innocenter l'enfant. Près du lit, face à la fenêtre, elle fixe la tempête. De grands châssis s'ouvrent sur le plafond gris du ciel. Se découpent des panneaux qui vident par le fond de grands réservoirs. Tombent d'un coup des rafales d'eau noire. Dans le silence de la chambre, à l'abri des grands vents, Céline commence à chanter. Sa voix est basse, sa gorge vibre. La mélodie lui est familière, elle lui trotte dans la tête depuis des semaines, une musique qui parle de joie. Céline épuise le refrain, puis le recommence au début. Dehors, la pluie tombe avec style. Le chant invoque les ministres du Meurtre, le pardon aura la forme exacte du crime dont elle s'accuse. Les notes s'élèvent et une foule entière apparaît dans la chambre. Onze présences droites et grises, des ombres sans visage, des manifestations du jugement pur. Des camélias neufs fleurissent sur les tables de chevet. La musique commence par quelques dégoûts et s'achève dans une débandade de parfums. Les ombres grises hument l'air. Leurs poumons de magistrats se gavent d'odeurs enivrantes. Elles partent à la recherche de leur voix oubliée, ils modulent des notes antiques. L'harmonie du Ministère rejoint le chant. Le chœur agrippe les tentacules et les arrache du cœur de Céline. Elle s'interrompt, inspire un bon coup. Une serre qui la tenaillait depuis soixante ans vient de se relâcher. Elle respire pour la première fois.

Les parfums irritent ses poumons. Sa poitrine se gonfle, partout en elle des lierres féroces brûlent, des fleurs se fanent. Des racines se rétractent. Céline souffre, mais le vent toxique, les notes du chœur la libèrent. La vigne agressive se déprend, ses grandes lianes se dessèchent. La poudre cendrée est balayée par le vent. Au fond d'elle-même, sous le nœud solide de végétaux apparaît une petite tombe carrée. Les parois creusées dans le sol sont ornementées de motifs. Tout au fond du trou repose un squelette. Céline l'observe, puis la tombe se referme. L'orchestre nocturne gémit sa dernière note. La mélodie restera longtemps dans ses veines. Les onze ministres sévères la laissent seule. Leur assemblée est dissoute.

La chambre est vide. Le lit est froid. Céline se glisse entre les draps. Dehors, la tempête se calme. Des liquides toxiques coulent dans ses veines, elle s'empoisonne en marchant pieds nus sur des vernis mauvais, en buvant des eaux chlorées, elle s'épuise à construire et à détruire, à mesurer et à perdre. Céline renvoie la musique au silence. Dans la peine et la misère elle se rédime. Elle se rappelle alors la primaire vérité. Que sa joie demeure.

Remerciements

À Catherine Mavrikakis et Ginette Michaud pour leur soutien des premières esquisses au coupé du ruban en passant par de nombreuses et intenses charrettes.

À Chloé Savoie-Bernard pour les études de faisabilité, les tests de structure et les illuminations ingénieures.

À Elizabeth Critchley-Caron, Renée Daoust, Sonia Gagné, Richard Martel et Stefan P. Sauter, architectes, pour les revues de projets généreuses et essentielles.

À Stefanie Clermont et Benjamin Prescott La Rue pour les visites de chantier.

À Gilles Dupuis, Jean-François Hamel et Marie-Pascale Huglo pour les consultations expertes.

À Olga Duhamel-Noyer, Annie Goulet et Pascale Matuszek pour la qualité des rendus.

Les Éditions Points s'engagent pour la protection de l'environnement et une production française responsable

Ce livre a été imprimé en France, sur un papier certifié issu de forêts gérées durablement, chez un imprimeur labellisé Imprim'Vert, marque créée en partenariat avec l'Agence de l'eau, l'ADEME (Agence de l'environnement et de la maîtrise de l'énergie) et l'UNIIC (Union nationale des industries de l'impression et de la communication).

La marque Imprim'Vert apporte trois garanties essentielles :

- La suppression totale de l'utilisation de produits toxiques
- La sécurisation des stockages de produits et de déchets dangereux
- La collecte et le traitement de produits dangereux

RÉALISATION : NORD COMPO À VILLENEUVE-D'ASCQ
IMPRESSION : CPI FRANCE
DÉPÔT LÉGAL : SEPTEMBRE 2024. N° 155321-3 (3060366)
IMPRIMÉ EN FRANCE